ଭିତରକୁ ରାସ୍ତା

ଭିତରକୁ ରାସ୍ତା

ଆଦ୍ୟାଶା ଦାସ

BLACK EAGLE BOOKS
2020

BLACK EAGLE BOOKS

USA address:
7464 Wisdom Lane
Dublin, OH 43016

India address:
E/312, Trident Galaxy, Kalinga Nagar,
Bhubaneswar-751003, Odisha, India

E-mail: info@blackeaglebooks.org
Website: www.blackeaglebooks.org

First Edition: Adya Prakashani, 2014

First International Edition Published by
BLACK EAGLE BOOKS, 2020

BHITARAKU RASTA
by Adyasha Das

Copyright © **Adyasha Das**

Cover & Interior Design: Ezy's Publication

ISBN- 978-1-64560-065-7 (Paperback)

Printed in United States of America

ଅର୍ପିତ
ରାଗ ଲଳିତ...

ହୃଦୟରୁ...

ମନେପଡ଼େ, ମା'ର ନାନାବାୟା ଗୀତରୁ ହିଁ ମୋର ଶବ୍ଦ ସହିତ ଅନ୍ତରଙ୍ଗ କଥାଭାଷା। ଅକ୍ଷର ଚିହ୍ନିନଥିଲି। ସେତିକିବେଳୁ ପରିଚୟ ହୁଏ ଚିତ୍ରିତ ବହି ସହ। ଖେଳଣା କମ୍-ବହି ବେଶି, ମୋ ପାଇଁ, ମୋ ଭାଇମାନଙ୍କ ପାଇଁ। ବର୍ଷେ ବର୍ଷେ ତଳ-ଉପର ଆମେ ତିନି ଭାଇ ଭଉଣୀ। ମୁଁ, ଅନ୍ୱେଷ ଓ ଅୟସ୍କାନ୍ତ। ମା' ଡାକନ୍ତି- ତିନି ଓସ୍ତାଦ୍। ଆମକୁ ବେଡ୍ ଟାଇମ୍ ଗପ କହୁ କହୁ ବହିଟିଏ ଛାପିଯାଏ ମା'ଙ୍କର 'ତିନି ଓସ୍ତାଦ୍'। ସେଇଠୁ ମନ ଉପରେ ଛାପଟିଏ ପଡ଼େ- ବହି ତେବେ ଗପ କହୁ କହୁ ଛାପିଯାଏ! ଘରର ବାତାବରଣ ଥିଲା ଶବ୍ଦମୟ, ସଙ୍ଗୀତମୟ, କଥା, କବିତାମୟ। ଓଡ଼ିଆ, ଇଂରାଜୀ ପତ୍ରପତ୍ରିକା ଓ ବୟସ ଅନୁଯାୟୀ ବିଭିନ୍ନ ଗପ ବହି କିଣିଆଣନ୍ତି ମା'। କୁହନ୍ତି "ଲାଇବ୍ରେରୀଟିଏ କର, ବହିକୁ ସାଇତି ରଖ, ବହି ହେଉଛି ତୁମର ସଂପଦ, ତୁମ ପିଲାମାନେ ବି ଏହି ବହି ପଢ଼ିବେ।" ତିନି ଭାଇ ଭଉଣୀ ମିଶି କାନ୍ଥ ଆଲମିରାରେ ସଜାଇଦେଉ- ଓଡ଼ିଆ ଜହ୍ନମାମୁ, ଟୁଆଁଟୁଇଁ, ସରଗ ଶଶି, ମନପବନ, ଟୁଉକୁ ମୂଷି, ଟିନ୍ ଟିନ୍ ସିରିଜ୍, ଅମର ଚିତ୍ରକଥା, ଲରେଲ୍ ହାର୍ଡି, ଏନିଡ୍ ବ୍ଲାଇଟନ୍, ପେରୀ ମାସନ୍, ଟେଲ୍ ମି ହ୍ୱାଏ ସିରିଜ୍, ବାଲ୍ ରାମାୟଣ, ବାଲ୍ ମହାଭାରତ, ଆର୍.କେ. ନାରାୟଣନଙ୍କ ମାଲ୍‌ଗୁଡି ଡେଜ୍, ଫ୍ୟାରୀ ଟେଲ୍ସ, ଆଗାଥା କ୍ରିଷ୍ଟି, ଦେଶବିଦେଶର ଲୋକକଥା, ଋଷିଆନ୍

ପତ୍ରିକା 'ସ୍ପୁଟ୍‌ନିକ୍', ଥୋମାସ୍ ହାର୍ଡି, ସେକ୍ସପିୟର ଏବଂ ଓଡ଼ିଆରେ ଅନେକ ଶିଶୁପତ୍ରିକା। ନାଁ ଦେଲୁ 'ପ୍ରତିଭା ଲାଇବ୍ରେରୀ'। ମା' ଲାଇବ୍ରେରୀ ପାଇଁ ଷ୍ଟାମ୍ପଟିଏ ଆଣି ଧରାଇଦେଲେ। ଲାଇବ୍ରେରୀ ବହିରେ କ୍ରମିକ ନମ୍ବର କିପରି ଦିଆଯାଏ ଶିଖାଇଦେଲେ। ତିନି ଭାଇଭଉଣୀ ବସି ବହିଗୁଡ଼ିକରେ ଷ୍ଟାମ୍ପ ବସାଇଲୁ। ତାଲାଟିଏ କିଣା ହୋଇ ଆସିଲା। ତିନିଜଣଙ୍କ ପାଖରେ ତିନିଟି ଚାବି ରହିଲା। ମଝିରେ ମଝିରେ ଲାଇବ୍ରେରୀ ତଦାରଖ କରନ୍ତି ମା'। ସେହି ବହି ଆମ ପିଲାମାନେ ବି ପଢ଼ିଲେ। ଅନ୍ୟମାନଙ୍କ ପିଲାମାନେ ବି ପଢ଼ିଲେ।

ଏମିତି ଏମିତି ବହି ଏବଂ ଶବ୍ଦ ମୋ ଭିତରେ ଅଜ୍ଞାତରେ କ୍ଷୁଦ୍ର ଏକ ଅଙ୍କୁରରୁ କୋମଳ ଶାଖା ପ୍ରସାରି ବଢ଼ିବାକୁ ଲାଗିଲା। ବେଳେବେଳେ ମା' ଆମକୁ କହନ୍ତି "ରେଭେନ୍ସା କଲେଜରେ ଛୋଟପିଲାଙ୍କ ପାଇଁ ଚିତ୍ରାଙ୍କନ ଓ ଗଳ୍ପ ପ୍ରତିଯୋଗିତା ହେଉଛି। କୌଣସି ନିର୍ଦ୍ଦିଷ୍ଟ ବିଷୟ ନାହିଁ। ଯିଏ ଯେମିତି ପାରୁଛ ଲେଖ ଏବଂ ଚିତ୍ରାଙ୍କନ କର, ମୁଁ ନେଇ ଦାଖଲ କରିବି। ତୁମରି ଭଳି ପିଲାମାନେ ଏଥିରେ ଭାଗ ନେଉଛନ୍ତି। ପୁରସ୍କାର ମିଳିଲେ ଭଲ, ନମିଳିଲେ ବି କିଛି ଯାଏଆସେ ନାହିଁ, ତୁମକୁ ସାର୍ଟିଫିକେଟ୍ ମିଳିବ। ଆମେ ତିନି ଭାଉଭଉଣୀ ଏବଂ ଆମ ବଡ଼ବାପାଙ୍କ ପିଲାମାନେ ବି ଗଳ୍ପ କବିତା ଲେଖୁ। ଚିତ୍ରାଙ୍କନ କରୁ। ଦେଖିଲା ବେଳକୁ ଆମ ସମସ୍ତଙ୍କୁ ପୁରସ୍କାର ବାବଦକୁ ଖଣ୍ଡେ ଲେଖାଏଁ ବହି, କଲର୍ ବକ୍ସ ଏବଂ ସାର୍ଟିଫିକେଟ୍ ଇତ୍ୟାଦି ମିଳେ। ପ୍ରଥମ, ଦ୍ୱିତୀୟ ଓ ତୃତୀୟ ପୁରସ୍କାର ନଥାଏ। ସମସ୍ତେ ପୁରସ୍କୃତ ବୋଲି ଲେଖା ଥାଏ। ପରେ ଜାଣିଲୁ ସେଭଳି କିଛି ପ୍ରତିଯୋଗିତା ରେଭେନ୍ସା କଲେଜରେ ହେଉନଥିଲା। ଆମ ଭିତରେ ଥିବା ଅନ୍ତର୍ନିହିତ ପ୍ରତିଭାକୁ ଚିହ୍ନିବା ପାଇଁ ମା' ଏପରି କରୁଥିଲେ। ସେହି ସମୟରୁ ମୁଁ ସାନ ସାନ କବିତା ଓଡ଼ିଆରେ ଲେଖୁଥିଲି। ମୋର ପ୍ରଥମ କବିତା 'ଝିଅଟିର ନାଁ ମାଉଁ' ପ୍ରକାଶ ପାଇଥିଲା ଏକ ଶିଶୁ ପତ୍ରିକାରେ। ମୋର ମାଉସୀଙ୍କ ଝିଅ 'ମାଉଁ' ସେତେବେଳେ ନୂଆ ନୂଆ କଥା କହୁଥାଏ। ତାକୁ ନେଇ ଏ କବିତାଟି ଲେଖିଥିଲି। କବିତାଟି ପ୍ରକାଶ ପାଇଲା ପରେ ଜଣେ ଶିଶୁ ସାହିତ୍ୟିକ ଅଭିଯୋଗ ଧରି ମା'ଙ୍କ ପାଖରେ ପହଞ୍ଚିଲେ। କହିଲେ- "ଦେଖନ୍ତୁ, ଆପଣଙ୍କ ଝିଅ କବିତା ଲେଖିବା ସ୍ୱାଗତଯୋଗ୍ୟ। କିନ୍ତୁ ପ୍ରଥମରୁ ସେ କପି କରି ଲେଖିବାଟା ଆଦୌ ଶୁଭସୂଚନା ନୁହେଁ। ମୋର ଗୋଟିଏ କବିତା ଠିକ୍ ଏହିପରି ଅଛି ଆପଣଙ୍କ ଝିଅ ତାକୁ ପଢ଼ି ଏ କବିତାଟି ଲେଖିଛି। ଏପରି କରିବା ଅନୁଚିତ ବୋଲି ତାକୁ କହିବା ପାଇଁ ମୁଁ ଆସିଛି।" ମୋର ବୟସ ସେତେବେଳେ ନଅ ବର୍ଷ। ମା' ମୋତେ ସେଠାକୁ ନଡ଼ାକି କହିଥିଲେ "ଆପଣଙ୍କ ଓଡ଼ିଆ କବିତା ସେ ପଢ଼ିନଥିବ, କାରଣ ଆପଣ ଯେଉଁ ପତ୍ରିକା ଖଣ୍ଡିକ

ଆଣିଛନ୍ତି ମୁଁ ତାହା ସେମାନଙ୍କୁ କିଣିଦେଇ ନାହିଁ। ତେବେ ମୁଁ ଏତିକି କହିବି, ପିଲାମାନଙ୍କର ସୃଜନଶୀଳତା ଆରମ୍ଭ ହୁଏ ଅନୁକରଣରୁ। ତହିଁରୁ କ୍ରମେ ବିକଶିତ ହୁଏ ମୌଳିକତା। ଆପଣଙ୍କ କବିତା ମୁଁ ଯାହା ପଢ଼ିଲି, ତାହା ଆଦୌ ମୋ ଝିଅ ନକଲ କରି ଲେଖିବା ଭଳି ଲାଗୁନାହିଁ। ଯଦିବା ତାହା ସେ କରିଥାଏ ତେବେ ମୁଁ ପ୍ରଥମରୁ ପିଲାକୁ ଏକଥା କହି ତା' ମନରେ ସାହିତ୍ୟ ଜଗତ ପ୍ରତି ନକାରାତ୍ମକ ଭାବ ସୃଷ୍ଟି କରିବି ନାହିଁ। ବରଂ ଆପଣ ତାକୁ ଉତ୍ସାହିତ କରିବା ଉଚିତ୍। ତା'ପରେ ତାଙ୍କର ସ୍ୱର ବଦଳିଯାଇଥିଲା। ପରବର୍ତ୍ତୀ କାଳରେ ସେ ମୋ ଲେଖା ପଢ଼ି ଉତ୍ସାହିତ କରୁଥିଲେ।

ଯୁକ୍ତଦୁଇ ପଢ଼ିବାବେଳେ ମା'ଙ୍କୁ ଲୁଚାଇ ମୁଁ ଇଂରାଜୀ କବିତା ଲେଖି ଟେଲିଗ୍ରାଫ୍ ଖବରକାଗଜକୁ ପଠାଇ ଦେଇଥିଲି। ସେତେବେଳେ ଆଜିର ବିଶିଷ୍ଟ କବି ଜୟନ୍ତ ମହାପାତ୍ର କବିତା ସଂପାଦନା କରୁଥିଲେ। ଜୟନ୍ତ ମହାପାତ୍ରଙ୍କ ସହ ମା'ଙ୍କର ବ୍ୟକ୍ତିଗତ ପରିଚୟ ମଧ୍ୟ ନଥିଲା। ମୁଁ ମା'ଙ୍କ ଠିକଣା ନଦେଇ ବାପାଙ୍କ ଠିକଣାରେ କବିତା ପଠାଇଲି। ବାପା ସେତେବେଳେ ଅନ୍ୟତ୍ର ଅବସ୍ଥାପିତ ଥିଲେ। ମା'ଙ୍କ ନାଁ ଦେଖି ମୋ କବିତା ଛପିଯାଉ, ତାହା ମୋର ଇଚ୍ଛା ନଥିଲା। ମା' ମଧ୍ୟ ଜାଣିନଥିଲେ ଯେ ମୁଁ ଇଂରାଜିରେ କବିତା ଲେଖୁଛି। ଟେଲିଗ୍ରାଫ୍ ଖବରକାଗଜରୁ ମୋ କବିତା ପଢ଼ି ଖୁସି ହୋଇଥିଲେ ଏବଂ ଉଭୟ ଭାଷାରେ ଲେଖାଲେଖି କରିବା ପାଇଁ ଉପଦେଶ ଦେଇଥିଲେ। ୧୯୯୩ରେ ମୋର ବିବାହର ପୂର୍ବ ବର୍ଷ କବିତା ଗ୍ରନ୍ଥ 'ନେମେସିସ୍' କଲିକତାର ରାଇଟରର୍ସ ଓ୍ୱାର୍କସପ୍‌ରୁ ପ୍ରକାଶ ପାଇଲା। ଏହି କବିତା ଗ୍ରନ୍ଥର ଏକ ଉତ୍ସାହପୂର୍ଣ୍ଣ ଆଲୋଚନା ଲେଖିଥିଲେ କାଶ୍ମୀର ବିଶ୍ୱବିଦ୍ୟାଳୟର ଇଂରାଜି ପ୍ରଫେସର ସଫି ଶୌକ୍। ସେହି ବିଶ୍ୱବିଦ୍ୟାଳୟର ପ୍ରଫେସର ଜମାନ୍ ଅଜୁର୍ଦା ମଧ୍ୟ ମୋ କବିତାଗୁଡ଼ିକର ଜଣେ ମୁଗ୍ଧ ପ୍ରଶଂସକ। ବିଶିଷ୍ଟ କବି ଭାରତୀୟ ସାହିତ୍ୟର ଜଣେ ବିଜ୍ଞ ସମାଲୋଚକ ତଥା ସାହିତ୍ୟ ଏକାଡେମୀର ପୂର୍ବତନ ସଂପାଦକ ପ୍ରଫେସର କେ. ସଚ୍ଚିଦାନନ୍ଦନ ମୋର କେତେକ କବିତା ଇଣ୍ଡିଆନ୍ ଲିଟରେଚର୍ ପତ୍ରିକାରେ ପ୍ରକାଶ କରି ମୋତେ ଅସୀମ ଉତ୍ସାହ ଦେଇଛନ୍ତି। ତାଙ୍କର ଏକ ସାହିତ୍ୟ ସମାଲୋଚନାରେ ସେ ମୋର କବିତା ସଂପର୍କରେ ମଧ୍ୟ ଲେଖିଛନ୍ତି। ମୋ ଭଳି ଜଣେ ନଗଣ୍ୟ ଲେଖିକା ପାଇଁ ଏହା ପୁରସ୍କାର ସଦୃଶ।

ମୋ ବିବାହ ବର୍ଷ ୧୯୯୪ରେ ମୋର ପ୍ରଥମ ଓଡ଼ିଆ ଗଳ୍ପ 'ସର୍ତ୍ତ' ସଂପାଦକ ସରୋଜ ରଞ୍ଜନ ମହାନ୍ତି ଆଗ୍ରହରେ ଝଙ୍କାରରେ ପ୍ରକାଶ କରିଥିଲେ। ଏହା ମୋତେ ଓଡ଼ିଆରେ ଲେଖିବା ପାଇଁ ଉତ୍ସାହିତ କରିଥିଲା। ମୁଁ ତାଙ୍କ ପ୍ରତି କୃତଜ୍ଞ। ଏହାପରେ ମୋର ଗଳ୍ପଗୁଡ଼ିକ ସୁଚରିତାରେ ପ୍ରକାଶ ପାଇଲା। ଶକୁନ୍ତଳା ମାଉସୀ ମୋ ଗଳ୍ପଗୁଡ଼ିକ

କେବଳ ପ୍ରକାଶ କରନ୍ତି ନାହିଁ, ଫୋନ୍‌ରେ ମୋ ସହ ଆଲୋଚନା କରି ତା'ର ଶକ୍ତିଶାଳୀ ଏବଂ ଦୁର୍ବଳ ଦିଗକୁ ଦର୍ଶାଇ ଆଗକୁ ବାଟ କଢ଼ାଇ ନିଅନ୍ତି। 'ଅମୃତାୟନ'ର ସଂପାଦିକା ଗୀତା ମାଉସୀ ଏବଂ ସାତକଡ଼ି ମଉସା ମୋର ଅନେକ ଗଳ୍ପ ପ୍ରକାଶ କରିଛନ୍ତି ଏବଂ ଉତ୍ସାହିତ କରି ସାହିତ୍ୟମନସ୍କ ରହିବା ପାଇଁ ଉପଦେଶ ଦେଇଛନ୍ତି। ନମସ୍ୟ ମହାପାତ୍ର ନୀଳମଣି ସାହୁ 'ସାବିତ୍ରୀ'ରେ ପ୍ରକାଶ ପାଇଥିବା ମୋର ଗଳ୍ପ 'ଭିତରକୁ ରାସ୍ତା' ଏବଂ 'ଶୋକସଭାର ନାୟକ' ପଢ଼ି ମୋତେ ଏତେ ଆଶୀର୍ବାଦ କରିଥିଲେ ଯେ, ମୁଁ ତା'ପରେ ଅନେକ ଗଳ୍ପ ଓଡ଼ିଆରେ ଲେଖି 'ସାବିତ୍ରୀ'କୁ ପଠାଇଲି। ଅର୍ଚ୍ଚନା ମାଉସୀ(ଡ. ଅର୍ଚ୍ଚନା ନାୟକ)ଙ୍କର ପ୍ରେରଣା ମୋ ଗାଳ୍ପିକ ଜୀବନର ସଂଜୀବନୀ ଭଳି କାମ କରେ। ମୁଁ ଗଳ୍ପ ଲେଖିବାରେ ଅତ୍ୟନ୍ତ ମନ୍ଥର। ଶୀଘ୍ର ଶୀଘ୍ର ଗଳ୍ପଟିଏ ସାରିଦେଇ ପାରେନାହିଁ। ଅର୍ଚ୍ଚନା ମାଉସୀ ମୋ ଗଳ୍ପ ପାଇଁ ଅପେକ୍ଷା କରିବାଟା ମୋର କେତେବଡ଼ ଭାଗ୍ୟ ତାହା ମୁଁ ପ୍ରକାଶ କରିପାରିବି ନାହିଁ। ସେ ନିରନ୍ତର ମୋତେ ଉତ୍ସାହ ଦେଇଆସିଛନ୍ତି ମୁଁ ତାଙ୍କ ନିକଟରେ ଚିରକୃତଜ୍ଞ। ମୋର ଅନେକ ଗଳ୍ପ ପଢ଼ି ପାଠକମାନେ ମଧ୍ୟ ଚିଠି ଦେଇଛନ୍ତି ଏବଂ ଫୋନ୍ କରିଛନ୍ତି, ସେମାନଙ୍କ ନିକଟରେ ମୁଁ ଋଣୀ। ତିନିଜଣ ଅନ୍ତରଙ୍ଗ ପାଠିକା ହେଉଛନ୍ତି ମୋର ଦୁଇ ଭାଉଜ ଲିପି, ଅସୀତା ଏବଂ ଝିଅ ଈଶାନୀ। ଏହି ପୁସ୍ତକ ପ୍ରକାଶନ ପଛରେ ସେମାନଙ୍କର ସ୍ନେହ ଓ ପ୍ରେରଣା ରହିଛି। ଗଳ୍ପ ସହିତ ମୋର ଅନେକ କବିତା ମଧ୍ୟ ଗୋକର୍ଣ୍ଣିକା, ଅମୃତାୟନ ଇତ୍ୟାଦି ପତ୍ରିକାରେ ପ୍ରକାଶ ପାଇଛି। ଖ୍ୟାତନାମା କବି ଡ. ରାଜେନ୍ଦ୍ର ପଣ୍ଡା ମୋ କବିତା ପଢ଼ି ସପ୍ରଶଂସକ ମନ୍ତବ୍ୟ ଦେଇ ମୋତେ ନିରନ୍ତର ଉତ୍ସାହ ଦେଇଆସିଛନ୍ତି। ଏହି ବରିଷ୍ଠ କବି ଲେଖକମାନଙ୍କଠାରୁ ମୁଁ ଆଶୀର୍ବାଦ ପାଇଛି ବୋଲି ଆଜି ଏହି ଗଳ୍ପ ସଂକଳନଟି ପ୍ରକାଶ ପାଇବାକୁ ଯାଉଛି। ମୋର ବାପା ଶ୍ରୀ ଅକ୍ଷୟ ଚନ୍ଦ୍ର ରାୟ ଏବଂ ସ୍ୱାମୀ ଶ୍ରୀ ଲଳିତ ଦାସ ଗପଟିଏ ଲେଖିବା ପାଇଁ ମୋତେ ବେଳେବେଳେ ହୋମ୍‌ୱାର୍କ ଦିଅନ୍ତି। ସେମାନଙ୍କ ପ୍ରେରଣା ମୋର ଆତ୍ମବିଶ୍ୱାସକୁ ଦୃଢ଼ କରେ। ମୋର ମାତୃଭାଷା ଓଡ଼ିଆ ଶାସ୍ତ୍ରୀୟ ମାନ୍ୟତା ପାଇବା ବର୍ଷରେ ମୋର ପ୍ରଥମ ଗଳ୍ପ ସଂକଳନ ପ୍ରକାଶ ପାଇବା ଏକ ସଂଯୋଗ ଏବଂ ସୌଭାଗ୍ୟ। ମୋର ମାତୃଭାଷା ଏବଂ ମୋ ଭାତୃଭାଷାକୁ ବଞ୍ଚାଇ ରଖିଥିବା ଏବଂ ଶାସ୍ତ୍ରୀୟ ମାନ୍ୟତା ଦେବାପାଇଁ ଉଦ୍ୟମ କରିଥିବା ସମସ୍ତ ଲେଖକ ଏବଂ ଭାଷାବିତ୍ ତଥା ମୋର ମାତୃଭାଷାକୁ ମୁଁ ପ୍ରଣାମ କରୁଛି।

ମୋ ଅନୁଭବର ଏକ କୋମଳତମ ଏବଂ ମଧୁରତମ ଯନ୍ତ୍ରଣାର କଥା ପ୍ରକାଶ ନକରି ମୁଁ ରହିପାରୁନାହିଁ। ଅନେକ ସମୟରେ ମୋର ଲେଖା ପଢ଼ି ମୋତେ ପ୍ରଶଂସା କରିବା ସହ କେହି କେହି କୁହନ୍ତି- ଯାହାହେଲେ ମଧ୍ୟ ଗୋଟିଏ ବିଶାଳ ବଟବୃକ୍ଷର

ଛାୟା ତଳେ ଆଉ କେଉଁ ବୃକ୍ଷ ଉଧାଇବା କ'ଣ ସମ୍ଭବ ? ତୁମେ କ'ଣ କେବେହେଲେ ପ୍ରତିଭା ରାୟଙ୍କ ଭଳି ହୋଇପାରିବ ? ଯେତେବେଳେ ମୋର ଚିନ୍ତା ଓ ଭାବନା ଏତେ ପରିପକ୍ୱ ନଥିଲା ସେତେବେଳେ ମୁଁ ଯେ ଏଭଳି କଥାରେ ସାମାନ୍ୟ ଆହତ ନହୋଇଛି ସେକଥା ନୁହେଁ। କିନ୍ତୁ ପରବର୍ତ୍ତୀ କାଳରେ ମୁଁ ଅନୁଭବ କଲି ଯେ ଏଭଳି ମନ୍ତବ୍ୟର ପ୍ରାସଙ୍ଗିକତା ନାହିଁ। ଦୂରକୁ ଯିବା ଆବଶ୍ୟକ ନାହିଁ। ଆମ ଓଡ଼ିଆ ସାହିତ୍ୟରେ ମହାନ୍ କବି, ଲେଖକ ଲକ୍ଷ୍ମୀକାନ୍ତ ମହାପାତ୍ରଙ୍କର ସୁଯୋଗ୍ୟ ପୁତ୍ର ହେଉଛନ୍ତି ମହାନ୍ ଲେଖକ ନିତ୍ୟାନନ୍ଦ ମହାପାତ୍ର। କାହ୍ନୁଚରଣ ମହାନ୍ତି ଓ ଗୋପୀନାଥ ମହାନ୍ତି ଭ୍ରାତୃଦ୍ୱୟ, ଭଗବତୀ ପାଣିଗ୍ରାହୀ ଓ କାଳିନ୍ଦୀ ପାଣିଗ୍ରାହୀ ଭ୍ରାତୃଦ୍ୱୟ କେହି କାହାରିକୁ ନିଜର ଛାୟାତଳେ ଖର୍ବ କରିଦେଇ ନାହାନ୍ତି। ଏକଥା ସତ୍ୟ ଯେ ସେକ୍ସପିୟରଙ୍କ ପୁଅ ସେକ୍ସପିୟର ନୁହନ୍ତି ବା ଟଲଷ୍ଟୟଙ୍କ ପୁଅ ଟଲଷ୍ଟୟ ହୋଇପାରି ନାହାନ୍ତି। କାହିଁକି ବା ହେବେ ? ପ୍ରତ୍ୟେକ ନିଜ ନିଜର ଶକ୍ତି, ପ୍ରତିଭା, ଅଭୀପ୍ସା ଏବଂ ସଂକଳ୍ପ ବଳରେ ପ୍ରତିଷ୍ଠିତ ହୁଅନ୍ତି। ତେଣୁ ମୋ ମା' ପ୍ରତିଭା ରାୟଙ୍କ ଛାୟାକୁ ମୁଁ ମୋର ପ୍ରେରଣା ଏବଂ ମୋ ସୃଜନ ସ୍ୱପ୍ନର ଅଙ୍କୁରୋଦ୍‌ଗମ ପାଇଁ ସର୍ବଶ୍ରେଷ୍ଠ ଉର୍ବର ଭୂମି ଭାବରେ ଗ୍ରହଣ କରିଆସିଛି। ମା'ଙ୍କର ସଫଳତା ମୋର ସୃଜନପଥର ବାଧକ ହୋଇପାରିବ ନାହିଁ। ବରଂ ଏହା ମୋର ସୃଜନର ପ୍ରାଣରସ। ମା' ଭାବରେ ପ୍ରତିଭା ରାୟଙ୍କୁ ପାଇ ମୁଁ ସାହିତ୍ୟ ଏବଂ ସଙ୍ଗୀତର ସ୍ୱପ୍ନକୁ ରୂପାୟିତ କରିବା ପାଇଁ ନାନ୍ଦନିକ ବିଭବରେ ଭୂଷିତା ବୋଲି ମନେକରେ।

– ଆଦ୍ୟାଶା ଦାସ

ସୂଚୀପତ୍ର

*While with an eye made quiet by the power
of harmony, and the deep power of joy,
We see into the life of things.*

- William Wordsworth

ଭିତରକୁ ରାସ୍ତା

ତିନି ବର୍ଷର ବିବାହିତ ଜୀବନ ସେମାନଙ୍କୁ ପୁରୁଣା ଲାଗୁଥିଲେ ବି ଗତାନୁଗତିକତାର ଫାଙ୍କରେ କିଞ୍ଚିତ୍ ମାଧୁରିମା ନୂଆ ନୂଆ ଲାଗୁଥିଲା- ବିଶେଷକରି ଟୁକୁର ଜନ୍ମ। ତା'ପରେ ସ୍ମିତାକୁ ଲାଗିଲା ଯେ ସେମାନେ ଆଉ ପ୍ରକାରେ ନୂଆ ବାହା ହୋଇଛନ୍ତି। ଏଣିକି ସେ ସମୟେ ସମୟେ ନୂଆକରି ଅମ୍ବୁଜଙ୍କ ଉପରେ ଚିଡ଼ିବାକୁ ପଛାଉନି। ପୂର୍ବରୁ ସେ ସମସ୍ତ ରାଗରୋଷକୁ ସମ୍ଭାଳି ନେଉଥିଲା। ଏବେ ସ୍ତ୍ରୀର ଅଧିକାର ସାବ୍ୟସ୍ତ କରିବାରେ ସେ ପାରଙ୍ଗମ। ସେଇ ଅଧିକାରରେ ସେଦିନ ସେ ଅମ୍ବୁଜଙ୍କୁ ଶୁଣେଇଦେଲା- "ମୁଁ ଓଡ଼ିଶା ଛାଡ଼ି କୁଆଡ଼େ ଯିବିନାହିଁ।" ଅମ୍ବୁଜ ଶିକ୍ଷକ ଥିଲେ ଏକ ପବ୍ଲିକ ସ୍କୁଲ୍‌ରେ। କିନ୍ତୁ ଚାକିରି କ୍ଷେତ୍ରରେ ତାଙ୍କୁ ସନ୍ତୋଷ ମିଳୁନଥିଲା। ଗଲାବର୍ଷଠାରୁ ସେ ଅନ୍ୟତ୍ର ଦରଖାସ୍ତ ଦାଖଲ କରିବା ଆରମ୍ଭ କରିଥିଲେ। କିନ୍ତୁ ଏମିତି ହଠାତ୍ ହିମାଚଳ ପ୍ରଦେଶରୁ ଡାକରା ଆସିବା ସ୍ମିତାର କଳ୍ପନା ବାହାରର କଥା! ସୁଦୂର କଶୌଲି ସହରର ଏକ ନାମଜାଦା ସ୍କୁଲ୍‌ରେ ବେଶ୍ ଭଲ ଦରମାରେ ଅମ୍ବୁଜଙ୍କୁ ଅଫରଟେ ଆସିଛି।

ସ୍ମିତା ମନରେ କଶୌଲି ପାଇଁ କୌଣସି ଆଗ୍ରହ ଆସୁନାହିଁ। ଅମ୍ବୁଜ ଖୁବ୍ ଚେଷ୍ଟା କରୁଥିଲେ ତାକୁ ବୁଝେଇବା ପାଇଁ। ଏତେ ଭଲ ସୁଯୋଗ ତାଙ୍କୁ ଓଡ଼ିଶାରେ ମିଳିବ ନାହିଁ। ତା'ଛଡ଼ା ଟୁକୁ ମଧ

ସେ ସ୍କୁଲ୍‌ରେ ତାଙ୍କ ତତ୍ତ୍ୱାବଧାନରେ ପଢ଼ିବ। ଗୋଟେ ସପ୍ତାହ ବିତିଗଲା ପରେ ମଧ୍ୟ ଯେତେବେଳେ କଶୌଲି ଉଚ୍ଚାରଣଟା ତାଙ୍କ ଘରେ ମନ୍ତ୍ରଧ୍ୱନି ଭଳି ସକାଳେ ସଞ୍ଜେ ଗୁଞ୍ଜରିତ ହେଲା, ସ୍ମିତା ଜାଣିଲା ଯେ ସେମାନେ କଶୌଲି ଯିବେ। ଏଇ କିଛିବର୍ଷର ସମ୍ପର୍କ ଭିତରେ ସେ ଅମ୍ବୁଜଙ୍କର ଜିଦ୍‌ଖୋରପଣିଆକୁ ଚିହ୍ନି ସାରିଥିଲା। ଯାହା ଥରେ ନିର୍ଣ୍ଣୟ କରିଥିବେ, ସେଥିରୁ ଓହରିବାର ନାହିଁ। ସ୍ମିତା ଉଦାସ ହୋଇଗଲା। ଲୁଚେଇ ଲୁଚେଇ କାନ୍ଦିଲା। କିନ୍ତୁ ଭାରି ମନରେ ସମସ୍ତ ଜିନିଷପତ୍ର ବନ୍ଧାବନ୍ଧି କଲା।

ଏ ବି ଗୋଟେ ମେଘୁଆ ସୋମବାରରେ ଘର ପରିବାର, ବନ୍ଧୁବାନ୍ଧବଙ୍କୁ ଛାଡ଼ି ସେ ତା'ର ଏକମାତ୍ର ଅନ୍ତରଙ୍ଗ ସାଥୀ ଅମ୍ବୁଜଙ୍କ ସହିତ କଶୌଲି ବାହାରିଲା। ସାଙ୍ଗରେ ପୁଅ ଟୁକୁ।

ଦିଲ୍ଲୀ ପର୍ଯ୍ୟନ୍ତ ଟ୍ରେନ୍‌ରେ ଯାତ୍ରା, ତା'ପରେ କାର୍‌ରେ ଜିନିଷର ଭିଡ଼ ଭିତରେ ସେମାନେ ହିମାଳୟ ପର୍ବତ ଚଢ଼ିବା ଆରମ୍ଭ କଲେ। ବରଫଘେରା ଶିଖରରେ ଖରାଟା ଯେତେବେଳେ ଆଉଟା ସୁନା ହୋଇ ଝଟକୁଥିଲା, ସ୍ମିତା ଭିତରର ଜମାଟବନ୍ଧା ବରଫଖଣ୍ଡ ଧୀରେ ଧୀରେ ତରଳିବାକୁ ଲାଗିଲା।

ପିଲାଟିଦିନରୁ ସେ ବୁଲିବାକୁ ଭଲପାଏ। ସୁନ୍ଦର ପରିବେଶ ତାକୁ ଖୁବ୍ ଆକୃଷ୍ଟ କରେ- ଘରେ, ବାହାରେ। ରାସ୍ତାର ଦୁଇପାଖରେ ଡେଙ୍ଗା ବର୍ଚ୍ଛଗଛ ଆକାଶମୁହାଁ ହୋଇ ଜଗିରହିଛି। ଟୁକୁର ଆରାମ ପାଇଁ ସେମାନେ ବାଟସାରା ଓହ୍ଲାଇ, ହିମାଳୟର ସୌନ୍ଦର୍ଯ୍ୟ ଉପଭୋଗ କରି ଯାଉଥାନ୍ତି। ସ୍ମିତାକୁ ଲାଗୁଥାଏ କୌଣସି ଗୋଟେ ପୁରୁଣା ହିନ୍ଦୀ ସିନେମାର କିଛି ଅଂଶରେ ସେମାନେ ମୁଖ୍ୟ ଭୂମିକାରେ ଅବତୀର୍ଣ୍ଣ। ଅମ୍ବୁଜ ଖୁସି ଯେ, ସ୍ମିତା ଆଖିରେ ଖୁସିର ତରଙ୍ଗ ଖେଳିଲାଣି।

ପ୍ରକୃତିର ଅପାର ସୌନ୍ଦର୍ଯ୍ୟରେ ସ୍ମିତା ବିଭୋର। ମଝିରେ ମଝିରେ ପାହାଡ଼ୀଝରଣା ରାସ୍ତା ଉପରକୁ ଖସିଆସିଥିଲା ଖସଡ଼ା ବରଫରେ ପାଦ ଖସାଇ। ଜାତିଜାତିକା ଫୁଲ, ଗାଢ଼ ଲାଲ୍ ବା ହାଲ୍‌କା ଗୋଲାପୀ ଚିକ୍‌ଚିକ୍ ସବୁଜପତ୍ର ମଧ୍ୟରୁ ତାକୁ ହାତ ହଲାଉଥାନ୍ତି। ଛୋଟ ଛୋଟ ଗାଁ ଟପି ସେମାନେ ଆଗଉଥାନ୍ତି। କେତେବେଳେ ପୁଣି ଲମ୍ବା ପୋଲ ଓ ପାହାଡ଼ ପେଟରେ ଅନ୍ଧାରିଆ ଟନେଲ। ସତେଯେମିତି ଜୀବନର ଗୋଟେ ଝଲକ ଦୃଶ୍ୟ ହେଉଥିଲା ସେଇ ପାହାଡ଼ିଆ ରାସ୍ତାରେ। ଉଚ୍ଚ-ନୀଚ, ଖାଲ-ଢିପ, ଅନ୍ଧାର-ଆଲୁଅ ମଣିଷ ଜୀବନ ଏଇସବୁ ଦେଇ ହଠାତ୍ ଆରମ୍ଭ ହୁଏ ଓ ଆକସ୍ମିକ ଭାବେ ସରିଯାଏ।

ଅମ୍ବୁଜ ରାସ୍ତାକଡ଼ରୁ ଲାଲ ଟକ୍‌ଟକ୍ ସେଓ କିଣିଲେ ଟୁକୁ ପାଇଁ। ସମସ୍ତେ ମିଶି ଖାଇଲେ। ଅମ୍ବୁଜ ବାଧ୍ୟକରି ଡ୍ରାଇଭରକୁ ମଧ୍ୟ ଖୁଆଇଲେ। ତାଙ୍କର ଅନ୍ୟମାନଙ୍କ

ସୁବିଧା ଅସୁବିଧା ପାଇଁ ବେଶ୍ ଚିନ୍ତା। ସ୍ମିତାକୁ ଭଲ ଲାଗେ ଏସବୁ, କାରଣ ସେ ଜାଣେ ନିଜ ସ୍ୱାମୀ, ପିଲା ଘର, ବନ୍ଧୁବାନ୍ଧବଙ୍କ ପରେ ତା'ର ଆଉ ସମୟ ନଥାଏ ଅନ୍ୟମାନଙ୍କ କଥା ଭାବିବାକୁ। ସାଇପଡ଼ିଶା ଓ ସମାଜର ମଙ୍ଗଳର ଗୁରୁଭାର ସେ ଅମ୍ବୁଜଙ୍କୁ ସମର୍ପି ଦେଇଥିଲା କେଉଁକାଳୁ। ଗୋଟାଏ ପିଲାକୁ ନେଇ ତାକୁ ପୃଥିବୀ ଯାକର ଜଞ୍ଜାଳ ମାଡ଼ି ବସିଥିଲା। ଚାରିଟା ପିଲାରେ ତା' ମା'ର ଜଞ୍ଜାଳ କେବେହେଲେ ସ୍ମିତାକୁ ଏପରି ଭାରୀ ମନେ ହୋଇନଥିଲା। ମା'ମାନେ ତ ଭାରବାହୀ ପଶୁ! ମାତ୍ର ସ୍ମିତା ଯେ ମା'ର ଅଲିଅଳ ଝିଅ। ବୋଧହୁଏ ଗୋଟିଏ ସନ୍ତାନର ଜଞ୍ଜାଳ ବେଶି! ମନଧ୍ୟାନ ସବୁ ତା'ରି କେନ୍ଦ୍ରିତ। ଆକାଶ ଆଉ ପୃଥିବୀ ଭିତରେ କେବଳ ଟୁକୁ ହିଁ ଟୁକୁ। ଆଜି ଟୁକୁକୁ ଠେଲି ହିମାଳୟ ସେଠି ଉଭା ହୋଇଛି। ସେ ଟୁକୁକୁ ଭୁଲିଯାଇ ହିମାଦ୍ରୀଠି ଧ୍ୟାନସ୍ଥ।

କଶୌଲିରେ ପହଞ୍ଚିଲା ପରେ ଗୋଟିଏ ସପ୍ତାହ ସେମାନେ ଗେଷ୍ଟହାଉସ୍‌ରେ ରହିଲେ। ଛୋଟ ଚୁପ୍‌ଚାପ୍ ସହରଟିଏ କଶୌଲି । ସତେଯେମିତି ରୁଷି ବସିଛି ହିମାଳୟର କେଉଁ କୋଣରେ- ଆଉ ତା'ର ରୁଷିଲା ମୁହଁ ଯୋଗୁଁ ସେ ଅତି ସୁନ୍ଦର ଦେଖାଯାଉଛି। ସେହି ସପ୍ତାହଟା ଯାହା ସେମାନେ ବୁଲିଛନ୍ତି ଖୁସିରେ। ଉଚ୍ଚନୀଚ ନିରୋଳା ରାସ୍ତାରେ ଅମ୍ବୁଜ ସତେଯେମିତି ରାଜା, ଆଉ ସ୍ମିତା ତାଙ୍କର ରାଣୀ। ବ୍ରିଟିଶ ଅମଳର କ୍ୟାଣ୍ଟନମେଣ୍ଟ ହୋଇଥିବାରୁ ଘରଗୁଡ଼ିକ ସେଇ ଢାଞ୍ଚାରେ ପାହାଡ଼ସାରା ଥାକ ଥାକ ହୋଇ ସତେଯେମିତି ସଜା ହୋଇଛି। ହିମାଳୟର ଶିଖର ଚାରିପଟେ ସତେଯେମିତି ପହରା ଦେଉଛି। ସ୍ମିତାକୁ ଲାଗିଲା- କଶୌଲି ଦେଖିବାକୁ ସମ୍ପୂର୍ଣ୍ଣ ଗୋଟେଦିନ ଦରକାର ନାହିଁ। ଅମ୍ବୁଜ କହିଲେ "ତମକୁ ତ ମୁଁ ଆଜିପର୍ଯ୍ୟନ୍ତ ଆବିଷ୍କାର କରୁଛି । ଲାଗୁଛି ଯେ ମୁଁ ସବୁ ଜାଣିସାରିଲିଣି, ସେତିକିବେଳେ ତମେ ହଠାତ୍ ଗୋଟେ ନୂଆ ରୂପରେ ଉଭା ହୁଅ, ଅନ୍ୟ ଏକ ରୋଲ୍‌ରେ ଅବତୀର୍ଣ୍ଣ ହୁଅ ବା କିଛି ଅଲଗା କର... ଆଉ ମୋର ଆବିଷ୍କାରର ରାସ୍ତା ପୁଣି ଆରମ୍ଭ ହୁଏ। କାନ ଡେରି ଶୁଣ, ଝାଉଁ ଗଛର ନିବିଡ଼ ଜଙ୍ଗଲ ଭିତରୁ କିଏ ହାତଠାରି ଡାକୁଛି- ରାସ୍ତା ଆରପାଖେ କିଏ କ'ଣ କରୁଛି କି?"

ହେଲେ ଏସବୁ ପାଇଁ ସ୍ମିତା କେବେ ସମୟ ଖୋଜି ପାଇନାହିଁ। ବାହାଘର ପରେ ପରେ ତାକୁ କ୍ୟାରିଅର କରିବାର ନିଶା ଘାରିଥିଲା। ଇତିହାସରେ ପୋଷ୍ଟ ଗ୍ରାଜୁଏସନ୍ ପରେ ତାକୁ କ'ଣ ଛୋଟକାଟିଆ ଚାକିରିଟିଏ ମିଳିନଥାନ୍ତା? ଅମ୍ବୁଜ ଯେ କୁଣ୍ଠିତ ହେଲେ ତା ନୁହେଁ, ସେ କିନ୍ତୁ ବିଶେଷ ଆଗ୍ରହ ମଧ୍ୟ ଦେଖାଇଲେ ନାହିଁ। ତେଣୁ ସ୍ମିତା ଭାବିଥିଲା ହାତରେ ତା'ର ଅନେକ ବଳକା ସମୟ ରହିବ ଜୀବନସାରା।

କିନ୍ତୁ କେଉଁଠାରୁ ଏତେ କାମ ବାହାରିଲା, ଆଉ ତାକୁ ଜାବୁଡ଼ି ଧରିଲା ସେ ସ୍ପଷ୍ଟ ଜାଣିପାରୁନି।

ସମୟ ପାହାଡ଼ ପର୍ବତ ଭିତରେ ବି ଅନାୟାସରେ ବହିଯାଏ। କଣ୍ଟୌଲି ରହଣି ତାଙ୍କର ପନ୍ଦର ବର୍ଷ ପୂରିଲାଣି। ଜଗନ୍ନାଥଙ୍କ ଅପାର କରୁଣାରୁ ଛୋଟ ପରିବାରଟି ତାଙ୍କର ସୁରୁଖୁରୁରେ ଚାଲିଛି। ଟୁକୁ ମେଧାବୀ ଛାତ୍ର ଭାବେ ଆଖପାଖରେ ବେଶ୍ ନାଁ କଲାଣି। ଛୋଟ ସହରରେ ରହିବାର ଗୋଟେ ବଡ଼ ସୁବିଧା ହେଲା ସମସ୍ତେ ପରସ୍ପରକୁ ଜାଣିଥାନ୍ତି। ଅମ୍ବୁଜ ଏ ଭିତରେ ସ୍କୁଲର ପ୍ରିନ୍‌ସିପାଲ ହୋଇଗଲେଣି। ତାଙ୍କ କାମରେ ସେ ବ୍ୟସ୍ତ। ସ୍ମିତାର ସବୁ ସ୍ୱପ୍ନ ଓ ସମସ୍ତ ସମୟ ଟୁକୁଠାରେ ସ୍ଥିର। ଅମ୍ବୁଜ ମଧ୍ୟ ଘରକୁ ଫେରିଲା ପରେ ଟୁକୁ ସଙ୍ଗେ ଲାଗିଥାନ୍ତି, ପାଠ ଆଦାୟ କରି ତାକୁ ହାଲିଆ କରିଦିଅନ୍ତି। ସଂସାର ଯାକର ଗପର ପସରା ମେଲେଇ ବସନ୍ତି ବାପ-ପୁଅ। ଯେମିତି ତାଙ୍କର ସେ ସମୟରେ ସ୍ମିତାଠାରୁ ପୃଥକ୍ ଏକ ପୃଥିବୀ। ସ୍ମିତାକୁ ବେଳେବେଳେ ନିଃସଙ୍ଗ ଲାଗେ। ଅମ୍ବୁଜଙ୍କ ଉପରେ ଅଭିମାନ କରେ ସେ। କିନ୍ତୁ କ'ଣ ଲାଭ ? ସେ ଟୁକୁଠାରୁ ଫୁରସତ୍ ପାଇଲେ ସିନା। ଏଣିକି ତା'ର ଯତ୍ନ ଓ ସୋହାଗ ସବୁ ଟୁକୁ ଉପରେ ଅଜାଡ଼ି ଦେଲାବେଳେ ସେ ଚିଡ଼ିଯାଉଛି। କହୁଛି- "ମୁଁ ବଡ଼ ହୋଇଗଲିଣି ବୋଲି ତୁ ଭୁଲିଯାଉଛୁ କି ?" ସ୍ମିତା କହେ- "ବାପା ମା' ସିନା ବୟସ୍କ ହୁଅନ୍ତି 'ଟୁକୁ'ମାନେ କ'ଣ ବଡ଼ ହୋଇଯାନ୍ତି।" ଟୁକୁ ଦିଲ୍ଲୀରେ ଇଞ୍ଜିନିୟରିଂ କରିବାକୁ ଗଲାଣି ଦୁଇମାସ ତଳୁ। କିନ୍ତୁ ଏପର୍ଯ୍ୟନ୍ତ ସ୍ମିତା ତା' ପୁରୁଣା ରୁଟିନ୍‌ରୁ ମୁକୁଳି ପାରିନାହିଁ। ରାତିରେ ସେ ହଠାତ୍ ଉଠିବ ଟୁକୁ ପାଇଁ ବୋର୍ଣ୍ଣଭିଟା କରିବାକୁ। ଘରଟା ଖାଁ ଖାଁ ଲାଗେ। କିନ୍ତୁ ଅମ୍ବୁଜ ପୁଣି ମନେ ପକେଇଦେଲେ ତାକୁ ଯେ ସେ ତା' ପାଖେପାଖେ ସବୁବେଳେ ଅଛନ୍ତି। ସେମାନେ ସତେଯେମିତି ଫେରିଗଲେ ତାଙ୍କ ନୂଆ ବାହାହେବା ଦିନଗୁଡ଼ିକୁ। କଣ୍ଟୌଲି ଆଖପାଖ ଅନେକ ଜାଗା ସେମାନେ ଏକାଠି ବୁଲିଗଲେ। ସ୍ମିତାର କେତେ ରୋମାଣ୍ଟିକ୍ ସ୍ୱପ୍ନ ଥିଲା- ଏମିତି ସେମାନେ ଏକ ଅଜଣା ଜାଗାକୁ ଯିବେ, ଏତେ ନିବିଡ଼ ହେବେ ଓ ନିଜକୁ ସମ୍ପୂର୍ଣ୍ଣ ହଜେଇଦେବେ ସେ ଅମ୍ବୁଜଙ୍କ ଭିତରେ। ଏତେବର୍ଷ ପରେ ଭଲ ପାଇବାର ଗୋଟେ ଏତେ ବଡ଼ ଢେଉ ଆସି ତାଙ୍କୁ ଭସେଇନେବ, ସେ କଳ୍ପନା କରିନଥିଲା। ଏତେବର୍ଷ ଜଣକ ସହିତ ଏକାଠି ରହିଲା ପରେ ପୁଣି ଏତେ ନୂତନତ୍ୱ କେଉଁଠାରୁ ଆସିଲା ? ଅମ୍ବୁଜଙ୍କର ସୁଦର୍ଶନ ଚେହେରାଠାରୁ ଆହୁରି ସୁନ୍ଦର ତାଙ୍କ ଭିତରଟା। ସ୍ମିତା ଅନେକ ସମୟରେ ଭାବେ ଭାଗ୍ୟରେ ଥିଲେ ଏମିତି ଭଲ ମଣିଷଟିଏ ସାଥୀରୂପେ ମିଳେ। ସଚ୍ଚୋଟପଣିଆ ଛଡ଼ା ଅନ୍ୟମାନଙ୍କୁ ସାହାଯ୍ୟ କରିବା ମନୋବୃତ୍ତିଟା ସମସ୍ତଙ୍କ ପାଖେ ତାଙ୍କୁ ପ୍ରିୟ କରିପାରିଛି। ସକାଳେ ଲମ୍ବା ୱାକ୍‌ରେ ଯାଆନ୍ତି ଦୁହେଁ।

ଅମ୍ବୁଜ ବାଟସାରା ଥଟ୍ଟାମଜା କରି ତାଙ୍କୁ ପ୍ରତିଦିନ ଏକ ସୁନ୍ଦର ସକାଳ ଭେଟି ଦିଅନ୍ତି। ଅଫିସ୍ ଗଲାବେଳେ କାମ ଦେଇ ଯାଆନ୍ତି- 'ଅମୁକ ବହିଟା ସାରି ଦେଇଥିବ। ଆସିଲେ ଡିସ୍‌କସ୍ କରିବା ।'

ସ୍ମିତାର ବେଳେବେଳେ ମନକୁ ଆସେ କେମିତି ସେ ଦିନେ ସ୍ୱପ୍ନ ଦେଖୁଥିଲା। କ୍ୟାରିଅର କରିବ, ସମାଜ ପାଇଁ ନିଜର ଅବଦାନ ଛାଡ଼ିଯିବ। ମେଧାବୀ ଛାତ୍ରୀ ଭାବରେ ତା'ର କଲେଜରେ ବେଶ୍ ନାଁ ଥିଲା। କିନ୍ତୁ ଭଲ ପ୍ରସ୍ତାବଟାକୁ ହାତଛଡ଼ା ନକରିବା ପାଇଁ ବାପା-ମା' ବାହାଘରଟା କରିଦେଲେ। ଆଉ ତା'ପରେ ତାକୁ କ୍ୟାରିଅର ବିଷୟରେ ଭାବିବାକୁ ସମୟ ମିଳିନି। ଇଛା ବି ହେଇନି। ସେ ତ ଅମ୍ବୁଜଙ୍କ ଉପରେ ସମ୍ପୂର୍ଣ୍ଣ ରୂପେ ନିର୍ଭରଶୀଳ। ତାକୁ ଲାଗେ ସେଥିରେ ଅମ୍ବୁଜ ଏକପ୍ରକାର ଆନନ୍ଦ ପାଆନ୍ତି। ସ୍ମିତା ମଧ୍ୟ କେବେ ପରାଙ୍ଗପୁଷ୍ଟ ବୋଲି ଭାବିନି ନିଜକୁ।

କିଛିଦିନ ହେବ କଶୌଲିରେ ଗୋଟିଏ ସୁନ୍ଦର ଜାଗାରେ ତାଙ୍କ ଘର ତିଆରି ହେଉଛି। ଏ ଘର ପଛରେ ଗୋଟେ ବିରାଟ ଇତିହାସ। ବ୍ୟାଙ୍କରୁ ଋଣ ନେଇ ଯେତେବେଳେ ଅମ୍ବୁଜ ଜାଗାଟି କିଣିଲେ, ସ୍ମିତାକୁ ଲାଗିଲା ତା'ର ଓଡ଼ିଶା ମାଟି ସଙ୍ଗେ ସମ୍ପର୍କ ସବୁଦିନ ପାଇଁ ଛିନ୍ନ ହୋଇଗଲା। ବହୁତ ବୁଝେଇଲା ଅମ୍ବୁଜଙ୍କୁ। "ବୁଢ଼ାବୁଢ଼ୀ ବେଳେ ଏ ପାହାଡ଼ିଆ ଜାଗାରେ ଏକା କେମିତି ରହିବା ? ଭଲ ମନ୍ଦରେ କିଏ ଆସି ଠିଆହେବ ପାଖରେ ?"

ଅମ୍ବୁଜ ସହଜ ଭାବରେ କହିଲେ- "ବ୍ୟସ୍ତ ହୁଅନି। ତୁମକୁ ଆଗ ପଠେଇଦେବି। ମୋ ବିନା ତୁମେ କ'ଣ ଚଳିପାରିବ ?" ଘରର ନକ୍ସାଠାରୁ କେତେ ଅଲଗା ଘରଟା ଦେଖାଯାଉଛି ସମ୍ପୂର୍ଣ୍ଣ ହେଲାପରେ। ଠିକ୍ ଯେମିତି ପିଲାମାନଙ୍କର ସାନବେଳର ଛବି ବଡ଼ ହୋଇଗଲେ ନିଜ ଚେହେରା ସହ ମେଳ ଖାଏନାହିଁ। ଘର ସାମନାରେ ଅମ୍ବୁଜଙ୍କର ଅତି ପ୍ରିୟ ବଗିଚା। ଜାତିଜାତିକା ଫୁଲଫଳରେ ଭର୍ତ୍ତି। କାମ ଆରମ୍ଭ ଦିନଠାରୁ ଦୁଇଜଣ ସାଇପଡ଼ିଶା ବା ଯେଉଁଠାରୁ ଚାରା ପାଆନ୍ତି, ଆଣି ଲଗାନ୍ତି। ଘରକାମ ସରିଲାବେଳକୁ ବଗିଚାଟା ସତେଯେମିତି ହସୁଛି। ଘରର ପ୍ରତିଟି କୋଠରି, ତା'ର ଚଟାଣ, ରଙ୍ଗ, ଫିଟିଙ୍ଗସ୍ ସବୁ ଦୁଇଜଣ ମିଶି ବାଛିଛନ୍ତି। ଅମ୍ବୁଜ ବେଡ୍‌ରୁମ୍‌ଟାକୁ ଉପର ମହଲାରେ ରଖିଥିଲେ। ଝର୍କାଦେଇ ପାହାଡ଼ର ସିଲହଟ୍ ଭାସି ଆସୁଥିଲା। ଝର୍କାରେ ପର୍ଦ୍ଦା ଭଳି ଉଡୁଥିଲା ହିମାଳୟ ଘର ଭିତରେ।

ଏ ଘରକୁ ଆସିବାର ଅନେକ ବର୍ଷ ହୋଇଗଲାଣି। ପୁଅ ବାହାଘର ଭୋଜିଟା ମଧ୍ୟ ଘର ସାମ୍ନା ଖୋଲା ଜାଗାରେ ଆୟୋଜନ କରାଯାଇଥିଲା। କଶୌଲି ସହରର ପ୍ରାୟ ସବୁ ଜଣାଶୁଣା ଲୋକ, ଓଡ଼ିଶାରୁ ତାଙ୍କ ଦୁଇ ପରିବାର ଓ ବନ୍ଧୁବାନ୍ଧବ ସମସ୍ତେ

ଆସି ବରକନ୍ୟାଙ୍କୁ ଆଶିର୍ବାଦ ଦେଇଗଲେ। ପୁଅଟା ଗଲାବେଳେ ଜିଦିକରି ବାପାଙ୍କୁ ଗାଡ଼ି କିଣି ଦେଇଯାଇଛି। ଅମ୍ବୁଜଙ୍କ ପ୍ରିୟ ମଡେଲ ମାରୁତି ଜେନ୍। କେତେ ବର୍ଷ ହେଲା ସେମାନଙ୍କର ପୁଅ ଯୋଗ୍ୟ ହୋଇଛି ଓ ସେମାନଙ୍କ ସୁବିଧା ପାଇଁ ଏତେ ଚିନ୍ତା କରୁଛି।

ଦୁହେଁ ଢେର୍ ବୁଲିଲେଣି ସେଇ ଗାଡ଼ିରେ ପାହାଡ଼ ପର୍ବତଘେରା ଅଙ୍କାବଙ୍କା ରାସ୍ତା, ସବୁ ଜଞ୍ଜାଳ ଭୁଲି ହଜିଯିବା ପାଇଁ ଜଙ୍ଗଲ ରାସ୍ତାରେ। ଅନେକ ଥର ଏମିତି ଡ୍ରାଇଭରେ ଅମ୍ବୁଜ ତାକୁ କୋଳେଇ ନିଅନ୍ତି ଏବଂ ସାତଜନ୍ମ ପର୍ଯ୍ୟନ୍ତ ତାଙ୍କ ସ୍ୱାମୀ ହେବାର ପ୍ରତିଜ୍ଞା କରନ୍ତି । ସ୍ମିତାକୁ ଅମ୍ବୁଜଙ୍କର ଏ ରୋମାଣ୍ଟିକ୍ ଦିଗଟା ସବୁବେଳେ ଆଶ୍ଚର୍ଯ୍ୟ କରେ। ତାଙ୍କ ବୟସ କେବେ ବଢ଼େନାହିଁ ପରା। ସେଦିନ ଅମ୍ବୁଜ ପାଖ ଟାଉନକୁ ଯାଇଥିଲେ। ମିଟିଂ ଥିଲା। ସ୍ମିତା ତା'ର ରନ୍ଧାକାମ ସାରିଦେଇ ବଗିଚାରେ ବ୍ୟସ୍ତ ରହିଥାଏ। ସେ ବ୍ୟସ୍ତ ରହିଯିବାଟା କେବଳ ଅମ୍ବୁଜ ଫେରିଆସିବା ପର୍ଯ୍ୟନ୍ତ ବୋଲି ଭଲ ଲାଗେ। ଆଜି ବେଶ୍ ଡେରି ହେଲାଣି। ଅମ୍ବୁଜ ତ ସବୁବେଳେ ଫୋନ୍ କରି ଜଣାନ୍ତି। ହଠାତ୍ ଅମ୍ବୁଜଙ୍କ ସ୍କୁଲ୍ କର୍ମଚାରୀ ଆସି ଦୁଃସମ୍ବାଦଟା ଶୁଣେଇଲା- ଫେରିବା ବାଟରେ ତାଙ୍କର ଆକ୍ସିଡେଣ୍ଟ ହୋଇଛି। ତା' ପରର ଘଟଣାଗୁଡ଼ିକର ସିକ୍ୱେନ୍ସ ଠିକ୍ ମନେ ପଡ଼େନାହିଁ ସ୍ମିତାର। କିନ୍ତୁ ତା' ଅମ୍ବୁଜ, ତା' ପ୍ରିୟ ହିମାଳୟ ଆରପଟେ ଲୁଚିଗଲେ ସବୁଦିନ ପାଇଁ। ଏତେ ଭଲ ଗାଡ଼ି ଚଳାଉଥିଲେ ସେ, କେମିତି ଯେ ସେ ଟର୍ଣ୍ଣିଂରେ ଅନ୍ୟମନସ୍କ ରହିଗଲେ, କାର୍ ସହିତ ପାହାଡ଼ର ଅନେକ ତଳେ ପଡ଼ିଲେ ? ସ୍ମିତା ଭାବିପାରୁନଥାଏ। ପାଗଳୀପ୍ରାୟ ହୋଇଯାଇଥିଲା ସେ। ଗୋଟିଏ ମୁହୂର୍ତ୍ତରେ ଏତେବର୍ଷ ସମ୍ପର୍କରେ କେମିତି ପୂର୍ଣ୍ଣଛେଦ ପଡ଼ିବ ? ଅମ୍ବୁଜ ତ ତା' ସଂସାର- ବାପା, ମା', ଭାଇବନ୍ଧୁ ସବୁକିଛି ଥିଲେ ତା' ପାଇଁ। ପୁଅ ବୋହୂ ସବୁ ଦାୟିତ୍ୱ ନେଇ କ୍ରିୟାକର୍ମ ସାରିଲେ। ଡାକ୍ତରଙ୍କ ପରାମର୍ଶ ନେଇ ସ୍ମିତାକୁ ବାଧ୍ୟ କଲେ ତାଙ୍କ ସହିତ ଦିଲ୍ଲୀ ଯିବାକୁ। ବୋହୂ କହିଲା- "ମା' ଆମ ସଙ୍ଗେ ଚାଲନ୍ତୁ। ସେଠାରେ ମନ ପରିବର୍ତ୍ତନ ହୋଇଗଲେ ପୁଣି ଆସିବେ ।" ଟୁକୁ ଚିଡ଼ିଯାଇ ଉତ୍ତର ଦେଲା- "କୁଆଡ଼େ ଆଉ ଆସିବ । ତା'ର ଦେଖାଶୁଣା ଏଣିକି ଆମର ଦାୟିତ୍ୱ ।" ସ୍ମିତାକୁ ଏସବୁ ଆଦୌ ଭଲ ଲାଗୁନଥାଏ। ସେ ତ କେବଳ ଚାହିଁଥିଲା ଅମ୍ବୁଜଙ୍କର ଦାୟିତ୍ୱ ହୋଇ ରହିବାକୁ। ଘର ଛାଡ଼ିବା ପୂର୍ବରୁ ଘରର କବାଟ ଝର୍କା ବନ୍ଦ କରୁଥାଏ ସ୍ମିତା, ସୋଫାଟାକୁ ତା' ଚିରାଚରିତ ରୀତିରେ ଚାଦର ଦେଇ ଢାଙ୍କିବାବେଳକୁ ଧୈର୍ଯ୍ୟର ବନ୍ଧ ଡେଇଁ ମାଡ଼ିଆସିଲା ଲୁହର ସମୁଦ୍ର। ମନେ ପଡ଼ିଗଲା କେତେ ସଯତ୍ନେ ସାଇତା ସ୍ମୃତି। ଘରଟାକୁ କାର୍ ପଛପଟୁ ଏକଲୟରେ ଅନେଇ ରହିଥାଏ ସ୍ମିତା, ସେ ଯେମିତି ତା'ର ଅମ୍ବୁଜଙ୍କୁ ଏକ୍‌ବାର୍

ନିଃସଙ୍ଗ କରି ଯାଉଛି। କଶୌଲି ଏବଂ ଦିଲ୍ଲୀ ଗୋଟିଏ ଦେଶରେ ଥାଇ ମଧ୍ୟ ସତେଯେପରି ଦୁଇଟି ଭିନ୍ନ ଦେଶରେ, ଭିନ୍ନ ଯୁଗରେ। ଦିଲ୍ଲୀବାସୀ ଅଣନିଃଶ୍ୱାସୀ। ପୁଅ ବୋହୂ ତ ତାଙ୍କ କାମ ନେଇ ବ୍ୟସ୍ତ। ତା'ଛଡ଼ା ତାକୁ ଯେମିତି ଅମ୍ବୁଜ ଅପେକ୍ଷା କରିଛନ୍ତି। ଅଭିମାନ କରିଛନ୍ତି ସେ ଚାଲିଆସିଛି ବୋଲି, ତାଙ୍କ ଖିଆପିଆ, ଦେହମୁଣ୍ଡ କଥା କିଏ ବୁଝିବ? ପୁଅ ବୋହୂଙ୍କୁ ବୁଝାଶୁଝା କରି ସ୍ମିତା କଶୌଲି ଫେରିଲା। ଗାଡ଼ିରେ ବସିବାବେଳକୁ ଏକ ଅଦ୍ଭୁତ କମ୍ପନ ତା' ଭିତରେ'... ତମେ ଜଙ୍ଗଲ ରାସ୍ତାରେ ଫେରିଆସ ମୋ ପାଖକୁ ।" ସ୍ମିତାର ମନେପଡୁଥିଲା ତା' ଝିଅଦିନ କଥା। ହଷ୍ଟେଲ୍‌ରୁ ଘରକୁ ଫେରିବାବେଳେ, ଟ୍ରେନ୍ ଝର୍କା ଦେଇ ବାପା ଓ ମା'ଙ୍କୁ ଦେଖି କି ଅପୂର୍ବ ଆନନ୍ଦ ମିଳୁଥିଲା। ଯେମିତି ଅତି ପରିଚିତ ଲ୍ୟାଣ୍ଡସ୍କେପ୍ ଦେଖିଲେ ଚିହ୍ନାଚିହ୍ନା ମହକ ଆସେ ଅଜଣା ରାସ୍ତାରେ। ସେମିତି କ'ଣ ଦିଶିଯିବେ ଅମ୍ବୁଜ ପର୍ବତ ଫାଙ୍କରେ ?

ମନକୁ ଆସୁଥିଲା ଅଳନ୍ଧୁଲଗା ସ୍ମୃତିସବୁ। କଶୌଲି ଯିବାର ପ୍ରଥମ ଅନୁଭୂତି। ଏତେବଡ଼ ଦୁନିଆରେ କେତେ ଅଲୋଡ଼ା ସିଏ। ତା' ବିନା ପୁଅ ବୋହୂଙ୍କ ସଂସାର ଯେ ସୁରୁଖୁରୁରେ କଟିଯିବ, ଏଥିରେ କୌଣସି ସନ୍ଦେହ ନାହିଁ। ସେମାନେ ଆଜିକାଲିର ପ୍ରାକ୍ଟିକାଲ୍ ପିଲା। କିନ୍ତୁ ଯେଉଁ ଲୋକଟି ତାଙ୍କ ବିନା ଗୋଟିଏ ମୁହୂର୍ତ୍ତ ଚଳିପାରିନଥାନ୍ତେ, ସେ ଏମିତି ଅଭାବିତ ଭାବେ ଚାଲିଗଲେ ତାଙ୍କ ଘରୁ- ତା' ସଂସାରରୁ, ଏ ଦୁନିଆରୁ। ଏତେଗୁଡ଼େ ମୁହୂର୍ତ୍ତ, ସମୁଦ୍ର ବାଲି ଭଳି ଅସରନ୍ତି ସମୟ- ସେ କାହାକୁ ନେଇ କାଟିବ? ଘର ଭିତରକୁ ଯିବାମାତ୍ରେ ଭୀଷଣ ଯନ୍ତ୍ରଣା ହେଲା ସ୍ମିତାକୁ। ପର୍ଦ୍ଦାକନାଠାରୁ ଆରମ୍ଭକରି ରୁମ୍‌ର ରଙ୍ଗ ଫର୍ଣ୍ଣିଚର, ଏମିତିକି ଚା' କପ୍‌ରେ ମଧ୍ୟ ଅମ୍ବୁଜଙ୍କ ବାସ୍ନା, ତାଙ୍କ ସ୍ମୃତି। ଗୋଟିଏ ବୁଢ଼ା ଘର ଜଗିବାକୁ ଥାଏ ସର୍ଭାଣ୍ଟ କ୍ୱାର୍ଟରରେ। ତା' ଛଡ଼ା ସେ ଜାଗାରେ ଆଉ କେହି ନାହାନ୍ତି- ସେଇ ବୁଢ଼ା ସହ ସ୍ମିତା 'ଅମ୍ବୁଜ'ଙ୍କ ସ୍ମୃତିକୁ ନେଇ ଏ ସମ୍ପୂର୍ଣ୍ଣ ଜୀବନଟା କଟାଇବ।

ଦୁଇଦିନ ପରେ ତୃତୀୟ ରାତିରେ ପ୍ରଥମ ଥର ପାଇଁ ସ୍ମିତାକୁ ଲାଗିଲା, ଯେମିତି କିଛି ଗୋଟେ ଠିକ୍ ନାହିଁ। ତା'ର ମନେପଡ଼େ ବେଳେବେଳେ ଅମ୍ବୁଜ ହଠାତ୍ ଗମ୍ଭୀର ହୋଇ ବସିରହିଲେ ସେ ତାଙ୍କୁ ହସେଇବାକୁ ଚେଷ୍ଟାକରେ। ସେ ଚିଡ଼ିଯାଇ କହନ୍ତି- "ମୋ ମୁଡ୍ ଅଫ୍ ଅଛି। ଏମିତି ଟିକେ ଭଲ ଲାଗୁନି। ଜାଣିନି କାହିଁକି?" ଠିକ୍ ସେମିତି ସ୍ମିତାକୁ ଟିକେ ଅଖାଡୁଆ ଲାଗୁଛି। ଘରେ ଯେଣେ ଚାହିଁଲେ ତେଣେ ଅଶ୍ୱସ୍ତି ଛାଇଟିଏ ହୋଇ ଠିଆ ହୋଇଛି। ସେ ଛାଇ ଭିତରେ ଅମ୍ବୁଜ ଦିଶୁଛନ୍ତି। ଅମ୍ବୁଜଙ୍କ ଭାବନାରେ ସେ ଏତେ ମଗ୍ନ ରହୁଛି, ସେଥିପାଇଁ ଏମିତି ଲାଗୁଥିବ। କିନ୍ତୁ ସେଦିନ ରାତିରେ ତାକୁ ଭଲ ନିଦ ହେଲାନି। ଏଣୁତେଣୁ

ଭାବୁଥିବାବେଳେ ହଠାତ୍ ତାକୁ ଲାଗିଲା ପାହାଚ ଚଢ଼ି କିଏ ଉପର ମହଲାକୁ ଆସୁଛି। ଧଡ଼କରି ଉଠିବସିଲା ସେ। ଅମ୍ବୁଜ ପ୍ରାୟ ସମୟରେ ମଧ୍ୟରାତ୍ରିରେ ଏମିତି ତଳକୁ ଯାଇ ରୋଷେଇ ଘରେ ଖୁଡ୍‌ଖାଡ୍ କରନ୍ତି। କିଛି ଡ୍ରିଙ୍କ୍ ବା ଖାଦ୍ୟ ଧରି ଉପରକୁ ଆସନ୍ତି। ଠିକ୍ ସେଇ ଶବ୍ଦ... ତେବେ କ'ଣ ଅମ୍ବୁଜ? ସ୍ମିତାର ଦେହଟା ଝାଳେଇଗଲା, ତଣ୍ଟି ଶୁଖିଗଲା। ଏ ସମୟରେ ସେ କାହାକୁ ବା ଡାକିବ? ରୁମ୍‌ର ସବୁ ଲାଇଟ୍ ଗୋଟିଏ ପରେ ଗୋଟିଏ ଜଳେଇଲା। ଖଟକୁ ଆଉଜି ସ୍ମିତା ବସିରହିଲା। ଆଖି ବନ୍ଦ କଲେ... ଅମ୍ବୁଜଙ୍କ ପାଦ ଶବ୍ଦ। ଆଖି ଖୋଲିଗଲା... ଫଟୋଫ୍ରେମ୍‌ରୁ ଅମ୍ବୁଜ ଗଭୀର ଭାବେ ତାଙ୍କୁ ଚାହିଁଛନ୍ତି। ପ୍ରଭୁ, ଏ କି ପରୀକ୍ଷା। ଯାହାଙ୍କ ଯିବାର ଦୁଃଖ ମୃତ୍ୟୁଠାରୁ ଅଧିକ, ତାଙ୍କ ଫେରିବାରେ ଏ କି ଭୟ! ଭୋର୍ ହେବାଯାଏ ସେମିତି ପଥରପ୍ରତିମା ଭଳି ବସିରହିଥାଏ ସ୍ମିତା। ଭୋର୍‌ର କଅଁଳ ପରଶରେ ତରଳିଗଲା ମନର ଦ୍ୱନ୍ଦ୍ୱ। ସ୍ମିତାର ଲୁହ ଝରିଲା ବିନା ଦ୍ୱିଧାରେ- ତା' ପ୍ରିୟତମ ଏହିଠାରେ ଅଛନ୍ତି, ଅତି ନିକଟରେ, ତା' ପାଖରେ। ଅଥଚ ସେ ଗ୍ରହଣ କରିପାରୁନି ତାଙ୍କ ଉପସ୍ଥିତିକୁ। କି ବିଚିତ୍ର ଏ ମଣିଷର ମନ।

କିନ୍ତୁ କେଜାଣି କାହିଁକି, ସ୍ମିତାକୁ ଲାଗିଲା ଘରର ମୁରବି ଯେପରି ଜଣେ ଅତିଥି ହୋଇଯାଇଛନ୍ତି। ବିନା ନିମନ୍ତ୍ରଣରେ ଲୁଚିଲୁଚି ଆସୁଛନ୍ତି। ଓଦା ହୋଇଗଲା ସେ ଦୁଃଖରେ। ଆଖପାଖର ଶୂନ୍ୟତାକୁ ବିକଳରେ ଜାବୁଡ଼ି ଧରିଲା। ଅମ୍ବୁଜ ଅଛନ୍ତି କି ପାଖରେ? ସେଦିନ ବୁଢ଼ା ଜଗୁଆଳିର ନାତୁଣୀକୁ ଶୋଇବାକୁ ତା' ପାଖକୁ ଡାକିଲା। ଷୋହଳ ବର୍ଷର ପତଳୀ ଝିଅଟା ଆଖିରେ ରାତିଯାକର ନିଦ ଏକାବେଳେ ମାଡ଼ିଆସେ। ସକାଳୁ ଛାଡ଼ିଯିବାକୁ ନାରାଜ। ତଥାପି ସ୍ମିତାକୁ ଭଲ ଲାଗିଲା ଯେ ଘରେ ଏବେ ସେମାନେ ଦୁଇଜଣ। ସେ ଶୋଇଲେ ମଧ୍ୟ ସ୍ମିତା ପ୍ରତି ରାତିରେ ଅମ୍ବୁଜଙ୍କ ସ୍ନେହର ପରଶ ଅନୁଭବ କରେ। କେବେ ସକାଳୁ ଉଠି ଚମକିପଡ଼େ, ତାକୁ ଚାଦର ଘୋଡ଼େଇଦେଲା କିଏ? ଆଉ କେବେ ପୁଣି ବନ୍ଦ ଝର୍କା ଦେଇ କେମିତି ପବନ ସହ ପଶିଆସି ତା' ଗାଲ ଛୁଇଁ ଚାଲିଯାନ୍ତି।

ନିଦୁଆ ସହରଟିଏ କଣ୍ଶୈଲି। ଦିନରେ ମଧ୍ୟ ବେଶି ଲୋକଙ୍କର ଯିବାଆସିବା ନାହିଁ। ସ୍ମିତା ସ୍ଥାନୀୟ ଲେଡିଜ୍ କ୍ଲବର ମେମ୍ବର ହେଲା। ଘରୁ ବାହାରିବାକୁ ପଡ଼ିବ। କିନ୍ତୁ ଫେରିଆସିଲା ପରେ ରାତିରେ ଅମ୍ବୁଜ ବେଶି ହଇରାଣ କରନ୍ତି। ବାଥରୁମ୍ ଟ୍ୟାପ୍‌ଟା ଆପେ ଚାଲୁ ହୋଇଯାଏ... ଘରର ପ୍ରତି କୋଣରୁ ଯେପରି ଗୋଟିଏ ଶବ୍ଦ ବାହାରେ... ସେସବୁ ମିଶି ଯେମିତି ତାକୁ କାଲ କରିଦେବେ। ସ୍ମିତା ଏଣିକି ଚେଷ୍ଟା କରୁଛି ବ୍ୟସ୍ତ ରହିବାକୁ। ଅମ୍ବୁଜଙ୍କ କଥା ମନକୁ ନ ଆଣିବାକୁ। ଜୀବନରେ କିଛି କଥା ମନରୁ

ଠେଲିଦେବାକୁ ହୁଏ। କିନ୍ତୁ ଅମ୍ବୁଜ ତ ଧୂଳିକଣା ଭଳି ତା' ସହିତ ମିଶି ଯାଇଛନ୍ତି। ତାଙ୍କୁ ବା କେମିତି ଭୁଲିବ ?

ଏ ନିସ୍ତବ୍ଧତାରେ ଭାଷା ତାଙ୍କୁ ଇସାରା କରୁଚି... ଅମ୍ବୁଜଙ୍କ ସ୍ୱରରେ କଥା କହୁଛି ତାଙ୍କୁ। ନା, ସ୍ମିତା ଶୁଣିବାକୁ ଚାହୁଁନି। ତା'ର ଦେହଟା ଭଲ ରହୁନି। ଖିଆପିଆ ଖୁବ୍ କମ୍। ସାଙ୍ଗସାଥୀ ପ୍ରାୟ ନାହାନ୍ତି। ଅମ୍ବୁଜଙ୍କ ସହିତ ପ୍ରାୟ ସବୁ କୁଆଡ଼େ ହଜିଗଲେଣି। ପୁଅବୋହୂ ନିୟମିତ ଫୋନ୍ କରନ୍ତି। ମା'ର ଗଳାଟା ସାମାନ୍ୟ ଭାରୀ ଲାଗିଲେ ପୁଅ ଅସନ୍ତୁଷ୍ଟ ହୁଏ, ଗାଳିଦିଏ। କିଏ କହୁଥିଲା ଯିବାକୁ ତତେ ? ବାପାଙ୍କ ପରେ ସେଠି କ'ଣ ତତେ ଏକା ଭଲ ଲାଗିବ ?" ସ୍ମିତା ଏ ଭିତରେ ପୁଅପାଖକୁ ଯିବା କଥାଟା ମନକୁ ଆଣିଛି ସତ। କିନ୍ତୁ ତାକୁ ଭାରି ଅନୁତପ୍ତ ଲାଗେ ପରମୁହୂର୍ତ୍ତରେ। ଅମ୍ବୁଜ କ'ଣ ଭାବିବେ ? ସେ ତାଙ୍କୁ ଛାଡ଼ି ସ୍ତ୍ରୀ ଧର୍ମର ଅବମାନନା କରି ଚାଲିଗଲା ? ନିଜ ଉପରେ ବିରକ୍ତି ଆସୁଥିଲା ତାକୁ । କାହିଁକି ଯେ ସେ ଅମ୍ବୁଜଙ୍କୁ ତାଗିଦ୍ କରୁଥିଲା- "ମତେ ଛାଡ଼ି ଯିବନି । ମୋ ପାଖେ ପାଖେ ଥିବ।"

ଗୋଟିଏ ପ୍ରଶ୍ନ ତା' ମନରେ ଭିଡ଼ିମୋଡ଼ି ହେଉଛି ଏଇ କିଛିଦିନ ହେଲାଣି। ଅମ୍ବୁଜଙ୍କୁ ଗଭୀର ପ୍ରେମକରିବା ସତ୍ତ୍ୱେ ତାକୁ ଏମିତି ଅସ୍ୱସ୍ତି କାହିଁକି ଲାଗୁଛି ? ସେମାନଙ୍କ ଘରେ ଅମ୍ବୁଜଙ୍କର ଚୁପ୍‌ଚାପ୍ ଅଶରୀରୀ ଉପସ୍ଥିତି ତାକୁ ଶ୍ୱାସରୁଦ୍ଧ କରୁଛି। ଯାହାଙ୍କ ଛାତିରେ ମୁହଁ ଲୁଚାଇ ସେ ଜୀବନର ଝଡ଼ଝଞ୍ଜା ସହିଲା, ତାଙ୍କ ସାନ୍ନିଧ୍ୟରେ ସେ ଶଙ୍କିଯାଉଛି କାହିଁକି ?

ସେଦିନ ଉଦାସିଆ ବଗିଚାରେ ଆଉରି ଉଦାସିଆ ହୋଇ ବୁଲୁଥିଲା ସ୍ମିତା। ଗଛଗୁଡ଼ା ମନଇଚ୍ଛା ବଢ଼ିଯାଇଛନ୍ତି ଅବାଧ୍ୟ ଭାବେ। ଫୁଲଗଛ ଅଳ୍ପ ହସୁଛି, ରୋଗଗ୍ରସ୍ତ ହେବା ସତ୍ତ୍ୱେ। ସଞ୍ଜ ନଇଁ ଆସିଲାଣି। ଫିକା ଆଲୁଅ ଏବଂ ଗାଢ଼ ଅନ୍ଧାର ବଗିଚା ସାରା ବୋଳି ହୋଇଯାଇଥାଏ ଅସମାନ ଭାବେ। ହଠାତ୍ ସ୍ମିତାର ଗୋଡ଼ ଖସିଗଲା ପଥର ଉପରେ। ବୁଢ଼ା ଜଗୁଆଳୀ ନଥିଲେ ସେ ବଗିଚା ଧାରକୁ ଲାଗି ପାହାଡ଼ ତଳକୁ ଖସିଯାଇଥାନ୍ତା। ହଠାତ୍ ଏକ ଭାବନାରେ ମୁଣ୍ଡ ଝାଇଁଝାଇଁ କରିଦେଲା ତା'ର। କେଉଁଠାରେ କେବେ ସେ ପଢ଼ିଥିଲା ତଳକୁ ଅନେଇ ଚାଲିଲେ, ଜୀବନରେ ଅଗ୍ରଗତି ଅସମ୍ଭବ। ଦୂର ଦିଗ୍‌ବଳୟରେ ଯେ ଅନନ୍ତ ସ୍ୱପ୍ନ ଖୋଜେ, ସେ ହିଁ ପାଏ ପ୍ରକୃତ ଆଶୀର୍ବାଦ। ଦୂରଦିଗନ୍ତରେ ସେ ତ ଅମ୍ବୁଜଙ୍କୁ ଅନେଇ ରହିଛି। ତେବେ ଏ ଗୋଡ଼ ଖସିଯିବାଟା କ'ଣ ଅମ୍ବୁଜଙ୍କର ଇଚ୍ଛା ? ସେ କ'ଣ ତାକୁ ପାଖକୁ ଟାଣିନେବାକୁ ଚାହାନ୍ତି ? ଠିକ୍ ଯେମିତି ସେ ଯାଇଥିଲେ, ସେମିତି ? ଯୋଉ ଅମ୍ବୁଜଙ୍କ ମୃତ୍ୟୁରେ ସେ ବଞ୍ଚିବାର ସମସ୍ତ ଇଚ୍ଛା ହରାଇଥିଲା ଆଜି ତା'ର ଏଭଳି ଚିନ୍ତାଧାରା, ପୁଣି ଅମ୍ବୁଜଙ୍କ

ବିଷୟରେ? ସ୍ମିତା ଅବଶ୍ୟ ଜାଣିଥିଲା, ମଣିଷ ଜୀବନରେ ସ୍ୱାର୍ଥପରତା ଅସରନ୍ତି। ନିଜେ ବୁଣିଥିବା ବୁଢ଼ିଆଣୀ ଜାଲରୁ ଗୋଟିଏ ରାସ୍ତା ମୁକ୍ତି ପାଇଁ ବାଟ କଢ଼ାଇ ନିଏ- ମୃତ୍ୟୁ। କିନ୍ତୁ ଅମ୍ବୁଜଙ୍କୁ ନେଇ ସେ ଚିନ୍ତିତ । ଏ ଅଶରୀରୀ ପ୍ରେମର ପରିଭାଷା କ'ଣ? ଅମ୍ବୁଜ ହିଁ ତା'ର ଗଦ୍ୟମୟ ଜୀବନକୁ ଅନୁରାଗରେ ପଦ୍ୟାନୁବାଦ କରିଥିଲେ; ପ୍ରତିଟି ବାକ୍ୟକୁ ବିଜୁଳିରେ ଆଲୋକିତ କରିଥିଲେ, ସଂଗୀତର ମୂର୍ଚ୍ଛନାରେ ଗୁନ୍ଥି ଦେଇଥିଲେ। ତାଙ୍କ ପ୍ରତି ଗଭୀର ବିଶ୍ୱାସ ଥିଲା ସ୍ମିତାର। ଅନେକ ଥର, ରାତିର ଶେଷ ପହରରେ ସ୍ମିତାକୁ ଲାଗେ ଅମ୍ବୁଜ ଦେଖାଦେବେ ଛାଇଟିଏ ହୋଇ। ନିରବତାରେ ଯେତେ କଥା କୁହାଯାଇପାରେ ଅମ୍ବୁଜ କୁହନ୍ତି- ପବନରେ, ବାଥରୁମ୍ କବାଟର ଧଡ଼ଧଡ଼ରେ ବେଳେବେଳେ ଏସବୁ ଏତେ ଭୌତିକ ଲାଗେ ଯେ ସ୍ମିତା ଅସୁସ୍ଥ ହୋଇପଡ଼େ। ପୁଅ ବିରକ୍ତ ହୁଏ- 'କ'ଣ ପାଇଁ ପଡ଼ିରହିଛୁ ସେଠି ଶୁଣେ? ଆମେ ତୋ ପାଇଁ ସବୁବେଳେ ଚିନ୍ତିତ।' ଏ ଭିତରେ ପ୍ରାୟ ସେ ଅସୁସ୍ଥ ରହୁଛି ଏବଂ ପୁଅ ବୋହୂ ଫୋନ୍ କରି ହଇରାଣ ହେଉଛନ୍ତି। ଶେଷରେ ପୁଅ ତା' ମନ କଥାଟା କହିଦେଲା- "ଘରଟାକୁ ବିକ୍ରି କରିବା ବନ୍ଦୋବସ୍ତ କରିବାକୁ ହେବ। ନହେଲେ ତୁ ଆସିବାକୁ ରାଜି ହେବୁନି କେବେ।" ସ୍ମିତା ମନରେ ଆଘାତ ହେଲା। ଦୃଢ଼ ସ୍ୱରରେ ସେ କହିଲା- "ବାପାଙ୍କର ସ୍ୱପ୍ନ ଏ ଘର। କେତେ ପରିଶ୍ରମ କରିଛନ୍ତି ଏ ଘର ପାଇଁ। ତାକୁ ବିକିବାର ପ୍ରୟୋଜନ ବା କ'ଣ?" ସ୍ମିତା କ'ଣ କେବେ ଟୁକୁକୁ ବୁଝେଇ ପାରିବ ଯେ ତା' ବାପା ଏଇ ଘରେ ଅଛନ୍ତି ଏବଂ ସବୁ ଜାଣୁଛନ୍ତି? ଏ ଘରଟାକୁ ବିକିଦେବା ଅର୍ଥ ବାପାଙ୍କର ଅଶରୀରୀ ଉପସ୍ଥିତିଟାକୁ ବିକିଦେବା।

ଡାକ୍ତର ବାରମ୍ବାର ତାଗିଦ୍ କରିଛନ୍ତି ୱାକ୍ ନେବାପାଇଁ। ପ୍ରକୃତରେ ଘର ଭିତରେ ବା କ'ଣ କାମ? ଅବଶ୍ୟ ଘର ଝଡ଼ାଝଡ଼ି କରି ସଫା ରଖିବା ତା'ର ପୁରୁଣା ଅଭ୍ୟାସ। କିନ୍ତୁ ଅମ୍ବୁଜ ଥିଲାବେଳେ ଯେତେ ଯତ୍ନ ନେଇ ଏସବୁ କରୁଥିଲା, ଆଉ ତାହା ନାହିଁ। ବର୍ତ୍ତମାନ ସେ ନିୟମିତ ଚାଲିବାକୁ ଯାଏ। ଅନେକ ଗଳି କନ୍ଦି ଆବିଷ୍କାର କଲାଣି ସେ। କେବେ ମେଘଢଙ୍କା ଆକାଶ ତଳେ। ଆଉ କେବେ ନରମ ଖରାରେ, କେବେ ବା କୁହୁଡ଼ିଘେରା ଏକ ଅସରନ୍ତି ପଥରେ ସେ ଚାଲିବାକୁ ଯାଏ। ବାଟସାରା ସେ ପ୍ରକୃତିକୁ ଉପଭୋଗ କରେ। ଫୁଲ ପାହାଡ଼, ଅଜଣା ଅଚିହ୍ନା ମୁହଁ ସବୁ ତାକୁ ଇସାରା କରନ୍ତି। କଥା ହୁଅନ୍ତି।

ରାସ୍ତାରେ ସେ ଅନେକ ଘର ଦେଖେ । ପୁରୁଣା, ବ୍ୟବହାର ନହେଲା ଭଳି ଦେଖାଯାଉଥିବା ଘରମାନ । ବାହାରୁ ଘରଗୁଡ଼ିକ ଦେଖି ଏକଦା ସେହି ଘରେ ରହୁଥିବା ଲୋକମାନଙ୍କ ବିଷୟରେ ସେ ଭାବିଛି। କେତେ ସୁଖ ଦୁଃଖର ମୂକସାକ୍ଷୀ ଏ ଘର।

କିଛି ଜାଗାରେ ସେ ପଚାରି ବୁଝେ ଘରମାନଙ୍କ ଇତିହାସ। ପ୍ରାୟ କେହିକେହି ଘର ଜଗି ରହିଥାନ୍ତି। ସେମାନେ କୁହନ୍ତି, କେଉଁଠାରେ ବୁଢ଼ାଟିଏ ଏକ ଥିଲା, କେଉଁଠି ବା ବୁଢ଼ୀ। ପିଲାମାନେ ପ୍ରାୟ ବାହାରେ ରୁହନ୍ତି। କେବେ ମଧ୍ୟ ଘର ନୂଆ ମାଲିକ ହାତକୁ ଚାଲିଯାଏ। କିନ୍ତୁ ଘରର ପୁରୁଣା ଚରିତ୍ରମାନେ ତୁଣ୍ଡରୁ ତୁଣ୍ଡକୁ ପ୍ରସରି ସମୟକ୍ରମେ ପାଲଟିଯାନ୍ତି କିମ୍ବଦନ୍ତୀ। ଅନେକ ଘର ଏମିତି ବନ୍ଦ ହୋଇ ପଡ଼ିଛି। କେତେକ ଘର କେବଳ ଆଭିଜାତ୍ୟର ପ୍ରତୀକ ହୋଇ ଠିଆ ହୋଇଛି। କିନ୍ତୁ କିଏ କହିଲା ଘର ଶୂନ୍ୟ ପଡ଼ିଛି ବୋଲି। ସେ ଘରମାନଙ୍କର ବନ୍ଦ କବାଟ ପଛପଟେ, ଝର୍କା ଦେଇ ଭାସିଆସୁଥିବା ସ୍ଥିରତାରେ, ଧୂଳିରେ, ଛାଇରେ, ଅଧା ଶୁଭୁଥିବା ଶବ୍ଦରେ ସ୍ମିତା ଦେଖୁଥାଏ ଅତୀତର ସେଇ ରାଜକୀୟ ନାୟକ ନାୟିକାମାନଙ୍କୁ। ପବନରେ ଶୁଭିଯାଏ ସେମାନଙ୍କ ପ୍ରେମାଳାପ। ଯେମିତି ଶୁଭିଯାଏ ଅମ୍ବୁଜଙ୍କ ସ୍ୱର। ସ୍ମିତାର ଭାବୁକତାକୁ ପସନ୍ଦ କରନ୍ତିନି ଆଜିର ବସ୍ତୁବାଦୀ ପିଲାମାନେ । କିନ୍ତୁ ସ୍ମିତା ବା କ'ଣ କରିବ ? ପିଲାଦିନର କବିତାଲେଖା ସିନା ଛାଡ଼ିଦେଇଛି- ଭାବୁକତାଟା ତା'ର ଜନ୍ମଗତ ଗୁଣ। କେତେ ଶୀଘ୍ର ଜୀବନ ସ୍ରୋତ ବହିଯାଏ ଇହକାଳରୁ ପରକାଳକୁ। ଘର, ସ୍ୱାମୀ, ପରିବାର- କେତେ ସହଜରେ ଦଲ୍‌କାଏ ପବନରେ ଦୋହଲିଯାଏ ସାମାଜିକ ସ୍ୱୀକୃତି। ସ୍ମିତା ଭାବୁଥିଲା ସେ ବି ଦିନେ ଚାଲିଯିବ ଅମ୍ବୁଜଙ୍କ ପଥରେ। ତାଙ୍କ ଘର ଚତୁଃପାର୍ଶ୍ୱରେ ଘୂରିବୁଲୁଥିବା ଲୋକେ କହିବେ- "ବୁଢ଼ାବୁଢ଼ୀଙ୍କ ପ୍ରେମ ଥିଲା ଅନନ୍ୟ।"

ରାତି ହେଲେ ସ୍ମିତାକୁ ଅଶ୍ୱସ୍ତି ଲାଗେ ସବୁଦିନ ଭଳି। ସବୁ ରୁମ୍‌ର କବାଟ ଝର୍କା ବନ୍ଦ କରି, ବେଡ୍‌ରୁମ୍‌ରେ ଛାଟିପିଟି ହୁଏ ସେ। ଅମ୍ବୁଜଙ୍କ କଥା ଶୁଣିବାକୁ ଇଚ୍ଛା... ପୁଣି ଏସବୁ ଘଟଣାରେ ଗୋଟେ ଶଙ୍କା। ତା'ର ମନେପଡ଼େ ପିଲାଦିନେ ଡରିଗଲେ ମା' କେମିତି ବୁଝାନ୍ତି। ଡର କ'ଣ ? ଭୟ କ'ଣ ? ସେଇ ମନର ଦୋଷ-ଭ୍ରମ। ସୁନ୍ଦର ଅସୁନ୍ଦର ଭୟ, ନିର୍ଭୟତା, ସବୁ ସେ ମନର ଲୀଳା। ଚିତ୍ତ ଦୁର୍ବଳ ହେଲେ ଭୟ ବଡ଼ ହୋଇ ଦିଶେ। ମନେରଖ, ଅନ୍ଧାର ଭିତରେ ବି ଆଲୋକ ଥାଏ, ସବୁଠାରୁ ଲମ୍ବା ରାସ୍ତା ପଡ଼ିଛି ନିଜ ଭିତରକୁ । ସେଇ ରାସ୍ତାରେ ଆଜି ଯାତ୍ରୀ ସାଜିଛି ସ୍ମିତା। ଅମ୍ବୁଜମୟ ଘରଟାକୁ ମୁକୁଳା କରିଦେଲା ସେ। ବନ୍ଦ ଦ୍ୱାର ଖୋଲିଦେଲା, ନିଜ ମନର, ତାଙ୍କ ଘରର। ଗୋଟିଏ ମୁହୂର୍ତ୍ତରେ ସେ ବୁଝିଗଲା ସଂସାରରୁ ଯିଏ ମାୟା ମୋହ ତ୍ୟାଗ କରି ଚାଲିଯାଏ, ତା'ର ଆଉ ଲେଉଟାଣି ରାସ୍ତା ନାହିଁ। ତେଣୁ ଅମ୍ବୁଜ ବା ଫେରିବେ କେମିତି ? ତା' ମନର ଭ୍ରମ ଯୋଗୁଁ ସେ କଷ୍ଟ ପାଉଥିଲା। ହିମାଳୟର ସୌନ୍ଦର୍ଯ୍ୟରେ ହଜିଯାଇ କବିମାନେ, ଋଷିମାନେ, ପରମାତ୍ମାଙ୍କ ସହ ଲୀନ ହୋଇଯାଇଛନ୍ତି,

ପରମାତ୍ମାଙ୍କୁ ଡର ବା କ'ଣ ? ତେଣୁ ଏ ଘରେ ଯଦି ଆଜିଠାରୁ ନାନା ଭୌତିକ କାଣ୍ଡ ଘଟେ, ତାହା ସ୍ମିତା ପାଇଁ ହେବ ଆଧ୍ୟାତ୍ମିକ ଅନୁଭବ।

ତା' ପରଦିନ ସକାଳୁ ପୁଅକୁ ଫୋନ୍‌ରେ କହିଲା ସ୍ମିତା- 'ବାପାରେ ଅନେକ ଦିନ ପରେ ଆଜି ମୋତେ ସୁସ୍ଥ ଲାଗୁଛି। ଭାବୁଛି ଏଠି ଅନେକ କିଛି ଦେଖିବାର ଅଛି ଯାହାର ଦର୍ଶନ ମୁଁ ଆଜିଯାଏ ପାଇନାହିଁ। ମଝିରେ ମଝିରେ ତୁମମାନଙ୍କୁ ନିଶ୍ଚୟ ଦେଖିଆସିବି। ତା' ଛଡ଼ା ଏଠି ବାପା ଚଳପ୍ରଚଳ ହେଉଛନ୍ତି। ମୁଁ ଯିବି କୁଆଡ଼େ ? ଘର ବିକିବା କଥା ଏବେ ଥାଉ। ମୋ ଅନ୍ତେ ତୁ ଭାବିଚିନ୍ତି ଯାହା କରିବୁ।"

ଆଉ ହିମାଳୟର ଛବି ନୁହେଁ, ବରଫଘେରା ହିମାଳୟଟା ଗୋଟାପଣେ ଝର୍କାଦେଇ ଘର ଭିତରେ ହାଜର। ହିମାଳୟର ଏତେ ସୌନ୍ଦର୍ଯ୍ୟ, ଶାନ୍ତି, ଏତେ ଆହ୍ଲାଦ ! ସ୍ମିତା ବିଭୋର ହୋଇପଡ଼ିଲା। ସେ ଏବେ ନିଶ୍ଚିତ ଯେ ଏଠିକାର ଅନେକ କିମ୍ବଦନ୍ତୀ ହିମାଳୟ ଦିନେ ବରଫ ଅକ୍ଷରରେ ଲେଖିବ, ସେତେବେଳେ ତାକୁ ପଢ଼ିବା ପାଇଁ ସ୍ମିତାର ଚର୍ମଚକ୍ଷୁ ନଥିବ। ଚର୍ମଚକ୍ଷୁ ମଧ୍ୟ ସେ କିମ୍ବଦନ୍ତୀ ପଢ଼ିପାରେନା। ତାକୁ ପଢ଼ିବା ପାଇଁ ଯେଉଁ ଦିବ୍ୟଚକ୍ଷୁ ଲୋଡ଼ା ତା' ଟୁକୁ'ର ବା ଆଉ କାହାର ନଥିବ ସେତେବେଳେ। ଟୁକୁ ସେତେବେଳେ ଦିଲ୍ଲୀରେ ଥାଇ ଚଷମା ଫାଙ୍କରୁ ସେଇ କିମ୍ବଦନ୍ତୀ ଘରର ଗାଣିତିକ ହିସାବ କରୁଥିବ।

■

ଘରମୁହାଁ

ପ୍ରତିଦିନ ଭଳି ସମୀର ଚା’ କପ୍‌ଟା ଧରି ବାଲ୍‌କୋନୀ ଆଡ଼େ ମୁହାଁଇଲେ। ଗତାନୁଗତିକ ଧାରାରେ ସେ ଆଗେଇଚାଲିଲେ ତାଙ୍କର ପ୍ରିୟ ଚୌକି ଆଡ଼କୁ। ଜୁରିକ୍ ସହର ଏକ ମନୋରମ ଚିତ୍ରପଟ ଭଳି ତାଙ୍କ ବାଲ୍‌କୋନୀ ଦେଇ ଦୃଶ୍ୟ ହେଉଥିଲା। ବିଗତ ପନ୍ଦର ବର୍ଷ ହେଲାଣି ସେ ସୁଇଜରଲାଣ୍ଡର ବାସିନ୍ଦା। ତାଙ୍କର ଆବାଲ୍ୟ ସ୍ୱପ୍ନ ଥିଲା ସୁଇଜରଲାଣ୍ଡ ଦେଖିବା। କିଏ ଜାଣିଥିଲା ଯେ ସେ ପୁଣି ସେଠାରେ ବାସିନ୍ଦା ହୋଇଯିବେ! ଏକ ଇଣ୍ଟରନ୍ୟାସନାଲ୍ କମ୍ପାନୀର ମୁଖ୍ୟଭାବେ ଅନେକ ଦେଶ ପରିଭ୍ରମଣ କରିବାକୁ ପଡ଼େ ସମୀରଙ୍କୁ; କିନ୍ତୁ ଜୁରିକ୍ ତାଙ୍କୁ ସୁହାଇଗଲାଣି। ପିଲାମାନେ ମଧ୍ୟ ଅନ୍ୟତ୍ର ଯିବାକୁ ପସନ୍ଦ କରନ୍ତି ନାହିଁ।

ଅଭ୍ୟାସବଶତଃ ଘଣ୍ଟାକୁ ଅନାଇ ଚମକିପଡ଼ିଲେ ସେ। ଅଫିସ୍ ବାହାରିବାକୁ ପଡ଼ିବ। ତା’ପରେ ନିତ୍ୟକର୍ମ ସାରିବାରେ ବ୍ୟସ୍ତ ହୋଇପଡ଼ିଲେ। ଇଣ୍ଡିଆରେ ଥିବାବେଳେ ସକାଳ ଚା’ ପର୍ବଟା ସବୁବେଳେ ପରିବାରର ସଭିଁଙ୍କ ଉପସ୍ଥିତିରେ ହୁଏ। ପିଲାମାନଙ୍କ ସଙ୍ଗେ ମନଖୋଲା ଦି’ପଦ କଥା ହୋଇପାରନ୍ତି ସମୀର। ସ୍ତ୍ରୀଙ୍କ ସଙ୍ଗେ ଥଟ୍ଟାମଜା ଓ ସାନ୍ଧ୍ୟ ମନୋରଞ୍ଜନର ଯୋଜନା ହୁଏ। ଦୁଇରୁ ତିନି କପ୍ ଚା’ର ବିଳାସପର୍ବ ସାରି ସମସ୍ତେ ଉଠନ୍ତି। ଅଥଚ ଅନ୍ୟ ସବୁକାମ ତ ସୁରୁଖୁରୁରେ ସରିଯାଉଥିଲା। ଏବେ ପିଲାମାନେ

କଲେଜରେ ବ୍ୟସ୍ତ। ନିଜ ସ୍ୱପ୍ନ ନିଜେ ବୁଣୁଛନ୍ତି। ସ୍ତ୍ରୀ ମଧ୍ୟ ଚାକିରିଭାରରେ ବ୍ୟସ୍ତ। ସମସ୍ତେ ନିଜ ଇଚ୍ଛାଅନୁସାରେ ଆଗେଇ ଚାଲିଛନ୍ତି। ଏକାଠି ହେବାକୁ ହେଲେ ଆଉଟିଙ୍ଗ୍ ବା ପାର୍ଟିର ବ୍ୟବସ୍ଥା କରିବାକୁ ହୁଏ। ନହେଲେ ଏକାଠି ହେବାର ବା କ'ଣ ପ୍ରୟୋଜନ! ସ୍ତ୍ରୀଙ୍କ ସଙ୍ଗେ ପ୍ରାୟ ଫୋନ୍‌ରେ କଥାବାର୍ତ୍ତା ହୋଇ କାମ ଚଳିଯାଏ।

ଅଫିସ୍‌ରେ ପହଞ୍ଚି ଜରୁରି କାମ ଏବଂ ବାକିଆ କାମ ସାରିଲାବେଳକୁ ପ୍ରାୟ ଅଧାଦିନ ସରିଥାଏ। ତା'ପରେ ସମୀର ଇ-ମେଲ୍ ଚେକ୍ କରିବାକୁ ବସିଲେ। ବାପାଙ୍କ ନାଁ ମେଲିଙ୍ଗ୍ ଲିଷ୍ଟରେ ଦେଖି ଉଲ୍ଲାସର ତରଙ୍ଗ ବିଜୁଳି ଗତିରେ ଖେଳିଗଲା ତାଙ୍କ ଭିତରେ। ଏଇ କିଛିଦିନ ହେଲା ବରାବର ବାପା ଆଉ ମା'ଙ୍କ କଥା ମନକୁ ଆସେ। ଆଉ ହଠାତ୍ ଆଖିରେ ସହଜ ଲୁହ ଜମାଟ ବାନ୍ଧେ। ଜୀବନରେ ସଫଳତାର ଶୀର୍ଷରେ ଥାଇ ସେ ଆଜି ସମ୍ପୂର୍ଣ୍ଣ ଏକା। ପରିବାର ଭିତରେ ବି ନିଜର ଏକ ବିରାଟ ଶୂନ୍ୟତା। କ'ଣ ହୋଇଛି ତାଙ୍କର? ଷ୍ଟ୍ରେସ୍‌ର ଲେଭଲ୍ ବଢ଼ିଯାଇଛି କି? ସମୀର ତ ସବୁ ସମୟରେ ସ୍ୱାସ୍ଥ୍ୟ ବିଷୟରେ ସଚେତନ। ପ୍ରତିଦିନ ଫିଜିକାଲ୍ ୱାର୍କଆଉଟ୍ ନକଲେ ତାଙ୍କୁ ଅସ୍ୱସ୍ତି ଲାଗେ। ତାଙ୍କ ଖାଦ୍ୟ ବିଷୟରେ ମଧ୍ୟ ସେ ସତର୍କ। ତେବେ ଏ ନୈରାଶ୍ୟ କାହିଁକି?

ବାପା ଲେଖିଛନ୍ତି, "ସବୁ ଭଲ"। ସବୁ କେମିତି ବା ଭଲ ହେବ? ଦୁଇଜଣ ସେଠି ଏକଦମ୍ ଏକା। ବୟସଗତ ବେମାର। ବଡ଼ ଭାଇଭଉଣୀ ଜୀବନଜଞ୍ଜାଳରେ ବ୍ୟସ୍ତ। କିନ୍ତୁ ବାପା ତ କେବେ ସାହାଯ୍ୟର ପ୍ରଶ୍ନ ଉଠାନ୍ତିନାହିଁ। ବାପା ସମୀରଙ୍କର ରୋଲ୍ ମଡେଲ୍। ଅନେକ ସମୟରେ ବିଭିନ୍ନ ସେମିନାର୍‌ରେ ସେ ମ୍ୟାନେଜ୍‌ମେଣ୍ଟ ଉପରେ ଅନେକ ବକ୍ତବ୍ୟ ଦିଅନ୍ତି ଏବଂ ଉଚ୍ଚ ପ୍ରଶଂସିତ ହୁଅନ୍ତି; କିନ୍ତୁ କେହି ଅନ୍ଦାଜ କରିପାରିବେନି ଯେ ଅନେକ ଭାଷଣ ତାଙ୍କ ନିଜ ଅନୁଭବରୁ। ପାରଳାଖେମୁଣ୍ଡିର ସେଇ ଛୋଟ ଘରଟି ମନରେ ଉଙ୍କିମାରିଲା। ବାପା ଜଳସେଚନ ବିଭାଗରେ କିରାଣି ଥିଲେ। ଦୁଇଟି ରୁମ୍‌ରେ ତାଙ୍କ ପାଞ୍ଚପ୍ରାଣୀ ସଂସାର କେତେ ଆନନ୍ଦରେ ଥିଲେ! ମା'ତ ଅକ୍ଲାନ୍ତ ପରିଶ୍ରମ କରେ ରାତିଦିନ; କିନ୍ତୁ ଘରଟିକୁ ଘଷିମାଜି ଚିକ୍ ଚିକ୍ କରିଦିଏ। ସ୍କୁଲ୍‌ରୁ ଫେରି ରୋଷେଇ ଘରେ ବସି ରୁଟି ଆଳୁଭଜା ଖାଇଦେଇ, ଭାଇମାନଙ୍କ ଭଳି ସମୀର ଖେଳିବାକୁ ନଯାଇ ବାପାଙ୍କୁ ବଗିଚାରେ ସାହାଯ୍ୟ କରନ୍ତି। ସବୁବେଳେ ବାପା କହନ୍ତି, "ଯେଉଁ ଜାଗାରେ ରହୁଛ ତା'ର ଯତ୍ନ ନିଅ। ଆଉ ଛାଡ଼ିଗଲାବେଳେ ତାକୁ ଆହୁରି ସୁନ୍ଦର କରି ଯାଅ।" ସେହି ନୀତିକୁ ମନରେ ରଖି ବୋଧେ ତାଙ୍କର ସମସ୍ତ କର୍ମସ୍ଥଳୀରେ ସମୀର "କ୍ରିଏଟିଭ୍ ଜିନିଅସ୍" ଭାବେ ନାଁ କରିଛନ୍ତି। ପ୍ରତ୍ୟେକ ଚାକିରି ପରିବର୍ତ୍ତନ କଲାବେଳେ ସଂସ୍ଥାରେ ତାଙ୍କ ଅବଦାନ ସ୍ପଷ୍ଟ ବାରିହୋଇଯାଏ।

ସକାଳେ ବାପା ଖବରକାଗଜରୁ ମୁଖ୍ୟ ସମାଚାର ସେମାନଙ୍କୁ ପଢ଼ି ଶୁଣାନ୍ତି। ଚପଳ ବୟସରେ ସେମାନେ ଏଇ ମୁହୂର୍ତ୍ତମାନଙ୍କରେ ବଡ଼ କଷ୍ଟ ଅନୁଭବ କରନ୍ତି। ସାଙ୍ଗମାନଙ୍କ ସହ ଖେଳକୁଦ ବେଶି ଆମୋଦ ଦିଏ। ବାପା କୁହନ୍ତି "ଚେଷ୍ଟା କରିବ, ସମାଜରୁ ଯାହା ପାଇବ, ପ୍ରତିଦାନରେ ଯେମିତି କିଛି ଫେରେଇବ।" ସମୀର ଏକ ସହୃଦୟ ମ୍ୟାନେଜର ଭାବେ ଖ୍ୟାତିଅର୍ଜନ କରିବା ଆଢୁଆଳରେ ବାପାଙ୍କର ଏ ଉପଦେଶ ଯେ ଚିରଜୀବନ୍ତ, କାହାର ହୃଦୟଙ୍ଗମ ହୁଏନାହିଁ!

ବାପା ତାଙ୍କର ସୀମିତ ଦରମାର ସୀମା ବାହାରକୁ ଡେଇଁ ଶିଖାଇଥିଲେ ସ୍ୱପ୍ନ ଦେଖିବାକୁ। ସେତେବେଳେ ସେମାନେ କଟକରେ ଅବସ୍ଥାପିତ। ସମୀରଙ୍କୁ ତାଙ୍କ କଲେଜ ଖୁବ୍ ବିରାଟ ଲାଗେ। ଏକ ବିଶାଳ ପ୍ରାସାଦ ଏବଂ ତା'ଠାରୁ ବଡ଼ ଏକ ପଡ଼ିଆ। ସେ ପଡ଼ିଆରେ କେତେ ବିଭୋର ମୁହୂର୍ତ୍ତମାନଙ୍କର ଜନ୍ମ, ନିଜ ଭିତରେ ଅନନ୍ତ ଅନ୍ୱେଷାର ଜନ୍ମ। କଲେଜରୁ ଘର ପର୍ଯ୍ୟନ୍ତ ଲମ୍ବିଯାଇଥାଏ ଚଉଡ଼ା ରାସ୍ତା। ସେ ସମୟରେ ସମୀରଙ୍କୁ ମନେହୁଏ ଜୀବନ ଯେମିତି ସେଇଠାରେ ଅଟକିଯାଇଛି। ବାପା କିନ୍ତୁ ତାଙ୍କ ମନରେ ଜାଗ୍ରତ କରାଇଥିଲେ ଅନ୍ୟ ରାସ୍ତାମାନଙ୍କର କଳ୍ପନା। କଟକର କ୍ୟାଣ୍ଟନ୍‌ମେଣ୍ଟ ରୋଡ଼୍‌ରୁ ଜୁରିକ୍‌ର ଉଟୋକୁମ୍ ଏକ ଦୀର୍ଘ ଯାତ୍ରା। ଏକ ଗ୍ଲୋବାଲ୍, ମଲ୍ଟିକଲ୍‌ଚରାଲ୍ ସଂସ୍ଥାର ମୁଖ୍ୟ ହେବା ତାଙ୍କ ସ୍ୱପ୍ନରେ ନଥିଲା। ଜୀବନରେ କେତେ ବିସ୍ମୟ ଭରିରହିଛି। ସମୀର ଆଜି ଏ ପ୍ରାଚୁର୍ଯ୍ୟ ଭିତରେ ଶ୍ୱାସରୁଦ୍ଧ। ତାଙ୍କୁ ତାଙ୍କ ପୁରୁଣା ସହର କୋଳେଇ ନେବାକୁ ଅନେଇ ରହିଛି। ତାଙ୍କ ବାଲ୍ୟବନ୍ଧୁ, ଗୁରୁଜନ, ଆମ୍ବଗଛ, ବାଡ଼ିବଗିଚା ସବୁ ମନରେ ପ୍ରତିବିମ୍ବିତ ହୁଏ ବାରମ୍ବାର। ସରଳ କୈଶୋରର ନିର୍ମଳ ସୁଗନ୍ଧରେ ସେ ବିଭୋର ହୋଇଯାଆନ୍ତି।

ସମ୍ଭବତଃ, ସବୁଠାରୁ ବେଶି କଷ୍ଟ ପାଉଛନ୍ତି ମା' ବାପାଙ୍କୁ ଝୁରି। ତାଙ୍କୁ ସେ ଥରେଅଧେ ପାଖକୁ ଡାକିଛନ୍ତି। କିନ୍ତୁ ପିଲାମାନେ ଯୁକ୍ତି ବାଢ଼ନ୍ତି- "ଦେ ୱିଲ୍ ବି ଅନ୍‌କମ୍ଫର୍ଟେବ୍ଲ ହିଅର୍। ସୋ ୱିଲ୍ ୱି। ସେମାନେ ଏଠି ସ୍ୱଚ୍ଛନ୍ଦ ଅନୁଭବ କରିବେ ନାହିଁ- ଆମେ ମଧ୍ୟ। ତମେ ବୁଝୁନ କେମିତି ଡାଡ୍!" ବାପାଙ୍କ ଦିବ୍ୟଦୃଷ୍ଟିରେ ବୋଧେ ସବୁ ଧରାପଡ଼ିଯାଏ। ତେଣୁ ସେ କେବେ ଆସିନାହାନ୍ତି। ଅଫିସ୍‌ରୁ ଫେରିଲାବେଳେ ବାପାଙ୍କ ଶୁଖିଲା ମୁହଁ ଦେଖାଯାଏ। ସେତେବେଳେ ସେ ପ୍ରତିଜ୍ଞା କରିଥିଲେ ଚାକିରି କଲାମାତ୍ରେ ସେ ବାପାଙ୍କୁ ପାଖରେ ନେଇ ରଖିବେ। କେମିତି କେଜାଣି ସେ ପ୍ରତିଶ୍ରୁତି ସବୁ ହଜିଗଲା ପାହାଚ ଚଢ଼ିବାର ବ୍ୟସ୍ତତାରେ, କାର୍ଯ୍ୟଭାରରେ ବେଳେବେଳେ ରାତିରେ ସମୀରଙ୍କ ନିଦ ହଠାତ୍ ଭାଙ୍ଗିଯାଏ। କାନରେ ପଡ଼େ ବାପା ମା'ଙ୍କ କଥା... ଅଭାବ ଭିତରେ ବାପା ମା'ଙ୍କ କ୍ୟାରିଅର କଳ୍ପନା- କେମିତି କେଉଁଠାରୁ ଯୋଗାଡ଼

କରିବେ ଟ୍ୟୁସନ୍ ଖର୍ଚ୍ଚ। ସମୀରଙ୍କୁ ସେତେବେଳେ ବ୍ୟସ୍ତଲାଗେ ଏବଂ ସେ ପ୍ରତିଜ୍ଞା କରନ୍ତି ପ୍ରତିଦାନରେ ବାପାଙ୍କ ପାଇଁ ସେ କିଛି କରିବେ।

ସେ ଏମ୍‌ଟେକ୍ ପଢ଼ିଲେ ମାଡ୍ରାସ୍ ଆଇଆଇଟିରେ। ସବୁଥର ଘରୁ ଆସିଲାବେଳେ ବାପା ଷ୍ଟେସନ୍ ଆସନ୍ତି ଛାଡ଼ିବାକୁ। ମା'କୁ ତ ସେ ଦୁଆରବନ୍ଧ ସେପାଖେ ଛାଡ଼ି ଆସିଛନ୍ତି କେଉଁକାଳୁ। ଟ୍ରେନ୍ ଛାଡ଼ିବାବେଳେ ତାଙ୍କ ମୁଣ୍ଡ ଆଉଁସିଦେଇ ଆଶୀର୍ବାଦ କରନ୍ତି ବାପା- "ଦେହର ଯତ୍ନ ନେବୁ ବାପାରେ" ଏବଂ ଟ୍ରେନ୍ ଚାଲିଲା ପରେ ସମୀର କମ୍ପାର୍ଟମେଣ୍ଟରୁ ଉଙ୍କି ହାତ ହଲେଇଲାବେଳେ ଧୋତିର ଲୋଚାକୋଚା କୁଞ୍ଚରେ ବାପା ଆଖି ପୋଛୁଥିବେ।

ସେଦିନ ସନ୍ଧ୍ୟାରେ ସମୀର ସ୍ତ୍ରୀଙ୍କୁ ତାଙ୍କ ଭାବନା ବିଷୟରେ କହିଲେ। କିନ୍ତୁ ସେ ଉତ୍ତର ଦେଲେ- "ହାଓ କ୍ୟାନ୍ ୟୁ ଆଫୋର୍ଡ଼ ଟୁ ବି ଇମୋସ୍‌ନାଲ୍। କମ୍ପାନୀର ଏକ ମୁଖ୍ୟ ପୋଜିସନ୍‌ରେ ଥାଇ, ଏତେ ଦକ୍ଷଭାବେ ଦାୟିତ୍ୱ ତୁଲାଇ ଏତେ ଭାବପ୍ରବଣ? ଶୁଣ, ବି ପ୍ରାକ୍ଟିକାଲ୍। ଆଉ ଯଦି ନିହାତି ଖରାପ ଲାଗୁଛି ଘରଆଡ଼େ ବୁଲିଆସ।"

ସମୀର ଅନେକ ଆଗରୁ ନିଷ୍ପତ୍ତି ନେଇଥିଲେ କିଛିଦିନ ଛୁଟି ନେଇ ଘରକୁ ଯିବେ। ଖୁବ୍ ଆରାମ୍ କରିବେ। ବାପାଙ୍କ ସହିତ କେତେ କଥା ବାକି ରହିଛି। ମା'ର ହାତରନ୍ଧା ବହୁତ ପ୍ରକାର ମନଭରି ଖାଇବେ। ଆଉ ତାଙ୍କ କୈଶୋରକୁ କିଛିଦିନ ପାଇଁ ଫେରିଯିବେ। ମନରେ ଅଦ୍ଭୁତ ପରିବର୍ତ୍ତନ ଆସିଗଲା ତାଙ୍କର। ଇଣ୍ଡିଆ ଆସିବାର ପୂର୍ବ ସପ୍ତାହଟା ଖୁବ୍ ଭଲରେ କଟିଲା। କର୍ମକ୍ଷେତ୍ରରେ ବିଚକ୍ଷଣ ନିଷ୍ପତ୍ତି ନେଲେ। ପିଲାମାନଙ୍କ ସହିତ ମଧ୍ୟ ଡିନର ପାଇଁ ଗଲେ। ଇଣ୍ଟରନ୍ୟାସନାଲ୍ ଫ୍ଲାଇଟ୍‌ରେ ବସିଲାବେଳକୁ ତାଙ୍କୁ ଖୁବ୍ ହାଲୁକା ଲାଗୁଥିଲା। ସତେଯେପରି ସେ ବାପା, ସ୍ୱାମୀ, ବସ୍‌ର ଭୂମିକାରୁ ଖସିଆସିଛନ୍ତି ଖାଲି ପୁଅ ହେବେ ସେ- ବାପା ମା'ଙ୍କର, ଓଡ଼ିଶାର, ଜନ୍ମଭୂମିର।

ଏୟାରପୋର୍ଟରେ ବାପା ମା'ଙ୍କ ସଙ୍ଗେ ସମସ୍ତ ପରିବାର ଓ ବନ୍ଧୁ ଏକତ୍ର। ପ୍ରତିଥର ସୁଇଜରଲାଣ୍ଡରୁ ଆସିଲାବେଳେ ଏ ଗୋଟେ ପର୍ବ। ଭାଇଭଉଣୀଙ୍କ ପିଲାମାନେ ସବୁ ହଠାତ୍ ବଡ଼ ହୋଇଯାଇଛନ୍ତି ଯେମିତି। ଘରେ ପହଞ୍ଚି ଫ୍ରେସ୍ ହୋଇ ଆରାମ କଲାବେଳେ ସେ ହଠାତ୍ ଜାଣିପାରିଲେ ବାପାଙ୍କ ଚେହେରା ବହୁତ ଖରାପ ହୋଇଯାଇଛି। ଭାରି କ୍ଲାନ୍ତ ଲାଗୁଛନ୍ତି ସେ। ଆଉ ସାମାନ୍ୟ ଚିଡ଼ା ହୋଇଯାଇଛନ୍ତି। ମା' ଉପରେ ପ୍ରତି କଥାରେ ରାଗ। ମା' ଅବଶ୍ୟ ତା'ର ଚିରାଚରିତ ରୀତିରେ ଚୁପ୍‌ଚାପ୍ କାମ କରିଚାଲିଛି। ପୂରା ଘରେ ସମ୍ପୂର୍ଣ୍ଣ ଏକା ହୋଇଯିବାରୁ ବୋଧେ ବାପାଙ୍କର ଏ

ପରିବର୍ତ୍ତନ। ଘରେ ତାଙ୍କର ସୁବିଧାପାଇଁ ବାପା ବାଥ୍‌ରୁମ୍‌ଟା ରିମଡେଲ୍ କରିଛନ୍ତି। ଖୁବ୍ ଶାନ୍ତିରେ ସମୀର ଦୁଇଦିନ ଖାଲି ଶୋଇଲେ। ଜେଟ୍ ଲ୍ୟାଗ୍‌ପାଇଁ ବୋଧେ ନିଦ ମାଡ଼ିଆସୁଥିଲା। ତା'ପରେ ପ୍ରଥମେ କଲେଜ ବୁଲି ବାହାରିଲେ। ଘରୁ ଲମ୍ବିଯାଇଥିବା ସେ ଚଉଡ଼ା ରାସ୍ତାଟା କିନ୍ତୁ ଭାରି ସଂକୀର୍ଣ୍ଣ ଲାଗୁଛି। କିଛି ତ ପରିବର୍ତ୍ତନ ହୋଇନି, କିନ୍ତୁ ତାଙ୍କୁ ସେମିତି କାହିଁକି ଲାଗୁଛି ? ଏତେବଡ଼ ଦୁନିଆରେ କେତେ ରାସ୍ତା, କେତେ ସହର ଦେଖିଲା ପରେ ଡିକ୍ସନାରୀରେ ଅର୍ଥସବୁ ବଦଳିଯାଇଛି କି? ଅବଶ୍ୟ ରାସ୍ତା ଚତୁଃପାର୍ଶ୍ୱର ନକ୍ସାରେ ଯଥେଷ୍ଟ ପରିବର୍ତ୍ତନ ହୋଇଥିଲା। ତାଙ୍କର ମନେପଡ଼େ- ଦୁଇପଟେ ଅନେକ ପୁରାତନ ଗଛ ଡେଣା ମେଲେଇଦେଇଥାନ୍ତି। ସେ ଛାଇରେ ଅନେକ ଅପରାହ୍ଣ ମଉଳିଯାଇଛି। କିନ୍ତୁ ଗଛମାନଙ୍କ ସହ ତାଙ୍କର ଘନିଷ୍ଠତା ଆଜିନିଶ୍ଚିହ୍ନ। ସେ ଜାଗାରେ ବିରାଟ ନଭଶ୍ଚୁମ୍ବୀ ଆପାର୍ଟମେଣ୍ଟ ସବୁ ମୁଣ୍ଡ ଟେକିଛି। ସହସା ଭାରି ନିରାଶ ଲାଗିଲା ତାଙ୍କୁ। ଏଭଳି ଏକ ହୃଦୟହୀନ ପଦକ୍ଷେପ ନେବାଆଗରୁ କେହି କ'ଣ ଟିକେ ଚିନ୍ତା କଲେନି ?

କଲେଜରେ ପହଞ୍ଚି ହୃଦୟଙ୍ଗମ କଲେ ତାଙ୍କର ଅତିପ୍ରିୟ ଅନ୍ତରଙ୍ଗ ପ୍ରାସାଦଟି ଉଭେଇଯାଇଛି ଏବଂ ସେଠି ନୂଆ ଡିଜାଇନ୍‌ର ଅଟ୍ଟାଳିକା ମୁଣ୍ଡଟେକି ଠିଆ ହୋଇଛି। ସମୀରଙ୍କ ଅତିପ୍ରିୟ ପୁରୁଣା ସ୍ମୃତିର ଘର ଦୁର୍ଗତି ପଥରେ ବଳିଦେଇଛି ନିଜକୁ। ସମୀର ଭିତରକୁ ଯାଇ ସବୁ ଡିପାର୍ଟମେଣ୍ଟ ବୁଲିଲେ। ସେଠିକାର ପୁରାତନ ଛାତ୍ରଭାବେ ଯେତେଟା ନୁହେଁ, ସୁଇଜରଲାଣ୍ଡ ନିବାସୀ ଭାବେ ନୂଆ ପ୍ରଫେସର୍‌ମାନଙ୍କର ବେଶ୍ ଆନନ୍ଦ। ଅବଶ୍ୟ ସେ ଜାଣି ଖୁସିହେଲେ ଯେ ବହୁ ପ୍ରଫେସର ବିଦେଶର ପ୍ରଖ୍ୟାତ ୟୁନିଭରସିଟିମାନଙ୍କରୁ ଡିଗ୍ରୀ ହାସଲ କରିଛନ୍ତି।

ସମୀର ମର୍ମାହତ ହେଲେ ଯେ ଯେଉଁ ଗୁରୁମାନଙ୍କୁ ସାତସମୁଦ୍ର ଆରପାରିରେ ସବୁଦିନ ଭକ୍ତିଅର୍ଘ୍ୟ ଅର୍ପଣ କରୁଥିଲେ ସମୟକ୍ରମେ ସେମାନେ ଅନ୍ତିମ ବିଦାୟ ନେଇସାରିଲେଣି। ତଥାପି ନିଜ କଲେଜର ପ୍ରସାରିତ ସଫଳତାରେ ସେ ଉତ୍‌ଫୁଲ୍ଲ। କିନ୍ତୁ ଏ ଖୁସିଟା ସାମାନ୍ୟ ଅଲଗା। ଯେମିତି ତାଙ୍କୁ ଲାଗିଥିଲା ଯେଉଁଦିନ ପୁଅ ତାଙ୍କ ପରାମର୍ଶ ବିନା ନିଜ ଭବିଷ୍ୟତର ଖସଡ଼ା ପ୍ରସ୍ତୁତ କରିନେଇଥିଲା କଲେଜରେ ପାଦ ଦେଉଦେଉ।

କଲେଜ ପଛହତାରେ ଗୁପ୍‌ଚୁପ୍, ଗୁଡ଼କୋରା, ଚୁରନ୍, ଦହିବରା ବିକାଳିଙ୍କର ଆଡ୍ଡା। ସମୀରଙ୍କ ପ୍ରିୟ 'ଭଗି ଆଳୁଦମ୍ ଦହିବରା' ଯେଉଁଥିରେ ମିଶିଯାଏ ଭଗିର ସ୍ନେହବୋଳା ହସ ଓ ଫେଣ୍ଟିହୋଇଥାଏ ତା' ସରଳ ସୋହାଗର ମଧୁରତା। ପଚାରି ବୁଝିଲେ ଭଗି ପୁଅ ଏବେ ଉତ୍ତରାଧିକାରୀସ୍ୱରୂପ କାମ ଚଳଉଛି। ସମୀର ଯାଇ ତା'

ଠେଲାଗାଡ଼ି ପାଖେ ଠିଆହେଲେ। ଭଗି କଥା ପଚାରି ବୁଝିଲେ। ପୁଅ ବେପରୱା ଢଙ୍ଗରେ କହିଲା- "ବୁଢ଼ା ଘରେ ଅଛି"। ସମୀର କ୍ଷୁବ୍ଧ ହେଲେ। ଭଗି ଯେ 'ବୁଢ଼ା' ଏଥିରେ ଦ୍ୱିମତ ନାହିଁ। ତା' ବୋଲି ପୁଅର ଏପରି ମନ୍ତବ୍ୟ ତାଙ୍କୁ ଅସହ୍ୟ ମନେହେଲା। ସେ ଦହିବରା ମଧ୍ୟ ତାଙ୍କୁ ଅପରିଷ୍କାର ଲାଗିଲା। ଏତେବର୍ଷ ବିଦେଶରେ ରହିଲା ପରେ ସ୍ୱାସ୍ଥ୍ୟ ଓ ପରିଚ୍ଛନ୍ନତା ବିଷୟରେ ସେ ବେଶ୍ ସଚେତନ। ଏଠି ଆଜି ସବୁକିଛି ଅସ୍ୱାସ୍ଥ୍ୟକର ଲାଗୁଛି। ପୂର୍ବର ସେ ନିର୍ମଳତା ଆଉ ଆଖିରେ ପଡୁନାହିଁ।

ତାଙ୍କ ସାଇବାସିନ୍ଦାମାନେ ତାଙ୍କପାଇଁ ଏକ ଭବ୍ୟ ସମ୍ବର୍ଦ୍ଧନାର ଆୟୋଜନ କରିଥିଲେ ରବିବାର ଦିନ। ତାଙ୍କୁ ଭାରି ଅଡୁଆ ଲାଗୁଥିଲା ଏସବୁ। ସେ ସାଇର ପୁଅ। ସେଠି ଥିବା ଗୁରୁଜନମାନଙ୍କର ଆଶୀର୍ବାଦ ନେଇ ସେ ମଣିଷ ହୋଇଛନ୍ତି। ଏତେ ସ୍ନେହ ସୌହାର୍ଦ୍ଦ୍ୟରେ ସେ ଭାବପ୍ରବଣ ହୋଇପଡ଼ିଲେ। ସତରେ ତାଙ୍କୁ ଏତେ ମନେ ରଖିଛନ୍ତି ସମସ୍ତେ। କିନ୍ତୁ ସନ୍ଧ୍ୟା ବଢ଼ିବା ସହିତ ବକ୍ତାମାନଙ୍କ ପ୍ରଶ୍ନରୁ ସମୀର ଠଉରେଇନେଲେ ଯେ ସମସ୍ତେ ଇଚ୍ଛୁକ ତାଙ୍କ ବିଦେଶୀ ରହଣି ବିଷୟରେ ଜାଣିବାକୁ। କେତେକ ଚାହାନ୍ତି ସେଠି ଚାକିରି ପାଇବାରେ ସେ କ'ଣ ସାହାଯ୍ୟ କରିପାରିବେ ବା ତାଙ୍କ ପିଲାମାନଙ୍କର ବିଦେଶରେ ଉଚ୍ଚଶିକ୍ଷା ଦିଗରେ ସେ କିପରି ସହାୟକ ହୋଇପାରିବେ! ସାହିର କ୍ଲବ୍ ଉପଦେଷ୍ଟାମାନଙ୍କର ଆଶା ମୋଟା ଅଙ୍କର ଚାନ୍ଦା ପାଇଁ। ଆଉ ତାଙ୍କର ସ୍ୱପ୍ନ ବିଷୟରେ ତ କାହିଁ କେହି ପଚାରିଲେ ନାହିଁ?

ସମୀରଙ୍କୁ ସେଦିନ ଭଲ ନିଦ ହେଲାନାହିଁ। ତାଙ୍କ ସ୍ମୃତିରେ ବଞ୍ଚିଥିବା ତାଙ୍କ ଅତି ନିଜ ସହର, ପ୍ରିୟଲୋକ, ସବୁ କେମିତି ଅଲଗା ଲାଗୁଛି। ସମୟ ବଦଳିବା ସହିତ ସବୁକିଛି ବଦଳିଯାଇଛି। କିଛିଟା ତାଙ୍କ ଜ୍ଞାତସାରରେ ଏବଂ ଅନେକ କିଛି ଅଜାଣତରେ। ସମୀର ଅବଶ୍ୟ ବୁଝିଲେଣି ସେ ଏତେବାଟ ଦୌଡ଼ିଆସିଛନ୍ତି କେବଳ ନିଜ ସନ୍ତୋଷ ପାଇଁ। ତାଙ୍କୁ ଭଲପାଉଥିବା ସମସ୍ତଙ୍କଠାରୁ ସ୍ନେହଟିକେ ପାଇବା ପାଇଁ।

ବାପାଙ୍କ ପାଖରେ ସମୀର୍ ବେଶ୍ କିଛି ସମୟ କଟାଉଥିଲେ। ଆଜିକାଲି ବେଶି କଥା ହୁଅନ୍ତିନାହିଁ ସେ। ପିଲାମାନେ ସମସ୍ତେ ଘରଠୁ ଦୂରରେ। କାରଣ ସମସ୍ତଙ୍କୁ ସେ ଯୋଗ୍ୟ କରିପାରିଛନ୍ତି। ତେଣୁ ସବୁ ସମୟରେ ଚୁପ୍ ରହିବା ବୋଧେ ଅଭ୍ୟାସ କରିଦେଇଛନ୍ତି। ତାଙ୍କ ପାଖରେ ବସିଲେ ସମୀରଙ୍କୁ ଅପରାଧ କଲାଭଳି ଲାଗେ। ବାପାଙ୍କ କଠୋର ନିରବତା ଯେମିତି ପ୍ରଶ୍ନ କରୁଥାଏ, "କେବେ ଦେଶକୁ ଫେରୁଛୁ? ଜୀବନର ସୁଖଶାନ୍ତି ପାଇଁ କେତେ ପରିମାଣର ଅର୍ଥ ଦରକାର? ତୁ କ'ଣ ଖୁବ୍ ଆନନ୍ଦରେ ଅଛୁ? ଆନନ୍ଦ କ'ଣ ନିଜ ମାଟିରୁ ଶୂନ୍ୟ ହୋଇଯାଏ ଯୋଗ୍ୟ ହୋଇଯିବା ପରେ?" ସମୀର ସେଠାରୁ ଖସିଆସେ।

ବାପା ତାଙ୍କର ପ୍ରତିଟି ଇ-ମେଲ୍‌ର ପ୍ରିଣ୍ଟଆଉଟ୍ ନେଇ ଗୁଣ୍ଡି ରଖିଛନ୍ତି। ବାପା ତାଙ୍କ କୈଶୋରରେ ତାଙ୍କୁ ଯେତିକି ସମୟ ଦେଇଛନ୍ତି ସମୀର କ'ଣ ତାଙ୍କ ପୁଅକୁ ଦେଇପାରିଛନ୍ତି ? କାର୍ଯ୍ୟବ୍ୟସ୍ତତାର ଆଢୁଆଳରେ ତାଙ୍କ ପରିବାରକୁ କ'ଣ ସେ ଅବହେଳା କରିନାହାନ୍ତି ? ଏସବୁ ହିସାବ ନିକାସ କରିବସିଲେ ସମୀର ନିଜ ଉପରେ ଚିଡ଼ିଯାଆନ୍ତି, ପୁଣି ନିଜ ଆଖିରେ ନିଜ 'ଇମେଜ୍'କୁ ଅକ୍ଷୁଣ୍ଣ ରଖିବାକୁ ବାହାନା ଖୋଜନ୍ତି। ବାପା ତାଙ୍କ ଚିନ୍ତାର ପରିସୀମା ଭିତରେ ଚିରବନ୍ଦୀ। ସମୀର୍ ହୃଦ୍‌ବୋଧ କରିପାରୁଥିଲେ ଯେ ବାପାଙ୍କର ପିଲାମାନଙ୍କଠାରୁ ଅନ୍ୟ କିଛି ଆଶା ନାହିଁ। ଭାଇଭଉଣୀମାନଙ୍କ ସଙ୍ଗେ ଏତେ ନିବିଡ଼ ସମ୍ପର୍କ ସମୟର ସ୍ରୋତରେ କେମିତି କଳଙ୍କି ଧରିଛି। ସମୀର୍ ସମସ୍ତଙ୍କ ଘର ବୁଲିଆସିଲେଣି। ସମସ୍ତଙ୍କର ସେଇ ଗୋଟିଏ କଥା- ସେମାନେ ବ୍ୟସ୍ତ। ସମୟ ମିଳିଲେ ସିନା ବାପାମା'ଙ୍କୁ ଦେଖିଆସିବେ। ସମୀରର ଅମାପ ଧନ! ସେ ବରଂ ବର୍ଷକୁ ଦୁଇତିନିଥର ଘରକୁ ଆସି ବାପାଙ୍କୁ ଦେଖୁ। ସେ ତ ବାପାଙ୍କ ଗେହ୍ଲାପୁଅ! ସମୀର ଦ୍ୱନ୍ଦ୍ୱରେ ଛଟପଟ ହେଉଛନ୍ତି। ସେ ଯେଉଁ ଶାନ୍ତିର ସଂଧାନରେ ଆସିଥିଲେ ତାଙ୍କୁ କ'ଣ ପ୍ରାପ୍ତ ହୋଇଛି ? କିନ୍ତୁ ମନରେ ଅନେକ ନୂଆ ସ୍ୱପ୍ନ। ସମସ୍ତଙ୍କ ପାଇଁ ବାପା-ସାଇପଡ଼ିଶା, ତାଙ୍କ ସହର- ସଭିଁଙ୍କ ପାଇଁ କିଛି କରିବାକୁ ତାଙ୍କର ପ୍ରବଳ ଇଚ୍ଛା। କିନ୍ତୁ କିଭଳି ଭାବରେ କରିବେ ତା'ର ସୂତ୍ର ତାଙ୍କୁ ମିଳୁନାହିଁ।

ଆଉ ଗୋଟିଏ ବନ୍ଧୁମିଳନ ତାଙ୍କ ସାମ୍ନାରେ। ପ୍ରଶଂସକଙ୍କ ଗହଳି। ସମୀର ନିଶ୍ଚୟ ଆନନ୍ଦିତ ଏବଂ ସହସା ତାଙ୍କୁ ଦି'ପଦ କହିବା ପାଇଁ ଆମନ୍ତ୍ରଣ କରାଗଲା। ସେଇ ମୁହୂର୍ତ୍ତରେ ସର୍ବସମ୍ମୁଖରେ। ଅନାୟାସରେ ସମୀର ଘୋଷଣା କଲେ- ସେ ଫେରିଆସିବେ ନିଜ ମାଟିକୁ, ପରିବାରକୁ ବନ୍ଧୁବାନ୍ଧବମାନଙ୍କ ପାଖକୁ। ବାପାଙ୍କ ଆଖି ଛଳଛଳ ହେବା ସ୍ୱାଭାବିକ କିନ୍ତୁ ତାଙ୍କ ଆଶାନୁରୂପୀ କରତାଳି କାହିଁ ? ଭିଡ଼ ମଧ୍ୟରୁ କିଛି ବନ୍ଧୁ ତାଙ୍କୁ ଓଲଟା ପରାମର୍ଶ ଦେଲେ ମତ ବଦଳାଇବାକୁ। ଏତେ ବର୍ଷ ଏକ ପ୍ରଗତିଶୀଳ ଦେଶର ବାସିନ୍ଦା ହୋଇ ସେ ଏଠାରେ ତୃପ୍ତି ପାଇବେନି। ସେଇଠାରେ ଥାଇ ଧନ ଅର୍ଜନ କଲେ ସିନା ସମସ୍ତଙ୍କ ସାହାର୍ଯ୍ୟରେ ଆସିବ। ସମୀରଙ୍କ ମନ ଦବିଗଲା। ତାଙ୍କର ନିଷ୍ପତ୍ତି ଯେ କଠିନ ଏଥିରେ ସନ୍ଦେହ ନାହିଁ। ସେ ଭାବିଥିଲେ ସାଙ୍ଗସାଥୀଙ୍କ ଉତ୍ସାହ ତାଙ୍କ ନିର୍ଣ୍ଣୟକୁ ଦୃଢ଼ୀଭୂତ କରିବ। ଘରେ ପହଞ୍ଚିଲା ପରେ ମା' କହିଲେ ପଛ ଧାଡ଼ିର ଶ୍ରୋତାମାନେ ଅନେକ କଳ୍ପନା ଯୋଡୁଥିଲେ ତା' ନିଷ୍ପତ୍ତିକୁ ନେଇ- "ତା' ପିଲାମାନେ ତାକୁ ପଚାରୁନାହାନ୍ତି, ବାହାର ଦେଶରେ ଜୀବନ ବଡ଼ ଦୁର୍ବିସହ। କେହି ପଚାରନ୍ତି ନାହିଁ। ଧନ ଥିଲେ ଖୁସି କିଣାଯାଇପାରିବ ନାହିଁ ଇତ୍ୟାଦି।

ସମୀରଙ୍କ ଚିରାଚରିତ ଥଣ୍ଡା ମିଜାଜଟା ବିରକ୍ତିରେ ଭରିଗଲା। ଏ କିଭଳି ଉଭଟ ଭାବନା ? ଏଭଳି ଲୋକଙ୍କୁ ନେଇ ସେ ବା କେଉଁ ସ୍ୱପ୍ନ ଦେଖିବେ ?

ତା' ପର ସପ୍ତାହଟା ତାଙ୍କ ରହଣିର ଶେଷ ଭାଗ। ତାଙ୍କ ଘରୁ ଭିଡ଼ ହଠାତ୍ କମିଗଲା ବନ୍ଧୁମାନଙ୍କର। ସତେଯେମିତି ସେ ଅଦରକାରୀ ହୋଇପଡ଼ିଲେ। ବାପା ଥରଟିଏ ମଧ୍ୟ ପଚାରିନାହାନ୍ତି ତାଙ୍କର ନିଷ୍ପତ୍ତି ବିଷୟରେ। ବାପାଙ୍କୁ କ'ଣ ଅଛପା ଯେ କହିବା ଓ କରିବା ଭିତରେ ଅନେକଟା ଦୂରତା। ପ୍ରକୃତରେ ସମୀର ମଧ୍ୟ ନିଜେ ଭାବିନାହାନ୍ତି ଭବିଷ୍ୟତ୍ ବିଷୟରେ। ଏସବୁ କଥା ଆକସ୍ମିକ ଭାବରେ ହୁଏନି। ସୁଇଜରଲାଣ୍ଡ ଫେରିବା ପୂର୍ବ ରାତିରେ ବାପା ମା'ଙ୍କ ସହିତ ବିଳମ୍ବିତ ପ୍ରହର ପର୍ଯ୍ୟନ୍ତ ବସିଥିଲେ ସମୀର। କାହାର ଯେମିତି କିଛି କଥା ନାହିଁ। ସମୀର ବାପାଙ୍କୁ ସିଧା ଅନାଇପାରୁନାହାନ୍ତି- ଆତ୍ମଗ୍ଳାନିରେ ନା ଭୟରେ। ମା' ସବୁବେଳେ ପଚାରେ ସେ ପୁଣି କେବେ ଆସିବ। କିନ୍ତୁ ଏଥର ସେ ନିରବ। ସତେଯେମିତି ସେ ସବୁ ମୋହମାୟାରୁ ମୁକ୍ତି।

ଏୟାରପୋର୍ଟରେ ସମୀର ମୁଣ୍ଡକୁ ଆଉଁସିଦେଇ ବାପା କହିଲେ- "ସୁଖୀ ହୁଅ।" ବାପା ଜାଣିଥିଲେ ସମୀରଙ୍କର ଏଇ ସୁଖର ଘୋର ଅଭାବ।

ସୁଇଜରଲାଣ୍ଡ ଫେରି ଗତାନୁଗତିକ ଜୀବନର ଢାଞ୍ଚାରେ ସଜାଡ଼ିନେଲେ ନିଜକୁ ସମୀର। ପିଲାଙ୍କର, ସ୍ତ୍ରୀଙ୍କର, ତାଙ୍କ ସଂସ୍ଥାର କୌଣସି ଅସୁବିଧା ହୋଇନାହିଁ ତାଙ୍କ ଅନୁପସ୍ଥିତିରେ। ସମସ୍ତେ ସ୍ୱାଧୀନ ଆଉ ପାରିବାର। କିଛିଦିନ ପରେ ପୁଣି ସେ ଶୂନ୍ୟତାର ଭୂତ ମାଡ଼ିବସିଲା ସମୀରଙ୍କୁ। ସମୀର ମନସ୍ଥ କଲେ ଡାକ୍ତରଙ୍କ ପରାମର୍ଶ ନେବାକୁ। ପୂର୍ବ ଅପେକ୍ଷା ଚେଷ୍ଟା କରି ଅଧିକ ବ୍ୟସ୍ତ ରହିଲେ। ଏଇ କିଛି ମାସରେ ସମୀର ଏକ ନୂତନ ଦିଗନ୍ତ ଦେଇଛନ୍ତି ସଂସ୍ଥାକୁ। ତା'ର ସାମାଜିକ ଦାୟିତ୍ୱ ବିଷୟରେ। ଉଚ୍ଚ ପ୍ରଶଂସିତ ହୋଇଛନ୍ତି ଏବଂ ଜେନେଭା ସହରରେ ଏକ ମର୍ଯ୍ୟାଦାପୂର୍ଣ୍ଣ ସଭାରେ ପୁରସ୍କୃତ ହୋଇଛନ୍ତି।

ଅକସ୍ମାତ୍ ସେଦିନ ଭାଇର ଫୋନ୍ ଆସିଲା। ଏପରି ଅଚାନକ ଫୋନ୍ ପ୍ରାୟ ସବୁ ପ୍ରବାସୀ ଓଡ଼ିଆମାନଙ୍କୁ ଆସେ। ସଂକ୍ଷିପ୍ତ ସମ୍ବାଦ। "ବାପା ଆଜି ପାହାନ୍ତାରେ ଶୋଇଥିବା ଅବସ୍ଥାରେ ଚାଲିଗଲେ।" ସମୀରଙ୍କ ପାଇଁ ସତେ ଯେମିତି ଦୁନିଆଟା ଭୁଶୁଡ଼ିପଡ଼ିଲା। ବାପା ଯେ ପ୍ରତିଦାନରେ କିଛି ଚାହିଁନଥିଲେ, ସେ ଜାଣିଥିଲେ। କିନ୍ତୁ ବାପା ତାଙ୍କୁ ଋଣ ଶୁଝିବାର ସୁଯୋଗ ବି ଦେଲେନାହିଁ। ତାଙ୍କର ପରମ ପୂଜନୀୟ ବାପାଙ୍କୁ ସେ ଆଉ ଦେଖିପାରିବେନାହିଁ। ଦୁଇଦିନ ମଧ୍ୟରେ ସମୀର ଆସି ପହଞ୍ଚିଲେ ପିତୃହରାର ଶୋକ ନେଇ, କିନ୍ତୁ ବାପାଙ୍କର ସମସ୍ତ କାମ ସରିଯାଇଥିଲା ସେତେବେଳକୁ।

ଭାଇମାନେ ଯୁକ୍ତି ବାଢ଼ିଲେ, "ବାସିମଡ଼ା କରିବାଟା ଠିକ୍ ନୁହେଁ।" ଠିକ୍ ଭୁଲ୍‌ର ହିସାବଟା କ'ଣ ଠିକ୍ ସବୁ ବଡ଼ ଲୋକ ଓ ନେତାମାନଙ୍କ ବାସିମଡ଼ା କ'ଣ ରହେନାହିଁ? ସମୀରଙ୍କ ଅବୁଝା ମନ ଜାଣିନଥିଲା ଯେ ତାଙ୍କ ବାପା କେବଳ ତାଙ୍କ ଆଖିରେ ହିଁ ବଡ଼ ଥିଲେ। ଅନ୍ୟମାନଙ୍କ ପାଖରେ ସେ ଖାଲି ସାଧାରଣ ବାପାଟିଏ। ମା'ଙ୍କୁ ବୋଧ ଦେଉଥିଲେ ସମୀର। ସେ ବୋଧେ ବୁଝେଇଦେଉଥିଲେ ନିଜକୁ। କେଡ଼େ ସହଜ ଗତିରେ ଜୀବନ ବହିଚାଲେ ପୁଣି। ଶୀଘ୍ର ଫେରିବାର ଆଶ୍ୱାସନା ଦେଇ ସମୀର ଫେରିଗଲେ।

ବାପାଙ୍କ ଯିବାର କେତେମାସ ଭିତରେ ମା'ର ଖବର ଆସିଲା। ଶିଖାଶିଖି ହୋଇ ଚାଲିଗଲେ ଦୁହେଁ। ବାପା ଡାକିନେଲେ ମା'ଙ୍କୁ। ସମୀର ହତାଶ ହୋଇପଡ଼ିଲେ। ଏ କ'ଣ ଘଟିଗଲା? ମା' ତାଙ୍କର ଜୀବନଟାସାରା ଧନ୍ଦିହୋଇଛନ୍ତି ସ୍ୱାମୀ ଓ ପିଲାମାନଙ୍କୁ ନେଇ, ଆଉ ମାତ୍ର ଅଳ୍ପଦିନ ସମୀର ତାଙ୍କୁ ଆଣିଥା'ନ୍ତେ କିଛିଦିନ ପାଇଁ ନିଜ ପାଖକୁ। ବୋଧେ ତାଙ୍କୁ ହଇରାଣ ନକରିବା ପାଇଁ ଏ ବନ୍ଦୋବସ୍ତ କଲା ସେ। ଓଡ଼ିଶାରେ ତାଙ୍କର ଆଉ କେଉଁ ଆକର୍ଷଣ ରହିଲା? ସମୀରଙ୍କର ବୋଧେ କଟକ ସଙ୍ଗେ ସମ୍ପର୍କ ଇତି ହେଲା। ବାପା ଓ ମା'ଙ୍କ ପ୍ରତି ତାଙ୍କର କର୍ତ୍ତବ୍ୟରେ ସେ ଅବହେଳା କରିଛନ୍ତି, ଏ କଥାଟା ଅନେକ ଦିନ ପର୍ଯ୍ୟନ୍ତ ଘାରିଲା ତାଙ୍କୁ। ପିଲାଦିନର ପ୍ରତିଟି ସ୍ମୃତି ଚିତ୍ରିତ ହୋଇଗଲା ମାନସପଟରେ। ସେଇ ସମୟରେ ସମୀର ଗୋଟେ ନୂଆ ପ୍ରୋଜେକ୍ଟ ହାତକୁ ନେଲେ ଓ ଦୁଃଖ ଭୁଲିବାକୁ ଆରା ମିଳିଗଲା। ଜୀବନରେ ଏମିତି ଆରା ମିଳିଯିବା ହିଁ ଭଲ। ନହେଲେ ମଣିଷ ଗୋଟିଏ ମାତ୍ର ଦୁଃଖରେ ମରିଯାଆନ୍ତା।

ଏ ଭିତରେ ଛଅମାସ ବିତିଗଲାଣି। ପିଲାମାନେ ଚାକିରି ପାଇ ଅଲଗା ସହରରେ ଅବସ୍ଥାପିତ। ସେଦିନ ପୁଣି ସେଇ ପରିଚିତ ଶୂନ୍ୟତା ତାଙ୍କୁ ମାଡ଼ିବସିଲା। ସମୀର ଏଥର ଆଶ୍ଚର୍ଯ୍ୟ ହେଲେ, ବାପା ଓ ମା' କେହି ତ ନାହାନ୍ତି! ତେବେ ଏ ଆକର୍ଷଣ କାହାର? କେଉଁଠାରୁ ଏ ବଂଶୀ ସ୍ୱନ ଭାସିଆସୁଛି! ତାଙ୍କୁ ମନ୍ଥିତ କରୁଛି। ବାପାଙ୍କ ଛଡ଼ା କିଏ ତାଙ୍କୁ ଓଡ଼ିଶାରେ ଅପେକ୍ଷା କରିଛି? ସମୀର୍ ବାଲ୍‌କୋନୀରେ ଠିଆହୋଇ ବରଫ ବର୍ଷାରେ ତାଙ୍କର ଉତ୍ତର ଖୋଜୁଥିଲେ ଏବଂ ସହସା ସେ ଦେଖିପାରିଲେ ତାଙ୍କ କଟକ ଘରବାଡ଼ି, ଗୋଡ଼ିମାଟି, ପାଣିପବନ, ବାଡ଼ି ଆମ୍ବଗଛର ବଉଳ ବାସ୍ନା ବାରି ହୋଇଗଲା। ଜଗନ୍ନାଥଙ୍କ ଚକାଆଖି ଓ ଦୁଇ ଆଖିରେ ବାପା ଓ ମା'ଙ୍କୁ ଦେଖିପାରିଲେ। ତାଙ୍କ ଛାତି ଅବା ଫାଟିଯିବ ଖୁସିରେ। ତାଙ୍କୁ ଓଡ଼ିଶା ଡାକୁଛି, ତାଙ୍କ ଜନ୍ମମାଟି, ତାଙ୍କ ବାପାଙ୍କର ସହର ହାତଠାରି ଡାକୁଛି ତାଙ୍କୁ। ସମୀର୍ ବଡ଼ପାଟିରେ ଆକାଶମୁହାଁ ହୋଇ କହିଲେ- "ବାପା, ତମେ ତ ଦେଇଥିଲ ମୋତେ ଦୀକ୍ଷା। ମୋର ନୂତନ ଜୀବନ

ମୋତେ ଡାକୁଛି। ଓଡ଼ିଶାକୁ ପ୍ରତିଦାନରେ ମୋର ବହୁତ କିଛି ଭେଟିଦେବାର ଅଛି। ମୋ ଜନ୍ମମାଟିର ଭବିଷ୍ୟତ ପାଇଁ ସୁନେଲି ସକାଳ ତିଆରି କରିବି। ଆସନ୍ତାକାଲି ପାଇଁ ମତେ ମଣିଷ ଗଢ଼ିବାର ଅଛି ସବୁ ତୁମ କହିବା ଅନୁସାରେ। ଆଜିପର୍ଯ୍ୟନ୍ତ ଭାବିଥିଲି ମଣିଷ ଗୋଟିଏ ବସ୍ତୁ, ମାତ୍ର ତୁମ ଚାଲିଯିବା ପରେ ବୁଝିପାରିଛି ମଣିଷ ହେଉଛି ଗୋଟିଏ କାଳାତୀତ, ସ୍ଥାନାତୀତ, ଦେହାତୀତ ଚେତନା।"

"ବାପା ! ତୁମେ ବିଗତ ନୁହଁ- ସ୍ମୃତିମାନେ ଅତୀତ ନୁହନ୍ତି। ତେଣୁ ମୁଁ ଖୁବ୍ ଶୀଘ୍ର ଫେରୁଛି-"

ସୂର୍ଯ୍ୟାଲୋକରେ ବରଫର କାନ୍ତି ଝଟକିଲା। ସମୀର ସ୍ତ୍ରୀଙ୍କୁ ଶୁଣେଇ କହିଲେ, "ମୁଁ ବାପା ମା'ଙ୍କୁ ଛାଡ଼ି ବିଦେଶ ଆସିଥିଲି- ପିଲାମାନଙ୍କୁ ଛାଡ଼ି ଦେଶକୁ ଫେରିଯିବା ଅସାଧ୍ୟ କାମ ନୁହେଁ।"

■

ଶୋକସଭାର ନାୟକ

ଭିତରେ ଏବଂ ବାହାରେ ଖାଲି ଶୂନ୍ୟତା– ଖାଁ ଖାଁ ପଣ। ଏତେ କୋଳାହଳ ସକାଳର କାକରଟୋପା ପରି କୁଆଡ଼େ ମିଳେଇଗଲା। ସ୍ମୃତିର କୁହୁଡ଼ି ଭିତରେ ସ୍ପଷ୍ଟ ଦିଶୁଛି ବିତିଯାଇଥିବା ବ୍ୟସ୍ତ ଜୀବନର କ୍ଳାନ୍ତ ମୁହୂର୍ତ୍ତ ସବୁ। ସେତେବେଳେ କେତେ ବିକଳ ହେଉଥିଲେ ଟିକିଏ ଏକାନ୍ତ ସମୟ ପାଇଁ। କିନ୍ତୁ ସତରେ କ'ଣ ଚାକିରି ଜୀବନରେ ଏମିତି ବ୍ୟସ୍ତତା ଯେ ନିଜ ପାଇଁ, ସ୍ତ୍ରୀ ପାଇଁ, ପୁଅ ପାଇଁ ଆଦୌ ସମୟ ନଥାଏ ? ସେ କ'ଣ ଜାଣିଶୁଣି ହାତଛଡ଼ା କରିଦେଇନାହାନ୍ତି କେତେ ବାଞ୍ଛିତ ଅନ୍ତରଙ୍ଗ ମୁହୂର୍ତ୍ତକୁ ? ଏକା ସେ ନୁହେଁ, ଚାକିରିସର୍ବସ୍ୱ ଜୀବନ ପ୍ରାୟ ସମସ୍ତଙ୍କର। ଘରକୁ ଫେରିଲେ ବି ସେଇ ଚାକିରି ଚିନ୍ତା। ଅଫିସ୍‌ରେ ଛାଡ଼ିଆସିଥିବା କାମର ରୋମନ୍ଥନ। ପାକୁଳି କରିହେଉଥାନ୍ତି ଛୋଟ ବଡ଼ ଅଫିସ୍ ସମସ୍ୟାକୁ। ସରଳାଙ୍କ ପାଖରେ ବସି ଯୌବନରେ ବି ସେ ମଧୁର ପ୍ରେମାଳାପ କରିନାହାନ୍ତି। ତାଙ୍କୁ ସଙ୍ଗରେ ନେଇ କେତେବେଳେ କୌଣସି ଦର୍ଶନୀୟ ସ୍ଥାନକୁ ଯାଇପାରିନାହାନ୍ତି। ଏପରିକି ପୁଅର ସ୍କୁଲ ଓ ସ୍ତ୍ରୀ ପିଲାଙ୍କୁ ନେଇ ଡାକ୍ତରଖାନା ବି ଯାଇପାରି ନାହାନ୍ତି। ଅଫିସ୍‌କୁ ଯିବାକୁ ତରତର। ଫେରିବାକୁ ମଠମଠ। ସତେଯେମିତି ସାରା ରାଜ୍ୟର ସମସ୍ୟାର ସମାଧାନ ତାଙ୍କରି କଲମଗାରରେ ଥାଏ। ଅଥଚ ତାଙ୍କରି ଭିତରୁ କେତେଜଣ ଅଫିସର କାମଚୋର ନଥିଲେ କି ? ସେମାନଙ୍କୁ କେମିତି

ସମୟ ମିଳୁଥିଲା ପରିବାର ସହ ବୁଲିଯିବା ପାଇଁ। ସେଥିକି ତାଙ୍କର ଦୁଃଖ ନଥିଲା। ଯିଏ ଯାହା କରିବେ କରନ୍ତୁ, ସେ ଯେ ସରକାରଙ୍କୁ ଠକି ଦରମା ନିଅନ୍ତି ନାହିଁ- ସେତିକି ତାଙ୍କର ଆତ୍ମସନ୍ତୋଷ।

ବଡ଼ କର୍ତ୍ତବ୍ୟପରାୟଣ ବୀରେଶ୍ୱର ବାବୁ। ଆଜି ଭାବୁଛନ୍ତି, ପରିବାର ପାଇଁ କ'ଣ କିଛି କର୍ତ୍ତବ୍ୟ ନଥିଲା ତାଙ୍କର? ଅଧିକାଂଶ ମଧ୍ୟବିତ୍ତ ଚାକିରିଜୀବୀଙ୍କର କ'ଣ ସବୁ କର୍ତ୍ତବ୍ୟ ଶେଷ ହୋଇଯାଏ ଅଫିସ୍ ଫାଇଲ୍ ଭିତରେ? ସେଇ କଥା କେବେ ବି ସରଳା ତାଙ୍କୁ ଚେତେଇ ଦେଇନଥିଲେ। ତାଙ୍କ ଭିତରେ ପ୍ରତିବାଦର ସ୍ୱର ନଥିଲା? କେବେ ତ କଟାଳ କରିନଥିଲା ଏକାନ୍ତ ସମୟ ପାଇଁ। ସରଳାର ମୁହଁଖୋଲା ଅଭିଯୋଗ ନଥିଲେ ବି ବୀରେଶ୍ୱର ନିଜ ତରଫରୁ ଅନେକ ସମୟରେ ସାନ୍ତ୍ୱନା ଦେଉଥିଲେ "ଚାକିରିଟା ଖାଲି ସରିଯାଉ। ତା'ପରେ ମିଶି ଭାରତସାରା ବୁଲିବା, ତୀର୍ଥ କରିବା, ଜୀବନଟାକୁ ଉପଭୋଗ କରିବା ସେତିକିବେଳେ। ସେତେବେଳେ ତମ ସହ ଏମିତି ଜଡ଼ିରହିବି ଯେ, ନିଜେ କହିବ- ଯାଅ, ଆଉ କିଛି ଆସାଇନ୍‌ମେଣ୍ଟ ନିଅ। ଘରେ ବସିଲେ ବୁଢ଼ା ହେଇଯିବ ଯେ! କ'ଣ ଆଉ କରିବି? ମୁଁ ତ କର୍ତ୍ତବ୍ୟରେ ହେଳା କରିବା ଲୋକ ନୁହେଁ ବୋଲି ତମେ ଜାଣିଛ। ସରକାରଙ୍କ ଦରମା ଖାଉଛି, କେମିତି ହଜମ ହେବ?"

ସେତେବେଳେ ସରଳା ଆଖିର ଇସାରାରେ ବି ଦିନେହେଲେ କହିନାହିଁ "ମୋ କଥା ଛାଡ଼, ତମ ପୁଅ ପାଇଁ ତମର କ'ଣ କିଛି କର୍ତ୍ତବ୍ୟ ନାହିଁ। ତମେ ଅବସର ନେବାବେଳକୁ ପୁଅ ଯେ ତା'ର ସଂସାର ମେଲିଥିବ ଆଉ ତାକୁ ବି ଚାକିରିରୁ ସମୟ ମିଳୁନଥିବ। ସେ ଯଦି ପଛକୁ ଫେରିଚାହିଁବ ତା'ର ପିଲାଦିନର ସ୍ମୃତିରେ ତମେ କୋଉଠି ଥିବ? ନିଶ୍ଚୟ ଅଫିସ୍ ଟେବୁଲରେ।" ସରଳା ବୋଧହୁଏ ଭିତରେ ଭିତରେ ଅଭିମାନ କରି ଜୀବନଟା ଜିଇଁଲା। ସେଇଥିପାଇଁ କ'ଣ ବୀରେଶ୍ୱର ଅବସର ନେବା ବର୍ଷେ ପୂରିନି ସରଳା ଚୁଟ୍‌କିନି ଚାଲିଗଲା? ସରଳା ଭଳି ଶାନ୍ତ, ମଧୁର ସ୍ୱଭାବର ଜୀବନସାଥୀର ପୁଣି ହୃଦ୍‌ଘାତ! କାହିଁକି ତା'ର ହୃଦ୍‌ଘାତ ହେଲା? ନା- ଏ ପ୍ରଶ୍ନର ଉତ୍ତର ଈଶ୍ୱର ହିଁ କେବଳ ଦେଇପାରିବେ।

ଅବଶ୍ୟ ଜୀବନକାଳ ଭିତରେ ଥରେ ଯୌବନର ଆବେଗମୟ ମୁହୂର୍ତ୍ତରେ ସରଳା ପଚାରିଥିଲା- "ତମେ ମତେ ଭଲପାଅ?" ଏଇ ସହଜ ପ୍ରଶ୍ନର ଉତ୍ତର ବଡ଼ ଜଟିଳ ଥିଲା। ସ୍ୱାମୀ-ସ୍ତ୍ରୀଙ୍କ ଭିତରେ ଭଲପାଇବା ପଦାର୍ଥଟି ଥାଏ କି ନା ବୀରେଶ୍ୱରଙ୍କୁ ଜଣାନାହିଁ। କିନ୍ତୁ ପରସ୍ପର ପ୍ରତି ବିଶ୍ୱସ୍ତତା, ସମ୍ମାନ, କର୍ତ୍ତବ୍ୟବୋଧ ରହିବା ଜରୁରି। ଏ ପ୍ରଶ୍ନର ସହଜ ଉତ୍ତରଟିଏ ଦେଇଥିଲେ ବୀରେଶ୍ୱର- "କି କଥା ପଚାରୁଛ ସରଳା?

ତମେ ପରା ମୋ ସ୍ତ୍ରୀ, ଆମେ କ'ଣ ପ୍ରେମିକ ପ୍ରେମିକା ହୋଇଛେ ଯେ ଭଲପାଇବାକୁ ନେଇ ସନ୍ଦେହ ଉଠିବ ମନରେ ?" ସରଳା ଏ ଉତ୍ତରରେ ସନ୍ତୁଷ୍ଟ ହୋଇଥିଲା କି ନା ଜଣାନାହିଁ। ସେ ଚୁପ୍ ରହିଥିଲା। ଦ୍ୱନ୍ଦଟିଏ ଉପୁଜିଲେ ଚୁପ୍‌ହେଇ ରହିବା ତା'ର ଅଭ୍ୟାସ। ସରଳାର ଆବର୍ତ୍ତମାନରେ ସେ ଭାବୁଛନ୍ତି ସ୍ୱାମୀ-ସ୍ତ୍ରୀଙ୍କର ପରସ୍ପର ପ୍ରତି ନିର୍ଭରଶୀଳତା ଦାମ୍ପତ୍ୟ ଜୀବନର ମୂଳ କଥା। ସେଇ ନିର୍ଭରଶୀଳତା ଜୀବନକୁ ଦୃଢ଼ କରିଥାଏ ଆଉ ଦୋହଲାଇ ବି ଦିଏ ଜଣକର ଆବର୍ତ୍ତମାନରେ। ସ୍ତ୍ରୀମାନଙ୍କ ପାଖରେ ଭଲପାଇବାର ଅର୍ଥ ଭାରି ସହଜ। ହାତଗଣ୍ଠି ପଡ଼ିଲେ ସକାଳକୁ ଫୁଲ ଫୁଟିଯିବା ପରି ଭଲପାଇବାର କୁସୁମ ଫୁଟିଯାଏ। ସରଳା କିନ୍ତୁ ତାଙ୍କୁ ଭଲ ପାଉଥିଲା। କାରଣ ତା'ର ପୃଥିବୀ ତ ଥିଲା ସେଇ ଛୋଟିଆ ପରିବାର। ତା' ବାହାରେ ଆଉ କିଏ ଥିଲା ଯେ ଭଲପାଇବା ବାଟ ଭାଙ୍ଗିଥାନ୍ତା। ତା'ର ଅର୍ଥ ନୁହେଁ ବୀରେଶ୍ୱର ଆଉ କୋଉ ନାରୀକୁ ଭଲ ପାଉଥିଲେ। ସେ କେବଳ ଭଲ ପାଉଥିଲେ ତାଙ୍କର ଚାକିରି ଆଉ ରେପୁଟେସନ। ସରଳା ଯେମିତି ତାଙ୍କର ଦେହ ମୁଣ୍ଡ ଖାଇବା ପିଇବା ପୋଷାକପତ୍ର ଛତା, ଜୋତା ସହ ଲାଗି ରହିଥିଲା, ସେମିତି ବୀରେଶ୍ୱର ଲାଗିରହିଥିଲେ ତାଙ୍କ ଚାକିରି ସହ। ଅବସର କଥା ବୀରେଶ୍ୱର ଚିନ୍ତା ହିଁ କରିନଥିଲେ। ବେଳେବେଳେ ସରଳା ଚେତେଇ ଦେଉଥିଲା- "ତମର ଅବସର ସମୟ ପାଖେଇ ଆସିଲାଣି। ଆମେ ତ ଘରଖଣ୍ଡେ କରିନା, ଅବସର ପରେ କ'ଣ କରିବା ? ଗାଁର ଘରଦ୍ୱାରକୁ କୁଟୁମ୍ବମାନେ ମାଡ଼ି ବସୁଛନ୍ତି। ଜୀବନସାରା ଧାନ ଚାଉଳ ମୁଠାଏ ବି ଆମେ ପାଇନେ। ଅବସର ପରେ କ'ଣ ତାଙ୍କ ସଙ୍ଗେ ହାତାହାତି ହେବା। ମୋର ସେସବୁ ଇଚ୍ଛା ନୁହେଁ, ତୁମର ବି - ମୁଁ ଜାଣେ। ବୀରେଶ୍ୱର ବିରକ୍ତି ପ୍ରକାଶ କରି କହନ୍ତି- "ଅବସର ପରେ ସେ କଥା ଦେଖାଯିବ। ସବୁବେଳେ କାହିଁକି ସେଇ ଅବସର ଅବସର କଥାଟି କହି ମୋତେ ପଙ୍ଗୁ କରିଦେବା ପାଇଁ ଚେଷ୍ଟା କରୁଛ ?" ସରଳା ଶାନ୍ତ ଗଳାରେ କହୁଥିଲା- "ଅବସର ପରେ ଜଣେ ପଙ୍ଗୁ କାହିଁକି ହୋଇଯିବ ? ହାତ ବଢ଼ାଇଲେ କେତେ କାମ। ବରଂ ଅବସର ପରେ ମୁକ୍ତ ଭାବରେ ବହୁ କାମ ଜଣେ କରିପାରିବ।" ବୀରେଶ୍ୱର କହନ୍ତି- "ତମେ କ'ଣ କହୁଛ ମୁଁ ଅବସର ପରେ କାହା ପାଖରେ କାମ ପାଇଁ ହାତ ପତାଇବି ! ଯାହା ପେନସନ୍ ମିଳିବ ସେତିକିରେ ଆମ ଦୁଇ ପ୍ରାଣୀଙ୍କର ଭାତ ଡାଲି ଖର୍ଚ୍ଚ ଉଠିଯିବ। ଆଜିଠୁ ଏତେ ଚିନ୍ତା କାହିଁକି ?" ସରଳା ଚୁପ୍ ହେଇଗଲା। ଅବସର ପରେ ସରଳା କେବେହେଲେ କହିନାହିଁ ଆଉ କେଉଁ କାମ ହାତକୁ ନିଅ ବୋଲି। ବରଂ ଯଦି କୌଣସି କାମ ଆସିଛି ସରଳା କହେ- "ଯାହା କରିବ ଏଇ ସହରରେ। ଏ ବୟସରେ ଦୂର ସହରରେ ଏକା ଏକା ରହି ପଇସା ରୋଜଗାର କରିବ ଏ କଥା ମୁଁ କରାଇଦେବି

ନାହିଁ। ମୁଁ ଜାଣେ ତମେ ଏକା ଏକା ରହିପାରିବ ନାହିଁ। କ'ଣ ହେବ ଆମର ଏତେ ପଇସା ?" ସତରେ ସରଳାର ବେଶି ଦିନ ତାଙ୍କ ପେନସନ ଉପରେ ନିର୍ଭର କରିବାର ନଥିଲା ବୋଲି ସରଳା ପ୍ରମାଣ କରି ଚାଲିଗଲା।

ଏକମାତ୍ର ପୁଅ ବିନାଶ ବାପାଙ୍କ ଭଳି ଚାକିରିସର୍ବସ୍ୱ ଥିଲା। ତା'ର ଉପାୟ ବି ନଥିଲା। ମଲ୍ଟିନ୍ୟାସନାଲ କମ୍ପାନୀର ଉପରିସ୍ଥ ଅଫିସର ଭାବେ ଯେତିକି ଦରମା ଦିଅନ୍ତି ସେତିକି ବି ଖଟାନ୍ତି। ଦିନ କେଇଟାରେ ସେ ସହର ଉପକଣ୍ଠରେ ସେ ଦୁଇମହଲା ଘରଟିଏ କରିପାରିଥିଲା। ତଳ ମହଲାରେ ବାପା ମାଆଙ୍କ ପାଇଁ ସ୍ୱତନ୍ତ୍ର କୋଠରି। ଦ୍ୱାର ଖୋଲିଲେ ବଗିଚା। ଖୁସି ହୋଇଥିଲେ ସ୍ୱାମୀ-ସ୍ତ୍ରୀ ଦୁହେଁ। ବୀରେଶ୍ୱର କହୁଥିଲେ- "ଦେଖିଲ ତ, କ'ଣ ହୋଇଥାନ୍ତା ମୋର ଘର ଆଉ ବ୍ୟାଙ୍କ ବାଲାନ୍ସ। ମଧ୍ୟବିତ୍ତ ଜୀବନରେ ପାରିଲା ପୁଅ ତ ବ୍ୟାଙ୍କ ବାଲାନ୍ସ।" ଅବିନାଶ ବଡ଼ ମଣିଷ ହେଇଛି ତାକୁ ନେଇ ସେମାନଙ୍କର କେତେ ମିଶାଣ-ଫେଡ଼ାଣ-ହରଣ-ଗୁଣନ, କେତେ ରାଗରୁଷା, କେତେ ପୁଣି ଫେଣ୍ଟାଫେଣ୍ଟି ସ୍ୱପ୍ନ। କେବେ କେମିତି ସରଳା ସହିତ ମତାନ୍ତର ହୁଏ ପୁଅ ଅବିନାଶର। ପିଲେ ବଡ଼ ହେଲେ ବାପା-ମାଆଙ୍କଠାରୁ ସବୁ କଥାରେ ଦି'ହାତ ଉଚ୍ଚାରେ ରହି କଥା କହନ୍ତି। କିନ୍ତୁ ପରିସ୍ଥିତି ବିଗିଡ଼ିଯିବା ପୂର୍ବରୁ ସରଳା ସବୁ ସଜାଡ଼ିଦିଏ। ସ୍ୱାମୀଙ୍କ ପାଖରେ ଜୀବନସାରା ନଇଁପଡ଼ି ଚଳିଲେ। ଦିନ କେଇଟା ପୁଅ ପାଖରେ ନଇଁପଡ଼ିଲେ କ୍ଷତି କ'ଣ ? ସବୁ ସମସ୍ୟାର ସହଜ ସମାଧାନ ଯେପରି ସରଳା ପାଖରେ ଥାଏ। ତା' ସ୍ତ୍ରୀପଣିଆ ଆଉ ମା'ପଣିଆର ପଟାନ୍ତର ନାହିଁ। ପାରିବାରିକ ଜୀବନରେ କେତେ କେତେ ଗଣ୍ଠି ପଡ଼ିଯାଏ, କିନ୍ତୁ ତାକୁ ଫିଟେଇ ଦେବାର କୌଶଳ ସରଳାକୁ ଜଣାଥିଲା। ବେଳେବେଳେ ବୀରେଶ୍ୱର ପରିହାସରେ କହନ୍ତି- "ମୋର ସେପାରିରୁ ଡାକରା ଆସିଲାଣି। ଚାଲିଯିବାରେ ମୋର ଆଉ ଚିନ୍ତା ନାହିଁ। ମୁଁ ଜାଣେ ପୁଅ-ବୋହୂଙ୍କ ପାଖରେ ତୁମେ ଶାନ୍ତି ସନ୍ତୋଷରେ ରହିପାରିବ।" ସରଳାକୁ ଏସବୁ କଥା ଭଲ ଲାଗେନି। କହେ- "ପୁରୁଷମାନେ ସବୁବେଳେ ସର୍ବଜ୍ଞ ଭଳି କାହିଁକି କଥା କହନ୍ତି ? କିଏ ଜାଣେ ମୃତ୍ୟୁର ମୁହୂର୍ତ୍ତ କେବେ ଉପସ୍ଥିତ ହେବ ?"

ବୀରେଶ୍ୱର ପରିସ୍ଥିତିକୁ ସହଜ କରିବା ପାଇଁ କହନ୍ତି- "ତମେ ତ ମୋତେ ପଙ୍ଗୁ କରିଦେଇଛ। ସବୁ କଥା ବୁଝୁଛ। ଏମିତିକି ମୋ ନିଜ ଜିନିଷ କେଉଁଠାରେ ଅଛି ମୁଁ ଜାଣିନି, ମୁଁ ନିଜେ କେଉଁଠାରେ ଅଛି ତାହା ବି ଜାଣେନି, ତମକୁ ହିଁ ପଚାରିବି। ଏ ପରିସ୍ଥିତିରେ ମୁଁ ଆଗ ନଗଲେ ଭାରି ହଇରାଣ ହେବି ମ ! ମୋତେ ଆଗ ଯିବାକୁ ହିଁ ହେବ। ଜାଣେ, ମୁଁ ହଇରାଣ ହେବାର ଦେଖିଲେ ତୁମର ଆତ୍ମା ଛଟପଟ ହେବ। ତେଣୁ ଈଶ୍ୱରଙ୍କୁ ସବୁବେଳେ ଡାକୁଛି ମୋତେ ଆଗ ନେଇଯିବା ପାଇଁ।"

"ଏଇଟା ସଂପୂର୍ଣ୍ଣ ସ୍ୱାର୍ଥପର କଥା। ମୁଁ ତ ଏପରି ପ୍ରାର୍ଥନା କରେନି, ପ୍ରାର୍ଥନା କଲେ ଯଦି ଈଶ୍ୱର ମଣିଷର ଇଚ୍ଛା ମୁତାବକ ବରଦାନ କରୁଥାନ୍ତେ- ତାହାହେଲେ ସଂସାରରେ ଏତେ ଦୁଃଖ ନଥାନ୍ତା" ସରଳା ଗମ୍ଭୀର ସ୍ୱରରେ କହେ।

"ତେବେ ତମେ କ'ଣ ପ୍ରାର୍ଥନା କର?" ବୀରେଶ୍ୱରଙ୍କ ପ୍ରଶ୍ନ। "ମୋର ଗୋଟିଏ ମାତ୍ର ପ୍ରାର୍ଥନା ସମସ୍ତେ ଭଲରେ ଥାଆନ୍ତୁ।" ଏଇ ପ୍ରାର୍ଥନାକୁ ବୀରେଶ୍ୱର ବ୍ୟଙ୍ଗ କରନ୍ତି "ତମର ଏହି ନିଃସ୍ୱାର୍ଥପର ପ୍ରାର୍ଥନା ଯଦି ଈଶ୍ୱର ଶୁଣୁଥାନ୍ତେ, ତେବେ ସଂସାରରେ ସମସ୍ତେ ସୁଖରେ ଥାଆନ୍ତେ। ତୁମର ପ୍ରାର୍ଥନା ଏତେ ବ୍ୟାପକ ଯେ, ତାହା ସ୍ଥିଳ ହେବ ହିଁ ହେବ।"

"କେବଳ ତୁମର ପ୍ରାର୍ଥନା ଫଳବତୀ ହେବ ବୋଲି ତୁମେ ଭାବୁଛ?" ସରଳା ହସରେ କଥାଟାକୁ ଉଡ଼ାଇଦେଲା।

ବୀରେଶ୍ୱରଙ୍କ ପ୍ରାର୍ଥନାକୁ ବିଫଳ କରି ସରଳା ଦିନେ ଚୁପ୍‌ଚାପ୍ ଚାଲିଗଲା। କୌଣସି କଥାରେ ତା'ର ହଇଚଇ ପସନ୍ଦ ନଥିଲା, ମରଣରେ ବି। ପାଞ୍ଚଟଙ୍କାର ଔଷଧ ବି ତା' ପାଇଁ ଖର୍ଚ୍ଚ ହେଲାନି। କେହି ଦିନଟିଏ ତା' ମୁଣ୍ଡ ପାଖରେ ରାତି ଅନିଦ୍ରା ହେଲେନି। ରାତିରେ ନାତିକୁ ଖୋଇଦେଲା, ସ୍ୱାମୀ, ପୁଅ, ବୋହୂଙ୍କ ଥାଳିରେ ସବୁଦିନ ପରି ବେଶି ବେଶି ପରଷିଲା, ନିଜେ ପ୍ରତିଦିନ ପରି ସ୍ୱଳ୍ପାହାର କରି ଶୋଇବା ଘରକୁ ଗଲା। ବିଛଣାରେ ବସି ହାତଯୋଡ଼ି ପ୍ରାର୍ଥନା କଲା। ଚୁଟ୍ କରି ଶୋଇପଡ଼ିଲା। ସକାଳକୁ ଆଉ ଉଠିଲା ନାହିଁ। କାହାରିକୁ କଷ୍ଟ ଦେବନି ବୋଲି ସବୁଦିନ ରାତିରେ ପ୍ରାର୍ଥନା କରେ କି କ'ଣ? ମାତ୍ର ସେ ତ ଜାଣିଲାନି ବୀରେଶ୍ୱରଙ୍କୁ ତା'ର ପାରିଲା ପୁଅ ଅବିନାଶକୁ କେତେ କଷ୍ଟ ଦେଲା? ସରଳା ପାଇଁ କେହି କିଛି କରିନପାରିବାର ଦୁଃଖ ଢେର୍ ଦିନ ପର୍ଯ୍ୟନ୍ତ ଛାତିରେ ପୀଡ଼ା ଦେଲା। ତା'ପରେ ଜୀବନ ତ ବହିଯିବାକୁ ବାଧ୍ୟ। ପୁଅ-ବୋହୂ ପୂର୍ବପରି କାମକୁ ଯାଉଛନ୍ତି। ସରଳାର କାମଗୁଡ଼ିକ ବୀରେଶ୍ୱର କରିପାରନ୍ତି ନାହିଁ ବୋଲି ବୋହୂର ବ୍ୟସ୍ତତା ବଢ଼ିଛି। ଗାଲରେ ହାତ ଦେଇ ସରଳା ପାଇଁ ଆଖିରୁ ଲୁହ ଗଡ଼ାଇବାର ଫୁରୁସତ୍ କାହାର ବା ଅଛି। କିନ୍ତୁ ବୀରେଶ୍ୱରଙ୍କର ତ ଢେର୍ ସମୟ ପଡ଼ିଛି ସରଳାକୁ ମନେ ପକାଇ ଲୁହ ଗଡ଼ାଇବାର। ଛଅ ମାସ ହୋଇଗଲାଣି ବୀରେଶ୍ୱରଙ୍କ ଜୀବନ ବିପର୍ଯ୍ୟସ୍ତ ହୋଇପଡ଼ିଛି। ବହୁ ପୂର୍ବରୁ ସରଳା କରଛଡ଼ା ଦେଇଥିଲେ ଭଲ ହୋଇଥାନ୍ତା। ଜୀବନସାରା ସରଳା ସ୍ୱାମୀଙ୍କୁ ଯେତିକି କନ୍ଦାଇନଥିଲା ଏତିକି ଦିନ ମଧ୍ୟରେ ସେତିକି କନ୍ଦାଇ ସାରିଲାଣି। ଟିକିଏ କଥାରେ ସହଜ ଲୁହ ଆଖିରୁ ଗଡ଼ିପଡ଼େ। ସରଳା ଆଉ କେବେ ଫେରିବ ନାହିଁର ସତ୍ୟତା ଗ୍ରହଣ କରିପାରୁ ନାହାନ୍ତି ବୀରେଶ୍ୱର। ତାଙ୍କ ଜୀବନ ଭଳି ତାଙ୍କର କୋଠରି,

ପୋଷାକପତ୍ର, ଯାବତୀୟ ଜିନିଷ ବିପର୍ଯ୍ୟସ୍ତ ହୋଇ ପଡ଼ିଛି। କୌଣସି ଜିନିଷ ତାଙ୍କୁ ସୁବିଧାରେ ମିଳୁନାହିଁ। ବୀରେଶ୍ୱରଙ୍କ ବିନା ତାଙ୍କ ଅଫିସଟା ଠିକ୍ ଚାଲିଲା, ଅଥଚ ସରଳା ବିନା ବୀରେଶ୍ୱରଙ୍କ ଜୀବନଟା ଆଦୌ ଠିକ୍ ଚାଲିଲାନି। ସରଳା ଯିବାର କିଛିଦିନ ପର୍ଯ୍ୟନ୍ତ ଅବିନାଶ ଏବଂ ବୋହୂ ମିନତି ଛୁଟି ନେଇ ଶ୍ୱଶୁରଙ୍କ ପାଖେ ପାଖେ ରହିଲେ। କିନ୍ତୁ ସବୁଦିନ ତ ସେ ଆଉ ଅଫିସ୍‌ରୁ ଛୁଟି ନେଇପାରିବେ ନାହିଁ। ପୁଅ ଉପଦେଶ ଦେଲା- "ବାପା! ତୁମେ ଟିକେ ସୋସାଲାଇଜ୍ କର, ତୁମ ବୟସର ଅନେକ ବରିଷ୍ଠ ନାଗରିକ ଏ କଲୋନୀରେ ଅଛନ୍ତି। ସେମାନଙ୍କ ସହ ମିଶ। ଦେଖିବ ସମୟ ସହଜରେ କଟିଯିବ। ଦାମ୍ପତ୍ୟ ଜୀବନରେ ଜଣେ ହେଲେ ତ ଆଗରେ ଯିବ। ଆଉ ଜଣେ ବଞ୍ଚିବ ନା ନାହିଁ। ତୁମେ ସବୁବେଳେ ମନ ମାରି ବସିଲେ ଘରର ଆଟମସ୍‌ଫିଅର ବିଷାଦମୟ ହେଇଯାଉଛି। ଦେଖ, ତୁମ ନାତିଟା ବି ଆଗ ଭଳି ପାଟିତୁଣ୍ଡ କରି ଘର କମ୍ପାଉନାହିଁ। ମା' ଥିଲାବେଳେ କେମିତି ଉଚ୍ଛଳ ହେଉଥିଲା ଦେଖିଚ ତ, ତମେ ତା' ସହ ବି କିଛି ସମୟ କାଟ।" ବିସ୍ଫାରିତ ଆଖି ତୋଳି ବୀରେଶ୍ୱର ଚାହିଁଲେ ପୁଅକୁ। ଏମିତିଆ ଉପଦେଶପୂର୍ଣ୍ଣ ବାକ୍ୟ କୌଣସି ଦିନ କୌଣସି କଥାରେ ସେ ମଧ୍ୟ ପୁଅକୁ କହିନଥିଲେ। ସମ୍ଭବତଃ ସେ ଉପଯୁକ୍ତ ପିତା ନଥିଲେ। ବୀରେଶ୍ୱର ନିରବରେ ମୁଣ୍ଡ ଟୁଙ୍ଗାରିଲା। ଅବିନାଶ ଖୁସି ହେଲେ।

ଦିନେ ରାତିରେ ଖାଇବା ଟେବୁଲ୍‌ରେ ସରଳାର ହାତରନ୍ଧାକୁ ସ୍ମରଣ କରି ବୀରେଶ୍ୱର ପରଷା ହୋଇଥିବା ଖାଦ୍ୟ ଉପରେ ଲୁହ ଗାଳି ପକାଇଲେ। କହିଲେ- "ଯେତେହେଲେ ତୋ ମାଆର ହାତରନ୍ଧା..." ଏତିକି କଥାରେ ଯେମିତି ଅବିନାଶର ଧୈର୍ଯ୍ୟବନ୍ଧ ଭାଙ୍ଗିଗଲା। ବୋହୂ କିଛି କହିଲାନି ସତ, କିନ୍ତୁ ମୁଖଭାବ କହିବାଠୁ ବଳେ। ଅବିନାଶ ତପ୍ତ ସ୍ୱରରେ କହିଲା- "ପ୍ଲିଜ୍ ଡ୍ୟାଡ୍, ଆପଣ ଟିକେ ସ୍ୱାଭାବିକ ରହିବାକୁ ଚେଷ୍ଟା କରନ୍ତୁ। ମମି ଯିବାର ଦୁଃଖ କେବଳ ଆପଣଙ୍କର ନୁହେଁ, ଆମ ସମସ୍ତଙ୍କର ବି। ତା'ଛଡ଼ା ଆମକୁ ଗୋଟେ କଥା ଗ୍ରହଣ କରିବାକୁ ପଡ଼ିବ ଯେ, ଜୀବନରେ ଯାହାକିଛି ପଛେ ଘଟିଯାଉ- ଲାଇଫ୍ ଗୋଜ୍ ଅନ୍। ଅନ୍ତତଃ ଖାଇବା ପାଖରେ ମମିକୁ ମନେପକାଇ ମୋତେ କଷ୍ଟ ଦିଅନ୍ତୁନି। ମୋ ସହ ମମିର ରକ୍ତସଂପର୍କ। ମାଆ-ପୁଅର ସଂପର୍କ କ'ଣ ତମେ ମୋ'ଠାରୁ ଅଧିକ ଜାଣ। ମମି ଯିବାର କଥା ଗଲା। ତା' ବୋଲି ଆମେ କ'ଣ ଜୀବନଟାକୁ ଦୁର୍ବିସହ କରିଦେବା। ତୁମର ମମି କ'ଣ ଯାଇନଥିଲେ ? ତା'ପରେ ତୁମେ ବି ତ ସ୍ୱାଭାବିକ ଜୀବନଟେ ତ ବଞ୍ଚିଥିଲ।" ଅବିନାଶର କଥା ବୀରେଶ୍ୱରଙ୍କ ଛାତିରେ ଛୁରି ଭଳି ଭୁଷି ହୋଇଗଲା। କ୍ଷତବିକ୍ଷତ କରିଦେଲା ତାଙ୍କ ଶୋକ ଜର୍ଜରିତ ହୃଦୟକୁ। ତରବରରେ ରୁମ୍‌କୁ ପଳାଇଗଲେ ସେ।

ସରଳା ନଥିବାର ଶୂନ୍ୟତା ଯେମିତି ଜୀବନଟାକୁ ମରୁଭୂମିରେ ପରିଣତ କରିଦେଇଥିଲା। ସାରା ରାତି ସେ ଆଉଜି ବସିଥିଲେ ଖଟରେ। କେତେ ବଡ଼ କଥା କହିଦେଲା ଆଜି ଅବିନାଶ। ଆଖିଆଗରେ ନାଚି ଯାଉଥିଲା ପୁରୁଣା ଦିନର ଅଭୁଲା କଥା- ଅବିନାଶର ଜନ୍ମ, ତା'ର ଦରୋଟି କଥାଠାରୁ ଆରମ୍ଭକରି ସ୍କୁଲରେ ପ୍ରତିଯୋଗିତାରେ ପ୍ରଥମ ହେବା କଥା। ତା'ର ପ୍ରଥମ ପରୀକ୍ଷା ଫଳ, ପ୍ରଥମ ଚାକିରି, ତା' ବାହାଘର, ନାତିଟୋକାର ଜନ୍ମ, ତା'ର ଘର କିଣା, ବିଦେଶ ଯାତ୍ରା ଇତ୍ୟାଦି। ସଫଳ ପିତୃତ୍ୱର ଗର୍ବରେ ଫାଟି ପଡୁଥିଲେ ବୀରେଶ୍ୱର। ଅଥଚ ଆଜି କେତେ ଅସମର୍ଥ ଲାଗୁଛି ନିଜକୁ। ଅବିନାଶ ପାଇଁ ବୀରେଶ୍ୱର ତ ସେତେବେଳେ ଥିଲେ ଆଦର୍ଶ। ସେ ଥିଲେ ତା'ର ଭଗବାନ। ବାପାଙ୍କ ଭଳି ପୋଷାକ ପିନ୍ଧିବ, ବାଳ କୁଣ୍ଡେଇବ, ନିଶ ରଖିବ, ଆଖିରେ ଚଷମା ଦେଇ ଖବରକାଗଜ ପଢ଼ିବ, ବାପାଙ୍କ ଭଳି କଥା କହିବ, ଖଣ୍ଡିକାଶ ମାରି ମାଆ ସଙ୍ଗେ କୌତୁକ କରିବ, ବାପାଙ୍କ ଭଳି ଚାଲି, ଠାଣିମାଣି, ବାପା ପାଖରେ କେତେ ଅଛିଣ୍ଡା ଅଳି ଥିଲା ତା'ର, ସତେଯେମିତି ବାପାର ହାତଟା ହିଁ କେବଳ ଚାନ୍ଦକୁ ପାଇଯାଏ। କହିଲେ ଛିଣ୍ଡାଇ ଆଣି ଅବିନାଶ ହାତରେ ଦେବେ। ସବୁ ବାପା-ମାଆଙ୍କ ଜୀବନରେ ଏଇ ପର୍ଯ୍ୟାୟଟା ସତରେ କେତେ ମଧୁର। ସେତେବେଳେ କେତେ ପରିପୂର୍ଣ୍ଣ ଲାଗୁଥିଲା ସଂସାର। ସାଧାରଣ ସ୍ତ୍ରୀଟିଏ ଥିଲା ସରଳା। ପରିବାରରେ ତା'ର ସ୍ଥାନ କେବେ ନିରୂପଣ କରିନଥିଲେ ବୀରେଶ୍ୱର। ଅଥଚ ଆଜି ବୁଝୁଛନ୍ତି ତାଙ୍କର ସ୍ୱାମୀ-ସ୍ତ୍ରୀ ସଂସାରରେ ସରଳାର ସ୍ଥାନ କେତେ ବଡ଼ ଥିଲା। ଆଜି ସେ ବୁଝୁଛନ୍ତି ପୁଅର ପାରିବାପଣ ଭିତରେ ତାଙ୍କର ସ୍ଥାନ କେତେ ଗୌଣ। ତା'ର ଏଥିରେ କିଛି ଦୋଷ ନାହିଁ। ତା' ଜୀବନଟା ତା' ବାଟରେ ବୋହିଯିବାକୁ ବାଧ୍ୟ। ଅବିନାଶ ହିଁ ସେଥିରେ ବାଧକ ହୋଇ ଠିଆ ହୋଇଛି।

ସବୁ ବାପା-ମାଆଙ୍କ ଜୀବନରେ କେବେହେଲେ ଦିନେ ସ୍ୱପ୍ନ ଭଙ୍ଗ ହୁଏ। ପିଲାଙ୍କ ମାପକାଠିରେ ବାପା ମାଆ ପଛରେ ପଡ଼ିଯାଆନ୍ତି। ଆଜି ସରଳା ଥିଲେ ପରିସ୍ଥିତିକୁ ସମ୍ଭାଳି ନେଇଥାନ୍ତା। ଆଉଁସି ଦେଇଥାନ୍ତା ତାଙ୍କର ଆଘାତ ସ୍ଥାନକୁ। ତା'ର କାଉଁରୀ ସ୍ପର୍ଶରେ ଦୂରେଇ ଯାଇଥାନ୍ତା ଅବିନାଶଙ୍କର ହାହାକାର ଭାବ। ଦାମ୍ପତ୍ୟର ପ୍ରକୃତ ଉଦ୍ଦେଶ୍ୟ ବୋଧେ ପ୍ରାପ୍ତବୟସରେ ପରସ୍ପରକୁ ସହାୟ ହେବା। ବୀରେଶ୍ୱର ଆଜି ସଂପୂର୍ଣ୍ଣ ନିଃସଙ୍ଗ। ତାଙ୍କ ସମୟ ସହ ପୁଅ ବୋହୂଙ୍କର ସମୟ ଖାପ ଖାଏନାହିଁ। ନାତିର ସ୍କୁଲ ସମୟ, ହୋମୱାର୍କ, ସଞ୍ଜବେଳେ ପାର୍କ ବୁଲା ଏବଂ ରାତିରେ ଠିକ୍ ସମୟରେ ଶୋଇପଡ଼ିବା ସହ ବୀରେଶ୍ୱରଙ୍କର ଶାରୀରିକ ଓ ମାନସିକ ଶକ୍ତି ଖାପ ଖାଏନାହିଁ। ଅବସର ପରେ ବି କୋଉଦିନ ସେ ସରଳା ସହ ମୁହଁକୁ ମୁହଁ ଯୋଡ଼ି ପ୍ରେମାଳାପ

କରୁଥିଲେ ଯେ, ତାଙ୍କର ସିନା ଅବସର ହୋଇଗଲା। ସରଳାର ତ ଅବସର ନଥିଲା। ସେ ତ ପୂର୍ବର ସରଳା ଥିଲା। ପୂର୍ବରୁ ଯାହାସବୁ କରୁଥିଲା ତାହା ସହ ନାତିର କାମ ଯୋଡ଼ି ହୋଇଯାଇ ତା' ଉପରେ କାମର ଚାପ ବଢୁଥିଲା। ତେଣୁ ତା'ର ଜୀବନ କେତେ ସାବଲୀଳ ଭାବେ କଟିଯାଉଥିଲା। ଆଦୌ ଚାକିରି ନଥାଇ, ଆଦୌ ଅବସର ନଥାଇ କେଡ଼େ ସହଜ ସୁନ୍ଦର ସାବଲୀଳ ଜୀବନଟିଏ କାଟି ସୁଖମରଣ ମରିଗଲା ସରଳା। ଏକଥା ସତ ଯେ ସରଳାର ମରଣ ସୁଖମରଣ ଥିଲା। କିନ୍ତୁ ତା'ର ଜୀବନଟା କ'ଣ ସୁଖର ଜୀବନ ଥିଲା ? ସରଳା ବଞ୍ଚିଥିଲେ ଏଇ ପ୍ରଶ୍ନର ଉତ୍ତର ଦେଇନଥାନ୍ତା।

ଏଣିକି ବୀରେଶ୍ୱର ପ୍ରାତଃଭ୍ରମଣରେ ବାହାରିଲେଣି। ସାନ୍ଧ୍ୟ ଭ୍ରମଣରେ ମଧ୍ୟ। ଦିନରେ ଦୁଇ ଘଣ୍ଟା ଚାଲନ୍ତୁ ବା ନଚାଲନ୍ତୁ ଘରୁ ବାହାରିଗଲେ ଭଲ ଲାଗେ। ଅନ୍ତତଃ ସରଳାକୁ ଭୁଲି ହୋଇଯାଏ, ପୁଅର ଆଶ୍ରିତ ବୋଲି ମନେ ପଡ଼େନାହିଁ। ଏହି ଭ୍ରମଣ ସମୟରେ ତାଙ୍କ ବୟସର କିଛି ଲୋକଙ୍କ ସହ ବନ୍ଧୁତା ହେଲାଣି। ବୀରେଶ୍ୱରଙ୍କର ଦୁଇ ବନ୍ଧୁ ଏବେ ପିଲାମାନଙ୍କ ସହ ଦୂର ସହରରେ ରହନ୍ତି, ତେଣୁ ଏକ ନିଃସଙ୍ଗ ପୋତ ଭଳି ସେ ରାସ୍ତାରେ ଟହଲ ମାରନ୍ତି ଏବଂ ମୁହଁଚିହ୍ନା ଭ୍ରମଣ ସାଥୀମାନଙ୍କ ସହ ଠିଆ ଠିଆ ମନରଖା ଆଳାପ କରନ୍ତି। ଏତିକିରେ ତ ନିଃସଙ୍ଗତା କଟେନି। ଆମ ସଂସ୍କୃତି କେତେମନ୍ତେ ଆମ ଜୀବନକୁ ନିୟନ୍ତ୍ରଣ କରେ, ମଣିଷ ଜନ୍ମ ନିଏ ପରିବାରର ବଳୟରେ। ତା'ପରେ ସାଙ୍ଗସାଥୀ, ସ୍କୁଲ, କଲେଜ, ବିବାହ, ସଂସାର ସବୁବେଳେ କିଛି ନା କିଛି ବେଷ୍ଟନୀ ଭିତରେ ରହିବାକୁ ପଡ଼େ। ସେଇଥିପାଇଁ ତ ଚାକିରି କାଳ ଭିତରେ ବିଦେଶରେ ପୋଷ୍ଟିଂ ହେଲାବେଳେ ବୀରେଶ୍ୱର ଦେଶକୁ ଫେରିଆସିବା ପାଇଁ ଛଟପଟ ହେଉଥିଲେ ଏବଂ ଫେରିଆସିଲେ ମଧ୍ୟ।

ଦିନ ଥିଲା, ଯେତେବେଳେ ସେ ଥିଲେ ସମସ୍ତଙ୍କର ଚିହ୍ନା, ଆଉ ତାଙ୍କୁ ସମସ୍ତେ ଅଚିହ୍ନା ଅଚିହ୍ନା ଲାଗୁଥିଲେ। ରାସ୍ତାଘାଟରେ ତାଙ୍କୁ କେତେ କିଏ ନମସ୍କାର କରୁଥିଲେ ତାଙ୍କୁ ଗୋଟି ଗୋଟି କରି ଚିହ୍ନିବା ସମ୍ଭବ ନଥିଲା। ଏବେ ତାଙ୍କୁ ଅଧିକାଂଶ ଚିହ୍ନା ଚିହ୍ନା ଲାଗୁଛନ୍ତି, ମାତ୍ର ସେ ନିଜେ ସମସ୍ତଙ୍କ ପାଖରେ ଅଚିହ୍ନା ହୋଇଯାଇଛନ୍ତି। ଯେମିତିକି ସେ ଛାଇ ପାଲଟି ଯାଇଛନ୍ତି, ରାସ୍ତାରେ ତାଙ୍କୁ କେହି ଦେଖିପାରୁ ନାହାନ୍ତି। ଅଥଚ ସେ ସମସ୍ତଙ୍କୁ ଦେଖିପାରୁଛନ୍ତି, ସେମିତି ଲାଗୁଥିଲା ତାଙ୍କୁ। ତାଙ୍କ ଜୀବନର ଆଜି ଲକ୍ଷ୍ୟ କ'ଣ? କେବଳ ପୁଅ ପାଖରେ ବସି ଖାଇବା, କ୍ରମଶଃ ଅଲୋଡ଼ା ହୋଇଯିବା, ଅବଶେଷରେ ଦିନେ ମୃତ୍ୟୁବରଣ କରିବା। ତାହା ଅପେକ୍ଷା ବରଂ ପେଟ ଚିନ୍ତା ଥିଲେ ଗୋଟାଏ ଚିନ୍ତା ତ ଥାଆନ୍ତା। ଗୋଟେ ଲକ୍ଷ୍ୟ ତ ଥାଆନ୍ତା ପ୍ରତିଦିନ ଖାଦ୍ୟ ସଂଗ୍ରହ କରିବା।

ବୀରେଶ୍ୱରଙ୍କର ନିଜ ପୋଷାକପତ୍ରରେ ବଡ଼ ସଉକ ଥିଲା । ସ୍ତ୍ରୀ ଆଉ ପୁଅଙ୍କର ପୋଷାକ ପ୍ରତି ମଧ୍ୟ ସେ ସଚେତନ ଥିଲେ । ପୋଷାକ ହେଉଛି ବ୍ୟକ୍ତିତ୍ୱର ଏକ ଅଙ୍ଗ । ମାତ୍ର ଆଜି ଯେଉଁଠି ବ୍ୟକ୍ତି ଭାବରେ ସେ ଝାପ୍‌ସା ହେଇଗଲେଣି ସେଠି ପୋଷାକର ପ୍ରଶ୍ନ କାହିଁ ? ତେଣୁ ତାଙ୍କର ଆଉ ପୋଷାକପତ୍ର ପ୍ରତି ଧ୍ୟାନ ନାହିଁ । ଯେମିତି କୌଣସି କଥାକୁ ତାଙ୍କର ଧ୍ୟାନ ନାହିଁ । କେବଳ ନିର୍ଦ୍ଦେଶ ପାଳନ କରିଚାଲିଛନ୍ତି । ନିଜ ପାଇଁ ନିର୍ଦ୍ଧାରିତ ଦୁଃଖ ସହିବା ପାଇଁ ତାଙ୍କୁ ଯେପରି ଅଦୃଶ୍ୟ ନିର୍ଦ୍ଦେଶ ଆସୁଛି । କିନ୍ତୁ ସେ ନିରନ୍ତର ପଳାୟନର ପନ୍ଥା ଖୋଜି ଚାଲିଛନ୍ତି ସେଇ ନିର୍ଦ୍ଧାରିତ ଦୁଃଖଠାରୁ । ସଂସାରରେ ଏତେ କାମ ଥାଉ ଥାଉ ସେ ଯେମିତି ଅକର୍ମା ହେଇଯାଉଛନ୍ତି ।

ଧୀରେ ଧୀରେ ସେ ଭ୍ରମଣସାଥୀମାନଙ୍କ ସହ ଆଳାପ ଜମାଇବାକୁ ଚେଷ୍ଟା କଲେ । ଦିନେ ଜଣେ ଭ୍ରମଣସାଥୀ କେଉଁ ଏକ ଶୋକସଭାକୁ ଯାଉଥିଲେ । ବୀରେଶ୍ୱର ଭାବିଲେ, ଦିନେ ଦିନେ ସଭାସମିତିକୁ ଗଲେ ସମୟ କଟିଯିବ । ସେ ମଧ୍ୟ ତାଙ୍କ ସହ ଯିବେ । ଏହା ପୂର୍ବରୁ ସେ ଆଦୌ ଶୋକସଭାରେ ଯୋଗ ଦେଇନଥିଲେ । ତାଙ୍କର ମନେହେଲା, ଯେପରି ଶୋକସଭା ନୁହେଁ, ଗୋଟିଏ ସୁଖସଭା ଚାଲିଛି । ବକ୍ତାମାନେ ସେହି ସ୍ୱର୍ଗତ ଆତ୍ମା ପ୍ରତି ଶ୍ରଦ୍ଧାଞ୍ଜଳି ଜଣାଇବାକୁ ଯାଇ ଅନେକ ବିଶେଷଣରେ ତାଙ୍କୁ ଭୂଷିତ କରି ବକ୍ତବ୍ୟ ଆରମ୍ଭ କରୁଥାନ୍ତି । ଯଥା– ସେ ଜଣେ ପରୋପକାରୀ, ବନ୍ଧୁବତ୍ସଳ, ପଣ୍ଡିତ, ଧର୍ମପରାୟଣ, ନିରଳସ ସମାଜସେବୀ, ନିଃସ୍ୱାର୍ଥପର ବ୍ୟକ୍ତି ଥିଲେ । ନିଜକୁ ସେ ବିଜ୍ଞାପିତ କରିବାକୁ ଚାହୁଁନଥିଲେ । ଅନେକ ଦରିଦ୍ର ଛାତ୍ରଙ୍କୁ ସେ ସମସ୍ତଙ୍କ ଅଜ୍ଞାତରେ ଛାତ୍ରବୃତ୍ତି ଦେଉଥିଲେ । ପତିତ ଅବଳାମାନଙ୍କର ଉଦ୍ଧାରକର୍ତ୍ତା ଥିଲେ ଇତ୍ୟାଦି ଇତ୍ୟାଦି । ଏଥିସହ ତାଙ୍କ ସହ ଘଟିଥିବା ଅନ୍ତରଙ୍ଗ ମୁହୂର୍ତ୍ତର ଘଟଣାସବୁ ବର୍ଣ୍ଣନା କଲାବେଳେ ବୀରେଶ୍ୱରଙ୍କୁ ଲାଗୁଥିଲା ସେ ଯେମିତି ଗୋଟିଏ କାହାଣୀ ଶୁଣୁଛନ୍ତି । ଅବଶେଷରେ ସେହି ମୃତବ୍ୟକ୍ତି ଜଣେ ଅଲୌକିକ ଦିବ୍ୟପୁରୁଷରେ ପରିଣତ ହୋଇଯାଉଥିଲେ । ଅନ୍ୟମାନେ ବକ୍ତୃତା ଦେବାବେଳେ ସଭାସୀନ ବ୍ୟକ୍ତିମାନେ ନିଜ ଭିତରେ ଆଳାପ ଜମେଇଥିଲେ ଏବଂ ଏହି ଅତି ରଞ୍ଜିତ ଶ୍ରଦ୍ଧାଞ୍ଜଳିରେ ଆମୋଦିତ ହୋଇ ଚାପି ଚାପି ହସୁଥିଲେ । ଏପରିକି ମଞ୍ଚାସୀନ ଅତିଥିମାନେ ମଧ୍ୟ ବକ୍ତୃତା ନଶୁଣି ନିଜ ଭିତରେ ଆଳାପମଗ୍ନ ଥିଲେ । ବକ୍ତୃତାର ମଧ୍ୟଭାଗରୁ ଶେଷ ପର୍ଯ୍ୟନ୍ତ ସ୍ୱର ବଦଳି ଯାଉଥିଲା । ତାହା ଥିଲା ନିଜର ପ୍ରୌଢ଼ି । ସ୍ୱର୍ଗତ ମହାପୁରୁଷ ତାଙ୍କୁ କାହିଁକି ଭଲ ପାଉଥିଲେ ତାହା ବର୍ଣ୍ଣନା କରୁ କରୁ ନିଜ ପ୍ରଶଂସାରେ ଶତମୁଖ ହେଉଥିଲେ । ପ୍ରକୃତରେ ଶୋକସଭାରେ ବେଶି ଶ୍ରୋତା ଉପସ୍ଥିତ ନଥିଲେ । ବନ୍ଧୁ ଜଣକ କହୁଥିଲେ, ଶୋକସଭାମାନଙ୍କର ଆଜିକାଲି ଏଇ ଅବସ୍ଥା । ସଭାକୁ ତ ଆସନ୍ତି ନାହିଁ, ଯଦି ଆସନ୍ତି ଖୁସି ଗପ କରନ୍ତି,

ବକ୍ତାମାନେ ନିଜର ପ୍ରୌଢ଼ୀ ଦେଖାନ୍ତି । ସଭାରେ ଆବାହକ ଜଳଯୋଗ ପାଇଁ ପ୍ୟାକେଟ୍ ବାଣ୍ଟିସାରିବା ପରେ ଅନେକ ଶ୍ରୋତା ଉଠି ଚାଲିଯାଆନ୍ତି । କେବେ କେମିତି ସଭା ଶେଷରେ ପ୍ରସାଦ ସେବନ ଥାଏ ତ ଶେଷ ପର୍ଯ୍ୟନ୍ତ ଶ୍ରୋତାମାନେ ପ୍ରାୟ ବସି ରହନ୍ତି । ପ୍ରସାଦକୁ ଅବମାନନା କରିବାର ସାହସ ବା କାହାର ଥାଏ ? ଶୋକସଭାରେ ମଧ୍ୟ କୌଣସି ଡ୍ରେସ୍ କୋଡ୍ ନଥାଏ । ସ୍ତ୍ରୀ, ପୁରୁଷ ଉଭୟ ମନଇଚ୍ଛା ପୋଷାକ ପିନ୍ଧି ଆସନ୍ତି । ନିଜ ଭିତରେ ହସଖୁସି ହେଉଥାନ୍ତି । କ୍ୟାମେରାରେ ମୁହଁ ଦିଶିବ ବୋଲି ଭଲରକମ ମେକଅପ୍ ନେଇ ଆସିଥାନ୍ତି । ବାସ୍ତବରେ କେହି ଶୋକାତୁର ଭଳି ମନେ ହୁଅନ୍ତି ନାହିଁ । ଏ କଥା ସତ ଯେ, ନିଜ ବାପା ମାଆ ବନ୍ଧୁ କୁଟୁମ୍ବଙ୍କୁ ଛାଡ଼ି ଆଉ କାହା ପାଇଁ ଆଖିରୁ ସତ ଲୁହ ଗଡ଼େନାହିଁ । ତେବେ ଶୋକସଭାର ଗୋଟିଏ ଭାବମୂର୍ତ୍ତି ତ ରହିବା ଆବଶ୍ୟକ । ଯଦି ନାହିଁ ତାହାହେଲେ ସେପରି ଶୋକସଭା କରି ଲାଭ କ'ଣ ? ବରଂ ଦିବଙ୍ଗତ ଆତ୍ମା ପ୍ରତି ଅବମାନନା । ବୀରେଶ୍ୱରଙ୍କ ମନେହେଲା ସଭାରେ ଉପସ୍ଥିତ ଥିବା ଶ୍ରୋତାଗଣ ସମସ୍ତେ ମୃତବ୍ୟକ୍ତିଙ୍କୁ ବ୍ୟକ୍ତିଗତ ଭାବେ ଜାଣନ୍ତି ନାହିଁ । ଜାଣିବା ବି ଆବଶ୍ୟକ କ'ଣ ? ସେ ତ ବ୍ୟକ୍ତି ହୋଇନାହାନ୍ତି, ସେ ତ ଅନୁଷ୍ଠାନ କରି ଯାଇଛନ୍ତି । ବୀରେଶ୍ୱର ନିଜ ସାଥୀଙ୍କୁ ପଚାରିଲେ- "ଆପଣ କ'ଣ ଏହି ମୃତବ୍ୟକ୍ତିଙ୍କୁ ଜାଣିଥିଲେ ?" ସହସା ଉତ୍ତର ମିଳିଲା- " ନା ନା, ଏହି ଭଦ୍ରବ୍ୟକ୍ତିଙ୍କ ସହ ମୋର ଆଦୌ ପରିଚୟ ନଥିଲା । ତେବେ ଏଠାରେ ଆସି ଗୋଟିଏ ସନ୍ଧ୍ୟା କାହିଁକି ନଷ୍ଟ କରିସାରିଲେଣି ?"

– "ସନ୍ଧ୍ୟାଟା ନଷ୍ଟ ହେଲା ଆଉ କ'ଣ ? ଘରକୁ ଫେରିଯାଇ କୋଉ ଗୁରୁତ୍ୱପୂର୍ଣ୍ଣ କାର୍ଯ୍ୟଗୁଡ଼ାକ କରିଥାଆନ୍ତି କି ? ଆଜିକାଲି ଯୋଉ ପାଠ ହେଲାଣି ସେଥିରେ ନାତି ନାତୁଣୀଙ୍କୁ ସାହାଯ୍ୟ କରିବାର ପ୍ରଶ୍ନ ଉଠୁନି । ଘରର କୌଣସି ନିଷ୍ପତ୍ତିରେ ଆଉ ଭୂମିକା ନାହିଁ । ଅବଶ୍ୟ ଟିଭି ଦେଖିଥାଆନ୍ତି, କିନ୍ତୁ ନାତିର ପଢ଼ା ନସରିବା ଯାଏ ଟିଭି ବନ୍ଦ । ରାତିରେ ଖାଇବା ପିଇବା ସାରି ଏ ବୟସରେ ଆଉ ଟିଭି କିଏ ଦେଖେ ? କେବଳ ସନ୍ଧ୍ୟାବେଳଟା ବେକାରରେ ଯାଏ । ସେହି କାରଣରୁ ମଝିରେ ମଝିରେ ମୁଁ ଏହିଭଳି ଶୋକସଭାମାନଙ୍କୁ ଚାଲିଆସେ । ସାହିଲୋକେ ଜାଣନ୍ତି ଯେ, ମୁଁ କୌଣସି ମିଟିଂକୁ ଯାଏ, ମୋର ଖାତିର ବି ବଢ଼େ । ଆଜିକାଲି ମିଟିଂମାନଙ୍କୁ ଗଲେ ନିଜର ଭାବମୂର୍ତ୍ତି ବଦଳିଯାଏ ।" ବନ୍ଧୁଙ୍କର ନିଃସଙ୍କୋଚ ସ୍ୱୀକାରୋକ୍ତି ବୀରେଶ୍ୱରଙ୍କୁ ପ୍ରଭାବିତ କଲା । ସେ ମନେ ମନେ ଭାବିଲେ, କିନ୍ତୁ ଶୋକସଭାର ଭାବମୂର୍ତ୍ତି ବଦଳାଇବାକୁ ପଡ଼ିବ । ଶୋକସଭାଟିଏ ମଧ୍ୟ ନିଛକ ଶୋକସଭାଟିଏ ହେବା ଆବଶ୍ୟକ । କିନ୍ତୁ କରିବ କିଏ ? କାହାକୁ ବେଳ ଅଛି ? ତାଙ୍କ ସାହିରେ ତ ଏବେ ତିନିଜଣ ପ୍ରତିଷ୍ଠିତ ବ୍ୟକ୍ତି ଦେହତ୍ୟାଗ

କଲେଣି। ପାରମ୍ପରିକ ଶୁଦ୍ଧିକ୍ରିୟା ବ୍ୟତୀତ ଆନୁଷ୍ଠାନିକ ଭାବେ ଶୋକସଭାଟିଏ ତ ହୋଇପାରିନାହିଁ।

ଆଜିର ବ୍ୟସ୍ତବିବ୍ରତ ଜୀବନରେ ପିଲାଙ୍କୁ ବା ସମୟ କାହିଁ ପିତାମାତାଙ୍କ ମୃତ୍ୟୁରେ ଭଲ ଶୋକସଭାଟିଏ କରିବା ପାଇଁ। ଶୋକସଭାମାନ ତ କରିବା ଲୋକ ହିଁ କରୁଛନ୍ତି। ୟୁରୋପ ଆମେରିକାରେ ଲୋକେ ମୃତ୍ୟୁ ପରର ସବୁ ବ୍ୟବସ୍ଥା ନିଜେ କରିଦେଇ ଯାଇଥାନ୍ତି। ଆତ୍ମକୈନ୍ଦ୍ରିକ ସମାଜରେ ପିତାମାତାଙ୍କ ମୁକ୍ତି ପାଇଁ ମଧ୍ୟ ସମୟ ନଥାଏ। ଲାଭ ବା କ'ଣ ? ମୃତ୍ୟୁ ପରେ କ'ଣ କଲ - ନକଲ ସେ କଥା କିଏ ବା ଦେଖିବାକୁ ଆସୁଛି ! ସେଠି ତ ଲୋକେ ନିଜର ସମାଧିସ୍ଥଳ ଖରିଦ କରିଦେଇଥାନ୍ତି। ଯାହା ଯାହା ଖର୍ଚ୍ଚ ହେବ ତାକୁ ରଖି ଦେଇଥାନ୍ତି। ସେଥିପାଇଁ ବିଭିନ୍ନ କମ୍ପାନୀ ଅଛନ୍ତି, ଯେଉଁମାନେ ଠିକା ନେଇ ସଂସ୍କାର ଓ ଶୋକସଭାର ଆୟୋଜନ ବି କରିଦେଇଥାନ୍ତି। ଜଗତୀକରଣ ପ୍ରଭାବରେ ଆମ ଦେଶରେ ମଧ୍ୟ କ୍ରମେ ସେଭଳି ବ୍ୟବସ୍ଥାର ଆବଶ୍ୟକତା ପଡ଼ିଲାଣି। କିନ୍ତୁ ପରମ୍ପରା ଆଉ ମୂଲ୍ୟବୋଧ ସହ ଆଧୁନିକତାର ଦ୍ୱନ୍ଦରେ ପଡ଼ି ଏଭଳି ବ୍ୟବସ୍ଥାକୁ ସମସ୍ତେ ଗ୍ରହଣ କରିପାରୁ ନାହାନ୍ତି। ବୀରେଶ୍ୱରଙ୍କ ମୁଣ୍ଡରେ ଗୋଟାଏ ଚିନ୍ତା ଭୁକିଲା। ସେଦିନ ଶୋକସଭାକୁ ଯାଇନଥିଲେ ଏଭଳି ଆଇଡିଆଟିଏ ମୁଣ୍ଡକୁ ଆସିନଥାନ୍ତା।

ସହସା ସେ ଉଠିଯାଇ ମଞ୍ଚରେ ଭାଷଣ ଦେବାକୁ ଆରମ୍ଭ କଲେ। ଅନ୍ୟମାନଙ୍କ ପରି ନିଜର ପ୍ରୌଢ଼ୀନ ଦେଖାଇ କହିଲେ- "ମୁଁ ଏହି ମହାନ୍ ବ୍ୟକ୍ତିଙ୍କୁ ଖୁବ୍ ନିକଟରୁ ଜାଣିନି, କିନ୍ତୁ ତାଙ୍କ ସଂପର୍କରେ ଅନେକଙ୍କର ସ୍ନେହ ଓ ଭକ୍ତି ମୋତେ ପ୍ରଭାବିତ କରିଛି। ତାଙ୍କ ପାଇଁ ଶୋକସଭାଟିଏ ଆୟୋଜନ କରିଥିବାରୁ ମୁଁ ଆୟୋଜକଙ୍କୁ କୃତଜ୍ଞତା ଜଣାଉଛି। କିନ୍ତୁ ଶୋକସଭାଟି ଯେପରି ହେବା କଥା ସଚରାଚର ସେପରି ହେଉନାହିଁ। ତାହାହିଁ ଏକମାତ୍ର ଦୁଃଖର କାରଣ। ଆମେ ଯାହାଙ୍କ ପାଇଁ ଏଠାରେ ଏକତ୍ର ହୋଇଛେ ତାଙ୍କ ପ୍ରତି ଆମର ସମ୍ମାନ ରହିବା ଆବଶ୍ୟକ। ଏଣିକି ଶୋକସଭାଗୁଡ଼ିକର ଭାବମୂର୍ତ୍ତିରେ ପରିବର୍ତ୍ତନ ଆସିବା ଆବଶ୍ୟକ। ଶୋକସଭାରେ ବସି ଯେଉଁମାନେ ହସଖୁସି କରିବାକୁ ଚାହାନ୍ତି ସେମାନେ ଶୋକସଭାକୁ ନଆସିବା ବରଂ ଭଲ। ଆମେ କାହାକୁ ଚିହ୍ନିଛୁ ନଚିହ୍ନିଛୁ ସେ ଭିନ୍ନ କଥା। କିନ୍ତୁ ସେ ଯେ ଗୋଟିଏ ଜୀବନ ବଞ୍ଚିସାରି ଚାଲିଯାଇଛନ୍ତି ସେତିକି ହେଉଛି ତାଙ୍କର ମହାନତା। ତାଙ୍କ ଜୀବନର ସଫଳତା ଆଉ ବିଫଳତା ହିଁ ଆମକୁ ବାଟ ଦେଖାଇବ। ଏସବୁ ସତ୍ତ୍ୱେ ଆୟୋଜକଙ୍କୁ ମୁଁ ଆଉ ଥରେ କୃତଜ୍ଞତା ଜଣାଉଛି।" କରତାଳିରେ ସଭାଗୃହ କମ୍ପିତ ହେଲା। ବୀରେଶ୍ୱର ପ୍ରତିବାଦ କରି କହିଲେ- "ଶୋକସଭାରେ କରତାଳିର ପ୍ରୟୋଜନ ନାହିଁ।" ମଞ୍ଚରୁ ଓହ୍ଲାଇ ଆସିବା ପରେ ବନ୍ଧୁ କହିଲେ- "ଆପଣ ତ ଜଣେ

ଭଲ ବକ୍ତା। ଏଣିକି ବିଭିନ୍ନ ମିଟିଂ ଆଟେଣ୍ଡ କରନ୍ତୁ ନା, ଦେଖିବେ ସମୟ ପାଣି ପରି ବୋହିଯିବ। ସଭା ପାଇଁ ବକ୍ତୃତା ପ୍ରସ୍ତୁତ କରିବା ଓ ସଭାରୁ ହର୍ଷୋତ୍‌ଫୁଲ୍ଲ ହୋଇ ଫେରିବା ପରେ ରାତିରେ ସୁନିଦ୍ରା।" ବୀରେଶ୍ୱର ବାବୁ ଆତ୍ମପ୍ରସାଦର ହସ ହସି କହିଲେ- "ହଁ, ନିଶ୍ଚୟ ମିଟିଂ ଆଟେଣ୍ଡ କରିବି। ସେ ମିଟିଂ କେବଳ ଶୋକସଭା। କାରଣ ଶୋକସଭା ପାଇଁ ଯେଉଁ ବକ୍ତୃତା ଦିଆଯାଏ ସେଥିପାଇଁ ପ୍ରସ୍ତୁତି ଆବଶ୍ୟକ ନାହିଁ।

ବାପା କାହିଁକି ସାନ୍ଧ୍ୟଭ୍ରମଣରୁ ଫେରିଲେ ନାହିଁ ବୋଲି ପୁଅ-ବୋହୂ ବ୍ୟସ୍ତ ହୋଇପଡୁଥିଲେ। ବୀରେଶ୍ୱର ରାତି ନଅ'ରେ ଘରେ ପହଞ୍ଚିଲା ବେଳକୁ ଅବିନାଶ ଶିକ୍ଷକ ଭଙ୍ଗୀରେ ବାପାଙ୍କୁ ପଚାରିଲା- "କୁଆଡ଼େ ରହିଗଲ ଏତେ ଡେରିଯାଏ ? ରାତି ନଅ ଯାଏ ତମ ବୟସରେ ବାହାରେ ରହିବା ଉଚିତ୍ କି ? କେତେ ବିବ୍ରତ ହୋଇପଡ଼ିଲୁଣି ଆମେ ? ଅବିନାଶ ପୁଅ ମୁହଁକୁ ନଚାହିଁ ଘରକୁ ପଶିଗଲେ। କେବଳ ଏତିକି କହିଲେ- "ମିଟିଂ ଥିଲା।"

- ମିଟିଂ ? ଏ ପ୍ରଶ୍ନର ଉତ୍ତର ପୁଅକୁ ମିଳିଲା ନାହିଁ। ତା' ପରଦିନ ବୀରେଶ୍ୱର ନିଜର ପୋଷାକ ଧଳା ପଞ୍ଜାବୀ ଓ କୁର୍ତ୍ତା ବାଛିଲେ। ମିଟିଂକୁ ଯିବା ପୂର୍ବରୁ ସେହି ପୋଷାକ ପିନ୍ଧିଲେ। ଆଇନାରେ ନିଜର ପ୍ରତିବିମ୍ବ ଦେଖିଲେ। ସମ୍ଭ୍ରାନ୍ତ ପରିବାରର ଛାପ ତାଙ୍କ ଚେହେରାରେ ସ୍ପଷ୍ଟ ଥିଲା। ସାମାଜିକ ନିୟମ ଅନୁସାରେ ତାଙ୍କ ପୋଷାକ ଥିଲା ଶୋକସଭା ପାଇଁ ଉପଯୁକ୍ତ। ଏଣିକି ପ୍ରାୟ ଅଧିକାଂଶ ସନ୍ଧ୍ୟାରେ ଅବିନାଶ ମିଟିଂକୁ ଯାଆନ୍ତି। ପୁଅ ବୋହୂ ଆଉ ବିଶେଷ ମୁଣ୍ଡ ଖେଳାନ୍ତି ନାହିଁ। ବୀରେଶ୍ୱର ଭାବିଲେ, ତାଙ୍କ ନିଜର ସାହି ଓ ଆଖପାଖ ଅଞ୍ଚଳରୁ ସେ କାର୍ଯ୍ୟ ଆରମ୍ଭ କରିବେ। ସେହି ଅଞ୍ଚଳର କମ୍ୟୁନିଟି ହଲ୍‌ରେ ସପ୍ତାହଯାକର କାର୍ଯ୍ୟକ୍ରମ ମିଳିଯାଉଥିଲା। ବାଛି ବାଛି ସେ ଶୋକସଭାମାନଙ୍କୁ ହିଁ ଯାଉଥିଲେ। ବୀରେଶ୍ୱରଙ୍କ ଶାନ୍ତଶିଷ୍ଟ ସ୍ୱଭାବ ସାହି ଲୋକଙ୍କୁ ବହୁ ପୂର୍ବରୁ ପ୍ରଭାବିତ କରିସାରିଥିଲା। ସାହିର ଯୁବକମାନଙ୍କର ମଧ୍ୟ ତାଙ୍କ ପ୍ରତି ସମ୍ଭ୍ରମ ଥିଲା। ଏଣିକି ଶୋକସଭାରେ ତାଙ୍କୁ ଆଗଧାଡ଼ିକୁ ପାଛୋଟି ନିଆଯାଉଥିଲା। ସେ କାହାକୁ ଚିହ୍ନନ୍ତୁ ବା ନଚିହ୍ନନ୍ତୁ, ଶ୍ରଦ୍ଧାଞ୍ଜଳି ଜଣାଇବା ପାଇଁ ତାଙ୍କୁ ଅନୁରୋଧ କରାଯାଉଥିଲା। ବୀରେଶ୍ୱର ଗମ୍ଭୀର ସ୍ୱରରେ ଜୀବନର ରହସ୍ୟ, ଜୀବନର ଉଦ୍ଦେଶ୍ୟ, ଜନ୍ମ-ମୃତ୍ୟୁର ଦର୍ଶନ, ପୂର୍ବ-ପର ଜନ୍ମ ଏବଂ କର୍ମଫଳର ଅର୍ଥ, କର୍ମଯୋଗ, ଜ୍ଞାନଯୋଗ, ଭକ୍ତିଯୋଗ ସଂପର୍କରେ ଚିନ୍ତା ଚେତନା ଉଦ୍ରେକକାରୀ ବକ୍ତବ୍ୟମାନ ରଖନ୍ତି।

ସେ ମନେ ମନେ ସ୍ଥିର କରିଥିଲେ ଯେ, ସରଳାର ପ୍ରଥମ ବାର୍ଷିକ ଶ୍ରାଦ୍ଧଦିବସରେ ସେ ନିରୋଳା ଶୋକସଭାଟିଏ କରିବେ। ତାହା ହିଁ କଲେ ମଧ୍ୟ। ତାଙ୍କ ସାହିରେ ବୁଲି

ବୁଲି ହାତ ଯୋଡ଼ି ସମସ୍ତଙ୍କୁ ନିବେଦନ କଲେ- ଧଳା ପଞ୍ଜାବୀ, କୁର୍ତ୍ତା ଏବଂ ମହିଳାମାନେ ଧଳା ଶାଢ଼ି ପିନ୍ଧି ଆସିବା ପାଇଁ। ସଭା ଶେଷରେ ପ୍ରସାଦ ସେବନ ବ୍ୟବସ୍ଥା କରିଥିଲେ। ସେ ସଂପର୍କରେ ପୁଅ ଅବିନାଶର ମତାମତ ଉପରେ ସେ ନିର୍ଭର କରିନଥିଲେ। ସାହିର କମ୍ୟୁନିଟି ହଲ୍‌ରେ ବଡ଼ରକମର ସଭାଟିଏ ହେଉଛି ବୋଲି ଅବିନାଶଙ୍କୁ ଖବର ମିଳିଥିଲା। ସେ ସଭାର ଆୟୋଜକ ଥିଲେ ତାଙ୍କ ବାପା ବୀରେଶ୍ୱର, ଏକଥା ବି ଜଣାଥିଲା। ବାପାଙ୍କୁ ପଚାରିଲେ- "ସାହିରେ କି ସଭାର ଆୟୋଜନ ହୋଇଛି ? ସେଦିନ ପରା ବୋଉର ପ୍ରଥମ ଶ୍ରାଦ୍ଧବାର୍ଷିକୀ ?" ବୀରେଶ୍ୱର କହିଲେ- "ହଁ, ସରଳାର ଶ୍ରାଦ୍ଧ ତ ଦିନବେଳା। ରାତିରେ ଆଉ କାମ କ'ଣ ? ସେଦିନ ତୁମେ ଦୁହେଁ ସଭାକୁ ଯିବା ଉଚିତ। ନିଜ ସାହିର ଲୋକମାନଙ୍କ ସହ ମିଳିମିଶି ଚଳିବା ଭଲ। ମୁଁ ତ ଆଉ ସବୁଦିନ ନଥିବି।" ଅବିନାଶ ଏବଂ ତା'ର ସ୍ତ୍ରୀ ଜାଣିସାରିଥିଲେ ଯେ, ଏ ସାହିରେ ବାପାଙ୍କର ଖାତିର ବଢ଼ିଛି। ମଝିରେ ମଝିରେ କିଛି ଲୋକ ଆସି ବାପାଙ୍କ ସହ ପରାମର୍ଶ କରୁଛନ୍ତି। ବାପା ପ୍ରାୟ ମିଟିଂରେ ଯୋଗ ଦେଉଛନ୍ତି। ତେଣୁ ବାପାଙ୍କ ସହ ଆଉ କିଛି ଯୁକ୍ତିତର୍କ କଲେନାହିଁ। ସନ୍ଧ୍ୟାବେଳେ କମ୍ୟୁନିଟି ହଲ୍‌ର ସଭାଗୃହରେ ପହଞ୍ଚିଲେ। ସରଳାଙ୍କର ଗୋଟିଏ ବଡ଼କରା ଫଟୋ ସଭାର ଗୋଟିଏ କୋଣରେ ଚନ୍ଦନଚର୍ଚ୍ଚିତ ହୋଇ ଚଉକି ଉପରେ ରଖାଯାଇଥିଲା। ଚଉକି ଉପରେ ପଡ଼ିଥିଲା ବୀରେଶ୍ୱରଙ୍କର ନୂଆ ଧଳା ଶାଲ୍। ଫୁଲମାଳରେ ଫଟୋର ସବୁ ଅଂଶ ଲୁଚି ଯାଇଥିଲେ ବି ମୁହଁଟି ନିଖୁଣ ଦିଶୁଥିଲା। ଧୂପ ଦୀପର ସୁଗନ୍ଧ ସଭାଗୃହରେ ବୈରାଗ୍ୟର ବାତାବରଣ ସୃଷ୍ଟି କରିଥିଲା। ସଭାରେ ସମସ୍ତେ ଧଳା ପୋଷାକରେ ଉପସ୍ଥିତ ଥିଲେ। ଭାଗ୍ୟବଶତଃ ବୀରେଶ୍ୱର ନିର୍ଦ୍ଦେଶରେ ଅବିନାଶ ଏବଂ ବୋହୂ ଧଳା ପୋଷାକ ପିନ୍ଧି ସଭାକୁ ଯାଇଥିଲେ। ବୀରେଶ୍ୱର ସେଦିନ ଏକ ଅନନ୍ୟ ଶୋକସଭାର ଆୟୋଜକ ଥିଲେ। ସେ ନିଜେ କିଛି ବକ୍ତବ୍ୟ ରଖିନଥିଲେ। କାରଣ ସେ ଜାଣିଥିଲେ ଯେ, ସରଳାଙ୍କ ବିଷୟରେ ଯେତେ କହିଲେ ବି ତାଙ୍କର ବକ୍ତବ୍ୟ ସଂପୂର୍ଣ୍ଣ ହେବନାହିଁ। ଶ୍ରୋତାମାନଙ୍କୁ ବିରକ୍ତିରେ ପକାଇବା ପାଇଁ ତାଙ୍କର ଇଚ୍ଛା ନଥିଲା। ସରଳାଙ୍କୁ ଜାଣିଥିବା କେତେଜଣ ମହିଳା ଏବଂ ବୀରେଶ୍ୱରଙ୍କ କେତେଜଣ ବନ୍ଧୁ ସରଳାଙ୍କ ସଂପର୍କରେ ବିଶ୍ୱସ୍ତ, ମର୍ମସ୍ପର୍ଶୀ, ଅନ୍ତରଙ୍ଗ ବକ୍ତବ୍ୟ ରଖିଲେ। ସେଥିରେ ଅତିରଂଜନ ନଥିଲା ବୋଲି ସ୍ପଷ୍ଟ ବାରି ହୋଇପଡୁଥିଲା। ଅବିନାଶ ଏବଂ ତାଙ୍କର ସ୍ତ୍ରୀ ଅତି ଭାବପ୍ରବଣ ଶ୍ରଦ୍ଧାଞ୍ଜଳି ଜ୍ଞାପନ କଲେ। ଏପରିକି ଅବିନାଶଙ୍କର ଦଶବର୍ଷର ପୁଅ ଜେଜେମା'ଙ୍କ ସଂପର୍କରେ ଲେଖିଥିବା କବିତାଟିଏ ପଢ଼ି ଶୁଣାଇଲା। କବିତାଟି ବୀରେଶ୍ୱରଙ୍କ ବରାଦରେ ସେ ଲେଖିଥିଲା। ଅବଶେଷରେ ବୀରେଶ୍ୱର କହିଲେ- "ପ୍ରତ୍ୟେକ ମଣିଷ ସ୍ୱତନ୍ତ୍ର,

ପରସ୍ପରଠାରୁ ଅନେକ କଥାରେ ଭିନ୍ନ। କିନ୍ତୁ ବହୁ କଥାରେ ଅଭିନ୍ନ। ସମସ୍ତଙ୍କ ଭିତରେ ଥାଏ ଏକରକମର ମାନବୀୟ ଆବେଗ ଯଥା- ସ୍ନେହ, ପ୍ରେମ, ଭଲପାଇବା, ଈର୍ଷା, ଦ୍ୱେଷ, ସ୍ୱାର୍ଥପରତା, ନିଃସ୍ୱାର୍ଥପରତା। କିନ୍ତୁ ମଣିଷ ତା'ର ଦିବ୍ୟ ମାନବୀୟ ଗୁଣର ପ୍ରକାଶ ଅନେକ ସମୟରେ କରିଥାଏ। ଜଣକର ଜୀବନର ସେହି ଦିବ୍ୟ ମୁହୂର୍ତ୍ତଗୁଡ଼ିକୁ ଆମେ ସ୍ମରଣ ରଖିଲେ ସମସ୍ତଙ୍କ ଭିତରେ ଦିବ୍ୟ ଭାବ ଉଦୟ ହେବ। ଏହି ଦିବ୍ୟ ଚେତନାରେ ମଣିଷ ଯେତେବେଳେ ଆଚ୍ଛନ୍ନ ହୁଏ, ସେତେବେଳେ ସଂପୂର୍ଣ୍ଣ ଅପରିଚିତ ବ୍ୟକ୍ତି ମୃତ୍ୟୁ ପରେ ଅତି ପରିଚିତ ଓ ଆପଣାର ମନେ ହୁଅନ୍ତି। ସେଇଥିପାଇଁ ଆମେ କେଉଁ ସୁଦୂର ଅତୀତର ସୀତା ବନବାସ ପୋଥି ପଢ଼ି ଲୁହ ଝରାଉ। ପାଣ୍ଡବଙ୍କ ପାଞ୍ଚପୁତ୍ରଙ୍କ ଦେହାନ୍ତରେ ଶୋକସନ୍ତପ୍ତ ହେଉ। ଅଥଚ ସେମାନେ ଆମର କିଏ? ତେଣୁ ଶୋକସଭାରେ ଯାହାକୁ ଆମେ ଶ୍ରଦ୍ଧାଞ୍ଜଳି ଜଣାଉ ସେ ଯେତେ କ୍ଷୁଦ୍ର ମଣିଷଟିଏ ହେଲେ ବି ତାଙ୍କ ଭିତରର ବିନ୍ଦୁଏ ମହାନତାକୁ ଆମେ ଯଦି ଜୀବନର ଧ୍ୟେୟ କରିବା, ତେବେ ଜୀବନ ସହଜ ହୋଇଯିବ।" ଏଣିକି ଏ ଅଞ୍ଚଳର ଶୋକସଭାମାନଙ୍କର ସ୍ୱେଚ୍ଛାସେବୀ ଆୟୋଜକ ଭାବରେ ମୁଁ ନିଜକୁ ନିୟୋଜିତ କରିବି। ନିଃସଙ୍କୋଚରେ ଆପଣମାନେ ମୋର ସେବା ଗ୍ରହଣ କଲେ ମୁଁ ନିଜକୁ ଧନ୍ୟ ମଣିବି।"

ଏହି ବିରଳ ଶୋକସଭା ପରେ ବୀରେଶ୍ୱରଙ୍କର ଖାତିର ଲୋକମାନଙ୍କ ପାଖରେ ଦ୍ୱିଗୁଣିତ ହୋଇଥିଲା। ବୀରେଶ୍ୱରଙ୍କ ପାଖରେ ବଞ୍ଚିବାର ଏକ ନୂତନ ଆଶା ଉଦ୍ରେକ ହୋଇଥିଲା। ସରଳାଙ୍କର ଫ୍ରେମ୍‌ଦିଆ ଫଟୋଟି ତାଙ୍କ ରୁମ୍‌ରେ ପୋଛାପୋଛି ହୋଇ ଚିକ୍ ଚିକ୍ କରୁଥିଲା। କେବେ କେମିତି ସରଳା ତାଙ୍କ ସହ କଥା କହୁଛନ୍ତି ବୋଲି ତାଙ୍କର ମନେ ହେଉଥିଲା। ବୀରେଶ୍ୱରଙ୍କ ଟେବୁଲ୍ ଉପରେ ଥିଲା ଅନେକ ବହି। ତାଙ୍କୁ ଏଣିକି ଲୋକେ ଚିହ୍ନିଲେଣି। ବାଟରେ ଦେଖିଲେ ହସିଦେଇ ଭଲ ମନ୍ଦ ପଚାରୁଛନ୍ତି। ତାଙ୍କୁ ସମ୍ମାନ ଜଣାଉଛନ୍ତି। ଆଉ ତାଙ୍କର ଏହି ସାହିରେ ଗୋଟିଏ ନୂତନ ପରିଚୟ ସୃଷ୍ଟି ହୋଇଛି। ଚାଲିଗଲେ ଲୋକେ କହନ୍ତି, ଏ ହେଲେ ବୀରେଶ୍ୱର ବାବୁ ଶୋକସଭାର ନାୟକ। ଏହି ଉକ୍ତିରେ ବ୍ୟଙ୍ଗ ନଥାଏ, ଥାଏ ସମ୍ଭ୍ରମ ଓ ସମ୍ମାନ। ଏଣିକି ଅନେକ ଶୋକସଭାର ଆୟୋଜନ କରନ୍ତି ବୀରେଶ୍ୱର। ଅବଶ୍ୟ ତାଙ୍କ ପିଲାମାନେ ଆର୍ଥିକ ସହଯୋଗ କରନ୍ତି। କିନ୍ତୁ ସଭାଗୁଡ଼ିକ ଅନନ୍ୟ ସଭାରେ ପରିଣତ ହୁଏ। ଲୋକଙ୍କ ଭିତରେ ଦିବଂଗତ ଆତ୍ମାକୁ ସମ୍ମାନ ଜଣାଇବାର ଗୋଟେ ସମ୍ଭ୍ରାନ୍ତ ରୁଚି ସୃଷ୍ଟି ହୋଇଛି ବୀରେଶ୍ୱରଙ୍କ ଆୟୋଜିତ ଶୋକସଭାରେ। ଶୋକସଭାଟିଏ ଆୟୋଜନ କରିବା ସମୟରେ ବୀରେଶ୍ୱର ଆତ୍ମହରା ହୋଇପଡ଼ନ୍ତି। ସତେଯେମିତି ଶୋକସଭା ଅନ୍ତରାଳରେ ବୀରେଶ୍ୱର ନିଜର ହଜିଲା ଆତ୍ମୀୟତାକୁ ଖୋଜି ପାଆନ୍ତି। ଅନ୍ୟର ସଂପର୍କ

କ୍ଷୟରେ ଗୁଡ଼େଇତୁଡ଼େଇ ହେଇପଡ଼ନ୍ତି ନିଜେ। ଯେମିତି ସେ ବାକି ଜୀବନର ଉଦ୍ଦେଶ୍ୟଟିଏ ଖୋଜି ପାଇଛନ୍ତି। ସରଳା ଯିବା ପରେ ଗୋଟେ ଉଦ୍ଦେଶ୍ୟହୀନ ଲକ୍ଷ୍ୟହୀନ ଜୀବନକୁ ନେଇ ସେ ବେଶ୍ ଛଟପଟ ହେଲେ। କିନ୍ତୁ ଆଜି ସେ ନିଜର ଏକ ପରିଚିତି ସୃଷ୍ଟି କରିପାରିଛନ୍ତି। ତାଙ୍କ ଦ୍ୱାରା କିଛି କାର୍ଯ୍ୟ ସାଧିତ ହୋଇପାରେ ବୋଲି ଆତ୍ମବିଶ୍ୱାସ ଫେରିପାଇଛନ୍ତି। ମଣିଷ ସତରେ ନିଜ ପାଇଁ ହିଁ ବଞ୍ଚେ ବେଶି ଭାଗ। ତେଣୁ କାହାରି ପାଇଁ ଜୀବନର ପ୍ରବାହ ଅଟକି ଯାଏନାହିଁ। ବୀରେଶ୍ୱରଙ୍କ ବାପା ଥିଲେ ତାଙ୍କର ଏକମାତ୍ର ଆଦର୍ଶ। ସେଭଳି ଉଚ୍ଚକୋଟୀର ମଣିଷଟିଏ ସେ ଆଉ ଦେଖିନାହାନ୍ତି। ବାପାଙ୍କ ଦେହାନ୍ତରେ ବୀରେଶ୍ୱରଙ୍କର ସଂସାର ଉଜୁଡ଼ିଗଲା ଭଳି ଲାଗୁଥିଲା। ବାପାଙ୍କର ମୃତ୍ୟୁ ବଡ଼ କଷ୍ଟ ଦେଲା, କିନ୍ତୁ କ୍ରମେ ଜୀବନ ଜଞ୍ଜାଳ ଭିତରେ ଏମିତି ହଜିଗଲେ ଯେ, କେବଳ ଶ୍ରାଦ୍ଧ ଦିନ ହିଁ ତାଙ୍କୁ ସ୍ମରଣ କରିପାରନ୍ତି। ବୀରେଶ୍ୱରଙ୍କ ପ୍ରାଣପ୍ରିୟା ପତ୍ନୀ ସରଳା ଜୀବନର ଗୋଟାଏ ବଡ଼ ଅଂଶ ଥିଲେ। ଅଥଚ କେତେ ସହଜରେ ସେ ସ୍ମୃତି ପାଲଟିଗଲା। ଘରେ ଚଳପ୍ରଚଳ ହେଉଥିବା ମଣିଷଟି ହଠାତ୍ ଉଭେଇଗଲା। ଫଟୋ ଫ୍ରେମରେ ବନ୍ଦୀ ହୋଇଗଲା। କେତେ ଛାଟିପିଟି ହେଲେ ବୀରେଶ୍ୱର, ସରଳା ପାଇଁ କିଛି କରିପାରିନଥିବାର ଅନୁଶୋଚନାରୁ ଭାଙ୍ଗିପଡ଼ିଛନ୍ତି ବୀରେଶ୍ୱର। କିନ୍ତୁ ସେ ପୁଣି ଉଠି ବସିଲେ, ବଞ୍ଚିବାର ନୂଆ ରାହା ଖୋଜିଲେ। ଏବଂ ତାରି ଭିତରେ ହଜିଯାଇଛନ୍ତି ଏବେ। ପ୍ରତ୍ୟେକ ମଣିଷ ସତରେ ନିଜର 'ମୁଁ' ପାଇଁ ହିଁ ଛଟପଟ ହୁଏ। 'ମୁଁ'ଟି ସାମାନ୍ୟ ଉପେକ୍ଷିତ ହେଲେ ବଞ୍ଚିବାର ଅଭିପ୍ରାୟ ହଜିଯାଏ। ସାମାନ୍ୟ ଆଦର ସୋହାଗ ପାଇଲେ ପୁଣି ସାହସ ପାଏ- ଖେଳକୁଦ କରେ। ସଂସାର ଏଇ 'ମୁଁ'କୁ ନେଇ ହିଁ ଗଡ଼ିଚାଲେ। ଶୋକସଭାର ସଭାଗୃହରୁ ହିଁ ବୀରେଶ୍ୱର ତାଙ୍କ ଭିତରର ହଜିଲା ମୁଁ'କୁ ଆବିଷ୍କାର କରୁଥିଲେ। ତାଙ୍କର ଏକାନ୍ତ ଗୋପନୀୟ ସତ୍ତାକୁ ସାମ୍ନା କରିବା ପାଇଁ ଆତ୍ମବିଶ୍ୱାସ ଫେରିପାଇଲେ।

ଭୁଲ୍ ଠିକ୍‌ର ଆକଳନ ଭିତରେ ସେ ଜାଣିପାରୁଛନ୍ତି ଯେ, ସେ ଏଣିକି ସରଳା ପାଖକୁ ଯାତ୍ରା କରିବା ପାଇଁ ନିଜକୁ ପ୍ରସ୍ତୁତ କରିସାରିଲେଣି। ଏହା ଏକ ନିର୍ଭୟ ପ୍ରସ୍ତୁତି। ଯେତେଯେତେ ଶୋକସଭା ସେ ଆୟୋଜନ କରନ୍ତି ସେତେ ବେଶି ମୃତ୍ୟୁ ସଚେତନ ହେଉଥାନ୍ତି। ତାଙ୍କ ପରେ କ'ଣ ହେବ? ପୂର୍ଣ୍ଣଚ୍ଛେଦ ପଡ଼ିଯିବ ବିଶ୍ୱସ୍ତ ସମ୍ଭ୍ରାନ୍ତ ଶୋକସଭାର। ପୁଣି ଆରମ୍ଭ ହେବ ସେଇ ଚିରାଚରିତ ଘେସେରା ଶୋକସଭା। କିନ୍ତୁ ଏତେଗୁଡ଼ିଏ ସୁନ୍ଦର ଶୋକସଭାର ପ୍ରଭାବ କ'ଣ କାହାରି ଉପରେ ପଡ଼ିବ ନାହିଁ। ନିଶ୍ଚୟ ପଡ଼ିବ, ଏ ବିଶ୍ୱାସ ବୀରେଶ୍ୱରଙ୍କର ଥିଲା।

ଆଚ୍ଛା, ତାଙ୍କ କୋଠରିଟି କ'ଣ ହେବ? ଅବିନାଶ କୋଠରିଟିକୁ ଅନ୍ୟ କାର୍ଯ୍ୟରେ

ଲଗାଇବ। ସରଳାର ଫଟୋଚିତ୍ରକୁ କାନ୍ଥରୁ ହଟାଇଦେବ। ବୀରେଶ୍ୱର ଆଖି ବୁଜିଦେବା ପରେ ତାଙ୍କର ଅସ୍ତିତ୍ୱ କ'ଣ ଲୋପ ପାଇଯିବ? ଅବିନାଶର ବହୁରାଷ୍ଟ୍ରୀୟ କମ୍ପାନୀ ଚାକିରି ଭିତରେ ବାପାଙ୍କ ସ୍ମୃତିଚାରଣ ପାଇଁ ସମୟ କାହିଁ? ସରଳାଙ୍କ ପାଇଁ ଶୋକସଭା ବୀରେଶ୍ୱର ଯଦି କରିନଥାନ୍ତେ, ତେବେ ଅବିନାଶ କେବେହେଲେ ସେପରି ଏକ ଶୋକସଭା କରିପାରିନଥାନ୍ତା।

ବୀରେଶ୍ୱର ଜାଣନ୍ତି, ଅବିନାଶ ତାଙ୍କୁ ଭଲପାଏ। ତାଙ୍କ ମୃତ୍ୟୁରେ ସେ ଭାଙ୍ଗିପଡ଼ିବ। କିନ୍ତୁ ଉଚ୍ଚପଦସ୍ଥ ଚାକିରିରେ ଯେଉଁ ଗୁରୁଦାୟିତ୍ୱ ତା' ଭିତରେ ସେ କୋଉଠୁ ସମୟ ପାଇବ ବାପାଙ୍କ ପାଇଁ ଶୋକସଭାଟିଏ ଆୟୋଜନ କରିବାକୁ। ମାଆ ଚାଲିଗଲାବେଳେ ବୀରେଶ୍ୱର ଖୁମ୍ବ ଭଳି ଠିଆ ହୋଇଥିଲେ ପୁଅ ପାଖରେ। କିନ୍ତୁ ବୀରେଶ୍ୱର ଚାଲିଗଲା ବେଳେ ଅବିନାଶ ପାଖରେ ତ କେହି ନଥିବେ। ଅବିନାଶ ଠିକ୍ ଭାବରେ କ୍ରିୟା କର୍ମ କରିପାରିବ କି ନାହିଁ କିଏ ଜାଣେ? ବୀରେଶ୍ୱରଙ୍କ ଆତ୍ମାର ସଦଗତି ପାଇଁ କିଏ ଜଣେ ହେଲେ କ'ଣ ପ୍ରାର୍ଥନା ବାଢ଼ିବେ ନାହିଁ। ସତରେ କ'ଣ ସେପରି ମନରଖା ପ୍ରାର୍ଥନାରେ ଆତ୍ମାର ସଦ୍‌ଗତି ହୁଏ? ଖବରକାଗଜରେ ଚାରି ଧାଡ଼ିର ଶ୍ରଦ୍ଧାଞ୍ଜଳି ପଢ଼ିଲେ ବୀରେଶ୍ୱର ଭାବନ୍ତି, ଏତେବଡ଼ ବିସ୍ତାରିତ ଜୀବନର ଅନ୍ତ କ'ଣ ଚାରିଟି ଧାଡ଼ିରେ ହୁଏ? ବାସ୍ତବରେ କିଛି ମୂଲ୍ୟ ଅଛି ଖବରକାଗଜର ଶ୍ରଦ୍ଧାଞ୍ଜଳିରେ। ଜଣକର ସାଧାରଣ ଜୀବନକୁ ଅସାଧାରଣ ରୂପେ ବର୍ଣ୍ଣନା କରିବା ପାଇଁ କିଛି ଶିଷ୍ୟ, ଅନୁଚର, ସ୍ତାବକ ସୃଷ୍ଟି କରିଯାଇଥିଲେ କ'ଣ ମଣିଷ ସତରେ ଅସାଧାରଣ ହୋଇଯାଏ? ବୀରେଶ୍ୱର ଭାବୁଥିଲେ ବଞ୍ଚିଥିବାବେଳେ ଯେତିକି ଶ୍ରଦ୍ଧା ମିଳେ ସେତିକି ଶାନ୍ତିରେ ମରିବା ପାଇଁ ଢେର୍। ବୀରେଶ୍ୱରଙ୍କ ମରିବା ପରେ ତାଙ୍କ ପାଇଁ ଶୋକସଭା ହେବ କି ନାହିଁ ସେଥିପାଇଁ ତାଙ୍କର ଆଦୌ ଚିନ୍ତା ନାହିଁ। ତାଙ୍କର ଜୀବନ କର୍ମଚଞ୍ଚଳ ହୋଇଛି ଏଇ ଶୋକସଭା ପାଇଁ। ସେଥିପାଇଁ ସେ ତାଙ୍କ ପୂର୍ବରୁ ଚାଲିଯାଇଥିବା ବ୍ୟକ୍ତିମାନଙ୍କ ପାଖରେ କୃତଜ୍ଞ।

ବୀରେଶ୍ୱରଙ୍କ ଅସୁସ୍ଥତାର ଖବର ପାଇ ଶୋକସଭା ପରିଚାଳନା ସମିତିର ସଦସ୍ୟମାନେ ବାରମ୍ବାର ଘରକୁ ଆସୁଛନ୍ତି ତାଙ୍କର ସୁବିଧା ଅସୁବିଧା ବୁଝୁଛନ୍ତି। ରୋଗଶଯ୍ୟାରେ ଶୋଇରହି ବୀରେଶ୍ୱର ତିନି ଚାରିଟି ଶୋକସଭାର ଆୟୋଜନ କରିସାରିଲେଣି। ତାଙ୍କର ବକ୍ତବ୍ୟଗୁଡ଼ିକ ସେ ଡାକିଦିଅନ୍ତି ଏବଂ ସଦସ୍ୟମାନେ ଲେଖିନେଇ ସଭାରେ ପଢ଼ନ୍ତି। ବୀରେଶ୍ୱରଙ୍କ ଅନୁପସ୍ଥିତି ସଭାମାନଙ୍କରେ ଅନୁଭୂତ ହୁଏ। ବୀରେଶ୍ୱରଙ୍କ ଆରୋଗ୍ୟ କାମନା କରି ଏକ ଭଜନ ସନ୍ଧ୍ୟା କମ୍ୟୁନିଟି ହଲ୍‌ରେ କମିଟିର ଯୁବ ସଦସ୍ୟମାନେ ଆୟୋଜନ କରିଥିଲେ। କିଏ ସେ ଏଭଳି ଧାରଣା

ତାଙ୍କ ମୁଣ୍ଡରେ ଦେଲା ? ବୀରେଶ୍ୱର ତ ଟେର୍ ପାଇନଥିଲେ। ଆରୋଗ୍ୟ କାମନା କରି ଆୟୋଜିତ ହୋଇଥିବା ସଭା ଶେଷରେ ଯୁବ ସଦସ୍ୟମାନେ ପ୍ରସାଦ ଆଣି ବୀରେଶ୍ୱରଙ୍କ ଘରକୁ ଆସିଥିଲେ। ସଭାର ବିଶଦ ବିବରଣୀ ଦେଇଥିଲେ। ତାଙ୍କର ଆରୋଗ୍ୟ କାମନା ବାର୍ତ୍ତାଗୁଡ଼ିକ ପଢ଼ି ଶୁଣାଇଥିଲେ। ବୀରେଶ୍ୱର ସ୍ମିତ ହସି କହିଲେ- "ତୁମେମାନେ ତେବେ ମୋତେ ଆଶ୍ୱାସନା ଦେଉଛ ଯେ, ମୋ ପାଇଁ ଭବ୍ୟ ଶୋକସଭାଟିଏ କରିବ।" ସଦସ୍ୟମାନେ ହାତଯୋଡ଼ି ଜିଭ କାମୁଡ଼ି ପକାଇ ସମ୍ଭ୍ରମରେ କହିଥିଲେ- ସେପରି କାଳତୁଣ୍ଡିଆ କଥା କୁହନ୍ତୁ ନାହିଁ। ନିଷ୍ପାପର ପ୍ରାର୍ଥନା ବଳରେ ଆପଣ ଖୁବ୍ ଶୀଘ୍ର ଆରୋଗ୍ୟ ଲାଭ କରିବେ ଏବଂ ଆହୁରି ଅନେକ ଶୋକସଭାର ନାୟକ ହେବେ।"

ପରମ ପ୍ରଶାନ୍ତିରେ ଆଖି ମୁଦି ବୀରେଶ୍ୱର ଭାବୁଥିଲେ, ତାଙ୍କ ପାଇଁ ଶୋକସଭା ହେଉ ବା ନହେଉ, ଏ ଅଞ୍ଚଳର ପ୍ରତିଟି ଶୋକସଭାରେ ସେ ସମସ୍ତଙ୍କ ସ୍ମୃତିପଟରେ ଉଦୟ ହେଉଥିବେ। ତାଙ୍କର ଏ ନିଦ୍ରା ଚିରନିଦ୍ରା ହେଉ ବା ଗୋଟିଏ ପର୍ଯ୍ୟାୟର ନବୋଦୟର ଶୁଭାରମ୍ଭ ହେଉ, ଆଉ ଭୟ ନାହିଁ ତାଙ୍କର।

■

ବିଶ୍ୱରୂପ

ନିର୍ଜନ ନଦୀତଟରେ ନିରବରେ ବସିଥିଲା ଓମ୍। ମନୋରମ ଅସ୍ତ ସୂର୍ଯ୍ୟର ଆଭାରେ ସନ୍ଧ୍ୟା ରମଣୀୟ। ସୂର୍ଯ୍ୟର ଅରୁଣାଭା ପ୍ରତିଫଳିତ ହେଉଛି ଝିଲିମିଲି ଜଳତରଙ୍ଗରେ। ପାଖ ମନ୍ଦିରରୁ ଭାସିଆସୁଥିବା ସାନ୍ଧ୍ୟ ଆରତି ସାଥିରେ ମନ୍ତ୍ରଧ୍ୱନି ପବନରେ ମିଶି ଏକାକାର ହୋଇଯାଉଛି। ଓମ୍‌ର ଧ୍ୟାନଭଗ୍ନ କରିବାକୁ କେହି ଚାହାନ୍ତି ନାହିଁ। ଏ ସହରରେ ସମସ୍ତେ ଓମ୍‌ର ଆଧ୍ୟାତ୍ମିକ ବ୍ୟକ୍ତିତ୍ୱକୁ ଚିହ୍ନନ୍ତି।

ଆଜି ନୁହେଁ, ସ୍କୁଲରେ ପଢୁଥିବା ବୟସରୁ ଓମ୍‌ର ଚିନ୍ତାଧାରା ଭିନ୍ନ, ସମସ୍ତଙ୍କଠୁ ନିଆରା। ଦର୍ଶନ ବିଷୟ ନେଇ କଲେଜରେ ପଢୁଥିବାବେଳେ କଲେଜରେ ଓମ୍‌ର ସାରଗର୍ଭିକ ବକ୍ତୃତା ଓ ଦର୍ଶନଚର୍ଚ୍ଚା ସମସ୍ତଙ୍କୁ ମନ୍ତ୍ରମୁଟ କରିଆସିଛି। "ପୁତ୍ରର କର୍ତ୍ତବ୍ୟ, ପିତାର ଦାୟିତ୍ୱ, ପରିବାରର ମଙ୍ଗଳ କାମନା ହେଉଛି ଈଶ୍ୱରଙ୍କର ତୁମ ପ୍ରତି ନିର୍ଦ୍ଦେଶ। ତାକୁ କାନଡେରି ଶୁଣିବାକୁ ହେବ। ତମେ କେମିତି ଆଶା କରୁଛ ଯେ ତମର ଯଦି ଐଶ୍ୱରୀୟ କର୍ତ୍ତବ୍ୟ ସମ୍ପାଦନ କରିବା ପାଇଁ ବେଳ ନାହିଁ, ଈଶ୍ୱରଙ୍କର ଖାସ୍ ତମରି ହାରିଗୁହାରି ଶୁଣିବାକୁ ବେଳ ଅଛି ! କାହିଁକି ? ତମର ଈଶ୍ୱରଙ୍କ ଉପରେ ଏତେ ଅଧିକାର କାହିଁକି ?" ଏତିକି କଥା କେମିତି ସମସ୍ତେ ଚିନ୍ତା କରିପାରନ୍ତି ନାହିଁ, କେବଳ ଓମ୍ ବ୍ୟତୀତ ! ମନ୍ଦିରରେ କେମିତି ଏତେ ଭିଡ଼ ଜମାନ୍ତି ? ଓମ୍‌ର ଆଉ ଏକ ବିଶେଷତ୍ୱ ହେଉଛି ଯେ ସେ କେଜାଣି କେଉଁ ଶକ୍ତି

ବଳରେ ସମସ୍ତଙ୍କ ମନସ୍ତତ୍ତ୍ୱ ଭିତରେ ପଶିପାରେ। ଓମ୍ ଜାଣେ ଜୀବନର ବହି ଥାକରେ ଈଶ୍ୱର ହେଉଛନ୍ତି ଏକ ଦରବାରୀ ରେଫରେନ୍ସ ବହି। ସବୁବେଳେ ହାତ ପାଖରେ ଥାଆନ୍ତି, କିନ୍ତୁ ତାଙ୍କ ସହ ପରାମର୍ଶ କରାଯାଏ ଆପଦ ବେଳରେ। ମାନବ ଶିଶୁର ନିର୍ମଳ ଏ ପୃଥିବୀରେ ଆବିର୍ଭାବର ସ୍ୱଚ୍ଛ ନିର୍ମଳ ମୁହୂର୍ତ୍ତରେ ଯେଉଁ ଅଭିନନ୍ଦନ ଉତ୍ସବ ରଚିତ ହୁଏ ତାହା ଈଶ୍ୱରଙ୍କର ହିଁ ଅଭିନନ୍ଦନ। କାରଣ ଈଶ୍ୱର ହିଁ ତ ସୃଷ୍ଟିର ମୂଳାଧାର- ତେଣୁ ପ୍ରତ୍ୟେକଟି ଜନ୍ମ ପାଇଁ ସେ ଧନ୍ୟବାଦାର୍ହ। ସେତେବେଳେ ମଣିଷ ଈଶ୍ୱରଙ୍କୁ କୃତଜ୍ଞତା ଜଣାଏ ସତ, ମାତ୍ର ପିତା ହେବାର ଗର୍ବ ତାର ନିଜର। ସେତେବେଳେ ଈଶ୍ୱରଙ୍କୁ ତମେ କ'ଣ ନୈବେଦ୍ୟ ଦେବ ସେ କଥା ନିର୍ଭର କରେ ତୁମ ଉପରେ। ସତେଯେମିତି ଈଶ୍ୱର ତୁମ ପାଖରେ ପ୍ରାର୍ଥୀ। କିନ୍ତୁ ଈଶ୍ୱର ଯେତେବେଳେ ତାଙ୍କର ପ୍ରକୃତ ରୂପରେ ଠିଆ ହୋଇଯିବେ ସେତେବେଳେ ତମେ କେତେ ନଗଣ୍ୟ- ସେ କଥା ଉପଲବ୍ଧି ବିନା ଜାଣି ହେବନି। କିନ୍ତୁ ଓମ୍ ଏ ସଂପର୍କରେ ବେଶ୍ ବାସ୍ତବବାଦୀ। ସେ ଜାଣେ ଯାହା ପ୍ରବଚନ ଆକାରରେ ଅନ୍ୟକୁ ଉପଦେଶ ଦିଆଯାଏ ତାକୁ ନିଜ ଜୀବନରେ ପ୍ରୟୋଗ କରିବା ସହଜ ନୁହେଁ। କିନ୍ତୁ ଭକ୍ତିଭାବରେ ବିବଶ ହୋଇ ରାତିଦିନ ଈଶ୍ୱର ପୂଜା କରିବା ଆଳରେ ନିଜର କର୍ତ୍ତବ୍ୟ ଓ ଦାୟିତ୍ୱରୁ ଓହରିଯିବା ଏକ ମିଥ୍ୟାଚାର ବ୍ୟତୀତ ଅନ୍ୟ କିଛି ନୁହେଁ। ମଣିଷର ଅନେକ କାର୍ଯ୍ୟ, ଅନେକ ମିଥ୍ୟାଚାର ନିଜ ସଂପର୍କରେ ଅନ୍ୟର ଏକ ସୁନ୍ଦର ଭାବମୂର୍ତ୍ତି ଗଢ଼ିତୋଳିବା ପାଇଁ। ପ୍ରକୃତରେ ମଣିଷର ଅସଲ ରୂପ ସଭ୍ୟତା ଓ ସାମାଜିକତାର ପରସ୍ତ ପରସ୍ତ ପୋଷାକ ତଳେ ଛପି ରହିଥାଏ। ଡ୍ରଇଁ ରୁମ୍‌ରେ ଭଦ୍ରଲୋକଙ୍କୁ ଆତିଥ୍ୟ କଲାବେଳେ ଜଣକର କୋମଳ ସ୍ୱର ଅନ୍ତଃପୁରେ କର୍କଶ ଅଭିଯୋଗଭରା ସ୍ୱର ସହ ମିଳେଇ ଦେଖିଲେ ମନେହୁଏ ନାହିଁ ଯେ ତାହା ଜଣକର କଣ୍ଠସ୍ୱର। ମଣିଷର ଅସଲ ସ୍ୱର ବାରିହୋଇଯାଏ ସେତିକିବେଳେ। ମନ୍ଦିରରେ ଯେତେ ଲୋକ ଭୋଗରାଗ ଦେଇ ପୂଜା କରନ୍ତି, ସେମାନଙ୍କ ଭିତରୁ କେତେଜଣ ପ୍ରକୃତରେ ଭକ୍ତ? ମନ୍ଦିର ଭିତରେ ଭୋଗ କିଣିବା ବେଳେ ଦୋକାନୀ ସହ ମୂଲଚାଲ, ନିଜର ମୂଲ୍ୟବାନ ଗହଣାକୁ କାଳେ କିଏ ଝିଙ୍କିନେବ ବୋଲି ସତର୍କତା, ଚିହ୍ନା ପରିଚୟଙ୍କ ସହ ସୁଖଦୁଃଖ ଏବଂ କେବେକେବେ ଅଚିହ୍ନା ଲୋକଙ୍କ ସହ ଚାରିଚକ୍ଷୁର ମିଳନ ଓ ପ୍ରେମ ଭାବନା, ସବୁ ଚାଲିଥାଏ ଏକସଙ୍ଗେ। ସେତେବେଳେ ଈଶ୍ୱର ନଥାନ୍ତି ଅନ୍ତର୍ବେଦୀରେ, ଈଶ୍ୱର ତ ମନ୍ଦିରର ରତ୍ନବେଦୀରେ ରହିବା କଥା। ଈଶ୍ୱରଙ୍କୁ ନୈବେଦ୍ୟ ଦେଇ ଭୋଗରାଗ ଅର୍ପଣ କରି ସବୁତକ ପ୍ରସାଦ ଘରକୁ ଆଣି ଲେଉଟି ଆସିବାବେଳେ ମନରେ ଅପାର ଆତ୍ମସନ୍ତୋଷ ଗୁମୁରିଉଠେ ଯେ ତା'ର ଭକ୍ତି ଈଶ୍ୱର ନିଶ୍ଚୟ ଗ୍ରହଣ କରିଥିବେ। ଏମିତି ଭକ୍ତମାନଙ୍କୁ

ଓମ୍ ବେଳେବେଳେ ଉପଦେଶ ଦିଏ "ମଣିଷର ମନ ଓ ବ୍ୟକ୍ତିତ୍ୱ ଏପରି ଉପାଦାନରେ ଗଢ଼ା ଯେ ସେଥିରୁ ଅନେକ 'ମୁଁ'ଙ୍କର ଉଦ୍‌ଭବ ହୋଇପାରେ ଏବଂ ଏହି ଏକାଧିକ 'ମୁଁ'ଙ୍କୁ ନେଇ ମଣିଷ ଜୀବନ କାଟେ। କିନ୍ତୁ ସତରେ ଜଗତର ସମସ୍ତ 'ମୁଁ'କୁ ସୃଷ୍ଟି କରି ଜଣେ ବିଦ୍ୟମାନ ଯିଏ ସମସ୍ତ ମୁଁ ଭିତରେ ମଧ୍ୟ ପ୍ରକାଶିତ ଏବଂ ସମସ୍ତ ମୁଁ'ଙ୍କୁ ଆତ୍ମସାତ କରିପାରନ୍ତି।

ଓମ୍ ଭିତରେ ଅନେକ ଦିନରୁ ଏକ ବାଞ୍ଛାକଳ୍ପବଟ ବଢୁଛି। ସେ କେବଳ ଗୋଟିଏ ମୁଁ ହୋଇ ବଞ୍ଚନ୍ତା - ସେ ମୁଁ'ଟି ଏତେ ସ୍ୱଚ୍ଛ ଓ ନିର୍ମଳ ହୁଅନ୍ତା ଯେ ସେ ମିଶିଯାଆନ୍ତା ଗଛପତ୍ର ସୂର୍ଯ୍ୟାଲୋକ ଭିତରେ ପ୍ରତିଫଳିତ ସ୍ରଷ୍ଟାଙ୍କ ସହ- ପୁଣି ନିଜକୁ ଦେଖିପାରୁଥାଆନ୍ତା। ତା'ର ସେଇ ମୁଁ'ଟି ସମସ୍ତ ପାର୍ଥିବତାର ଊର୍ଦ୍ଧ୍ୱରେ ବିଚରଣ କରୁଥାଆନ୍ତା। ସମସ୍ତ ଛଳନା ଓ ଅନ୍ଧବିଶ୍ୱାସର ଊର୍ଦ୍ଧ୍ୱରେ ସେ ମୁଁ'ଟି ଏକ ଭିନ୍ନ ଏବଂ ଅଭିନ୍ନ ମୁଁ ହୋଇ ଆତଯାତ ହେଉଥାଆନ୍ତା। ନିର୍ମଳ ନିଷ୍କାମ ଭାବରେ ବିଲୀନ ହୋଇ ଯେତେବେଳେ ସେ ଧ୍ୟାନସ୍ଥ ହୁଏ ତାକୁ ଠିକ୍ ସେମିତି ଲାଗେ।

ଓମ୍‌ର କୋଡ଼ିଏ ବର୍ଷର ବିବାହିତ ଜୀବନ ଭିତରେ ସ୍ୱାମୀ-ସ୍ତ୍ରୀ କେବେହେଲେ ପରସ୍ପରକୁ ନିରସ ମନେ ହୋଇନାହାନ୍ତି। ତା' ସତ୍ତ୍ୱେ ଈଶ୍ୱର ପୂଜାର ସ୍ୱରୂପ ଓ ତତ୍ତ୍ୱକୁ ନେଇ ଦୁହିଁଙ୍କ ଭିତରେ ଆକାଶ ପାତାଳ ଅମୀମାଂସିତ ମତାନ୍ତର ହୁଏ। ଓମ୍ ପାଇଁ ଆଧ୍ୟାତ୍ମିକତା ଏବଂ ମୁକ୍ତି ହେଉଛି ମାନସିକ ସ୍ତରର କଥା। ମାତ୍ର ତା'ର ସ୍ତ୍ରୀ ପୂଜା, ମନ୍ଦିର ଓ ମୂର୍ତ୍ତିକୁ ନେଇ ଭକ୍ତିଭାବରେ ଗଦଗଦ। ପ୍ରତିଦିନ ନିଶ୍ଚୟ ସେ ମନ୍ଦିରକୁ ଯିବ, ପୂଜା କରିବ, ପ୍ରାର୍ଥନା କରିବ। ଈଶ୍ୱରଙ୍କ ପାଖରେ ତୁମର ପ୍ରାର୍ଥନା ଗୃହୀତ ହେବ। ଅନେକ କଥା ଉପରେ ନିର୍ଭର କରେ- ଦୀପ, ଧୂପ, ଫୁଲ, ଚନ୍ଦନ, ଭୋଗରାଗ, ବାଦ୍ୟଗୀତ ଇତ୍ୟାଦି। ଯେତେବେଳେ ବି ସେମାନେ ପୁରୀ ଯାଆନ୍ତି ସର୍ବପ୍ରଥମେ ମନ୍ଦିରକୁ ଯିବାକୁ ପଡ଼େ 'ପୂଜା'ର ଇଚ୍ଛାରେ। ମାତ୍ର ସେ ମୁହୂର୍ତ୍ତକ ପାଇଁ ମଧ୍ୟ ଅନୁଭବ କରିପାରେ ନାହିଁ ଯେ ଈଶ୍ୱର ରନିବେଦୀ ଉପରେ ହିଁ ବିଦ୍ୟମାନ। ସେ ଜାଣେ ତା'ର ଈଶ୍ୱର ରାସ୍ତାଘାଟରେ ପୃଥିବୀର ଯେକୌଣସି ସ୍ଥାନରେ ଜଣେ ସାଧାରଣ ମଣିଷ ଭାବରେ ବୁଲୁଥିବେ ଏବଂ ଦର୍ଶନ ଦେଉଥିବେ। କିମ୍ବା ଅକାତ ସମୁଦ୍ରର ଅତଳରେ ମଧ୍ୟ ତାଙ୍କୁ ଆବିଷ୍କାର କରାଯାଇପାରେ। ପୂଜାର ମଗଜରେ ଏସବୁ ସ୍ଥାନ ପାଏନାହିଁ।

ଓମ୍ ସମୁଦ୍ରବେଳାକୁ ଯାଏ, ମାତ୍ର କୋଳାହଳମୟ ସ୍ଥାନରେ ତା'ର ମନ ଲାଗେନାହିଁ। ସେ ଯାଇ ବସେ ସ୍ୱର୍ଗଦ୍ୱାର ପାରିହୋଇ ଏକ ନିକାଞ୍ଚନ ସ୍ଥାନରେ ଭିଜା ବାଲିରେ ଚିତ୍ ହୋଇ ଶୋଇରହି ସେ ଅନନ୍ତ ଆକାଶକୁ ଚାହିଁ ରହେ ଯାହା ପୃଥିବୀକୁ ଦୁଇହାତରେ ସ୍ପର୍ଶ କରୁଛି, ଠିକ୍ ଯେମିତି ପତିପନୀ କୋମଳ ବିଶ୍ୱସ୍ତ ହସ୍ତରେ ପରସ୍ପରକୁ

ଆଲିଙ୍ଗନ କରି ଭାବ ଦିଆନିଆ ହୁଅନ୍ତି। ଠିକ୍ ସେମିତି ଆଲିଙ୍ଗନ କରେ ସକାଳର ସୂର୍ଯ୍ୟାଲୋକ ମାଟିର ବନସ୍ପତିକୁ। ଓମ୍‌ର ଇଚ୍ଛା ହୁଏ ସେ ମଧ୍ୟ ଏମିତି ଆକାଶର, ଆଲୋକର ଆଲିଙ୍ଗନକୁ ଅନୁଭବ କରନ୍ତା ଏବଂ ଏକାକାର ହୋଇଯାଆନ୍ତା। ଏକ ଉଚ୍ଛନ୍ନ ଅପାର୍ଥିବ ଆକର୍ଷଣ କିନ୍ତୁ ସେ ଆକର୍ଷଣ ପ୍ରସାରିତ ଆକାଶ, ପୃଥିବୀ ଓ ସମୁଦ୍ରକୁ ଏକତ୍ର କୋଳେଇନେବା ପାଇଁ। ବନସ୍ପତିର ମୃଦୁ ପ୍ରେମାଳାପ, ମାଟିର ମତୁଆଲା ବାସ୍ନା ଏବଂ ପବନର ସୁଲୁସୁଲୁ ଆଦର ଭିତରେ ସେ ଅପାର୍ଥିବ ପ୍ରେମିକ ପାଲଟିଯାଆନ୍ତା।

ସଂପ୍ରତି ଓମ୍‌ର ପ୍ରିୟ ବିଳାସ ହେଉଛି ପ୍ରକୃତି ସହ ଏକାତ୍ମ, ଏକାକାର ହୋଇ ପାର୍ଥିବକୁ ଏଡ଼ିଦେଇ ଅପାର୍ଥିବକୁ ଆଲିଙ୍ଗନ କରିବା। ବିଦଗ୍ଧ ଶ୍ରୋତାମଣ୍ଡଳୀ ଓମ୍‌ର ଦାର୍ଶନିକ ବ୍ୟାଖ୍ୟାରେ ମନ୍ତ୍ରମୁଗ୍ଧ ହୋଇଯାଆନ୍ତି। ଯେତେବେଳେ ଓମ୍ ଅନର୍ଗଳ କହିଚାଲିଥାଏ ସେତେବେଳେ ଚତୁର୍ଦ୍ଦିଗରେ ଏକ ତଟସ୍ଥ ନିରବତା ଛାଇଯାଏ- "ପଞ୍ଚଭୂତର ଏ ଶରୀର। ଏ ଶରୀର ପ୍ରକୃତିର ଏକ ଅଂଶ କେବଳ ନୁହେଁ, ଏ ଶରୀର ହେଉଛି ପ୍ରକୃତି। ଜଣେ ଇଚ୍ଛାଶକ୍ତି ବଳରେ ମୃତ୍ତିକା ସହ ମୃତ୍ତିକା ହୋଇଯାଇପାରେ, ବନସ୍ପତି ସହ ବନସ୍ପତି ହୋଇଯାଇପାରେ, ଅନ୍ତରୀକ୍ଷ ସହ ଅନ୍ତରୀକ୍ଷ ହୋଇଯାଇପାରେ।"

ଓମ୍ ଭାବେ ତୁମର ସର୍ବୋତ୍କୃଷ୍ଟ ଗୁଣଟି ଯାହା ହେଉନା କାହିଁକି ଜୀବନର ଯେକୌଣସି ପରିସ୍ଥିତିରେ ମଧ୍ୟ ତାକୁ ତ୍ୟାଗ ନକରିବାର ଦୃଢ଼ୋକ୍ତି ତୁମ ଅଜ୍ଞାତରେ କେତେବେଳେ ଯେ ଅହଂକାରର ରୂପ ନେଇପାରେ ସେ କଥାର ଟେର୍ ତୁମେ ନିଜେ ମଧ୍ୟ ପାଇପାରିବନି। ଏତିକି ତ ମଣିଷର ସବୁଠାରୁ ବଡ଼ ଦୁର୍ବଳତା, ଦୃଢ଼ ଆଧ୍ୟାତ୍ମିକ ଚେତନା ଗଭୀର ଆତ୍ମାନୁଭବ ଏବଂ ପ୍ରଗାଢ଼ ପ୍ରକୃତିପ୍ରୀତି ଓମ୍ ଭିତରେ ମଧ୍ୟ କ୍ରମଶଃ ଏପରି ଅହଂକାରୀ ମୁଁ'ଟିଏ ସୃଷ୍ଟି କରିସାରିଲାଣି ଯିଏ ଏବେ ପ୍ରତି ମୁହୂର୍ତ୍ତରେ ଈଶ୍ୱରଙ୍କ ସହ ମୁହୁମୁହିଁ ସ୍ପର୍ଦ୍ଧା ସୃଷ୍ଟି କରେ। ଅବଶ୍ୟ ଓମ୍‌ର ଉପଲବ୍ଧି ହୋଇଛି ଯେ ପ୍ରକୃତିର ତୃଣଠାରୁ ବ୍ରହ୍ମ ପର୍ଯ୍ୟନ୍ତ ଈଶ୍ୱର ପରିବ୍ୟାପ୍ତ ଏବଂ ଫୁଲ, ଫଳ, କୀଟପତଙ୍ଗ, ସୂର୍ଯ୍ୟୋଦୟ, ସୂର୍ଯ୍ୟାସ୍ତ ସବୁ ଈଶ୍ୱରଙ୍କର ଏକ ଏକ ରୂପ ତଥାପି ଈଶ୍ୱରଙ୍କର ସେହି ଅସୀମ, ଅନନ୍ତ, ଅକଳ୍ପନୀୟ ରୂପରେ ସମଗ୍ରତାକୁ ଏକ ଦୁର୍ଲଭ ମୁହୂର୍ତ୍ତରେ ପାର୍ଥିବ ଚକ୍ଷୁରେ ଦର୍ଶନ କରିବାର ଆସ୍ପର୍ଦ୍ଧା ଓମ୍ ଭିତରେ ଧୀରେ ଧୀରେ ବଳବତ୍ତର ହୁଏ।

ଘନଘୋର ରାତ୍ରି- ସାମ୍ନାରେ ଅସୀମ ପଥ। ସେ ଅନୁଭବ କରୁଛି ରାତ୍ରିର ବହଳ ଅନ୍ଧକାରରେ ଘୋଡ଼େଇ ହୋଇ ମଧ୍ୟ ପ୍ରାଣପକ୍ଷୀ ତା'ର ଥରଥର କମ୍ପିତ ହେଉଛି। କିନ୍ତୁ ଓମ୍ ତାର ପ୍ରାଣପକ୍ଷୀର ଭୀରୁ କମ୍ପନକୁ ପ୍ରତ୍ୟାଖ୍ୟାନ କରି ବେପରୱା ହୋଇଚାଲିଛି। ସେ ଆଉ କାହାରିକୁ ଭୟ କରୁନାହିଁ ବୋଲି ନିଜକୁ ମୁହୁମୁହିଁ ପ୍ରବୋଧୁଛି- ନିଜକୁ

ନୁହେଁ, ଅନ୍ୟକୁ ନୁହେଁ କି ଏଇ ଗାଢ଼ ଅନ୍ଧକାରକୁ ନୁହେଁ। ସେ ଦୃଢ଼ପ୍ରତିଜ୍ଞ ହୋଇ ଯାତ୍ରାରମ୍ଭ କରିଛି। ଓମ୍‌ର ସାନଭାଇ ଚିଠି ଲେଖି ଆମନ୍ତ୍ରଣ କରିଛି- "ଭାଇ, ଥରେ କେଉଁଝର ଆସନା, ଏଠି ବର୍ଷା ଆରମ୍ଭ ହୋଇଗଲାଣି, ବଣଜଙ୍ଗଲ, ପାହାଡ଼ ସବୁ ଯେମିତି କେଉଁ ଅଦୃଶ୍ୟ ଶିଳ୍ପୀ ନୂଆ କରି ରଙ୍ଗେଇ ଦେଇଛି।" ଆନନ୍ଦପୁର ପାଖାପାଖି ହେବାବେଳକୁ ରାସ୍ତାର ଦୁରବସ୍ଥା ଏବଂ ରାତ୍ରିର ଭୟଙ୍କାରିକତାକୁ ବିଚାରକୁ ନେଇ ଓମ୍ ଦ୍ୱିଧାଗ୍ରସ୍ତ ହୋଇ ଭାବିଲା- "ଏତେ ରାତିରେ ଏକା ଏକା କେଉଁଝର ବାହାରିପଡ଼ିବା ତା' ପକ୍ଷେ କ'ଣ ଉଚିତ ହୋଇଛି? କିନ୍ତୁ ଅଦିନ ମେଘ ଯେମିତି ପ୍ରକୃତିକୁ ସହସା ନୂଆ ରୂପ ଦେଇଛି"। ଆନନ୍ଦପୁର ପରଠୁ ପ୍ରକୃତିର ରୂପ ଠିକ୍ ସେମିତି ବିଚିତ୍ର ଭାବେ ବଦଳିଗଲା। ରାତିର ଅନ୍ଧାରିଆ ଆକାଶରେ ଢେଉଭଙ୍ଗା ପାହାଡ଼ ସବୁ ସିଲ୍‌ହୋଟ ପରି ଠିଆ ହୋଇଥିଲା। ରାସ୍ତା ଦୁଇପାଶ୍ୱର୍ରେ ଅନ୍ଧାରକୁ ଅଧିକ ଗାଢ଼ କରି ବଣ ଜଙ୍ଗଲର ସାନ୍ଦ୍ରତା ପ୍ରଥମେ ଓମ୍‌କୁ ସମ୍ମୋହିତ କରିଦେଲା। ସେ ଏକାକୀ ପଥିକ- ଏଇ ଦୁର୍ଲଭ ଦୃଶ୍ୟର ଦର୍ଶକ ତା' ଛଡ଼ା ଆଉ ଏଠି କେହି ନାହାନ୍ତି। କିନ୍ତୁ ଓମ୍‌ର ଅନ୍ତଃସ୍ଥଳର ସୂକ୍ଷ୍ମ କେନ୍ଦ୍ରବିନ୍ଦୁରେ ଗୋଟାଏ ପୀଡ଼ିତ କୌତୂକର ଥର ଥର କମ୍ପନ - ଏ ଯାତ୍ରାର ଶେଷ କେଉଁଠି? ଈଶ୍ୱରଙ୍କ ସହ ଭେଟାଭେଟି ନୁହେଁ ତ!

ଓମ୍‌ର କେଉଁଝର ରହଣି କିନ୍ତୁ ଥିଲା ଅତୀବ ଆନନ୍ଦଦାୟକ ଏବଂ ସ୍ମରଣୀୟ। ସୀତାବିଞ୍ଜି ପାହାଡ଼ର ଖାଁ ଖାଁ ଟାଙ୍ଗର ଚଟାଣ ଉପରେ ବିରାଟ ଗମ୍ବୁଜାକାର ମସୃଣ ପାହାଡ଼। ପାହାଡ଼ କାନ୍ଥରେ ମୁଦା ହୋଇଛି ପଥରର ବିଶାଳ କବାଟ, ତା'ରି ଭିତରେ ଅଛି ସୀତାମାଈଙ୍କର ଅସରନ୍ତି ଭଣ୍ଡାର। ଅକାଳ ପଡ଼ିଲେ ଛାଁ ଛାଁ ମେଲିଯାଏ କବାଟ ଆଉ ପୂର୍ଣ୍ଣ ହୋଇଯାଏ ଭିକ୍ଷାଞ୍ଜଳି - ଅବଶ୍ୟ ଯଦି ପ୍ରକୃତ ଭକ୍ତ ହୋଇଥିବ ତା'ରି ଅଞ୍ଜଳି ଭରିଯିବ ଆଶୀର୍ବାଦରେ। ଆଉ ଟିକେ ଆଗକୁ ପାଦ ବଢ଼ାଇଲେ ରାବଣଛାୟା ପାହାଡ଼ ଛାତିରେ ଫେସ୍କୋ ପେଣ୍ଟିଂର ବିକଳ ଅବଶେଷ ମଧ୍ୟ ଈଶ୍ୱରଙ୍କର ଅସ୍ତିତ୍ୱକୁ ପ୍ରକଟ କରେ। ଗୋନାସିକା ପାହାଡ଼କୁ ଘେରି ଜୁଆଙ୍ଗ-ଭୂୟାଁ ବସ୍ତି ଏବଂ ସେହି ସରଳ ନିରାଡମ୍ବର ଈଶ୍ୱରକୃତ ମଣିଷ ଏବଂ ତାଙ୍କର ଜୀବନଧାରା ଯେମିତି ଘୋରିବାଟି ମିଶି ଯାଇଛି ଈଶ୍ୱରଙ୍କଠି। ତାଙ୍କର ସେଇ ସରଳ ଅଗାଧ ଈଶ୍ୱର ବିଶ୍ୱାସରେ ଅହଂର ଚିହ୍ନ ବର୍ଣ୍ଣ ନାହିଁ- ଭକ୍ତିର ଦୁନ୍ଦୁଭି ନାହିଁ। ବିଶ୍ୱାସ ତୁମକୁ ନମ୍ର ବିନୀତ କରିପାରେ ପୁଣି ତୁମ ଭିତରେ ଅହଂ ମଧ୍ୟ ଭରିଦେଇପାରେ। ଈଶ୍ୱରଙ୍କୁ ମୁଁ ବିଶ୍ୱାସ କରେ, ମୁଁ ଅନ୍ୟମାନଙ୍କଠୁ ନିଆରା ଏ କ'ଣ ଅହଂକାର ନୁହେଁ। ପୁଣି "ହେ ପ୍ରଭୁ ତୁମକୁ ବିଶ୍ୱାସ କରି ହିଁ ମୁଁ ବଞ୍ଚିଛି - ତୁମ୍ଭେ ହିଁ ମୋର ଗତିମୁକ୍ତି - ତୁମ ପାଖରେ ମୁଁ କେଡ଼େ ନଗଣ୍ୟ!" ଏ ହେଉଛି ଭକ୍ତର ବିନମ୍ରତା।

ଆଦ୍ୟ ବର୍ଷାକାଳରେ କେଉଁଝରରେ ଓମ୍‌ର ରହଣିକାଳ ସରିଆସୁଛି। ପ୍ରକୃତିର ବିଚିତ୍ର ବିସ୍ତାର ଈଶ୍ୱରଙ୍କର ପ୍ରତିଫଳନ ଦେଖିଛି- ମାତ୍ର ଈଶ୍ୱରଙ୍କ ସମଗ୍ରତାକୁ ପ୍ରତ୍ୟକ୍ଷ କରିପାରିନାହିଁ। କେବେ ଆସିବ ସେଇ ଅଭିଳଷିତ ଲଗ୍ନ! ଆଉ ଗୋଟିଏ ଦିନ ପରେ ଓମ୍ ବିଦାୟ ନେବ। ତା' ଭାଇ ଓ ଝିଆରୀ ପୁତୁରାଙ୍କୁ ପ୍ରତିଶ୍ରୁତି ଦେଇଛି ଯେ ଶୀତଋତୁରେ ସେ ନିଶ୍ଚୟ ଅନ୍ତତଃ ସପ୍ତାହକ ପାଇଁ ଆସିବ। ସେଦିନ ସନ୍ଧ୍ୟାରେ ଆକାଶ ଭୟଙ୍କର ମେଘାଚ୍ଛନ୍ନ ଥିଲା। ଓମ୍‌ର ଝୁଙ୍କ ଉଠିଲା ଯେ ସେ ଏକା ଏକା କାର୍ ଡ୍ରାଇଭ୍ କରି କାଞ୍ଜିପାଣି ଯିବ ଏବଂ ବର୍ଷାର ତାଣ୍ଡବ ଭିତରେ ବର୍ଷାର ସ୍ରଷ୍ଟାଙ୍କୁ ଖୋଜିବ। ହୁଏତ ଭେଟ ହୋଇଯାଇପାରେ! କାର୍ ଜୁଡ଼ିଆଘାଟି ଉପରେ ପହଞ୍ଚିବା ବେଳକୁ ଓମ୍ କେଉଁଝରର ଦୃଶ୍ୟରେ ଚମକୃତ ହୋଇ ଦଣ୍ଡେ ଅଟକିଗଲା। ରାତ୍ରୀଚର କେଉଁଝର ଦିଶୁଥିଲା ହୀରାଖଚିତ ମାଳାଟି ଭଳି ଅନ୍ଧାରର ଗଭାରେ। ଚତୁର୍ଦ୍ଦିଗରେ ପାହାଡ଼ର ଶୃଙ୍ଗସବୁ ମେଘ ଭିତରେ ମୁହଁଛପା ଦେଇ ଘୁମେଇ ପଡ଼ିଲେଣି। ଓମ୍ ଯେତେବେଳେ ସାନଘାଘରା ପାରି ହୋଇ ଆଗକୁ ବଢ଼ିଲା ସେତେବେଳେ ଅନୁଭବ କଲା ଯେ ତା'ର ଗାଲ ଉପରେ ଦେଇ ଦୁଇଧାର ବର୍ଷା ଝରିଯାଉଛି। ସେ ଯେମିତି ଈଶ୍ୱରଙ୍କର ଅତି ନିକଟରେ ପହଞ୍ଚିଯାଇଛି ଅଥଚ ଈଶ୍ୱରଙ୍କଠାରୁ ସେ ଯେମିତି ଅନନ୍ତ ଦୂରତାରେ ଠିଆ ହୋଇଛି ନିଃସଙ୍ଗ ହୋଇ। ଓମ୍ ସ୍ୱତଃ ସ୍ୱଗତୋକ୍ତି କରି ଚାଲିଥିଲା। "ହେ ସ୍ରଷ୍ଟା! ତମେ ତୂଳୀ ଧରିଲେ ହିଁ ସ୍ୱତଃ ଚିତ୍ରିତ ହୋଇଯାଏ ବ୍ରହ୍ମାଣ୍ଡ, ତୁମେ ବଂଶୀ ଅଧରରେ ସ୍ପର୍ଶ କଲେ ହିଁ ଅମୃତସ୍ୱର ଭେଦିଯାଏ ଆକାଶ ମେଦିନୀ। ତୁମେ ସୁନ୍ଦର ଏବଂ ତୁମେ ସୁନ୍ଦରତା। ତୁମେ ଯେଉଁଠି ଉପସ୍ଥିତ ସେଠି ଭୀମ ମଧ୍ୟ କାନ୍ତ।"

ଅଚାନକ ଓମ୍‌ର ଦାର୍ଶନିକ ଭାବ ବ୍ୟାହତ ହେଲା କାର୍‌ର ସାମ୍ନାକାଚ ଉପରେ ଅଜାଡ଼ି ହୋଇ ପଡୁଥିବା ବରକୋଳିଆ ବର୍ଷାବିନ୍ଦୁରେ। ବାହାରେ ଏବଂ ଭିତରେ ଅନ୍ଧାର ଛଡ଼ା ଆଉ କିଛି ଦୃଶ୍ୟ ହେଉନାହିଁ। ଆପେ ଆପେ ଗାଡ଼ିର ବେଗ ଥମିଗଲା। ଓମ୍ ସେତେବେଳକୁ ଠିକ୍ ଶୁଆକାଟୀ ପାର ହୋଇଗଲାଣି। ଆଖପାଖରେ ଅନ୍ଧାର ଏବଂ ବର୍ଷା ବ୍ୟତୀତ ଆଉ କେହି ନାହାନ୍ତି। ଗାଡ଼ି ଖଣ୍ଡିଏ ମଧ୍ୟ ରାସ୍ତାରେ ଯାଉନାହିଁ। ପଥଚାରୀଙ୍କ ପ୍ରଶ୍ନ ଉଠୁଛି କେଉଁଠୁ? ଏପରି ଦୁର୍ବିପାକରେ ଓମ୍ ଭଳି କିଏ ପାଗଳ ହୋଇଛି ଯେ ଘାଟୀ ରାସ୍ତାରେ ଗାଡ଼ି ଧରି ବାହାରି ପଡ଼ିବ। ମଝିରେ ମଝିରେ ମେଘକାଟି ବିଦ୍ୟୁତ ଝଲସି ଉଠୁଥାଏ କେବଳ ଭୟ ଉଦ୍ରେକ କରିବା ପାଇଁ। ଅକସ୍ମାତ ଓମ୍ ଅନୁଭବ କଲା ଯେ ଆକାଶର ଦୈର୍ଘ୍ୟ ପ୍ରସ୍ଥ ଉଚ୍ଚତା ସବୁ କିଛି ବିସ୍ତାରି ଯାଉଛି ଅନନ୍ତ ଅଭିସାରରେ। ଆକାଶ ଏପରି ବିଶାଳ! ଓମ୍ ତ କେବେ କଳ୍ପନା ବି କରିନଥିଲା। ପୂର୍ବେ ଆକାଶକୁ ଯେତେଥର କାର୍‌ର ଝରକା ଦେଇ ସେ ଦେଖିଛି ତାହାତ ଆକାଶର

ଚେନାଏ ଅଂଶ ମାତ୍ର। ହଠାତ୍ ଆକାଶର ଏ ଅସୀମ ବିସ୍ତାର କିପରି ଓ କାହିଁକି ସମ୍ଭବ ହେଲା ଓମ୍ ବ୍ୟତୀତ କେହି ଦର୍ଶକ ନଥିବା ବେଳାରେ ? ଯେଉଁ ପ୍ରକୃତିକୁ ଓମ୍ ପ୍ରାଣଦେଇ ଭଲ ପାଉଥିଲା ଆଜି ସେହି ପ୍ରକୃତି ଓମ୍‌କୁ ଡରାଉଛି। ପ୍ରକୃତିର ଏ ଭୟଙ୍କର ରୂପ ଭିତରେ ମଧ୍ୟ ଈଶ୍ୱର ତ ଥାଇପାରନ୍ତି ! ତେବେ ଓମ୍‌ର ଛାତି ଏମିତି ଥର ଥର କମ୍ପୁଛି କାହିଁକି ? ବାହାରେ କେବଳ ବର୍ଷା ନୁହେଁ ତୋଫାନ ମଧ୍ୟ ପିଟୁଛି- କାର୍‌ଟା ମଝି ଦରିଆରେ ନାବ ପରି ଟଳମଳ ହେଉଛି। ଯେମିତି ଓମ୍ ସହିତେ କାର୍‌ଟା ଉଡ଼ିଯାଇ ପାହାଡ଼ ତଳ ଅନ୍ଧକାରର ଗର୍ଭରେ ପୋତିହୋଇ ପଡ଼ିବ। ବିଦ୍ୟୁତ ଆଲୋକରେ ଦିଶିଯାଉଛି ଝଡ଼ ନିକଟରେ ଆତ୍ମସମର୍ପଣ କରି ଲମ୍ବ ଲମ୍ବ ଶୋଇଯାଇଥିବା ମହାଦ୍ରୁମମାନଙ୍କୁ। ବର୍ଷା ଓମ୍‌ର ପ୍ରିୟ ଋତୁ। ଘରଛାତ ଉପର, ବଗିଚାରେ, ରାସ୍ତାରେ, ଚାଲୁଚାଲୁ ବର୍ଷାର ରିମ୍‌ଝିମ୍ ନୃତ୍ୟକୁ ସେ ଉପଭୋଗ କରିଆସିଛି ଜୀବନସାରା। ଅଥଚ ଆଜି ସେଇ ବର୍ଷାର ଏ' କି ତାଣ୍ଡବଲୀଳା ! ଓମ୍ ବାଧ୍ୟ ହୋଇ ରାସ୍ତା ଧାରରେ କାର୍ ବନ୍ଦ କଲା। ତୋଫାନ ମଧ୍ୟରେ କାର୍‌ର ଭାରସାମ୍ୟ ରକ୍ଷା କରିବା ପାଇଁ ସେ ଅକ୍ଷମ। ଠିକ୍ ସେଇ ମୁହୂର୍ତ୍ତରେ ଭୀମ ରଡ଼ି ଦେଇ ଚଡ଼ଚଡ଼ିଟାଏ କେଉଁଠି ପଡ଼ିଲା- ଓମ୍ ଏକବାର ସ୍ତବ୍ଧ-ନିର୍ବେଦ। ଯେମିତି ବଧିର ପାଲଟି ଯାଇଛି। ଓମ୍‌ର ମନେ ହେଉଥିଲା ନିଶ୍ଚଳ କାର୍‌ଟି ମଧ୍ୟ ଯେକୌଣସି ମୁହୂର୍ତ୍ତରେ ତୋଫାନର ତୋଡ଼ରେ ଉଡ଼ିଯାଇ କାହିଁ କେଉଁ ଅନନ୍ତ ରାଜ୍ୟରେ ଚୂର୍ଣ୍ଣୀଭୂତ ହୋଇଯିବ ଏବଂ ତା' ଭିତରେ ଓମ୍‌ର ସତ୍ତା ହିଁ ନଥିବ। କାର୍‌ଟା ଓଲଟି ପଡ଼ିବାର ଠିକ୍ ମୁହୂର୍ତ୍ତେ ପୂର୍ବରୁ ସେ କାର୍‌ରୁ ଡେଇଁପଡ଼ି ଗୋଟାଏ ବିଶାଳ ବୃକ୍ଷ ତଳେ ଆଶ୍ରା ନେଇଥିଲା। ଓମ୍ ସେତେବେଳେ ସମ୍ପୂର୍ଣ୍ଣ ଭିଜିଯାଇଛି, ଭୟ ଏବଂ ଶୀତରେ ପ୍ରକମ୍ପିତ ହେଉଛି ସମଗ୍ର ଶରୀର। ଆକାଶର ଅନ୍ତଃ ଚିରି ଅଚାନକ ଏକ ଭୟଙ୍କର ଶବ୍ଦ ଓମ୍‌ର ରକ୍ତକୁ ବରଫ କରିଦେଲା। ରକ୍ତ ଚଳାଚଳ ବନ୍ଦ ହୋଇଯାଇଛି ଓମ୍‌ର ଶରୀରରେ। ଅଥଚ ସେ ବଞ୍ଚିଛି ଏବଂ ଶୁଣିପାରୁଛି ଏକ ଅଶ୍ରୁତ ସ୍ୱର। "ମୋ ଆଡ଼କୁ ଆଖି ଟେକି ଚାହିଁ ଦେଖ୍। ଯାହାଙ୍କୁ ଖୋଜିବାର ସ୍ପର୍ଦ୍ଧା କରିଆସିଛୁ ଏତେଦିନ ସେଇ ତୋ ସାମ୍ନାରେ ଉଭା। ତୋର ଅନ୍ୱେଷାର ଅନ୍ତ ହୋଇଛି ଆଜି ମତେ ଆଖି ତୋଳି ଦେଖ।"

ଓମ୍ ଗଛଟାକୁ ମାଡ଼ି ବସି କିଟ୍‌ମିଟ୍ କରି ଆଖି ବୁଜିଦେଲା କାଳେ ତାଙ୍କର ବିଶ୍ୱରୂପରୁ ଚେନାଏ ଦିଶିଯିବ ଏବଂ ତା'ର ପ୍ରାଣ ଛାଡ଼ିଯିବ। କି ଆଶ୍ଚର୍ଯ୍ୟ ! ଯାହାଙ୍କର ସମଗ୍ରତାକୁ ପ୍ରତ୍ୟକ୍ଷ କରିବ ବୋଲି ସେ ଏତେଦିନ ଧରି ଆସ୍ପର୍ଦ୍ଧା କରିଆସିଛି ତାଙ୍କୁ ସାମ୍ନାରେ ଠିଆ ହୋଇଥିବାର ଦେଖି ସେ ଅନ୍ଧ ହୋଇଯିବା ପାଇଁ କାମନା କରୁଛି। ଯିଏ ଅଭୟ ସେଇ ପୁଣି ଭୟ ! କିଛି ସମୟ ପରେ ଓମ୍ ଭୟ ଛାଡ଼ି ଦମ୍ଭ କରି ଅଳ୍ପ

ଆଖି ଖୋଲି ଲକ୍ଷ୍ୟ କଲା ବର୍ଷାର ବେଗ କମିଛି କି ନା। ତା'ର ମନେ ହେଲା ଚତୁର୍ଦ୍ଦିଗରେ ପାହାଡ଼ମାନ ତା'ରି ଆଖି ସାମ୍ନାରେ ବଢ଼ିଯାଇ ଆକାଶକୁ ଛୁଇଁଲେଣି। ଜଙ୍ଗଲର ସାନ୍ଦ୍ରତା ଆହୁରି ଗଭୀର ହୋଇଗଲାଣି। ଅନ୍ଧକାର ଭିତରେ ନିଜକୁ ଛୁଇଁ ହିଁ ନିଜର ଅସ୍ତିତ୍ୱ ଅନୁଭବ କରିବା ଛଡ଼ା ଅନ୍ୟ ଗତି ନାହିଁ।

ଅକସ୍ମାତ ଓମ୍‌ର ଉପଲବ୍ଧି ହେଲା ଯେ ସେ ଈଶ୍ୱରଙ୍କୁ ଖୋଜୁନଥିଲା, ଖୋଜୁଥିଲା ମଣିଷଗଢ଼ା ଈଶ୍ୱରଙ୍କର ଚିର ପରିଚିତ ମୁଖ। ସେ ରାମ, କୃଷ୍ଣ, ଯିଶୁ, ଯିଏ ବି ହୋଇପାରନ୍ତି। ଈଶ୍ୱରଙ୍କର ନିରାକାର ଅନାଦି ଅନନ୍ତ ସମଗ୍ରତାକୁ ଦର୍ଶନ କରିବା ପାଇଁ ସେ ଯେଉଁ ସାଧନା କରିଚାଲିଥିଲା ତା'ର ସୀମା ସେ ନିଜେ ହିଁ ନିଜର ଅବଚେତନରେ ନିର୍ଦ୍ଧାରଣ କରିଥିଲା। ସହସା ଅନ୍ଧାର ଭିତରେ ସର୍ବଧର୍ମ ସମନ୍ୱୟର ପ୍ରତୀକ ଜଗନ୍ନାଥଙ୍କର ମୁହଁ ଏବଂ ବିଶାଳ ଚକ୍ଷୁଦ୍ୱୟ ତାକୁ ଦିଶିଗଲା। ସେ ବୁଝିପାରିଲା ଯେ ଆଜି ରାତିର ଯେଉଁ ଅନ୍ଧକାର ଆକାଶ ମେଦିନୀକୁ ଏକାକାର କରିଦେଇଛି ତାହା ଜଗନ୍ନାଥଙ୍କର ମୁହଁ ଓ ଆଖି ବ୍ୟତୀତ ଅନ୍ୟ କିଛି ନୁହେଁ। ବାଷ୍ପରୁଦ୍ଧ ସ୍ୱରରେ ଓମ୍ ମନ୍ତ୍ର ପଢ଼ିଲା ପରି କହିଚାଲିଥିଲା- ହେ ଈଶ୍ୱର! ତୁମର ବିଶ୍ୱରୂପ ଦର୍ଶନ କରିବା ପାଇଁ ମୋର ବିଶାଳତା କାହିଁ? ମୁଁ ତ ଜଣେ ସାଧାରଣ ମଣିଷ! ମୋ ଭିତରେ ଯେତିକି ଶକ୍ତି ଅଛି ସେତିକି ଭୀତି ମଧ୍ୟ ଅଛି। ମୋର ଦର୍ଶନ-ଭାଷଣ-ପ୍ରବଚନ ସବୁ ଛଳନା ହିଁ ଥିଲା। ହେ ଅସୀମ! ମତେ ସସୀମ ଦର୍ଶନ ଦିଅ। ତମର ବିଶ୍ୱରୂପ ଜନନୀ ଯଶୋଦା ଦେଖିପାରି ଛାଡ଼ି ପଳେଇ ଯାଇଥିଲେ। ମୁଁ ତ ଛାର ଅକିଞ୍ଚନ। ଓମ୍‌ର ଆଉ ଜ୍ଞାନ ନଥିଲା।

ଓମ୍ ଯେତେବେଳେ ଆଖି ଖୋଲିଲା ସେ ତା' ଭାଇର ଘରେ ଶୋଇଛି। ତାକୁ ଘେରି ବସିଛନ୍ତି ଆତ୍ମୀୟସ୍ୱଜନ। ସାମ୍ନା କାନ୍ଥରେ ଜଗନ୍ନାଥଙ୍କର ମଣିଷ ହାତର ଅଙ୍କା ଚିତ୍ରପଟ। ଓମ୍ ଦୁଇହାତ ଯୋଡ଼ି ପ୍ରଣାମ କଲା। ମୁଦିଲା ଆଖିରୁ ଧାର ଧାର ଲୁହ ଝରି ପଡୁଥିଲା। ଏତେ ବର୍ଷା!

"ହେ ପ୍ରଭୁ ମତେ ସତ ମଣିଷଟିଏ କର- ଛଳନାମୁକ୍ତ କର"।

ଓମ୍ ଗୁଣୁଗୁଣୁ ହୋଇ ଏତିକି ପ୍ରାର୍ଥନା କରି ଚାଲିଥିଲା।

■

ପ୍ରୀତିଛନ୍ଦା

ପ୍ରିୟା ସୁନାଝିଅ ଥିଲା ପିଲାକାଳରୁ। ଯାବତୀୟ ଜିନିଷ ମାଜିମୁଜି ସଫାକରି ଝାଡ଼ିଝୁଡ଼ି ଚିକ୍‌ଚିକ୍ କରି ରଖିବା ତା'ର ଅଭ୍ୟାସ। ଠିକ୍ ଯେମିତି ମା' ତାକୁ ଛୁଟିଦିନରେ ଘଷିମାଜି ଗାଧୋଇ ଦିଅନ୍ତି ଏବଂ ପ୍ରତିଥର ପ୍ରିୟାକୁ ଲାଗେ ସେ ଆଉ ଟିକେ ତୋଫା ଦେଖାଯାଏ। ଟୁକୁରା ମୁକୁରା ଜିନିଷ ସାଇତି ରଖିବାରେ ପ୍ରିୟା ପାରଙ୍ଗମ। ଭାଇମାନଙ୍କ ସଙ୍ଗେ ମିଶି ଖାଇଥିବା ଚକୋଲେଟ୍‌ର ଖାଲି ପ୍ୟାକେଟ୍, ବିଦେଶରୁ ମାମୁ ଆଣିଥିବା ପରଫ୍ୟୁମ୍ ବୋତଲ, ପୁରୀ ବେଳାଭୂମିରୁ ପିଲାଦିନରୁ ଚପଳାବିଭୋରା ଆଞ୍ଜୁଳାଏ ଶାମୁକା, ବାଲିଯାତ୍ରାରୁ ବାପା କିଣିଦେଇଥିବା ଦୁନିଆର ସବୁଠାରୁ ସୁନ୍ଦର ହାର... ଏମିତି କେତେ କ'ଣ, ସବୁ ତା' ପଢ଼ା ଟେବୁଲ୍‌ର ଗଳିକନ୍ଦିରେ ଠୁଳ। କେବେକେବେ ଛୁଟିଦିନରେ ପ୍ରିୟା ତା' କୁହୁକପେଡ଼ି ଖୋଲି ବସେ ଆଉ ସ୍ମୃତିର ଇନ୍ଦ୍ରଧନୁ ରଙ୍ଗରେ ବିଭୋର ହୁଏ। ପାଠର ଦାୟିତ୍ୱ ବଢ଼ିବା ସହିତ ପ୍ରିୟାର ଘର ସଫା କାମଟା ସାମାନ୍ୟ ବ୍ୟାହତ ହେଲା, ତା'ଛଡ଼ା ପ୍ରିୟା ମଧ୍ୟ ବ୍ୟସ୍ତ ଯେ ତା' ଛୋଟ ଟେବୁଲ୍‌ଟି ଏବେ ସମ୍ପୂର୍ଣ୍ଣ ଭର୍ତ୍ତି। କିଛି ଜିନିଷ ନଫୋପାଡ଼ିଲେ ନୂଆ ସ୍ମୃତି ପାଇଁ ଜାଗା କାହିଁ? ଅନେକଥର ବଜାରରୁ ମା' ଡବାଟିକୁ ଚହଲେଇଦେଲେ ଅଧିକ ମୁଢ଼ି ଧରିବାକୁ ଜାଗା ମିଳିଯାଏ। ପ୍ରିୟାକୁ କ'ଣ ଜଣାଥିଲା ମନଟା ତା'ର ନଈତୁଠ ନୁହେଁ ଯେ ଉବୁକି ପଡ଼ିବ! ତେବେ ମନଟା ଯେ ଚହଲା ନଈପାଣି ଏକଥା କ୍ରମେ ସେ ବୁଝିଥିଲା।

ପ୍ରିୟା ମେଧାବୀ ଛାତ୍ରୀ। ଘରେ ମଧ୍ୟ ସବୁବେଳେ ପଢ଼ାପଢ଼ିର ବାତାବରଣ। ପ୍ରିୟାର କେତେଜଣ ଅତ୍ୟାଧୁନିକା ସାଙ୍ଗ ରୂପଚର୍ଯ୍ୟା, ବେଶପୋଷାକ ଉପରେ ବିଶେଷ ଗବେଷଣା କରି ତାକୁ ତଥ୍ୟ ଯୋଗାନ୍ତି। ପ୍ରିୟା ମଧ୍ୟ ତା' ବେଶଭୂଷାରେ ଖୁବ୍ ରଚିଶୀଳା। କିନ୍ତୁ ତା'ର ବେଶୀ ଧ୍ୟାନ ପାଠରେ ହିଁ ଥିଲା। ବାହା ବ୍ରତଘରରେ ମା' ବେଳେବେଳେ ତାଙ୍କ ଗହଣା ବାକ୍ସ ଖୋଲିବସନ୍ତି। ପ୍ରିୟାକୁ ପାଇଁ ଏହି ମୁହୂର୍ତ୍ତ ଥିଲା ପରୀରାଇଜକୁ ଉଡ଼ିଯିବାର ମୁହୂର୍ତ୍ତ। ମା' ପାଖରେ ବଡ଼ ବଡ଼ ଆଖିକୁ ଆହୁରି ବିସ୍ତାରି ସେ ଗୋଟି ଗୋଟି ଗହଣାକୁ ପିଇଯାଏ ଆଖିରେ ଆଖିରେ। କେତେବେଳେ କେମିତି ବା ଗୋଟେ ହାର ବା ଚୁଡ଼ି ନିଜେ ପିନ୍ଧି ଉଲ୍ଲସିତ ହୁଏ। ପ୍ରିୟା ସେତେବେଳେ ଭାବୁଥିଲା ସତେ ଯେମିତି ତା'ପାଖେ ଅସରନ୍ତି ସମୟ... ଆଗେ ପାଠପଢ଼ାର ଗୁରୁଦାୟିତ୍ୱ ସୁଚାରୁ ଭାବେ ତୁଲାଇବ ଏବଂ ତା'ପରେ ମନଭରି ସଜେଇହେବ। ସମୟର ସ୍ରୋତ ଯେ କେଡ଼େ ପ୍ରଖର ପ୍ରିୟା କେମିତି ଜାଣିଥାଆନ୍ତା ସେ ବୟସରେ? କିଏ ବା ଖାତିର କରେ ସେଇ ଋତୁରେ ସମୟର ପ୍ରଖରତାକୁ?

ବାପା ଆଦୌ ତରବର ନଥିଲେ ପ୍ରିୟାର ବାହାଘର ପାଇଁ। ମା' ବ୍ୟସ୍ତ ହେଲେ ବୁଝାନ୍ତି- 'ଝିଅ ଆମର ସୁନାମୁଣ୍ଡା, ତା' ପାଇଁ କେତେ ବର ଆସି ଧାଡ଼ି ବାନ୍ଧିବେ।' ଏସବୁ କଥାରେ ମା' ଚିଡ଼ିଯାଆନ୍ତି। ସେ କିନ୍ତୁ ତାଙ୍କ ଆଲମିରାରେ ଅନେକ ଜିନିଷ ସାଇତି ରଖୁଥିଲେ ଝିଅ ବାହାଘର ପାଇଁ। ପ୍ରିୟା କଲେଜ ଗଲାଦିନଠାରୁ ହିଁ ତାଙ୍କର ଏ ଅଭ୍ୟାସ। ସମାଜର ଚଳଣିରେ ହଳଦୀ ଗୁରୁଗୁରୁ ପ୍ରିୟାରେ ଝିଅ ମନ ବାହାଘର ଅର୍ଥ ନବୁଝି ମଧ୍ୟ ଲାଜେଇଯାଏ। ପ୍ରିୟାର କ୍ୟାରିୟର ଯୋଜନାରେ ବାପା ମା' ବ୍ୟସ୍ତ ରହିଯିବା ଭିତରେ ହିଁ ବିନା ପରିଶ୍ରମରେ ବାହାଘରଟା ଯେ ଜୁଟିଗଲା, ବରଟାଏ ଏମିତି ସହଜରେ ଧରାଦେବା କାହାର ବିଶ୍ୱାସ ନଥିଲା। ବର ଖୋଜା ପାଇଁ ମା' କେତେ ଆୟୋଜନ କରିଥିଲେ। କିନ୍ତୁ ହଠାତ୍ ଭଲ ପ୍ରସ୍ତାବଟିଏ ଆସିଲା। ମଧ୍ୟସ୍ଥି ବାପାଙ୍କ ସାଙ୍ଗ, ମା'ଙ୍କୁ ଡାକନ୍ତି ଭାଉଜ। ତେଣୁ ସୁରୁଖୁରୁରେ ଦେଖାଦେଖି ପର୍ବଟା ସରିଗଲା। ପ୍ରିୟା ସବୁବେଳେ ସାଙ୍ଗମାନଙ୍କୁ କହିଆସୁଥିଲା ଯେ ତାକୁ କେହି ଦେଖିବାକୁ ଆସିଲେ ସେ ପ୍ରତିବାଦ କରିବ। କିନ୍ତୁ ସମସ୍ତଙ୍କ ଇଚ୍ଛା ପୂର୍ଣ୍ଣ କରିବାରେ ସମାଜ ତାକୁ ଏମିତି ମାଠିମୁଠି ଦେଇଥିଲା ଯେ ସେଥିରେ ତାକୁ ଶାନ୍ତି ମିଳିଲା। ସେ ସବୁ କାମରେ ସହଯୋଗ କଲା। ତାକୁ ଲାଗିଲା, ସୂର୍ଯ୍ୟଙ୍କୁ ଦେଖି କଥାହୋଇ ପ୍ରିୟାକୁ ବେଶ୍ ଭଲ ଲାଗିଲା। ତାକୁ ଲାଗିଲା, ସେ ଭଲ ମଣିଷ ହୋଇଥିବେ। ତା' ହସରେ ହସ ମିଳାଇଲେ ସୂର୍ଯ୍ୟ ଓ ବାହାଘର ଠିକ୍ ହୋଇଗଲା। 'କମ୍ପାଟିବିଲିଟି', 'ଇଣ୍ଟେଲେକଚୁଆଲ୍ ଷ୍ଟିମୁଲେସନ୍' ଅଛି କି ନାହିଁ ସେ ଜଟିଳତାରେ ସେମାନେ ପଶିନଥିଲେ ଦେଖାଚାହାଁ ପର୍ବବେଳେ।

ବାହାଘର ପ୍ରସ୍ତୁତିରେ ପ୍ରିୟା ଥାଏ ମା'ର ପାଖେପାଖେ ଓ ସାହାଯ୍ୟ ମଧ୍ୟ କରୁଥାଏ। ସେଦିନ ଗହଣା ଦୋକାନକୁ ବାହାରିଲେ ସେମାନେ। ସବୁ ଜିନିଷ ରେଡୀ ଥିଲା। ସୁନାର ସେଟ୍, ପଥରବସା ହାର, ଗାର୍ନେଟ୍, ନବରତ୍ନ ଆଦି ଲାଲବାକ୍ସରେ ସଜଡ଼ା ହୋଇଥାଏ। ହଠାତ୍ ଦୁଇଜଣଙ୍କର ନଜର ପଡ଼ିଲା ମୁକ୍ତାର ଏକ ଛନ୍ଦାଛନ୍ଦି ହାର ଉପରେ। ମୁକ୍ତା ସାଥେ ବୁନ୍ଦାଏ ଲେଖାଁ ରୁବି ଓ ସୁନାର ଚିକ୍‌ଚିକ୍ ଚଣା। ରୁବି, ମୁକ୍ତା ଓ ସୁନା ଭିତରେ ଯେମିତି ଏକ ମଧୁର ପ୍ରତିଯୋଗିତା। ହାର ମଝିରେ ଛୋଟିଆ ଲକେଟ୍, ମଝିରେ ଆଖିର ତାରା ଭଳି ସାନ ଡାଇମଣ୍ଡଟିଏ। ଲକେଟ୍ ତଳେ ସୁନା, ରୁବି, ମୋତିର ମିଶାମିଶା ଝରା ବୁଜିଲା ଆଖିତଳକୁ ପକ୍ଷ୍ମଲତା ପରି। ଝୁରାତକ ନଥିଲେ ଲକେଟ୍‌ଟି ଏତେ ମାନନ୍ତା ନାହିଁ। ମିଳିମିଶି ହାରଟି ଯେମିତି ମଣି ମଣ୍ଡଣି ହୋଇଛି। ସତେଯେମିତି ଆମେ ସୁନ୍ଦରତାରେ ସମସ୍ତେ ସମସ୍ତଙ୍କୁ ଟପିବା, ମାତ୍ର କେବଳ ପରସ୍ପରକୁ ଅଧିକ ସୁନ୍ଦର କରିବା ପାଇଁ। ଅଲଗା ହୋଇଗଲେ ଯେମିତି ଛନ୍ଦ ତୁଟିଯିବ। ଏମିତି ସ୍ୱତନ୍ତ୍ର ଥିଲା ହାର ଯେ ମା' ଅନାୟାସରେ ହାତ ବଢ଼ାଇଲେ। ଦୋକାନୀ କହିଲା, 'ଆଜ୍ଞା, ଏ ବାହାଘର ସିଜିନ୍‌ର ଏଇଟା ହେଉଛି ସର୍ବଶ୍ରେଷ୍ଠ ହାର। ଆମ ଦୋକାନରେ ମାତ୍ର ଗୋଟିଏ ହାର ଗଢ଼ା ହୋଇଛି- ଦାମ୍ ଟିକେ ଅଧିକ ବୋଲି କେହି ନେଇନାହାନ୍ତି। ଏ ସୌଖିନ କାରୁକାର୍ଯ୍ୟ କରିବାକୁ କାରିଗରକୁ ଅନେକ ସମୟ ଲାଗିବ।' ହାରଟା ଆଣି ପ୍ରିୟାକୁ ପିନ୍ଧାଇଦେଲେ ମା'। ପ୍ରିୟା ଲମ୍ବା ଆଇନାରେ ନିଜ ପ୍ରତିବିମ୍ବ ଦେଖି ବିମୁଗ୍ଧ ହୋଇଗଲା। ହାର ତା' ସୌନ୍ଦର୍ଯ୍ୟକୁ ସତେ ଅବା ଦ୍ୱିଗୁଣିତ କରିଦେଲା। ଆଉ କୌଣସି ମୂଲଚାଲର ପ୍ରୟୋଜନ ନଥିଲା। ହାରଟି ମା' ତାକୁ ଉପହାର ଦେଲେ- 'ଏଇ ଟାଇମ୍‌ଲେସ୍ ହାରଟି ଭଳି ସବୁବେଳେ ଚମକୁ ଥା।' ଗୋଟିଏ ମୁହୂର୍ତ୍ତରେ ମା' ପାଇଁ ତା'ର ସମଗ୍ର ଭକ୍ତି ଓ ସ୍ନେହ ପ୍ରିୟାର ଭିତରଟାକୁ ଆର୍ଦ୍ର କରିଦେଲା। ଖୁସିର ବନ୍ୟା ସହ ବିଦାୟର ସ୍ନିଗ୍ଧ ଲୁହ ବି ମିଶିଥିଲା।

ସାମାନ୍ୟ ବର୍ଷା ବାହାରେ ଝରିଗଲା। ଘରେ କୁଣିଆମାନଙ୍କ ଭିଡ଼ ପ୍ରିୟା ରୁମ୍‌ରେ। ଶାଢ଼ି, ଗହଣା ଦେଖିବେ, ମୁରୁକି ହସି ବୋହୂର ସୌନ୍ଦର୍ଯ୍ୟ ଆକଳନ କରିବେ। କିନ୍ତୁ ସମସ୍ତଙ୍କର ସେଇ ଗୋଟିଏ କଥା, ପ୍ରୀତିଛନ୍ଦା ହାର ତୁଳନାରେ ସବୁ ତୁଚ୍ଛ। ମଣିଷର ଏମିତି ଅଦ୍ଭୁତ ଇଚ୍ଛା, ଆଖପାଖ ଲୋକଙ୍କ ପ୍ରଶଂସାରେ ବା ଅଧିକାରରେ ଥିବା ଜିନିଷର ମୂଲ୍ୟରେ ନିଜକୁ ମୂଲ୍ୟବାନ ମଣିବା! ଝିଅ ବାହାଘର ସବୁ ବାପା ମା'ଙ୍କର ଗୋଟିଏ ପ୍ରିୟ ସ୍ୱପ୍ନ। ଅଥଚ ସତ ହେବାପରେ ସ୍ୱପ୍ନର ମିଠା ଏତେ ନଥାଏ। ପ୍ରିୟା ତ ଆଉ ଛୋଟ ଝିଅଟିଏ ନୁହେଁ ଯେ ଭାବିବ ବାହାଘର ମାନେ ଏମିତି ଭୋଜିଭାତ, ଗହଣାଗାଣ୍ଠି, ଦାମୀଲୁଗା! ସେ ତ ଜାଣେ ତା' ସହିତ ଆସେ ସୁଖ ଓ ଦୁଃଖର ନୂତନ ଆବେଗ,

ଆବଡ଼ା ଖାବଡ଼ା ରାସ୍ତା ଓ ଅନେକ ମେଘୁଆ ଆକାଶ। ବିଦାୟର ମୁହୂର୍ତ୍ତ। ଆଜିକାଲି ଝିଅ ବିଦା ପୁଣି କ'ଣ ? ବାହାଘରଟା ସତରେ କ'ଣ ଝିଅଟାକୁ ପର କରିଦେଇପାରିବ ? ବେଦୀ ଉପରେ ନନା ପୁଣି କେତେ କ'ଣ ପୂଜା କଲେ ଏବଂ ତା'ପରେ ମା' ଆସିଲେ। ସୂର୍ଯ୍ୟଙ୍କ ମୁଣ୍ଡକୁ ଆଉଁଶି ଦେଇ କହିଲେ- 'କିଛି ଜାଣିନି ସେ। ତାକୁ ଚଳେଇନେବ।' ପ୍ରିୟାର ଲୁହ ସମୁଦ୍ରହୋଇ ସତେ ଯେମିତି ଭସେଇ ଦେବ ସମସ୍ତଙ୍କୁ। ଭାଇମାନେ ପ୍ରିୟାକୁ ନେଇ ଗାଡ଼ିରେ ବସେଇଲେ। ବାପା ଠିକ୍ ତାଙ୍କରି ଭଳି ଇମୋସ୍‌ନାଲ୍। ତେଣୁ ଶେଷ ମୁହୂର୍ତ୍ତରେ ଆସି ମୁଣ୍ଡକୁ ଆଉଁସିଦେଲେ। ଆଉ ଗାଡ଼ି ଚାଲିଲା। ମା' କାନ୍ଦୁଥିଲେ- ପ୍ରିୟା ଶାଶୂଘରକୁ ଯାଉଛି ବୋଲି ନୁହେଁ, ସେ ଜାଣିଥିଲେ ତାଙ୍କର ଜୀବନ ଭଳି ଝିଅଙ୍କୁ ତାଙ୍କର କେତେ ଦାୟିତ୍ୱ ଓ ଜଞ୍ଜାଳ ବ୍ୟସ୍ତ କରିବ। ଝିଅ ଦିନର ସେ ଅଳସ ଓ ଫୂର୍ତ୍ତି କେତେ ଦୁଷ୍ପ୍ରାପ୍ୟ ହୋଇଯିବ !

ପ୍ରିୟା ବିକଳ ହୋଇ କାନ୍ଦୁଥିଲା, ଆଶା କରୁଥିଲା ସୂର୍ଯ୍ୟ ତାଙ୍କୁ ବୋଧ ଦେବ, ଯେମିତି ବହିରେ ପଢ଼ିଛି, ସିନେମାରେ ଦେଖିଛି। କିନ୍ତୁ ହଠାତ୍ ସେ ଦେଖିଲା ସୂର୍ଯ୍ୟ କାନ୍ଦୁଛନ୍ତି, ସହସା ମାୟା ଆସିଲା ମନରେ ସୂର୍ଯ୍ୟଙ୍କ ପାଇଁ। ଆଉ ଲାଗିଲା ସେ ବନ୍ଧୁଟିଏ ପାଇଛି ବୋଲି। ଦୁଇଜଣ ମିଶି କାନ୍ଦୁଥିଲେ, ନିଜ ନିଜ ଭାବନାରେ। ହଠାତ୍ ପ୍ରିୟା ହାତଟା ବେକ ଉପରେ ବୁଲେଇ ଆଣିଲା। ହାରଟା ପିନ୍ଧିଲା ପରଠାରୁ ସେ ପ୍ରାୟ ଏମିତି କରେ। ମାତ୍ର ମୁକ୍ତା ହାରଟା ବେକରେ ନାହିଁ! ତା' କାନ୍ଦ ବନ୍ଦ। ସୂର୍ଯ୍ୟଙ୍କର ମଧ। ବଡ଼ ବ୍ୟସ୍ତ ହେଲା ପ୍ରିୟା। ହାରଟାକୁ ଛାଡ଼ିଆସିଲା, ଘରେ ଏତେ ଲୋକଙ୍କ ଭିଡ଼। କିଏ କାଳେ ଉଠେଇନେବ, ଏମିତି କେତେ ଦ୍ୱନ୍ଦ୍ୱ ସେ ସୂର୍ଯ୍ୟଙ୍କ କାନରେ ଗୁଣୁଗୁଣୁ ହେଲା। ଶେଷରେ ଘରକୁ ଫୋନ୍ କରାହେଲା। ମା' ଆଶ୍ୱାସନା ଦେଲେ ହାର ତାଙ୍କ ପାଖେ ଅଛି ଏବଂ ତା' ପରଦିନ ଭାଇ ଆସି ଦେଇଯିବ।

ସମୟ କେତେ ଶୀଘ୍ର ବହିଯାଏ। ବାହାଘରର ତିନିବର୍ଷ ପୂରିଗଲାଣି। ସୂର୍ଯ୍ୟଙ୍କ ସଙ୍ଗେ ତାଙ୍କ ଦିନଗୁଡ଼ିକ ବେଶ୍ ମଜାରେ କଟୁଥିଲା। କିନ୍ତୁ ତାଙ୍କର ଭୁଲ୍ ବୁଝାମଣା ହୁଏତ କେବଳ ହାରକୁ ନେଇ। ସୂର୍ଯ୍ୟ ଟୁର୍‌ରେ ଗଲେ ପ୍ରାୟ ପ୍ରିୟାକୁ ନେଇଯାଆନ୍ତି। କିନ୍ତୁ ଅଧାବାଟ ଗଲାପରେ ପ୍ରିୟାର ସେଇ ପୁରୁଣା ରୋଗ ବାହାରେ। ଅଯଥା ପ୍ରଶ୍ନ ମନରେ ଗୁଡ଼େଇ ତୁଡ଼େଇ ହୁଏ। ହାରଟା ଆଲମିରାରେ ରଖିଲି ତ ? ଆଲମିରାଟା ଠିକ୍‌ରେ ବନ୍ଦ କଲି ତ ? ଘରଟା ତାଲା ବୋଧେ ପକେଇଚି। ନା ନାଇଁ ?

ଅଳ୍ପ ଦୂର ହୋଇଥିଲେ ସେମାନେ ଫେରନ୍ତି। ପ୍ରାୟ ସୂର୍ଯ୍ୟ ନିଜର ବିରକ୍ତି ପ୍ରକାଶ କରିବାକୁ ଯାଇ ଗାଡ଼ିରୁ ଓହ୍ଲାନ୍ତି ନାହିଁ। ପ୍ରିୟା ଭିତରକୁ ଆସି ପ୍ରତ୍ୟେକଥର ଦେଖେ ସବୁ ଠିକ୍ ଥାଏ। ତା'ପରେ ପୁନର୍ବାର ଗାଡ଼ି ଚାଲେ ଏବଂ ଆଶ୍ୱସ୍ତିମିଶା ଦୋଷୀ ଭାବ

ନେଇ ପ୍ରିୟା ବାଟସାରା ଅନେକ ଗପେ। ସୂର୍ଯ୍ୟ ପ୍ରଥମରୁ ଜାଣିଥିଲେ ପ୍ରିୟା ବିଚକ୍ଷଣା। ତାଙ୍କ ପ୍ରୋତ୍ସାହନରେ ପ୍ରିୟା ଅଧ୍ୟାପନା କରିବା ଆରମ୍ଭ କଲା। ନୂଆ ନୂଆ କ୍ଲାସ୍ ନେଲାବେଳେ ଡର ଲାଗେ। ସେ ପୁଣି ପୋଷ୍ଟ ଗ୍ରାଜୁଏଟ୍ କ୍ଲାସ୍‌ରେ ପଢ଼ାଏ। ନିଜ ଚାକିରିର ବ୍ୟସ୍ତତା ସତ୍ତ୍ୱେ ସୂର୍ଯ୍ୟ ପ୍ରଥମ ମାସଟା ନିୟମିତ ତା' ସଙ୍ଗେ ଯାଆନ୍ତି। କୁହନ୍ତି- "ଟେକ୍ ଇଟ୍ ଆଜ୍ ଏ ଚ୍ୟାଲେଞ୍ଜ। ଏ ସବୁକୁ ଚ୍ୟାଲେଞ୍ଜ ଭାବରେ ହିଁ ନେବା କଥା। ନିହାତି ଅସମ୍ଭାଳ ଅବସ୍ଥା ହେଲେ ବାହାରକୁ ଆସିବ। ମୁଁ ଥିବି ତମକୁ ଘରକୁ ଆଣିବା ପାଇଁ।" ସେ ଦିନଗୁଡ଼ା କେତେ ପୁରୁଣା ଲାଗୁଛି ବର୍ତ୍ତମାନ। ପ୍ରିୟାର ଅଧ୍ୟାପନାର ଏ ଅଷ୍ଟମ ବର୍ଷ। ବେଳେବେଳେ କନ୍‌ଫରେନ୍ସରେ ତା' ଲିଖିତ ପ୍ରବନ୍ଧ ଉପସ୍ଥାପନା କରିବାକୁ ସେ ବିଭିନ୍ନ ସ୍ଥାନକୁ ଯାଏ। ଝିଅର ଖବର ବୁଝିବାକୁ ଫୋନ୍ କଲେ ସୂର୍ଯ୍ୟ ସବୁବେଳେ କୁହନ୍ତି- 'ତୁମ ହାର ଏବଂ ଆମେ ସମସ୍ତେ ଭଲ ଅଛୁ।'

ପ୍ରିୟାର ଝିଅ ଚତୁର୍ଥ ଶ୍ରେଣୀର ଛାତ୍ରୀ। ପ୍ରିୟା ଭାବନ୍ତି ସେ ଗୋଟିଏ ସୁନା ପିଲାର ମା'। ଶାନ୍ତ, ସରଳ। କେଉଁଥିରେ ଆପତ୍ତି ନଥାଏ। କିନ୍ତୁ ପ୍ରିୟାର ଡ୍ରେସିଂ ଟେବୁଲ୍‌ଟା ସତେ ଯେମିତି ତା' ପାଇଁ କୁହୁକ ପେଡ଼ି। ଶହେ ଥର ବାରଣ କରିବା ସତ୍ତ୍ୱେ ସେ ନିଶ୍ଚୟ ଗହଣା ବାକ୍ସଟା ଖୋଲିଥିବ। ଲିପ୍‌ଷ୍ଟିକ୍ ଓ ପରଫ୍ୟୁମ୍ ତା'ର ଖୁବ୍ ସଉକ। ପ୍ରିୟା ଅବଶ୍ୟ ତାକୁ ବୁଝେଇ ଦେଇଥିଲା ଯେ ଛୋଟ ପିଲାମାନେ ଏସବୁ ଜିନିଷ ବ୍ୟବହାର କରିବାଟା ଖରାପ। ଗାଲରେ ବ୍ରଣ ହୁଏ। ଆଉ ଯେଉଁଦିନ ପ୍ରିୟାଙ୍କ ଅଜାଣତରେ ହାରଟା ପିନ୍ଧି ବଗିଚାରେ ଖେଳିବାକୁ ଚାଲିଯାଇଥିଲା, ପ୍ରିୟାର କ୍ରୋଧ ସମ୍ଭାଳେ କିଏ! ତାକୁ ଖୁବ୍ ଗାଳିଦେଇଥିଲା। ସୂର୍ଯ୍ୟ ଏଥିରେ କିନ୍ତୁ ଝିଅ ପଟିଆ ହେଇ କହିଲେ- 'ଗହଣା ଏଠି ସେଠି ରଖିବ କାହିଁକି ? ନିଜ ଦୋଷକୁ ଘୋଡ଼େଇବା ପାଇଁ ପିଲାଟାକୁ ଅଯଥାରେ ଗାଳି ଦେଲ ?' ଅବଶ୍ୟ ସେଦିନ ରାତିରେ ତାକୁ କୋଳରେ ପୂରେଇ କେତେ ଗେହ୍ଲା କରିଥିଲେ ପ୍ରିୟା। ତା' ପାଇଁ ସେ ହାରଟା ସାଇତିଛି କହି ତାକୁ ବୁଝେଇଦେଲେ- "ବଡ଼ ହେଇଗଲେ, ଏ ସବୁ ତ ତୋର।"

ସୂର୍ଯ୍ୟ ଭାରି ସୋସିଆଲ୍। ପନ୍ଦର ଦିନରେ ଥରେ ଘରେ ଗୋଟେ ଗୀତ ଆସରର ଆୟୋଜନ ନିଶ୍ଚୟ ହେବ। ତା' ସହିତ ଖିଆପିଆ। ତା'ଛଡ଼ା ମଝିରେ ପାର୍ଟି ପିକ୍‌ନିକ୍‌ରେ ଯିବାକୁ ହୁଏ। ସୂର୍ଯ୍ୟ ପ୍ରିୟାଙ୍କୁ ଜୋର୍‌କରି ସବୁ ଜାଗାକୁ ନିଅନ୍ତି ଏବଂ କୁହନ୍ତି- "ରୁଟିନ୍‌ବନ୍ଧା ଜୀବନରୁ ଟିକେ ମୁକୁଳିବାକୁ ଚେଷ୍ଟାକର। ଜାଣି ଜାଣି ଟେନ୍‌ସନ୍ କାହିଁକି ବଢ଼େଇବା ?" ପ୍ରିୟା କେମିତି ବୁଝେଇବ ତାଙ୍କୁ ଯେ ଏ ପ୍ରକାର ମନୋରଞ୍ଜନ ମଧ୍ୟ ରୁଟିନ୍ ଲାଗିଲାଣି। ପ୍ରାୟ ସବୁ ଗେଟ୍-ଟୁଗେଦର୍‌ରେ ପ୍ରିୟାର ହାରକୁ ନେଇ ଅନେକ ଚର୍ଚ୍ଚା। କେହି ବିଶ୍ୱାସ କରନ୍ତି ନାହିଁ ଯେ ହାରଟା ଏତେ ପୁରୁଣା। ଅବଶ୍ୟ ପ୍ରିୟା ତା'ର

ଖୁବ୍ ଯତ୍ନ ନିଏ। ତା' ଅପେକ୍ଷା ତା' ହାରର ଚାହିଦା ଅଧିକ ନା କ'ଣ? ସେ କ'ଣ ହାରଟା ପିନ୍ଧେ ବୋଲି ସୁନ୍ଦର? ଏମିତି ଅମାନିଆ ଅହଂକୁ ସେ ମାଡ଼ିମକଚିଦିଏ ମନର କେଉଁ ଅନ୍ଧାରିଆ ଗଳିରେ। ପ୍ରିୟାକୁ ଅଛପା ନୁହେଁ ଯେ ବାହ୍ୟ ସୌନ୍ଦର୍ଯ୍ୟଠାରୁ ମନର ପରିପାଟୀ ଅନେକ ଗୁଣରେ ଶ୍ରେୟ। ତଥାପି ଭାରି ଭଲ ଲାଗେ ଶୁଣିବାକୁ। ପ୍ରିୟା ଜାଣିଥିଲା, ଗୋଟିଏ ମୁହୂର୍ତ୍ତର ଉଷ୍ମତା ମାତ୍ର ମିଳିଥାଏ ଏସବୁ ପ୍ରଶଂସାରୁ। ତଥାପି ସେ ତା' ଖୋଳାହସ ବିଛେଇଦିଏ ଓ ଗୋଟେଇନିଏ ପ୍ରଶଂସାମାନଙ୍କୁ। ଠିକ୍ କେଉଁ ତାରିଖରେ ଓ ଲଗ୍ନରେ ବୟସ ନାମକ ଅତିଥି ଅଯାଚିତ ଭାବେ ଆସି ତା'ଠାରେ ଆସ୍ଥାନ ଜମେଇଲା ସେ କହିପାରିବନି। ସେ ବୋଧହୁଏ ପ୍ରତିଦିନ ଧୀର ପଦପାତରେ ଆସୁଥିଲା। ସେ ଆସିଲେ ଦୁନିଆଟା ତ ଆଦୌ ପରିବର୍ତ୍ତନ ହୁଏନାହିଁ। ହଁ ଦୁନିଆ ତାକୁ ଅଲଗା ଆଖିରେ ଦେଖିବାକୁ ଲାଗିଲାଣି। ସେଦିନ ମନ୍ଦିରରେ ତା'ର ଜଣେ ପୁରୁଷ ବନ୍ଧୁଙ୍କ ସହିତ ସାକ୍ଷାତ ହେଲା। ସେ କହିଲେ- 'କ'ଣ ଔଷଧ ଖାଉଛ କି? ଏ ବୟସରେ ଏତେ ଫିଟ୍ ଅଛ?' ପ୍ରିୟା ଯଦିଓ କଥାଟାକୁ ପଜିଟିଭ୍‌ଲି ନେଲା ପରେ ଅନେକ ଭାବିଲା, ତା' ଭିତରର ପ୍ରିୟା ତ କିଛି ବଦଳି ନାହିଁ। ଲୋକ କେବଳ ବାହାର ପରିବର୍ତ୍ତନରେ କ'ଣ ତାଙ୍କୁ ବୟସ୍କା କହିବେ? 'ଏ ବୟସ' କହିବାର ଅର୍ଥ କ'ଣ?

ପ୍ରତ୍ୟେକ ମଣିଷକୁ ଜୀବନରେ ଅନେକ ଛୋଟ ବଡ଼ ମାଇଲ୍‌ଖୁଣ୍ଟ ଅତିକ୍ରମ କରିବାକୁ ହୋଇଥାଏ। ପ୍ରିୟାର ଅଲିଅଳ ଝିଅର ବାହାଘର ସେମିତି ଗୋଟିଏ ଶୁଭ ଘଟଣା। ତା'ଠାରୁ ଅନେକ ଅଧିକ ଡିଗ୍ରୀ ହାସଲ କରି ଝିଅ ତା'ର ଗୋଟିଏ କମ୍ପାନୀରେ ମ୍ୟାନେଜର୍ ହୋଇ ବମ୍ବେଠାରେ ଅବସ୍ଥାପିତ। ଏତେ ଦିନ ପରେ ପ୍ରିୟା ତା'ର ସାଇତା ଗହଣା ବାକ୍ସଟି ତା' ଆଗରେ ଖୋଲିଦେଲା। ସବୁ ତା'ର। କିନ୍ତୁ ଏ ଭିତରେ ଝିଅର ରୁଚି ବଦଳିଗଲାଣି। ତାକୁ ହାଲ୍‌କା ଓ ଲାଇଟ୍ ଗହଣା ପସନ୍ଦ। ସବୁ ଜିନିଷ ମଧ୍ୟରୁ ମୁକ୍ତାହାରଟି ତା'ର ଅଧିକ ପସନ୍ଦ। ଆଶ୍ଚର୍ଯ୍ୟର କଥା। କିଛି ମାସ ହେଲାଣି ହାରଟି ବ୍ୟବହାର କରିନି ପ୍ରିୟା, ଇଚ୍ଛା ହେଇନି। ଯେତିକି ଧ୍ୟାନ ଦେବା କଥା ସେ ଦେଇଚି, ନିୟମିତ ପଲିସ୍ କରି, ତୁଳା ଦେଇ ଡବାରେ ରଖିଛି।

ପ୍ରିୟା ଝିଅକୁ ହାରଟି ପିନ୍ଧାଇଦେଲା, କିନ୍ତୁ ସେ ହାରଟି ଖୋଲିନେଇ ମା'କୁ ପିନ୍ଧେଇଦେଇ କହିଲା- 'ମା' ଏଟା ତୁମର। ମୁଁ ନେଇ ପିନ୍ଧିଲେ ମୋର ଚିନ୍ତା ଲାଗିରହିବ। କେଉଁଠି କ'ଣ ହେଲେ ତମେ ରାଗିବ।' ବାହାଘର ଦିନ ପ୍ରିୟା ହାରଟି ଅନେକ ଦିନ ପରେ ପିନ୍ଧିଲା। ହାର ସାଙ୍ଗେ ଯୋଡ଼ି ହୋଇଥିବା କେତେ ଅଭୁଲା ସ୍ମୃତି ବିଭୋର କଲା ପ୍ରିୟାକୁ।

■

ସୁନା ସିନ୍ଦୁକ

'ଭଲଲୋକ' ହେବା ଏତେ ସହଜ ନୁହେଁ।

ଭଲଲୋକ ମଧ୍ୟ 'ଭଲ' ବୋଲି ସମସ୍ତଙ୍କ ମୁହଁରେ ପ୍ରଶଂସିତ ହେବା ସହଜ ନୁହେଁ। ବିନୋଦ ଯେ ଜଣେ ଭଲଲୋକ ଏକଥା ସେ ଜାଣନ୍ତୁ ବା ନଜାଣନ୍ତୁ ବାକି ସମସ୍ତେ ଜାଣିଥିଲେ- କହୁଥିଲେ। ଭଲପିଲାରୁ ଭଲ ମଣିଷରେ ପରିଣତ ହୋଇ ନିଜ ଭଲପଣିଆ ବଜାୟ ରଖିବା କେତେ କଷ୍ଟକର ବ୍ୟାପାର ସେ କଥା ତାଙ୍କ ଛଡ଼ା ଆଉ କେହି ଜାଣିପାରୁନଥିଲେ। ଏ ଭଲ ଆଖ୍ୟାଟି ତ ତାଙ୍କୁ ଜନ୍ମରୁ ଗୋଡ଼େଇଛି ଅବିରତ। ବଣ ଜଙ୍ଗଲ ନଈନାଳ ଡେଇଁ, ଖରାବର୍ଷାକୁ ଖାତିର ନକରି, ତାଙ୍କୁ ମାଡ଼ିବସିଛି। ସ୍କୁଲଠାରୁ କଲେଜ, ସାଇପଡ଼ିଶାଙ୍କଠାରୁ ଅଫିସ୍ ସବୁଠାରେ ବିନୋଦର ଚର୍ଚ୍ଚା, ଆଦର। ବିନୋଦର ଅଚ୍ଛକେ ସନ୍ତୁଷ୍ଟ ବାପା ଏବଂ ଚିରସ୍ନେହୀ ମା' କଣ୍ଡିସନିଂ ଥିଓରି ବିଷୟରେ ହୁଏତ ଅବଗତ ନଥିଲେ। କିନ୍ତୁ ବିନୋଦ ଭଲ ଓ ଖରାପର ପ୍ରଭେଦ ନିଜ ବୁଦ୍ଧି ବିଦ୍ୟାରେ ଠଉରାଇ ନେଇଥିଲା। ବିନୋଦ ଥିଲା ସର୍ବଗୁଣସମ୍ପନ୍ନ- ମିଷ୍ଟଭାଷୀ, ପରୋପକାରୀ, ଆଜ୍ଞାଧୀନ, ବନ୍ଧୁବତ୍ସଳ ଆହୁରି କେତେ କ'ଣ। ବୟସ ବଢ଼ିବା ସହିତ ତା' ଭଲପଣିଆ ଯେମିତି ଆହୁରି ପ୍ରଖର ହେଲା। ବିନୋଦର ଭାଇଭଉଣୀ, ସାଙ୍ଗସାଥୀ, ଏପରିକି ପରବର୍ତ୍ତୀ କାଳରେ ସ୍ତ୍ରୀ ପିଲା ତାକୁ ବଡ଼ ଈର୍ଷା କରନ୍ତି। କିଛି କଥା ନଥାଇ ଚିଡ଼ନ୍ତି ତାକୁ। ବିନୋଦ

ଯେ କିପରିଏତେ ଭଲ ହୋଇ ରହିପାରୁଛି, ଚକିତ ହୁଅନ୍ତି ସେମାନେ। ମଣିଷ ତ ଭଲ ଖରାପର ଏକ ମିଶ୍ରଧାତୁ। ପ୍ରାୟତଃ ଖରାପଟା ଅଧିକ ଦୃଶ୍ୟମାନ। ଜୀବନର ଝଡ଼ଝଞ୍ଜା ଭିତରେ, ଭଲମନ୍ଦରେ ବିନୋଦ କାହିଁ ତ କେବେ ଭଲପଣିଆଟାକୁ ତ୍ୟାଗ କରିନାହିଁ? ତେଣୁ ସେ ସାଧାରଣ ମଣିଷ ନୁହେଁ ବୋଲି ସମସ୍ତେ ଏକମତ ଥିଲେ। ସାଧାରଣ ମଣିଷ କେବେ କେମିତି ଖରାପ ହେବାକୁ ବାଧ୍ୟ ହୋଇଥାଏ ଏ ସମାଜରେ ତିଷ୍ଠିବା ପାଇଁ। କିଏ ବା ତିଷ୍ଠିରହିବା ପାଇଁ ନଚାହେଁ? ନିଜ ଦେହକୁ, ମନକୁ କଷ୍ଟ ହେଲେ କିଏ ବା ନିଜର ପ୍ରତିକ୍ରିୟା ପ୍ରକାଶ ନକରେ? ବିନୋଦ କ'ଣ ପୃଥିବୀ ବାହାରର ମଣିଷ ଥିଲା। କିମ୍ବା ଅତିନ୍ଦ୍ରିୟ ଋଷି, ମୁନି - ସୁଖେ ଦୁଃଖେ ସଦା ସ୍ଥିର।

ଭଲପଣିଆର ଖ୍ୟାତିକୁ ନେଇ କିନ୍ତୁ ବିନୋଦ ବାହାରକୁ ବଡ଼ ପ୍ରସନ୍ନ ଥିଲା। ଏପରି ଏକ ଖ୍ୟାତିକୁ ବଜାୟ ରଖିବା କଷ୍ଟଦାୟକ ଆନନ୍ଦ ଭଳି ପ୍ରତେ ହେଉଥିଲା। ତା'ର ପ୍ରସଙ୍ଗ ପଡ଼ିଲାମାତ୍ରେ ଲୋକଙ୍କ ସ୍ୱତଃପ୍ରବୃତ୍ତ ମତ- "ଭାରି ଭଲ ମଣିଷଟିଏ, ଅତି ଅମାୟିକ ଲୋକ, ମଣିଷ ନୁହେଁ ଦେବତା"। ଏସବୁ ମନ୍ତବ୍ୟକୁ ସେ ନିଜ ଦେହ ମନରୁ ଝାଡ଼ିଝୁଡ଼ିଦିଏ। ସେ ତ ସବୁବେଳେ ନମ୍ର, ଏସବୁ କାଳେ ତାକୁ ଗର୍ବୀ କରିଦେବ ବୋଲି ଭୟ ହୁଏ। ଗର୍ବ କରି ସେ କ'ଣ ବା କରିବ। ବିନୋଦର ଅନେକ ଭଲଗୁଣ ଭିତରୁ ଗୋଟିଏ ଥିଲା ଛୋଟ ଜିନିଷଟିଏ ହେଉ ପଛକେ ଯତ୍ନରେ ସାଇତି ରଖିବ। ଅସିଆ କାଳର ମସିଆ ଜିନିଷକୁ ସେ ସାଇତି ରଖି ଆଣ୍ଟିକ କରିଦେଇଥିଲା। ତା' ଘରେ ଆଲମିରା ସଂଖ୍ୟା ଅଧିକ। ସେସବୁକୁ ସଜାଡ଼ି ରଖିବା ଦାୟିତ୍ୱ ତା'ର। ଲୁଗାପଟା ସଫା ହୋଇ ଇସ୍ତ୍ରୀ ପଡ଼ି ରହେ। ସମୟ ସୁବିଧା ଦେଖି ଥାକଗୁଡ଼ିକ ସେ ନିଜେ ପୋଛାପୋଛି କରେ। ପିଲାମାନେ ଏବଂ ସ୍ତ୍ରୀ କିନ୍ତୁ ଏସବୁ ପାଇଁ ରାଗିକି ଖନ୍ତା। ତାଙ୍କ ଅସଜଡ଼ା ଆଲମିରା ଅଲରା ଦୁନିଆ ତାଙ୍କୁ ପସନ୍ଦ। ଧୀରେ ଧୀରେ ବିନୋଦର ସଂସାର ତା' ଦୁଇଟି ଆଲମିରା ମଧ୍ୟରେ ସୀମିତ ହୋଇଗଲା। ପୁରୁଣା କଲମ, ପ୍ରେସକ୍ରିପ୍ସନ, ପିଲାଙ୍କ ପୁରୁଣା ରିପୋର୍ଟ କାର୍ଡ, ଫିକା ପଡ଼ିଯାଇଥିବା ଅନେକ ଫଟୋ ଆଦି କେତେ କ'ଣ ଯେ ଜମା ହୋଇଛି ସେ ଆଲମିରାର ଅନ୍ଧାରୁଆ ଗଳିକନ୍ଦିରେ। ସାଇତି ରଖିବା ଭଳି ଜିନିଷଟିଏ ହୋଇଥିଲେ ବିନୋଦ ତାକୁ ଅତି ଯତ୍ନରେ, ଗେହ୍ଲାରେ ଆଲମିରା ଭିତରେ ସ୍ଥାନ ଦିଏ। ପ୍ରାୟ ଆଉ ଜାଗା ନାହିଁ କହିଲେ ଚଳେ। ଆଲମିରାର ହଇଚଇ ଗହଳି ଭିତରେ ସତେଯେମିତି ଆଉ ପାଦ ପକାଇବାକୁ ଜାଗା ନାହିଁ।

ଅବଶ୍ୟ ବିନୋଦର ଆଉ ବିଶେଷ କିଛି ସାଇତିବାକୁ ଆଗ୍ରହ ନାହିଁ। ଆଖିପିଛୁଳାକେ ପଚସ୍ତରି ବର୍ଷ ହେଲାଣି, କୁଆଡ଼େ ବହିଗଲା ସମୟ ଏତେ ଶୀଘ୍ର। ବୁଢ଼ୀଟାର ଦେହ ଆଜିକାଲି ଖରାପ ରହୁଛି। ବିନୋଦର ଶୃଙ୍ଖଳିତ, ସଜଡ଼ା ସାଇତା

ଜୀବନରେ ମୀନା ବଡ଼ ଅସୁବିଧା କରୁଛି। ରୋଗର କଷ୍ଟ ସହିପାରୁନି ସେ। ଏତେ ବର୍ଷର ଧୈର୍ଯ୍ୟର ବନ୍ଧ ଭାଙ୍ଗିଯାଇଛି ଯେପରି। ପାଟିତୁଣ୍ଡ କରୁଛି ବିଶେଷକରି ବିନୋଦକୁ, ବିନୋଦ ମୀନାକୁ ପ୍ରାଣରୁ ବଳି ଭଲପାଏ। ସେ ଭଲପାଉଥିଲା, ଏ ରୋଗିଣୀ ବୁଢ଼ୀଟାକୁ ନୁହେଁ, ଧୀରସ୍ଥିର, ସଂଯତ, ସୁକୁମାରୀ ମୀନାକୁ। ଏ ରୋଗଟା ସବୁ ଅସଜଡ଼ା କରିଦେଇଛି। ଜୀବନସାରା ମୀନା ତା' କଥା ବୁଝିଛି। ତା' ଜଞ୍ଜାଳକୁ ଆବୋରି ନେଇ ସବୁ ଆରାମ ଯୋଗେଇଛି। ସେ ତ ତାକୁ ଦିନେ ମଧ୍ୟ ଚେତାବନୀ ଦେଇନଥିଲା ସେ ଏମିତି ପଙ୍ଗୁ ହୋଇଯିବ ବୋଲି! ମୀନା ପାଇଁ, ପରିବାର ପାଇଁ, ସଭିଙ୍କ ପାଇଁ ବିନୋଦ ଥିଲା ଏକ ଖୋଲା ବହି। କିଛି ଗୁପ୍ତ ରଖିବାର ଅଭିପ୍ରାୟ ନଥିଲା ତା'ର।

ସେଦିନ ରାତିରେ ଅଚାନକ ବିନୋଦର ନିଦ ଭାଙ୍ଗିଗଲା। ମୀନାକୁ କେମିତି କିଛି ସମୟ ପାଇଁ ନିଦ ହୋଇଯାଇଛି। ତା'ର ହାଲିଆ ମୁହଁଟାକୁ ଦେଖି ଭାବପ୍ରବଣ ହୋଇଗଲା ବିନୋଦ। ସଂସାର ଜଞ୍ଜାଳ ଭିତରେ କେତେ ଦହଗଞ୍ଜ ହୋଇଛି ସେ। ବିନୋଦର ସୁବିଧା ପାଇଁ କେତେ ତ୍ୟାଗ ନକରିଛି ସେ? ତା' ପାଖରେ ଦଣ୍ଡେ ବସିବାକୁ ବେଳ ନାହିଁ କାହାର! ପିଲାମାନେ ତ ଚାକିରି ଜୀବନରେ ଉବୁଟୁବୁ। ସେ ବା କ'ଣ କରିବେ? କିନ୍ତୁ ବିନୋଦର ଅବସର ଜୀବନ। ସେ ତ ବୁଢ଼ୀ ପାଖରେ ବସିପାରନ୍ତା। ମୀନାଟା ଭାରି ଚିଡ଼ିଚିଡ଼ା ହୋଇଗଲାଣି। କୁଆଡ଼େ ଗଲା ତା'ର ସେ ମିଠା ସ୍ୱଭାବ, ସେ ସହନଶୀଳତା? ଦାମ୍ପତ୍ୟ ଜୀବନର ଆବଡ଼ା ଖାବଡ଼ା ରାସ୍ତାରେ ପ୍ରାୟ ସବୁ ଟିକିନିଖି କଥା ସେ ମୀନାକୁ କହେ। କହେନାହିଁ ତ, ଜୋରଜବରଦସ୍ତ ତା' ଉପରେ ଲଦିଦିଏ। କିନ୍ତୁ ଗୋଟିଏ କଥା ସେ କହିପାରିନାହିଁ କାହାକୁ। ମୀନାକୁ କହିବାର ପ୍ରଶ୍ନ ବା କାହିଁ ଉଠୁଛି? ଜୀବନସାରା ବିନୋଦ ତା'ର ସେ ଗୋପନୀୟ କଥାଟିକୁ ଜଗିବସିଛି। କାହାରିକୁ ସୁରାକ ଟିକେ ମଧ୍ୟ ଦେଇନାହିଁ। ତା'ର ଦୁଇଟି ନୁହେଁ, ତିନୋଟି ଆଲମୀରା। ଦୁଇଟି ଗୋଦରେଜ ଆଲମୀରା ତା' ରୁମ୍‌ରେ। କିନ୍ତୁ ଅଜଣା ଅଚିହ୍ନା ସେ ତୃତୀୟ ଆଲମୀରାଟି ବିନୋଦ ଭିତରେ ତା' ମନର ବିଶାଳ ସିନ୍ଦୁକ। ସେଠିକୁ ରାସ୍ତା ନାହିଁ। ସାତ ସମୁଦ୍ର ତେର ନଈ ପାର ହେଲେ ନିଘଞ୍ଚ ଜଙ୍ଗଲ। କେଉଁ ପୁରାତନ କାଳରୁ ଭୟଙ୍କର ବିରାଟ ବୃକ୍ଷ, ସତେଯେମିତି ତାକୁ ଡେଣାରେ ଚାପି ପ୍ରାଣ ନେଇଯିବେ। ହିଂସ୍ର ପଶୁମାନଙ୍କ ସହିତ ଯୁଝି ପାର ହେଲେ ଯାଇ ତ ସାତ ତାଳ ପଙ୍କରେ ରହିଛି ଏକ ଫରୁଆ। ଫରୁଆ ଭିତରେ ତା' ମନ ସିନ୍ଦୁକକୁ ଚାବି। ବିନୋଦ ସିନା ଅନାୟାସରେ ଯାତାୟାତ କରେ, ଯେବେ ଇଚ୍ଛା ପଶିଯାଏ, ପୁଣି ବାହାରିଆସେ। ଏ ଗହନ ଗୋପନୀୟତା ବିଷୟରେ ଆଉ କେହି ଜାଣିନଥିଲେ, ଜାଣିଥିଲେ ବି ସେଠିକୁ ଚାବିକାଠି ନଥାଏ କାହା ହାତରେ।

ବିନୋଦର ଏହି ସିନ୍ଦୁକଟା ସବୁଠାରୁ ପ୍ରଶସ୍ତ, ଅଭାବନୀୟ ଜାଗା ତା' ମଧ୍ୟରେ। କାହିଁ କେଉଁ ଯୁଗରୁ ବିନୋଦ ସାଇତି ଚାଲିଛି କେତେ ଗୁପ୍ତ ଜିନିଷ ସେଠାରେ। ଅନ୍ୟ କେଉଁଠାରେ ସେ ଜିନିଷକୁ ରଖିହେବ ନାହିଁ। ବିନୋଦର ପ୍ରକୃତ ସ୍ୱଭାବର ଚାବିକାଠି ତାହାରି ଭିତରେ। ତା' ଜୀବନର ସବୁ ଅଭଲ ଅବୁଝା, ଅଭଦ୍ର, ଅସାମାଜିକ ମୁହୂର୍ତ୍ତଗୁଡ଼ିକୁ ସେ ବନ୍ଦୀ କରି ରଖିଛି ସେ ଅଜଣା ସିନ୍ଦୁକ ଭିତରେ। ବିନୋଦ ଅନ୍ୟ ସମସ୍ତଙ୍କ ପରି ସାଧାରଣ ମଣିଷଟିଏ। ତେଣୁ ଭଲ ସହିତ ମନ୍ଦ ଠୁଳ ହୋଇ ରହିଛି ତା' ଭିତରେ। ସେ ପ୍ରଚଣ୍ଡ ରାଗୀ, ଏ କଥା ବିନୋଦ ଛଡ଼ା ଦ୍ୱିତୀୟ କେହି ଜାଣିନାହାନ୍ତି।

ସାନଟିଏ ହୋଇଥାଏ, କୌଣସି କଥାରେ ବାପା ତାକୁ ଥାପଡ଼ଟାଏ ମାରିଲେ। ମାଡ଼ର କଷ୍ଟ କିଛି ସମୟ ପାଇଁ ଗାଲଟାକୁ ଝାଏଁ ଝାଏଁ କରିଦେଲା ସିନା, ବିନୋଦର କୁନିମନ ଏକ ଅସମ୍ଭାଳ କ୍ରୋଧରେ ଥରିଉଠିଲା। ତା'ର ଇଚ୍ଛା ହେଉଥିଲା ବାପାଙ୍କ ହାତ ମୋଡ଼ି ଭାଙ୍ଗିଦେବାକୁ। କଷ୍ଟଟା କ'ଣ ତା'ହେଲେ ସେ ଉପଲବ୍ଧି କରିପାରିବେ। ବୁଦ୍ଧି ବାଟବଣା ପଥହରା ପାଗଳ ଭଳି ଦୌଡ଼ିଛି ବିନୋଦ। ଆଉ ସମ୍ଭାଳି ହେଉନାହିଁ। ବାପାଙ୍କୁ ପାହାରେ ପକାଇବ। ଏଭଳି ଏକ ଘଡ଼ିସନ୍ଧି ମୁହୂର୍ତ୍ତରେ ହଠାତ୍ ମନସିନ୍ଦୁକଟା ଉଭା ହେଲା ତା' ସମ୍ମୁଖରେ। କିଛି ସମୟ ଖୋଜିଲା ପରେ ଚାବି ମଧ୍ୟ ମିଳିଗଲା। ବନ୍ଦ ଦ୍ୱାର ଖୋଲିଦେଲା ବିନୋଦ। ଓଃ କି ଶାନ୍ତି! କ୍ରୋଧର ସେଇ କେତୋଟି ମୁହୂର୍ତ୍ତକୁ ସେଠାରେ ରଖିଲା ସେ। କାଳ କାଳ ପାଇଁ ସେ ସାଇତା ହୋଇ ରହିଲା। ତା'ର ନିର୍ମଳ ଭାବମୂର୍ତ୍ତିରେ ତିଳେମାତ୍ର ଆଞ୍ଚ ଆସିଲା ନାହିଁ। ବାପାଙ୍କ ଶାସନକୁ ମୁଣ୍ଡପାତି ସହିଥିବାରୁ ପରିବାର ଲୋକେ ତାକୁ ମୁଣ୍ଡରେ ବସେଇଲେ।

ବିନୋଦର ମନଟା ଥିଲା ତରଳ ଲହୁଣିଠାରୁ ନରମ। ତେଣୁ ସାମାନ୍ୟ ଝଲକାଏ ପବନରେ, ଅତି ସୁକୁମାର ନରମ ପବନଛୁଆଁରେ ମଧ୍ୟ ସହଜରେ କ୍ଷତବିକ୍ଷତ ହୋଇଯାଏ। ଆଉ ଝାଞ୍ଜିଖରା, ଅନ୍ଧାର ରାତି, ପ୍ରଳୟଙ୍କରୀ ଝଡ଼ କଥା ନକହିଲେ ଭଲ। ଈର୍ଷା, ପ୍ରତିହିଂସା, ମିଥ୍ୟା, ଗର୍ବ, ଅହଂକାର ସବୁ ଯେମିତି ଜମାଟ ବାନ୍ଧି ମୁହଁମାଡ଼ି ପଡ଼ିଥାଏ ଭିତରେ। ଦୁନିଆ ଆଖିରେ ଭଲ ଲୋକର ଆଖ୍ୟା ଅର୍ଜନ କରି ସେସବୁ ଖୁନ୍ଦି ଚାଲିଥାଏ ତା' ମନର ଗମ୍ଭିରୀ ସିନ୍ଦୁକରେ। କଲେଜ ପାଠ୍ୟକ୍ରମରେ ମନସ୍ତତ୍ତ୍ୱ ପଢ଼ିଲାବେଳେ ସେ ସିଗ୍‌ମଣ୍ଡ ଫ୍ରଏଡଙ୍କର ବ୍ୟକ୍ତିତ୍ୱ ସଂପର୍କରେ ସନ୍ଦର୍ଭ ପଢ଼ିଲା। ଜାଣିଲା ଇଦ୍ ଇଗୋ ଏବଂ ସୁପର ଇଗୋର ସ୍ତରୀଭୂତ ଜଟିଳତାରେ ବ୍ୟକ୍ତିତ୍ୱର ଗଠନ ହୋଇଥାଏ। ପ୍ରତ୍ୟେକ ମଣିଷ ମଧ୍ୟରେ ଏହି ତିନୋଟି ସ୍ତର ସଦା ଜୀବିତ ଥାଏ। ଇଦ୍ ମଣିଷର ଅସାମାଜିକ ଚିନ୍ତାଧାରାର ପ୍ରତିଫଳନ। ଇଦ୍ ପାଦରେ ବେଡି ବାନ୍ଧିବା ପାଇଁ ଇଗୋ ଏବଂ ସୁପର ଇଗୋ ଜଗୁଆଳି କାମ କରିଥାନ୍ତି। କିଏ ବା ବିଶ୍ୱାସ କରିବ ଯେ

ବିନୋଦର ହୃଷ୍ଟପୁଷ୍ଟ ଶକ୍ତିଶାଳୀ ଇଦ୍ ପାଖରେ ହାର ମାନି ତା' ଇଗୋ ଏବଂ ସୁପର ଇଗୋ ଅତି ଗୋପନରେ ନତମସ୍ତକ ହୋଇ ଠିଆ ହୋଇଛନ୍ତି। ଏସବୁ ଛଡ଼ା ଯେମିତି କେହି ଇଦ୍‌ର ଟେର୍ ନପାଏ। ଅଭିମାନ, ଦୁଃଖ, ପ୍ରତ୍ୟାଖ୍ୟାନ, ଅସମ୍ମାନ ଏସବୁକୁ ମଧ୍ୟ ସିନ୍ଦୁକରେ ଭର୍ତ୍ତିକରି ରଖିଥିଲା ବିନୋଦ। ବିନୋଦର ବାହାଘର ଠିକଣା କରିଥିଲେ ତା' ବାପା। ତେଣୁ ବାହାଘର ପରେ ମଧୁଶଯ୍ୟାରେ ହିଁ ତା'ର ସାମ୍ନାସାମ୍ନି ହେଲା ମୀନା ସହିତ। ମୀନା ଦିବ୍ୟସୁନ୍ଦରୀ ଥିଲା। ଅତୀତର ଏକ ପ୍ରଖ୍ୟାତ ଜମିଦାର ଘରର ଝିଅ। କିନ୍ତୁ ବିନୋଦର ଭଲପଣିଆର ଯଶ ପାଖରେ ସବୁ ଅହମିକା ନଇଁପଡ଼ିଲା। ଏହା ମଧ୍ୟ ତାଙ୍କର ଅହମିକାର ଭିନ୍ନ ରୂପ ଥିଲା। ମୀନାର ବାପା ଅଡ଼ିବସିଲେ, ବିନୋଦ ହିଁ ତାଙ୍କ ଜ୍ୱାଇଁ ହେବ। ବିନୋଦ ଭଲ ଲୋକ, ଭଲ ହିଁ ଦେଖାଯାଏ। ନିରାଡମ୍ବର ପୋଷାକ, ସରଳ ମୁହଁ, ଅତି ନମ୍ର ବ୍ୟବହାର। କେଜାଣି କାହିଁକି ପ୍ରଥମ ଦିନଗୁଡ଼ିକରେ ମୀନା ଆଖିରେ ବିନୋଦ କେବଳ ପ୍ରତ୍ୟାଖ୍ୟାନ ଏବଂ ଗୋଟାଏ ନାପସନ୍ଦ ଭାବ ଦେଖିପାରିଥିଲା। ଭିତରେ ଭିତରେ ଦୁଃଖରେ ମ୍ରିୟମାଣ ହୋଇପଡ଼ିଥିଲା ସେ। ତା' ସ୍ତ୍ରୀକୁ ହିଁ ନିଜର ପ୍ରେମିକା କରିବା ପାଇଁ ମନସ୍ଥ କରିଥିଲା ସେ। ସବୁ କେମିତି ଓଲଟପାଲଟ ହୋଇଗଲା। ସ୍ତ୍ରୀକୁ ପ୍ରେମିକା ଭାବରେ ପାଇବା ସମସ୍ତଙ୍କ ଭାଗ୍ୟରେ ନଥାଏ। ସେ ସମୟରେ ବିନୋଦ ସିନ୍ଦୁକଟାକୁ ପ୍ରତିଦିନ ବାରମ୍ବାର ଖୋଲେ। ଅମାପ ଜାଗା ସେଠି। ଚାକିରି କ୍ଷେତ୍ରରେ ପିଲାମାନଙ୍କଠାରୁ ମଧ୍ୟ ବିନୋଦକୁ ଏମିତି ଅନେକ କିଛି ମିଳିଛି ଯାହା ସେ ସିନ୍ଦୁକରେ ତାଲା ଠୁଙ୍କି ରଖିବାକୁ ପସନ୍ଦ କରିଥିଲା। ଅଯାଚିତ, ଅଲୋଡ଼ା ଜୀବନ ଗୋଳିଆ ସୁଅ ଭଳି ଭାସିଆସିଛି ବିନୋଦ ପାଖକୁ। ସବୁ ଠୁଙ୍କିଛି ସେ ସିନ୍ଦୁକରେ। ସିନ୍ଦୁକର ଅନ୍ଧାରିଆ ଗହ୍ୱରରେ କାହିଁ କେଉଁ ସମୟରୁ ଭର୍ତ୍ତିକରି ଚାଲିଛି ସେ ଜୀବନର ଅକୁହା ବ୍ୟଥା ଏବଂ କଷ୍ଟକୁ। ତଥାପି ବେଶ୍ ଜାଗା ବଳିଛି। ବିନୋଦ ଜାଣିଲାଣି ଯେ, ସିନ୍ଦୁକଟା ଓଜନିଆ ହୋଇଗଲାଣି। ଆଉ ତାଲା ଠୁଙ୍କି ରଖିହେବ ନାହିଁ। କିନ୍ତୁ ସିନ୍ଦୁକ ଖୋଲି ସଜାଡ଼ିବାକୁ ତା'ର ସାହସ ହେଉନଥିଲା। ଏତେ କଥା ଲଦି ହୋଇ ରହିଛି ତା' ଭିତରେ, ନିଶ୍ଚୟ ଅସ୍ଥି ହୋଇ ତାକୁ ପୋତି ପକେଇବ। ଥାକଗୁଡ଼ିକରେ କେଉଁ କାଳର ଧୂଳି ଜମିଛି, ଅଳନ୍ଧୁ ଥୋଲା ଥୋଲା ଝୁଲୁଛି। ସେସବୁ ସଫା କରିବାକୁ ବିନୋଦର ଆଦୌ ଅଭିପ୍ରାୟ ନାହିଁ।

ସପ୍ତାହେ ହେବ ମୀନା ଦେହ ଗୁରୁତର। ଆଉ କଥାବାର୍ତ୍ତା, ପାଟିତୁଣ୍ଡ ନାହିଁ। କଳିତକରାଳ ନାହିଁ। ତାକୁ ଡାକ୍ତରଖାନାରେ ଇମର୍ଜେନ୍ସି ୱାର୍ଡରେ ଭର୍ତ୍ତି କରାଯାଇଛି। ବିନୋଦର ଆଖିକୁ ଲୁହ ଜକେଇ ଆସୁଛି ସର୍ବଦା। ସେ କିନ୍ତୁ ସିନ୍ଦୁକ ଭଳି ଚୁପ୍। ଖାଲି ଏକ ଅକୁହା ବେଦନାରେ ଛଟପଟ ହେଉଛି ଭିତରେ ଭିତରେ। ହସ୍‌ପିଟାଲ ଡ୍ୟୁଟି

କରି ପିଲାମାନଙ୍କ ହଲାପଟା ଦେଖି ତାକୁ ଅଡୁଆ ଲାଗୁଛି, କିନ୍ତୁ ସେ କିଛି ସାହାଯ୍ୟ କରିପାରୁନି।

ସେଦିନ ରାତିରେ ଖାଇସାରି ଉଠୁଛି ଖବର ଆସିଲା, ତା' ମୀନା ଶୋଇଥିବା ଅବସ୍ଥାରେ ଚାଲିଯାଇଛି ବହୁ ଦୂରକୁ। ତା'ପର କଥା ସବୁ ଠିକ୍ ମନେ ପଡୁନାହିଁ ବିନୋଦର। ପିଲାମାନେ ଲାଗିପଡ଼ି କାମଟାକୁ ଭଲରେ ସାରିଲେ। ଗାଁରୁ ବହୁତ ପୁରୁଣା ବନ୍ଧୁବାନ୍ଧବ ଆସି ଭିଡ଼ ଜମାଇଲେ- ଆନ୍ତରିକ ହେଲେ ମଧ୍ୟ ବୃଥା ସାନ୍ତ୍ୱନା ଦେଲେ ବିନୋଦକୁ। ପୁରୁଣା କଥା ସ୍ମୃତିଚାରଣ ଚାଲିଲା ରାତି ରାତି। ସିନ୍ଦୁକ ତା'ର ଥରିଉଠୁଥିଲା। ଫାଟିପଡ଼ିବ କି ଆଉ ! ଏତେ ଭାର ଆଉ ସମ୍ଭାଳି ପାରିବନାହିଁ କି ? ମୀନା ତ ଦେଖିବାକୁ ନାହିଁ- ଯାଉ ଭାଙ୍ଗି ସିନ୍ଦୁକଟା- ଉଡ଼ିଯାଉ ସବୁ ପଙ୍କ କାଦୁଅ-

ଏତେ ହୋହଲ୍ଲା ପରେ ଘରଟା ଶାନ୍ତ ପଡ଼ିଲାଣି। ବନ୍ଧୁବାନ୍ଧବ, ଗାଁକୁ ଲେଉଟି ଗଲେଣି। ପିଲାମାନେ ତାଙ୍କ ରୁଟିନବନ୍ଧା ଜୀବନକୁ ଫେରିଗଲେଣି। ସବୁ ପୂର୍ବପରି ଚିରାଚରିତ ରୀତିରେ ଚାଲିଲାଣି। କେବଳ ବିନୋଦ ଜୀବନରେ ସୃଷ୍ଟି ହୋଇଛି ଏକ ବିରାଟ ଶୂନ୍ୟସ୍ଥାନ। ମୀନାର ରୋଗଯନ୍ତ୍ରଣା, ଚିତ୍କାର, ଔଷଧପତ୍ରର ଜଞ୍ଜାଳ ବିନୋଦର ଜୀବନକୁ କୋଳାହଳରେ ଭର୍ତ୍ତି କରିଥିଲା। ବର୍ତ୍ତମାନ ସବୁଆଡ଼େ ନିରବତା। କିଛି ଯେମିତି କରିବା ପାଇଁ ନାହିଁ। ବିନୋଦ ସେଦିନ ଘର ସଜାଡୁଥିଲା। ମୀନାର ଖଟଟା ବାହାର କରିଦେଲେ ରୁମ୍‌ଟା ଆଉ ଟିକେ ଖୋଲା ଲାଗିବ। କିନ୍ତୁ ମୀନାର ଆଲମିରା ଉପରେ ବିନୋଦର ନଜର। ସେଟା ଖାଲି ହୋଇଗଲେ ତା'ର କିଛି ଜିନିଷ ସେଥିରେ ରଖିପାରିବ। କିନ୍ତୁ ମୀନାର ଆଲମିରା ଖୋଲିବା ବିନୋଦ ପାଇଁ ଥିଲା ଦୁଃଖଦାୟକ। କେତେ ଜିନିଷ ସାଇତି ରଖିଥିଲା ସେ। ଏମିତି କରି ଝିଅମାନଙ୍କ ବାହାଘରବେଳେ କେଉଁ ସନ୍ଧିରୁ ସୁନା ରୁପାର ଗହଣା ବାହାର କରେ। କେତେ ନୂଆ ଶାଢ଼ି ପ୍ୟାକେଟରେ ପୂରା ହୋଇ ରହିଛି। ବିନୋଦ ହିଁ କିଣିଥିଲା ତା' ପାଇଁ ସେସବୁ। ବିନୋଦର ବୁକୁଫଟା ଯନ୍ତ୍ରଣା ଯେପରି ବନ୍ଦ ହେବନାହିଁ। ଜୀବନରେ ଏମିତି କେତେ ଜିନିଷ ସାଇତି ମଣିଷ କ'ଣ ପାଏ ? ପୂରା ଆଲମିରାର ଜିନିଷ ଛାଡ଼ି ଦେଇଗଲା ମୀନା- କିଛି ନେଇପାରିଲା ନାହିଁ ଅନ୍ତିମ ଯାତ୍ରାରେ। କେହି ଦେଲେ ନାହିଁ ଖଣ୍ଡେ ନୂଆ ଶାଢ଼ିରୁ ଅଧିକା ଶାଢ଼ି ଖଣ୍ଡେ। ଭାବି ଭାବି ଜରରେ ପଡ଼ିଲା ବିନୋଦ। ଭୀଷଣ ଜର। ସପ୍ତାହେ ପରେ ଡାକ୍ତରଖାନା ନେଲାବେଳକୁ ବିନୋଦ କାହାରିକୁ ଚିହ୍ନିପାରୁନଥିଲା। ମାସେ କାଳ ଏକ ଅଜଣା ରୋଗ ସହିତ ଯୁଝୁଥିଲା ବିନୋଦ। ତା' ଚାରିପଟେ ଘେରି ରହିଥିବା ଲୋକମାନେ ସମସ୍ତେ ଅଚିହ୍ନା ହୋଇଯାଇଥିଲେ। ପୁଅ-ଝିଅ ବୋଲାଉଥିବା ସମସ୍ତେ ଅପରିଚିତ ହୋଇଯାଇଥିଲେ। ସେ କିଏ, କେଉଁଠାରେ ଅଛି, କିଛି ସ୍ପଷ୍ଟ ହେଉନଥିଲା

ତାକୁ। ସାଇପଡ଼ିଶା ଭାବୁଥିଲେ ବୁଢ଼ାବୁଢ଼ୀ ଦୁଇଟା ଡକାଡକି ହୋଇ ଚାଲିଯିବେ କି ? ହଠାତ୍ ଦିନେ ଭୋରରୁ ବିନୋଦର ଆକାଶର କୁହୁଡ଼ି ଦୂରେଇଯାଇ ସୂର୍ଯ୍ୟକିରଣ ବିଛେଇ ହୋଇ ପଡ଼ିଲା। ତା' ମାନସପଟରେ ଭାସିଉଠିଲେ ପୁରୁଣା ଚିହ୍ନାମୁହଁ। ନିଜ ନାଁ, ଗାଁ ଠିକଣାକୁ ସାଉଁଟି ଆଣିଲା ସେ ବିକଳରେ। ଡାକ୍ତରବାବୁ କହୁଥିଲେ, ମାନସିକ ଆଘାତରେ ବେଳେବେଳେ କିଛି ସମୟ ପାଇଁ ମଣିଷ ନିଜର ସ୍ମୃତି ହରେଇଦିଏ। କିନ୍ତୁ ପ୍ରାୟତଃ ପୁଣି ହଜିଯାଇଥିବା ସ୍ମୃତିକୁ ଫେରିପାଏ। ବିନୋଦର ବୋଧହୁଏ ସେଇ ଅବସ୍ଥା ହୋଇଥିଲା। ସେହିଦିନ ହିଁ ସେ ଡାକ୍ତରଖାନାରୁ ଡିସ୍‌ଚାର୍ଜ ହୋଇ ଘରକୁ ଫେରିଲେ। କିନ୍ତୁ ଡାକ୍ତରବାବୁ ବିଦାୟ ଜଣାଇବାବେଳେ ଅଘଟଣ ଘଟିଗଲା। ଏକ ଅବିଶ୍ୱସନୀୟ ଦୁର୍ଘଟଣା ଘଟିଗଲା। ଡାକ୍ତରବାବୁଙ୍କର "ଟେକ୍ କେୟାର" ଶୁଭେଚ୍ଛା ବାଣୀର ପ୍ରତ୍ୟୁତ୍ତରରେ ବିନୋଦ କିଛି କହିବାକୁ ଚାହିଁଲା ଏବଂ ପାଟିରୁ ତା'ର ବାହାରିଲା ଅଶ୍ରାବ୍ୟ ଗାଳି। ଏଭଳି ଭାଷା, ଏମିତି କୁଭାଷାରେ ଭର୍ତ୍ସନା ବିନୋଦ ତା' ଜୀବନରେ ଥରେହେଲେ ବି ଉଚ୍ଚାରଣ କରିନଥିଲା। କିନ୍ତୁ ଶତଚେଷ୍ଟା କରି ମଧ୍ୟ ବିନୋଦକୁ ରୋକିହେଲା ନାହିଁ। ପୁଅ ଦୁଇଜଣ ଶେଷରେ ତାକୁ ଜୋର୍ କରି ଗାଡ଼ିରେ ବସେଇଦେଲେ। ମା' ଯିବାଟା ତ ସୁନିଶ୍ଚିତ ଥିଲା। ସେ ଦୁଃଖ ସେମାନେ ସମ୍ଭାଳିନେଲେ। କିନ୍ତୁ ବାପାଙ୍କର ଏ କି ରୂପ ? ଏଭଳି ଗାଳି ବାପା ଶିଖିଲେ କେବେ, କେମିତି ? ପୁଣି ଉଚ୍ଚାରଣ କଲେ କେମିତି ?

ବିନୋଦ ଘରକୁ ଆସିବାର ପନ୍ଦର ଦିନ ବିତିଗଲାଣି। ଅବସ୍ଥା ଦିନକୁ ଦିନ ଶୋଚନୀୟ ହେବାକୁ ଲାଗିଛି। ବୋହୂ, ନାତି, ନାତୁଣୀ, ବନ୍ଧୁବାନ୍ଧବ କେହି ବାଦ୍ ପଡ଼ିନାହାନ୍ତି ବିନୋଦର ଅଶାଳୀନ ବ୍ୟବହାରରୁ। ଘରେ ସମସ୍ତେ ବ୍ୟସ୍ତ ହୋଇପଡ଼ିଲେଣି ଏତେ ଭଲ ଲୋକଙ୍କର ଏ ପ୍ରକାର ଅଭାବନୀୟ ଅଧୋପତନରେ। ଡାକ୍ତରଙ୍କୁ ମଧ୍ୟ ପରାମର୍ଶ କରାଗଲାଣି। ସବୁ ପରୀକ୍ଷା ନିରୀକ୍ଷା ପରେ ତାଙ୍କୁ ସଂପୂର୍ଣ୍ଣ ସୁସ୍ଥ ବୋଲି ଘୋଷଣା କଲେଣି ଡାକ୍ତର।

ବିନୋଦ ପାଗଳପ୍ରାୟ ଘୂରିବୁଲୁଛି ରୁମ୍ ସାରା। ସମସ୍ତଙ୍କ ଚିନ୍ତାଠାରୁ ତା'ର ମୁଣ୍ଡବଥା ଢେର୍ ଅଧିକ। ତା' ଜୀବନର ଏ ବିପଦ ବେଳାରେ କିଏ ବା ସହାୟକ ହେବ ? ଯେଉଁଦିନ ଭୋରରୁ ସେ ତା' ସ୍ମୃତିଶକ୍ତି ଫେରିପାଇଲା ସେଦିନ ସବୁକିଛି ଓଲଟପାଲଟ ହୋଇଯାଇଥିଲା। ପାହାନ୍ତା ପହରର ଦଲକାଏ ପବନରେ ସିନ୍ଦୁକଟା ହଠାତ୍ ଓଲଟିପଡ଼ି ଚୁରମାର୍ ହୋଇଗଲା। ଭାଙ୍ଗିରୁଜିଗଲା ତା' ମନର ଦମ୍ଭ। ଧ୍ୱସ୍ତବିଧ୍ୱସ୍ତ ହୋଇଗଲା ତା'ର ସହ୍ୟ କରିବାର ଶକ୍ତି। ଗୁପ୍ତରେ ଶୋଇଥିବା ଜୀବନଯାକର ବ୍ୟଥା, ବେଦନା, ଅପମାନ, ପ୍ରତ୍ୟାଖ୍ୟାନର ତୀବ୍ର ପ୍ରତିକ୍ରିୟା, ହିଂସା, କ୍ରୋଧ, ଅସହିଷ୍ଣୁତା ଓ

ଅଶ୍ରାବ୍ୟ ଗାଳି ହୋଇ ବାହାରିଆସିଲା ଭଙ୍ଗା ସିନ୍ଦୁକର ଆଁ'ରୁ। ତାକୁ ବେଶ୍ ହାଲୁକା ଲାଗୁଥିଲା। କେଡ଼େ ଉଶ୍ୱାସ। ସେ ଏତେଦିନେ ବୁଝିପାରିଲା ଯେ ଭଲଲୋକ ବୋଲାଇବା ପାଇଁ ସେ ତା'ର ସୁନା ସିନ୍ଦୁକରେ ଯେତେଯାହା ସାଇତିଥିଲା ସେସବୁ ସୁନା ନୁହେଁ, ଖାଲି ଖାଦ। ଆଳିମାଳି କଳଙ୍କିଲଗା ଲୁହାଠାରୁ ବି ଅଧିକ ବିକୃତ, ଯାହାକୁ ନେଇ କୌଣସି ଅଳଙ୍କାର ଗଢ଼ାଯାଇପାରିବ ନାହିଁ।

ସମାଜର ଶକ୍ତ ହାତରେ ଅତି ଯନିରେ ତିଆରି, ତା'ର ଭଲପଣିଆର ମୁଖାକୁ ରାମ୍ପି ବିଦାରି ପକାଇଲେ ମୁକୁଳି ଯାଇଥିବା ସାପମାନେ, ସମାଜ ଦ୍ୱାରା ନିଯୁକ୍ତ ମୁଖାର କାରିଗରମାନେ ଡାକିଁ ଯାଇଥିଲେ। ବିନୋଦର ମୁହଁ ଲୁଚାଇବାକୁ ଆଉ ମୁଖା ନଥିଲା। ପାଟିରୁ ଯେତେଥର ଅଶ୍ରାବ୍ୟ ଭାଷା ବର୍ଷା ହୁଏ ସେତେ ହାଲ୍‌କା ଲାଗେ ବିନୋଦକୁ।

କୌତୂହଳବଶତଃ ଅନେକ ଲୋକ ଆସୁଥିଲେ ବିନୋଦର ଏ ପରିବର୍ତ୍ତିତ ରୂପକୁ ସ୍ୱଚକ୍ଷୁରେ ଦେଖିବା ପାଇଁ। ଏଭଳି ଭଲ ମିଷ୍ଟଭାଷୀ ଲୋକଟାର ଏ କ'ଣ ହେଲା ? ବିନୋଦର ଏ ଅବାଞ୍ଛିତ ଅବତାରରେ ପିଲାମାନେ ବଡ଼ ଲଜ୍ଜିତ ଏବଂ ଚିନ୍ତିତ ହୋଇପଡ଼ିଥିଲେ। ସମସ୍ତଙ୍କର ସେଇ ଗୋଟିଏ ପ୍ରଶ୍ନ କେମିତି ଏ ବିଚିତ୍ର କାଣ୍ଡ ଘଟିଲା ? ଏତେ ସରଳ ଅମାୟିକ ବିନୋଦ ରାତାରାତି ଅଶାଳୀନତାର ଚରମସୀମାରେ କିପରି ପହଞ୍ଚିଗଲା ? ନିଶ୍ଚିତ ଏହା ପଛରେ କିଛି ରହସ୍ୟ ରହିଛି। କିଏ କ'ଣ ମନ୍ତ୍ରତନ୍ତ୍ର- ଯାହାକୁ ପିଲାମାନେ କେବେ ବି ବିଶ୍ୱାସ କରିନଥିଲେ ଜୀବନ ସାରା ! ମାତ୍ର ସେକଥା ମଧ୍ୟ ଆରା ଦେଖାଇବାରେ ସେମାନଙ୍କ ଆଧୁନିକ ଇମେଜ ବାଧାପ୍ରାପ୍ତ ହେଉଥିଲା। ପିଲାମାନେ ଥକିଗଲେଣି ପ୍ରଶ୍ନବାଣରେ। ଏଣୁ ସେମାନେ ସାମାଜିକ ପ୍ରାଣୀ ଭାବରେ ଗୋଟାଏ ଉପାୟ ପାଞ୍ଚି ଘୋଷଣା କରୁଛନ୍ତି ବିନୋଦର ବିସ୍ମରଣ ଘଟିଛି ବୋଲି। ମା'ର ଯିବାଟା ବାପାର କି ଶୋଚନୀୟ ଅବସ୍ଥା କରିଛି ତା'ର ଧାରା ବିବରଣୀ ଦେଇ ଚାଲିଛନ୍ତି। ବିନୋଦର ବିସ୍ମରଣ ରୋଗ ବିଷୟରେ ଜାଣିଲାମାତ୍ରେ ସମସ୍ତେ ହଠାତ୍ ତା' ପାଇଁ ଚିନ୍ତିତ ହୋଇପଡ଼ିଛନ୍ତି। କେମିତି ସ୍ୱାଭାବିକ ଜୀବନ ବିତିବ- ବିନୋଦର ପିଲାମାନଙ୍କର ବି।

ବିନୋଦର ସେଥିରେ ଯାଏଆସେ ନଥିଲା। ପିଲା ସିନା ତାକୁ ରୁମ୍‌ରେ ବନ୍ଦ କରି ରଖିଛନ୍ତି। ସେ କିନ୍ତୁ ନୀଳ ଆକାଶର ମୁକ୍ତ ବିହଙ୍ଗ। ମନ ତା'ର ଡେଣା ହଲାଇ ଅତି ଆନନ୍ଦରେ ଘୂରି ବୁଲୁଛି। ସିନ୍ଦୁକର ଅନ୍ଧାରି ଗହ୍ୱରଠାରୁ ମୁକ୍ତିର ଏ ମଧୁର ଅନୁଭୂତି କେତେ ଆନନ୍ଦଦାୟକ ସେ କଥା ତା'ଛଡ଼ା କେହି ବୁଝିପାରୁନଥିଲେ।

ଥରେ ମାତ୍ର ମଣିଷ ଜନ୍ମ ବିନୋଦର। ସମାଜର ନୁହେଁ, ପରିବାରର ନୁହେଁ, କେବଳ ତା'ର ଅତି ନିଜର, ଅତି ଆପଣାର ଅମୃତସମ ଜୀବନ। ଜୀବନର ଶିଡ଼ି

ଚଢ଼ିବା ସମୟରେ ବିନୋଦର ଅସରନ୍ତି ସମୟ ଥିଲା । ଯେତେଥର ଉପରକୁ ଅନାଏ ଆହୁରି ଅନେକ ପାହାଚ ବାକି ଥାଏ । ଶିଡ଼ିରୁ ତେଣୁ ତା'ର ଧ୍ୟାନ ଖସିଯାଇଥିଲା । ଅନ୍ୟମାନଙ୍କ ଦ୍ୱାରା ତିଆରି ହୋଇଥିବା ଶୃଙ୍ଖଳରେ ଛନ୍ଦିହୋଇ ଶିଡ଼ି ଉଠି ଉଠି କ୍ଳାନ୍ତ ହୋଇଯାଇଥିଲା ସେ । ତା' ଜୀବନର ଭଲ ଓ ମନ୍ଦ ବିଚାର କରିଥିଲେ ଅନ୍ୟମାନେ । ଅନ୍ୟର ଦିଆଯାଇଥିବା ଜୋତା ପିନ୍ଧିଲେ କିଛିକ୍ଷଣ ପାଇଁ ଖୁସି ଲାଗେ । ଗୋଡ଼ ସୁନ୍ଦର ଦିଶେ । କିନ୍ତୁ ଠିକ୍ ମାପ ନପାଇଲେ ଅଳ୍ପକିଛି ସମୟ ପରେ ପାଦରେ ଫୋଟକା ହୁଏ, ଦରଜ ଲାଗେ । ମୀନା ପାଇଁ ସିନା ସେ ଭଲ ମନ୍ଦର ତଉଲରେ ଏତେକାଳ ମୁଖା ପିନ୍ଧି ଅଣନିଃଶ୍ୱାସୀ ହେଲା, ଏତେଗୁଡ଼ାଏ ଶିଡ଼ି ଚଢ଼ି ପାଦ ଫୋଟକା କଲା । କିନ୍ତୁ ଆଉ କାହିଁକି ? କେବେ ଆଉ ଖୋଲା ଜୀବନର ସ୍ୱାଦ ଚାଖିବ ! ଏ ଲେଉଟାଣି ବେଳାରେ ସେ ହଠାତ୍ ଦେଖୁଥିଲା ପାହିଆ ନଥିବା ଶିଡ଼ିର ଚାରିକତି ସୁନ୍ଦର ଫୁଲବଗିଚାଟିଏ । ବନ୍ଦ ଘରର ଅନ୍ଧାର ଭିତରେ ବି ଫୁଲମାନେ ମୁର୍କିହସା ଦେଉଥିବାର ସେ ସ୍ପଷ୍ଟ ଦେଖିପାରୁଥିଲା । ବାହାରୁ ଶୁଭୁଥିଲା ପିଲାମାନଙ୍କର ତାଗିଦ୍ "ବାପା କାହିଁକି ଏଡ଼େ ଚିତ୍କାର କରୁଛ ? ଏ ଘରେ କ'ଣ ଆଉ କେହି ରହିବେନି ?" ବିନୋଦକୁ ଦିଶୁଥିଲା ସୁନା ସିନ୍ଦୁକ ଭିତରର ବୀଭତ୍ସ ରୂପ । ତାକୁ ବାହାରର ନିନ୍ଦା ବା ପ୍ରଶଂସା, ରାଗ-ରୋଷର ସ୍ୱର କିଛି ବି ଶୁଭୁନଥିଲା । ସେ ଦ୍ୱାର ଖୋଲିନଥିଲା । ସିନ୍ଦୁକଟା ଖୋଲା ରଖି ସେ ଦ୍ୱାର ଖୋଲିଥାଆନ୍ତା କେମିତି ?

■

ରବିସୂତ୍ର

ସକାଳ ପାହିଲେ ତା' ପର୍ବ ସରିଯାଏ । ଘର ଝଡ଼ାଝଡ଼ି କରି ସଫା ରଖିବା ରୁନୁର ପୁରୁଣା ଅଭ୍ୟାସ । ଏଇଟା ତା'ର ନିତିଦିନିଆ ରୋଗ । ହାତକୁ ଟିକିଏ ଧୂଳି ଲାଗିଲେ ତା' ମୁଣ୍ଡଟା ଖରାପ ହେଇଯାଏ । ସ୍ୱାମୀ ତାଙ୍କର ବଡ଼ କମ୍ପାନୀର ଉଚ୍ଚପଦସ୍ଥ ଅଫିସର । ଘରେ ସାହାଯ୍ୟକାରୀ ଲୋକଙ୍କର ଅଭାବ ନାହିଁ । ବଗିଚାରେ ମାଳି, କିଚେନରେ ରୋଷେୟା ଘର କାମ ପାଇଁ ଦୁଇଓଳି ଆସେ ଉଷା- ବଡ଼ କାମିକା ସ୍ତ୍ରୀଲୋକ- ତା' ବ୍ୟତୀତ ହାତପାଆନ୍ତାରେ ଚବିଶଘଣ୍ଟିଆ ସେବାକାରୀ ଜଣେ । କିନ୍ତୁ କେଜାଣି କାହିଁକି ରୁନୁର ମନ ମାନେନାହିଁ । ଯିଏ ସଫା କଲେ ବି ସେ ନିଜେ ଟିକେ ହାତ ବୁଲେଇ ନଆଣିଲେ ଶାନ୍ତି ନାହିଁ ।

ରୁନୁ ଭୁବନେଶ୍ୱରର ଏକ ଖ୍ୟାତିସମ୍ପନ୍ନ ପ୍ରଫେସନାଲ କଲେଜରେ ଅଧ୍ୟାପନା କରେ । ଆଜିକାଲି ପୋଷ୍ଟଗ୍ରାଜୁଏଟ୍ ପିଲାମାନଙ୍କୁ ପଢ଼ାଇବା ପାଇଁ ବିଶେଷ ପ୍ରସ୍ତୁତି ଦରକାର । ତା'ଛଡ଼ା ଗବେଷଣା, ସେମିନାର, କନଫରେନ୍ସରେ ମଧ୍ୟ ରହିବାକୁ ପଡ଼େ ବ୍ୟସ୍ତ । ଘରେ, ବାହାରେ ଯାବତୀୟ ଜଂଜାଳକୁ ସେ ମୁଣ୍ଡେଇଥାଏ । ତଥାପି ଏ ପୁରୁଣା ଅଭ୍ୟାସଟା ରହିଗଲା ସବୁଦିନ ପାଇଁ । ଘରଟା ନିର୍ମଳ ରଖିବା ପାଇଁ ତା'ର ନିରୀହ ସକାଳଗୁଡ଼ା ଯେ ହନ୍ତସନ୍ତ ହେଉଛନ୍ତି, ସେଥିପ୍ରତି ଖାତିର ନଥାଏ ରୁନୁର ।

ସେଦିନ ସେ ପୁରୁଣା ଆଲିମାଲି ଜିନିଷର ପେଟି ସଜାଡୁଥିଲା। ପୁରୁଣା ଜିନିଷ ସହିତ କେତେ ପୁରୁଣା ସ୍ମୃତି ଗୁଡ଼େଇ ତୁଡ଼େଇ ହୋଇ ରହିଥାଏ। ବହିଗଲା ସୁଅ, ଇଡ଼ିଗଲା ପାଣିର କେବେ କ'ଣ ଲେଉଟାଣି ଥାଏ ? ତଥାପି ସେ ବିଗତ ଦିନର ଫିକା ପଡ଼ିଆସୁଥିବା ସ୍ମୃତିରେ ବିଭୋର ହୁଏ। ପ୍ରତିଥର ସବୁ ଜିନିଷ ଝାଡ଼ିଝୁଡ଼ି ସେ ପୁଣି ଥରେ ସାଇତି ରଖେ ପେଟିରେ। ତା'ର ଅତି ପ୍ରିୟ ସ୍ମୃତିକୁ କେମିତି ବା ଫିଙ୍ଗି ଦେଇପାରିବ ? ସେଦିନ ପୁରୁଣା ଆଲବମରୁ ଗୋଟିଏ ଟାଣିଆଣି ଓଲଟାଇବାକୁ ଲାଗିଲା ରୁନୁ। ମୁହଁସାରା ମଧୁର ସ୍ନେହଭରା ସ୍ମୃତିରେ ଫଗୁ ବୋଳିହୋଇଗଲା ଯେପରି। ତା' ଝିଅ ଲାଲିର ପିଲାଦିନର ଫଟୋ ସବୁ। କେଡ଼େ କୁନିଟିଏ ହେଇଥିଲା ସତରେ। କେଡ଼େ ଡଉଲଡାଉଲ। କେତେ ନିର୍ଭର ରୁନୁ ଉପରେ। ତା' ସୁନ୍ଦର ମୁହଁଟାରେ ଦୁନିଆଯାକର ସୁଖର ଛବି ଦେଖୁଥିଲା ରୁନୁ। ଜୀବନଟା କେଡ଼େ ବିଚିତ୍ର। ସେ ସମୟରେ ଅନେକଥର ବ୍ୟସ୍ତ ହୋଇ ରୁନୁ ଭାବୁଥିଲା କେବେ ତା' ଝିଅ ବଡ଼ ହେବ। ହଜାର ପ୍ରକାର ଜଞ୍ଜାଳରୁ ମୁକ୍ତି ମିଳିବ ତାକୁ। ବର୍ତ୍ତମାନ ଲାଲି ହାଇସ୍କୁଲର ଛାତ୍ରୀ। ଦିନ କେଇଟାରେ ତାକୁ ଛାଡ଼ି ବାହାରକୁ ଯିବ ପଢ଼ିବା ପାଇଁ। ଏ କଥା ଭାବିଦେଲା ମାତ୍ରେ ତା' ଭିତରଟା ଶଙ୍କିଯାଏ କେମିତି ରହିବ ସେ ତାକୁ ଛାଡ଼ି ? ଅତି ସରଳ ହୋଇ ରହିଛି ଲାଲି। ସଂସାର କିପରି ଚାଲେ, ତିଳେମାତ୍ର ଜ୍ଞାନ ନାହିଁ ତା'ର। କେମିତି ଚଳିବ ସେ ହଷ୍ଟେଲରେ ଏକା ? ସେଠି ତ ଆଉ ରବି ରହିନଥିବ ?

ଥମ୍ କରି ରହିଗଲା ରୁନୁ। ଏ ଭିତରେ ରବି ବିଷୟରେ ଭାବିବାକୁ ତାକୁ ଆଦୌ ସମୟ ହୋଇନାହିଁ। ଜୀବନଟା ନିଷ୍ଠୁର ଭାବରେ ବିଚିତ୍ର। ଦିନେ ଯାହା ବିନା ତା'ର ସଂସାର ଅଚଳ ହୋଇଯାଉଥିଲା, ଆଜି ତାକୁ ସ୍ମରଣ କରିବା ପାଇଁ ଫୁର୍‌ସତ ମିଳେନାହିଁ। ତା'ର ବର୍ତ୍ତମାନର ପ୍ରଫେସର ଭାବେ ପ୍ରତିଷ୍ଠା ପାଇଁ ରବି ହିଁ କେତେକାଂଶରେ ସହାୟକ ହୋଇଛି। ତା' ବାପା ମା'ଙ୍କର ସ୍ୱପ୍ନ ଥିଲା ରୁନୁ ନିଜ ଗୋଡ଼ରେ ନିଜେ ସଳଖି ଠିଆହେବ। ଯେତେ ଗୁଣବାନ, ଉଚ୍ଚ ପାହ୍ୟାରେ ଅଧିଷ୍ଠିତ ବର ପାଇଲେ ମଧ୍ୟ ତା'ର ନିଜର ଏକ ପରିଚୟ ରହିବ। ସେ ଆତ୍ମନିର୍ଭରଶୀଳା ହେବ। କିଏ ବା ଜାଣିବ ଯେ ଏସବୁର ଅନ୍ତରାଳରେ ରବି ହିଁ ରହିଥିଲା ? ଅଥଚ ସମୟର ଶିରାଳ ହାତମୁଠାରେ ଜାବ ପଡ଼ିଯାଇଛି ରବିର ଠିକଣା। କିନ୍ତୁ ତା' ମନରେ ରବିର ଅକୁଣ୍ଠ ଅବଦାନ ମଝିରେ ମଝିରେ ବରାବର ଉଙ୍କିମାରେ, ତାକୁ ବ୍ୟସ୍ତ କରାଏ। ପୁଣି ଜୀବନଜଞ୍ଜାଳ ଚାପରେ ରବି ହଜିଯାଏ। ଆଲବମଟିକୁ ଓଲଟାଇ ଦେଖୁଥିଲା ରୁନୁ। ପ୍ରାୟ ପ୍ରତ୍ୟେକ ପୃଷ୍ଠାରେ ରବିର ପୁରୁଣା ଫଟୋ, ହଳଦିଆ ପଡ଼ିଆସୁଥିବା ଫଟୋ ଭିତରୁ ରବି ହସୁଚି। ସ୍ନେହରେ ଅନେଇ ରହିଛି ଲାଲିକୁ, କେଉଁଠି କାଖେଇଛି,

କୋଳେଇଛି। ତା' ଝିଅ ପାଇଁ ମାଙ୍କଡ଼ ହୋଇ ଗଛ ଚଢ଼ିଛି, ତା'ର ଲାଲିର, ତା' ପରିବାରର ଅତି ପ୍ରିୟ ରବି- ରବି ସାମଲ। କମ୍ପାନୀ ତରଫରୁ ତା' ସ୍ୱାମୀଙ୍କର ବ୍ୟକ୍ତିଗତ ପରିଚାରକ- ଅଥଚ ରବି ତା' ଘରର ବିରାଡ଼ି, କୁକୁର, ତା' ଝିଅ ଓ ତା' ସ୍ୱାମୀଙ୍କର ବିଶ୍ୱସ୍ତ ସ୍ୱେଚ୍ଛାସେବାକାରୀ।

ରୁନୁର ମନ ଫେରିଯାଏ ପ୍ରାୟ ଷୋହଳ ବର୍ଷ ତଳର ସମୟକୁ। ସ୍ୱାମୀଙ୍କର ପ୍ରଥମ ପୋଷ୍ଟିଂ ହୋଇଥାଏ କେନ୍ଦୁଝରର ଖଣି ଅଞ୍ଚଳରେ। ଅତି କମ୍ ବୟସ ହୋଇଥିବାରୁ ତାଙ୍କ ଅଧୀନସ୍ଥ ସମସ୍ତ ଅଫିସର ବୟସରେ ତାଙ୍କଠାରୁ ଯଥେଷ୍ଟ ବଡ଼ ଥିଲେ। ଭୁବନେଶ୍ୱର ଛାଡ଼ି କେନ୍ଦୁଝରର ଆଡ଼କୁ ଗଲାବେଳେ ରୁନୁର ଆଶଙ୍କା ବଢ଼ିଯାଉଥିଲା। କୋଳରେ ଦୁଇ ମାସର ଲାଲିକୁ ଶୁଆଇଥାନ୍ତି ସେ ସ୍ଲିପିଂ ବ୍ୟାଗ୍ ଭିତରେ। କେନ୍ଦୁଝରର ରାସ୍ତାରେ ଡେଙ୍ଗା ପାହାଡ଼, ଘନଜଙ୍ଗଲ ଯେତେ ମନମତାଣିଆ ଲାଗୁଥାଏ, ସେତିକି ଡର ମଧ୍ୟ। ସେଠାରେ ଭଲ ଡାକ୍ତର ଥିବେ ତ ? ଲାଲିର ଭଲ ମନ୍ଦ ବୁଝିବା ପାଇଁ କେମିତି ଲୋକ ଥିବେ ? କମ୍ପାନୀ ଚାକିରିରେ ଘରର ରକ୍ଷଣାବେକ୍ଷଣ ପାଇଁ ଅନେକ ଲୋକ ଥାଆନ୍ତି। କମ୍ପାନୀର ଅନ୍ୟ ଅଫିସରଙ୍କ ସ୍ତ୍ରୀମାନେ ତାଙ୍କୁ ଅନେକ ଉପଦେଶ ଦେଇଥାନ୍ତି। ବଡ଼ କମ୍ପାନୀର ବଡ଼ ଅଫିସରଙ୍କ ସ୍ତ୍ରୀ ଭାବରେ ବିଭିନ୍ନ ଆଦବ କାଇଦା ଭିତରେ ପଶିବାକୁ ବେଳ ପାଇନଥାଏ ରୁନୁ।

ଜେନେରାଲ ମ୍ୟାନେଜରଙ୍କ ବଙ୍ଗଳା ସମ୍ମୁଖରେ ଓହ୍ଲାଇପଡ଼ି ଖୁସି ହେଇଗଲା ରୁନୁ। ତା' ମନ ମୁତାବକ ବିରାଟ ପ୍ରାସାଦ। ତା'ର ସର୍ବଦା ପ୍ରାଚୀନ ରାଜକୀୟ ବଙ୍ଗଳା ପସନ୍ଦ। ସ୍ୱାମୀ କିନ୍ତୁ ଅତି ନିରାଡମ୍ବର। ସର୍ବଦା କହନ୍ତି "ଏଇଟା ଆମ ଘର ନୁହେଁ, ଅସ୍ଥାୟୀ ବସାଘର। ପୁଣି ସ୍ଥାନାନ୍ତର ହେଲେ ଆଉ କେଉଁ ଘରେ ରହିବା। ଚାକିରିକାଳ ମଧ୍ୟରେ ଏମିତି କେତେ ଘର ବଦଳାଇବାକୁ ପଡ଼ିବ। ଆମ କମ୍ପାନୀର କେତେଟା ବ୍ରାଞ୍ଚ ଅଛି- ତମେ ଜାଣିଛ ? ଏତେ ବାଛିଲେ ଲାଭ କିଛି ନାହିଁ, ବରଂ କ୍ଷତି। କାରଣ, ତମ ପସନ୍ଦର ବଙ୍ଗଳା କୋଉଠି କେହି ତିଆରି କରିବନି। ଯେଉଁଠି ପସନ୍ଦର ବଙ୍ଗଳାଟିଏ ମିଳିଲା- ଭାଗ୍ୟ ବୋଲି ଭାବ।" ଘରେ ପଶି ଚା'କପ୍‌ଟିଏ ଧରିବାମାତ୍ରେ ଝିଅ ଲାଲି କାନ୍ଦିଲା। ଲାଲିର କାନ୍ଦ ବି କେଡ଼େ ମଧୁର ଶୁଭେ ରୁନୁକୁ। ସେଦିନ କିନ୍ତୁ ତା'ର କାନ୍ଦ ଏକ ମଧୁର ସଙ୍ଗୀତ ଭଳି ରୁନୁର ମନେହେଲା। କାନ୍ଦରେ ବି ଲାଲିର କଣ୍ଠ କେଡ଼େ କୋମଳ। ଚା' ପିଉ ପିଉ ସେ ଝିଅର କାନ୍ଦକୁ ଉପଭୋଗ କଲା। ଠିକ୍ ସେତିକିବେଳେ ଧୂଳିଧୂସରିଆ ଲୋକଟିଏ ଦଉଡ଼ିଆସି ଲାଲିକୁ କୋଳକୁ ନେବାପାଇଁ ହାତ ବଢ଼ାଇଲା। ରୁନୁ ଲୋକଟିକୁ ତାଳୁରୁ ତଳିପା ପର୍ଯ୍ୟନ୍ତ ନିରୀକ୍ଷଣ କରି କହିଲା- "ଜିନିଷପତ୍ର ରଖାଥୁଆ କରୁଥିଲ ବୋଧେ, ତୁମ ହାତଗୋଡ଼ ମଇଳା

ହେଇଛି, ସାବୁନରେ ହାତ ଧୋଇଆସି ପିଲାକୁ ନିଅ। ତୁମ ନାମ କ'ଣ ?" "ଆଜ୍ଞା, ରବି- ରବୀନ୍ଦ୍ର ସାମଲ।" ଏ ବଙ୍ଗଳାକୁ ଯେତେ ସାହେବ ଆସନ୍ତି ସମସ୍ତଙ୍କ ପିଲାଙ୍କ ଦାୟିତ୍ୱ ମୋର। ଆପଣ ଆମ ଲାଲିମାମା ପାଇଁ ଜମାରୁ ଚିନ୍ତା କରନ୍ତୁନି। ତାହାହିଁ ଥିଲା ରବି ସହ ଲାଲିର ସଂପର୍କର ଆଦ୍ୟପର୍ବ। ଅଧିକାଂଶ ଲୋକଙ୍କୁ ଅଚିହ୍ନା ବାରୁଥିବା ଲାଲି କେମିତି ଯେ ରବି ସହ ଆଗରୁ ଚିହ୍ନା ଥିବାଭଳି ଠୁକୁଠୁକୁ ପାଦ ପକାଇ ଚାଲିଗଲା କେଜାଣି ? ବୋଧହୁଏ ପିଲାମାନେ ମଣିଷର ଭିତରଟାକୁ ବେଶି ଦେଖିପାରନ୍ତି। ରୁନୁକୁ ରବି ଦେହର ଧୂଳିମଳି ଦେଖାଯାଉଥିବା ବେଳେ ଲାଲିକୁ ଦେଖାଗଲା ରବି ଭିତରର ପରିଛନ୍ନତା- ମଣିଷପଣିଆ। ଦିନ କେଇଟାରେ ରବି ମା'ଭଳି ଲାଲିର ସବୁ ଦାୟିତ୍ୱ ସମ୍ଭାଳିନେଲା। ପୁରୁଷଙ୍କ ଭିତରେ ବି ମା'ପଣିଆ ଥାଏ। ମା'ଭଳି ନିଃସର୍ତ୍ତ ସ୍ନେହ ରବି ଭଳି ଅନେକ ପୁରୁଷଙ୍କ ଭିତରେ ସେ ଦେଖିଛି। ରୁନୁ ଲାଲିର ଯନି ନେବାପାଇଁ ରବିକୁ ଯେମିତି ବତାଇଲା, ରବି ତା'ଠାରୁ ଅଧିକ ଯନିରେ ଲାଲିର ସବୁ କାମ କଲା। କେଉଁ ଡାକ୍ତର ଲାଲିକୁ ଦେଖିବେ, କେଉଁ ପାର୍କକୁ ଝିଅକୁ ସନ୍ଧ୍ୟାବେଳେ ବୁଲାଇ ନିଆଯିବ, କଲୋନୀର କେଉଁ ପିଲାମାନଙ୍କ ସହ ଝିଅ ଖେଳିବ ସେ ସଂପର୍କରେ ରୁନୁ ଚିନ୍ତା କରୁଥିଲା। ସବୁ ନୂଆ ସ୍ଥାନରେ ପହଞ୍ଚିଲେ ମା'ମାନଙ୍କର ଏଇ ଚିନ୍ତା ହୁଏ। ରବି ଏ ସଂପର୍କରେ ରୁନୁକୁ ନିଶ୍ଚିନ୍ତ କରିଦେଲା। ତା' ପାଖରେ ଲାଲି ପାଇଁ ସବୁ ପ୍ରଶ୍ନର ଉତ୍ତର ଥିଲା।

ରବିର ପରାମର୍ଶରେ ବଡିଭୋରରୁ ସ୍ତ୍ରୀଲୋକଟିଏ ଆସେ ଲାଲିକୁ ମାଲିସ୍ କରିବା ପାଇଁ, ଅବଶ୍ୟ ଆଜିକାଲିର ଡାକ୍ତରମାନେ ଏ ମାଲିସ୍‌ର ଯାଦୁରେ ବିଶ୍ୱାସ ପୋଷଣ କରନ୍ତି ନାହିଁ। ଗାଁଗହଳିର ଚଳଣିରେ ଗଢ଼ିଆସୁଥିବା ଏମିତି ଅନେକ କଥାରେ ରବିର ଦୃଢ଼ ବିଶ୍ୱାସ। ହାଡ଼ ମଜଭୁତ ହେବ, ଦେହ ଚଞ୍ଚଳ ହେବ, ବୁଦ୍ଧି ପ୍ରଖର ହେବ, ସ୍ତ୍ରୀଲୋକଟି ବି ଏଥିରେ ଏକମତ। ରବି ଧୀରସ୍ୱରରେ ଲାଲିକୁ ଯେପରି ବୋଧ ଦେଉଥାଏ "ମୋ ମାମାର ଦେହ ବଜ୍ର ହେଉ ଲୋ, ତା' ମନ ଟାଣ ହେଉ, ରୋଗ ବୈରାଗ ତା' ପାଖକୁ କେବେ ନଆସୁ।" ରବିର ଏ ନିଷ୍କପଟ ନିଃସ୍ୱାର୍ଥ ସ୍ନେହରେ ରୁନୁର ଆଖି ସଜଳ ହେଇଯାଏ। ତା'ପରେ ଗାଧୋଇବା, ଶୋଇବା, ବୁଲିବା ଆଦି ସବୁ କାମ ସମୟ ଅନୁସାରେ ଗଡ଼ିଚାଲେ। ଲାଲି ତା'ର ଖାଇବା ପାଇଁ ବଡ଼ ଅଝଟ କରେ। କେତେବେଳେ ରବି ମାଙ୍କଡ଼ ହେଇ ଗଛରେ ଚଢ଼ିଯାଇ ତଳକୁ ଡେଇଁପଡ଼େ ତ କେତେବେଳେ ବାଘ ହୋଇ ହାଉଁ ହାଉଁ ଗୁମୁରେ। ରବିର ଗୋଟିଏ ଡିଆଁରେ ଲାଲିର ଗୋଟିଏ ଗୁଣ୍ଡା ଖସିଯାଏ ସହଜରେ।

ହଠାତ୍ ଦିନେ ରୁନୁ ନଜର କଲା ଯେ ଲାଲି ରବିର ଭାବଭଙ୍ଗୀ ଓ କଥାକୁ

ଅନୁକରଣ କରୁଛି। ରୁନୁ ବିସ୍ମିତ ହେଲା। ରବିର କେତେ ପ୍ରଭାବ ତା' ଲାଲି ଉପରେ ସତେ। ପରକ୍ଷଣରେ କିନ୍ତୁ ତାକୁ ଖରାପ ଲାଗିଲା। ନିଜକୁ ଦୋଷୀ ମଣିଲା ସେ। ରବିକୁ ସେ ଲାଲିର ମା' ବାପା ସବୁ ହେବାର ହକ୍ ଦେଇନାହିଁ। କାଇଁ ଲାଲି ତ ତାକୁ ଅନୁକରଣ କରୁନି। ବିନା କାରଣରେ ରବିକୁ ଡାକି ଗାଳିଦେଲା ସେ। ସେଥିରେ ତା' ମନ ହାଲ୍‌କା ହେଲା କି ନାହିଁ, ସେ ଜାଣିପାରିଲା ନାହିଁ। କିନ୍ତୁ ରବି ଟିକେ ମୁହଁ ଶୁଖାଇଦେଲା। ତା'ର ବା ଦୋଷ କାହିଁ? ସେ ତ କେବେହେଲେ ଭାଷା ଓ ଭାବଭଙ୍ଗୀ ବଦଳାଇ ପାରିବନାହିଁ। ତେବେ ରବି ଟିକେ ସଙ୍କୁଚିତ ହେଇ ଚଳିଲା ଆଉ ରୁନୁକୁ ଦୋଷୀ ଦୋଷୀ ଲାଗିଲା।

ରବିର ଆସିବାକୁ ସାମାନ୍ୟ ଡେରି ହେଲେ ଲାଲି ତା' ଦରୋଟି ଭାଷାରେ 'ଲବି ଲବି' କହି ଘର ଫଟାଏ। ଅନେକ ଦିନ ପରେ ହଠାତ୍ ଦିନେ ରୁନୁ ରବିକୁ ତା' ପରିବାର ବିଷୟରେ ପଚାରିଲା। ଛୋଟ ପରିବାରଟିଏ ତା'ର। ଘରେ ସ୍ତ୍ରୀ ଏବଂ ଝିଅ। ଝିଅଟି ମଧ୍ୟ ଲାଲି ବୟସର। ରୁନୁ ମନଟା ଭୀଷଣ ଗୋଳେଇଘାଣ୍ଟି ହେଲା ସେଦିନ ରାତିରେ। ରବି ତ ଭୋର୍‌ରୁ ଆସେ ଏବଂ ଡେରି ରାତିରେ ଘରକୁ ଫେରେ। ଲାଲିକୁ ସବୁ ସମୟ ଦିଏ। ତା' ଝିଅ କଥା ତ ଆଦୌ ବୁଝିପାରୁନଥିବ। ସମୟ ବା କାହିଁ। ରବିବାର ଛୁଟିଦିନରେ ମଧ୍ୟ ରବି ଲାଲିର ଯନି ନେବାପାଇଁ ଚାଲିଆସେ। ସେମାନେ ବାହାରକୁ ବୁଲିଗଲେ ରବି ତାଙ୍କ ସାଙ୍ଗରେ ଯାଏ। ଏମିତି ଚାହୁଁ ଚାହୁଁ ରବିର ଝିଅ ବଡ଼ ହେଇଯିବ, ବାହା ହେଇଯିବ, ରବି ଚାକିରି କରି ଅଫିସରମାନଙ୍କ ପିଲାଙ୍କର ଯନି ନେଉନେଉ ନିଜେ ଜାଣିପାରିବ ନାହିଁ ଯେ ତା' ଝିଅଟି ଏବେ ପରଘରକୁ ଚାଲିଯିବ। ନିଜ ଝିଅକୁ ସ୍ନେହ ଆଦର କରିବାପାଇଁ ତାକୁ ବେଳ ମିଳିଲା ନାହିଁ ବୋଲି ସେତେବେଳେ ତା' ମନରେ କ'ଣ ଦୁଃଖ ହେବନାହିଁ। ସାରାରାତି ରୁନୁ ଛଟପଟ ହେଲା। ପୁଣି ମନକୁ ବୋଧ ଦେଲା "ଚାକିରି କରିଛି ରବି, ଦାୟିତ୍ୱ ନେବାକୁ ପଡ଼ିବ ତ"। ତା' ସ୍ୱାମୀ ଉଚ୍ଚପଦସ୍ଥ ଅଫିସର ହୋଇ ମଧ୍ୟ ଘରେ ଆଦୌ ରହିପାରୁ ନାହାନ୍ତି। ରବି ତ ସହଜେ...।

ତା' ପରଦିନ ରୁନୁ ଗୋଟିଏ ପେଟିରେ କିଛି ଖେଳନା ଓ ଲୁଗା ସଜାଡ଼ି ରବି ଝିଅ ପାଇଁ ଦେଲା। ରବି ଭାରି ଅମଙ୍ଗ ଥିଲା ନେବାପାଇଁ। ବହୁତ ବୁଝାଇବାରୁ ପେଟି ଧରି ବାହାରି ପଡ଼ିଲା ଘରକୁ ଯିବାପାଇଁ। ଲାଲିର କେତେ ଜିନିଷ, ଲୁଗାପଟା, ଚିତ୍ରବହି, ଖେଳନା। ଏସବୁ ଦେଖି ରବିର କ'ଣ ନିଜ ଝିଅ କଥା ମନେ ପଡୁନଥିବ। ରୁନୁ ନିଷ୍ପତ୍ତି ନେଲା ପ୍ରତି ମାସ ତା' ଝିଅ ପାଇଁ ସେ ଲାଲିର ପୁରୁଣା ଲୁଗା ଏବଂ ଖେଳଣା ପଠେଇବ। ମଝିରେ ମଝିରେ ନୂଆ ଜାମାପଟା ମଧ୍ୟ କିଣିଦବ।

କେନ୍ଦୁଝରର ରହଣି ଥିଲା ରୁନୁ ଓ ତା' ସ୍ୱାମୀଙ୍କର ଆଉ ଥରେ ହନିମୁନ୍। ସ୍ୱାମୀ ଭାରି ଖୁସ୍ ମିଜାଜିଆ ଲୋକ। ସବୁବେଳେ ନୂଆ କିଛି କରିବା ଯୋଜନାରେ ଥାଆନ୍ତି, ଚାକିରି କ୍ଷେତ୍ରରେ ହେଉ ବା ଘରେ। କେବେ ସାନଘାଘରାରେ ସାନ୍ଧ୍ୟ ଚା'ପର୍ବ ତ ପୁଣି କେବେ କାଂଜିପାଣି ଘାଟିରାସ୍ତାରେ ରାତିରେ ଲମ୍ବା ଡ୍ରାଇଭ, ହାଣ୍ଡିଭଙ୍ଗାରେ ବଣଭୋଜି ତ କିରିବୁରୁରେ ଟ୍ରେକିଂ, କେତେ ସୁଖମୟ ମୁହୂର୍ତ୍ତ ସବୁ। ତାଙ୍କର ଏ ଆନନ୍ଦ ସମ୍ଭବ ହୋଇଥିଲା ରବି ପାଇଁ। ଝିଅକୁ କୋଳରେ ବସାଇ ତାଙ୍କ ସହିତ କୁଆଡ଼େ ବା ନଯାଇଚି ରବି ? ଭଲ ପ୍ୟାଣ୍ଟ ସାର୍ଟ ଦୁଇହଳ ରଖିଥାଏ ସେ। କୁଆଡ଼େ ଯିବାକୁ ହେଲେ ସଫା ଲୁଗା ପିନ୍ଧି ବାହାରିପଡ଼େ। ସବୁବେଳେ ଲାଲି ସହିତ କଥା ହେଉଥାଏ "ଦେଖିଲ ମାମି, କେତେ ବଡ଼ ପାହାଡ଼, କେତେ ସୁନ୍ଦର ଫୁଲଗଛ ଆଦି କେତେ କଥା। ଲାଲି ତା' କଥା ନବୁଝିଲେ ମଧ୍ୟ ତା' ଆଙ୍ଗୁଳି ଯେଉଁଆଡ଼େ ଯାଏ, ଏକା ଲୟରେ ଅନେଇଥାଏ। ସତେ ଅବା ସେ ପିକାସୋଙ୍କ ପରି ସୁନ୍ଦର ଚିତ୍ରଟିଏ ଆଙ୍କିବାକୁ ଯାଉଛି। ରବି ଆଖିରେ ଲାଲି ତା' ଚାରିପାଶ୍ୱର୍ର ଦୁନିଆକୁ ଦେଖୁଥିଲା।

ଛୁଆଟିଏ ବଡ଼ କରିବା କେତେ କଷ୍ଟ ସତେ। ଯେତେ ହୁସିଆର ହେଲେ ମଧ୍ୟ କେଉଁ ବାଟରେ ହେଲେ ସେ ଖଣ୍ଡିଆଖାବରା ହେବ। ହଜାରେ ବାଟକୁ ମା'ମାନେ ଜଗିବସିଲେ ବି ହଜାରେଏକ ବାଟଟି ଆପେ ଖୋଲିଯାଏ। ଲାଲି ପଡ଼ିଯାଇ ଖଣ୍ଡିଆ ହେଲେ ରୁନୁ ବ୍ୟସ୍ତବିବ୍ରତ ହେଇପଡ଼େ। ରବି ନଥିଲେ ତାକୁ ସଂସାର ଅନ୍ଧାର ଦିଶେ। ରବି ଯେମିତି ତା' ମା'ପଣିଆର ଗୋଟେ ପତିଆରା। ଆଜିକାଲି କୈଶୋରର ଜଞ୍ଜାଳିଆ ଇଲାକାରେ ବ୍ୟସ୍ତବିବ୍ରତ ଯାତ୍ରୀ ଲାଲି। କ୍ୟାରିୟର, ସ୍କୁଲ, ସାଙ୍ଗସାଥୀ, ଭବିଷ୍ୟତକୁ ନେଇ ଅନେକ ଅଙ୍କକଷା ତା' ମନରେ। ରୁନୁ ଝିଅକୁ ସାଙ୍ଗ ଭଳି କଥା କହେ, କାଉନସେଲିଂ କରେ। ଅନେକ ସମୟରେ କିନ୍ତୁ ଲାଲିର ସମାଧାନ ତା' ପାଖରେ ନଥାଏ। କୁନି ଲାଲିର ଅବୁଝା ମନକୁ କିନ୍ତୁ ରବି ପରଖିଥିଲା, ବୁଝାଇ ପାରୁଥିଲା, ଯାହା ରୁନୁ ଆଜି ପାରୁନାହିଁ।

ଶୈଶବ ଦିନ ଭଳି ଲାଲି କ'ଣ ଆଉ ସମ୍ପୂର୍ଣ୍ଣ ଭାବେ ତା'ର ହୋଇ ରହିଛି ? ଜୀବନର ଏକ ଉଚ୍ଛ୍ୱାସ ସେ। ତା' ମନକୁ ସେ ଚିହ୍ନିଲାଣି, ଭାବନାକୁ ନିଜେ ସଜାଡ଼ି ଶିଖିଲାଣି। ଲାଲିର ସରଳତାରେ ସେ ପ୍ରତିଦିନ ରବିକୁ ହିଁ ଦେଖେ। ସତେଯେପରି ଲାଲିର ବାଲ୍ୟକାଳର ମୂଳଦୁଆଟାକୁ ମଜଭୁତ କରିଥିଲା ରବି। ପ୍ରଜାପତିର ଜୀବନ ଭଳି କେତେ ଶୀଘ୍ର ସରିଯାଏ ବାଲ୍ୟକାଳ। ଲାଲିର ବାଲ୍ୟକାଳ ଭଳି ରବି ମଧ୍ୟ ହଜିଯାଇଥିଲା କେନ୍ଦୁଝରରୁ ବଦଳି ହେଇ ଆସିବା ପରଠାରୁ। ଦୈନନ୍ଦିନ କାର୍ଯ୍ୟଭାର ଓ ଜଞ୍ଜାଳର ଅଳିଆଗଦା ତଳେ ଚାପି ହୋଇଯାଇଥିଲା ତା' ସ୍ମୃତି। ଜୀବନଜଞ୍ଜାଳର

ଏ ଅଣନିଃଶ୍ୱାସୀ ଦୌଡ଼ରେ କାହାକୁ ବା ସମୟ ଅଛି ପଛକୁ ଫେରିଚାହିଁବା ପାଇଁ? ଜାଣତରେ ବା ଅଜାଣତରେ, ତା' ଚାକିରି କରିବା ନିଷ୍ପତ୍ତିରେ ରବିର ଭୂମିକା ଥିଲା ଗୁରୁତ୍ୱପୂର୍ଣ୍ଣ। କୁନି ଲାଲିକୁ ଛାଡ଼ି କେମିତି ଦିନଟାସାରା ଅଫିସ୍‌ରେ ରହିବ ସେ। ଇଣ୍ଟରଭ୍ୟୁରେ କୃତକାର୍ଯ୍ୟ ହେଲାପରେ ନିଯୁକ୍ତିପତ୍ର ହାତକୁ ଆସିସାରିଥାଏ। ଅଥଚ ରୁନୁ ଘାରି ହେଉଥାଏ ଦୁଶ୍ଚିନ୍ତାରେ। ଗୋଟିଏପଟେ ତା'ର କର୍ମମୟ ଭବିଷ୍ୟତ, ଅପରପକ୍ଷରେ ଲାଲି ପ୍ରତି ତା'ର କର୍ତ୍ତବ୍ୟ। ସ୍ୱାମୀ ତା'ର ବୁଝେଇ ଚାଲିଥିଲେ। "ତୁମକୁ ଭୁବନେଶ୍ୱର ଯାଇ ଚାକିରିରେ ଯୋଗଦେବାକୁ ପଡ଼ିବ। ଏ ସୁଯୋଗ ହାତଛଡ଼ା କରନାହିଁ। ଅଧିକ ଦିନ ଘରେ ରହିଲେ ଆଉ ସ୍ପୃହା ଆସିବ ନାହିଁ ଚାକିରି କରିବା ପାଇଁ। ତୁମ ବାପା ମା' ଭୁବନେଶ୍ୱରରେ ରହୁଛନ୍ତି, ସବୁ ପ୍ରକାର ସାହାଯ୍ୟ ସେମାନେ ଯୋଗାଇଦେବେ।"

ତା' ମନର ଦ୍ୱନ୍ଦକୁ ରବି ହିଁ ଦୂର କଲା। ଛୋଟିଆ ବ୍ୟାଗଟିରେ ଦୁଇଖଣ୍ଡ ଲୁଗା ପକାଇ ବାହାରିଲା ସେ ରୁନୁ ସଙ୍ଗେ। ତା' ସଂସାର କିପରି ଚଳିବ ସେଥିକି ଚିନ୍ତା ନାହିଁ, ସ୍ତ୍ରୀ, ପିଲା କେହି ଯେମିତି ତା' ପାଇଁ ଯେମିତି ଜରୁରି ନଥିଲେ। ଚାକିରିର ତାଡ଼ନା ନୁହେଁ, କେବଳ ଲାଲିକୁ ମନପ୍ରାଣ ଦେଇ ଭଲପାଇବା ଯୋଗୁ ଏମିତି କଥା ସ୍ୱଇଚ୍ଛାରେ କରୁଥିଲା ରବି। ସେଥିପାଇଁ ତାକୁ ଓଭରଟାଇମ୍ ମିଳୁନଥିଲା ବୋଲି କେବେ ତ କୁଣ୍ଠା ନଥିଲା ତା'ର। ଆରମ୍ଭ ହୋଇଥିଲା ରୁନୁର ଚାକିରି ଜୀବନ। ଷୋହଳ ବର୍ଷ ମଧ୍ୟରେ ସେ ଜଣେ ପ୍ରତିଷ୍ଠିତା ଅଧ୍ୟାପିକା ଭାବେ ପରିଚୟ ଲାଭ କରିସାରିଛି। ୟଙ୍ଗ୍ ଆଚିଭର ଆୱାର୍ଡ ପାଇଁ ଭାରତ ସାରା ଖ୍ୟାତି ଅର୍ଜନ କରିଛି। ଦେଶ ଓ ବିଦେଶର ଅନେକ ବିଶ୍ୱବିଦ୍ୟାଳୟରେ କନଫରେନ୍ସରେ ଯୋଗ ଦେଇଛି। ଲାଲି ତା' ବାପା ମା'ଙ୍କୁ ନେଇ ଗର୍ବ କରେ ସେ ଜାଣିଚି। କିନ୍ତୁ ଯେଉଁ ଲୋକଟିର ଅବଦାନ ବିନା ସେ ହୁଏତ ମାଡ଼ିମକଚି ହୋଇ ହାଉସ୍‌ୱାଇଫ୍ ହୋଇ ରହିଥାନ୍ତା, ସେଇ ରବି ସମୟ ସ୍ରୋତରେ ହଜିଯାଇଛି ବୋଲି କାହାରି କୋଉଥିରେ ଉଣା ହୋଇନାହିଁ।

ରୁନୁର ମନେପଡ଼ିଲା, କେନ୍ଦୁଝର ଏବଂ ରବିକୁ ଛାଡ଼ିବାର ଘଟଣା। ଶୁକ୍ରବାର ରାତିରେ ବସ୍ ଧରି ଭୁବନେଶ୍ୱରରୁ ଲାଲି ଓ ରବିକୁ ଧରି କେନ୍ଦୁଝର ଯାଇଥାଏ ରୁନୁ। ସୋମବାର ଭୋରରୁ ପୁଣି ଫେରିଯାଏ କର୍ମକ୍ଷେତ୍ରକୁ। ହଠାତ୍ ରେସିଡେନ୍ସ ଅଫିସ୍ ରୁମ୍‌ରୁ ବାହାରିଆସିଲେ ତା' ସ୍ୱାମୀ। କହିଲେ "ବଦଳି ଅର୍ଡର ପହଞ୍ଚିଗଲା। ଭାଇଜାଗ ବଦଳି ହୋଇଛି ମୋର।" କେମିତି ଗୋଟିଏ ଅଶ୍ୱସ୍ତି ଭାବ ଖେଳିଗଲା ରୁନୁ ଭିତରେ। ତିନିଟି ବର୍ଷ ମଧ୍ୟ ପୂରିନାହିଁ। ଜିଲ୍ଲାଟିକୁ ଜାଣି ଚିହ୍ନି କିଛି ଯୋଜନା ଆରମ୍ଭ କଲାବେଳକୁ ବଦଳି ଅର୍ଡର। ଏଇ ମାତ୍ର କିଛି ଦିନ ତଳେ ନୂତନ ପ୍ରଚେଷ୍ଟା କରୁଥିଲେ ଫାକଫ୍ରିରେ

ଆଇନଶୃଙ୍ଖଳାର ମନିଟରିଂ ପାଇଁ। କିଏ ବା ବୁଝେ ଏ ଅସହାୟତାକୁ, ଅଧାଲେଖା ଅଧାପଢ଼ା କାହାଣୀମାନଙ୍କୁ।

ଅବୁଝା ଶିଶୁଟିଏ ଭଳି ରୁନୁ କହୁଥିଲା "କ'ଣ କିଛି କରିହେବନି ? ଆଉ ଗୋଟିଏ ବର୍ଷ ରହିହେବନି। କେତେ ସୁଖରେ ଜୀବନ ଥିଲା ଏଠି ଆମର। ତା'ଛଡ଼ା ରବିକୁ ତ ବଦଳି କରି ନେଇହେବନି, ଲାଲି କଥା ବୁଝିବ କିଏ ? ତମ ବଦଳି ସହ ମୁଁ ଚାକିରିଟା ଛାଡ଼ିଦେବି ନା କ'ଣ ?"। ସ୍ୱାମୀ ତା' କଥା ଉପରେ ଗୁରୁତ୍ୱ ନଦେଇ କହିଲେ "ଏ ରବି ଏଠି ରହିଲେ ଆଉ କୋଉ ରବି ଲାଲି ପାଖରେ ସେଠି ରହିବନି ! ତମେ ବ୍ୟସ୍ତ ହେଉଛ କାହିଁକି ? ଚାକିରି ଜୀବନରେ ବଦଳି ନହେବ କେମିତି ?"

ବଦଳି ଖବର ପାଇବା ପରଠାରୁ ରବି ଯେପରି ମଉଳି ଯାଇଥିଲା। ତା' ଚଞ୍ଚଳ ପ୍ରକୃତି, ସରାଗ ସବୁ ଯେପରି ହଠାତ୍ ଉଭେଇ ଯାଇଥିଲା। ଦିନରାତି ଲାଲିକୁ ଧରି ନିରବରେ ଲୁହ ଢାଳିଚାଲିଥିଲା। ରବିକୁ ରୁନୁ ବୋଧ ଦେବାପାଇଁ ସାହସ ହେଉନଥିଲା। କୋହ ସବୁ ତା' ଭିତରେ ଜମାଟ ବାନ୍ଧି ରୁନ୍ଧି ଦେଉଥିଲା ତା' ଭିତରଟାକୁ। କେତେବେଳେ ଯେ ଅତଡ଼ା ଧସି ବନ୍ୟା ଆସିବ, ଭସେଇନେବ ତାକୁ, ସେ ଜାଣିପାରୁନଥିଲା।

ଲାଲି ଜୀବନର ଆଦ୍ୟପର୍ବରେ ଅଭୁଲା ବନ୍ଧୁ- ରବି ଭାଇ। ରୁନୁ ଜାଣେ ଲାଲି ରବିକୁ ଚେଷ୍ଟା କଲେ ମଧ୍ୟ ମନେ ରଖିପାରିବ ନାହିଁ। କିନ୍ତୁ ରବି ହିଁ ଝୁରିହେବ ଲାଲିକୁ। କୌଣସି ପ୍ରତ୍ୟାଶା ନରଖି ରବି ତାକୁ ସାରାଜୀବନ ପାଇଁ ଯାହା ଦେଇଛି, ରୁନୁ ସେ ଋଣ ଶୁଝିପାରିବ ନାହିଁ। ଅନାହୂତ ଭାବେ ଜୀବନରେ ଏମିତି କିଛି ଲୋକ ଆସନ୍ତି। ଆଲୋକିତ କରିଥାନ୍ତି ଜୀବନର ଚଲାପଥକୁ। ରବି ସାଙ୍ଗେ ଲାଲିର କିଛି ଫଟୋ ଉଠାଇଥିଲା ରୁନୁ। ରବିର କିଛି ସନ୍ତକ ରଖିବାକୁ ଚାହୁଁଥିଲା ସେ। ଅବଶ୍ୟ ସେ ଜାଣିଥିଲା ଫଟୋ ସବୁ ଧୂଳିଧୂସରିଆ ପଡ଼ିଯାଏ। ଜୀବନଜଞ୍ଜାଳର ମହାସଂଗ୍ରାମରେ ଫଟୋଗୁଡ଼ିକୁ ଓଲଟାଇବା ପାଇଁ କାହାର ବା ସମୟ ଥାଏ ? କେତେ ଆପଣାର ମୁହଁସବୁ ଝାପ୍‌ସା ହେଇଯାଏ ସମୟର ସ୍ପର୍ଶରେ।

ଲାଲି ଭଳି କେତେ କୁନି ଢେଉ ପିଟି ହେଉଥିବେ ରବିର ପ୍ରଶସ୍ତ ମମତାର ବେଳାଭୂଇଁରେ। କେତେ ଅଫିସରଙ୍କ ପିଲାମାନଙ୍କୁ ଚାଲି ଶିଖାଇଥିବ, କଥା କହି ଶିଖାଇଥିବ ରବି। ଏହାହିଁ ରବିମାନଙ୍କର ବିଧାନ। ପର ପିଲା ପାଇଁ ନିଜ ପରିବାରକୁ ପାସୋରି, ନିଜ ପିଲାକୁ ଭୁଲିଯାଇ ରବିମାନେ ଏମିତି ଉତ୍ସର୍ଗ କରୁଥାନ୍ତି ନିଜର ବାତ୍ସଲ୍ୟକୁ। ପ୍ରତି ମୁହୂର୍ତ୍ତ ଏକ ପ୍ରତିଶ୍ରୁତିରହିତ-ପ୍ରତ୍ୟାଶାରହିତ ମୁହୂର୍ତ୍ତ ରବିମାନଙ୍କ ପାଇଁ। ରବିର ଏଇ ନିଷ୍କପଟ ଭଲପାଇବାର ଯେକୌଣସି ଭବିଷ୍ୟତ ନାହିଁ ସେ କଥା ରବି

ଜାଣିଥିଲା। ଏଭଳି ସର୍ତ୍ତହୀନ, ଆଶାହୀନ ଭଲପାଇବା ଯେ ରବିର ଲାଲି ପାଇଁ ଆଶିଷ, ରବି ବା କେମିତି ଜାଣିବ? ବିଦାୟ ବେଳରେ କିଏ ବେଶି କଷ୍ଟ ପାଏ, କିଏ ଅଧିକ ଦୁଃଖ ପାଏ? ଯିଏ ଛାଡ଼ି ଚାଲିଯାଏ ନା ଯିଏ ରହିଯାଏ? କାର୍ ଭିତରେ ରୁନୁ କୋହକୁ ଚାପି ଧରିଥାଏ। ରବିର ମୁହଁଟା ଲୁହରେ ସତେଯେପରି ବୁଡ଼ିଯିବ। ଦୁଇଟି ହାତରେ ଲାଲିକୁ ବଢ଼ାଇଦେଲା ତା' ଆଡ଼େ। ଗାଡ଼ି ଗଡ଼ିଚାଲିଲା ଜୀବନପଥରେ। ରୁନୁ ସିଟ୍‌ରେ ବୁଲିପଡ଼ି ପଛକୁ ଅନାଇଥିଲା। ଧୂଳିର ଝଡ଼ ଭିତରେ ଫିକା ପଡ଼ିଗଲା ରବିର ଲୁହଭିଜା ମୁହଁ।

କାହା ପାଇଁ କିଛି ଅଟକିଯାଏ ନାହିଁ, ସଂସାର ଚାଲେ। ରବିର ଶୂନ୍ୟସ୍ଥାନ ପୂରଣ କରିବା ପାଇଁ ଅନ୍ୟ ଲୋକ ଆସିଲେ। କିନ୍ତୁ ରବି ଭଳି ତ ଆଉ କେହି ଗଢ଼ା ହୋଇନଥିଲେ! ଜୀବନଟା ଭୁଲ୍ ଠିକ୍‌ର ଗୋଳିଆପାଣି ସୁଅ। କେଉଁଟା ଭୁଲ୍, କେଉଁଟା ଠିକ୍, କିଏ ବା କହିପାରିବ? କିନ୍ତୁ ରୁନୁ ଭୁଲ୍ କରିଛି। କେନ୍ଦୁଝରରୁ ଆସିବାର ଅନେକ ବର୍ଷ ହେଲାଣି ରବି କଥା ଭାବିବାକୁ ତାକୁ ଫୁରସତ୍ ନଥିଲା। ବଦଳି ହେଇ ଆସିବାର କିଛି ମାସ ପରେ ରବି ଥରେ ତା' ନୂଆ ବାବୁ ମା'ଙ୍କ ସହିତ ଭୁବନେଶ୍ୱର ଆସିଥିଲା। ଅଳ୍ପ ସମୟ ପାଇଁ ଘରକୁ ଆସି ଲାଲିକୁ ଦେଖିଯାଇଥିଲା। କାନ୍ଥଘଣ୍ଟାକୁ ଚାହିଁ ତରବର ହେଇ ବାହାରିଲା। ଖାଇବାକୁ ଯାଚିବାରୁ କହିଲା "ଏଥରକ ଥାଉ ମା'- ଆରଥରକୁ ଆସିଲେ ଖାଇବି। ଜଲିମାମାକୁ ଶୁଆଇଦେଇ ଆସିଥିଲି। ଉଠିବା ବେଳ ହେଲାଣି। ଉଠିଲାମାତ୍ରେ ମୋତେ ଖୋଜିବେ ଆଉ ମା'ଙ୍କୁ ହଇରାଣ କରିବେ। ମୁଁ ଏବେ ଯାଏ।" ରବି ପାଖରେ ଲାଲିର ସ୍ଥାନ ନୂଆବାବୁଙ୍କ ଝିଅ ଜଲିମାମା ପୂରଣ କରିଛି। କିନ୍ତୁ ରବିର ସ୍ଥାନ ଲାଲି ପାଖରେ ଆଉ କେହି ପୂରଣ କରିନାହାନ୍ତି ବୋଲି ମା' ଭାବରେ ରୁନୁ ଜାଣେ। ଲାଲିମାମାର ନାମ ଉଚ୍ଚାରଣ ମାତ୍ରକେ ରବି ମୁହଁରେ ସେଇ ପୁରୁଣା ବାତ୍ସଲ୍ୟର ପବିତ୍ର ହାଓ୍ୱା ଉକୁଟି ଉଠିବାର ରୁନୁ ଲକ୍ଷ୍ୟ କରିଥିଲା ଆଉ ତା' ମନରେ ଈର୍ଷା ହେଇଥିଲା। ଅନ୍ତତଃ ରୁନୁ ଆଗରେ ରବିର ଲାଲି ପ୍ରତି ଏତେଟା ସ୍ନେହ ପ୍ରକଟ କରିବା ଉଚିତ ନଥିଲା। ଯେମିତି ରୁନୁ ନିଜେ ହିଁ ଲାଲି ପାଲଟିଯାଇଥିଲା। ନିଜକୁ ବିଶ୍ଳେଷଣ କରି ମନେ ମନେ ହସିଥିଲା ସେଦିନ ରୁନୁ।

ଏ ଭିତରେ ଅନେକ ବର୍ଷ ଗତ ହେଲାଣି। ରବି କଥା ମନେପଡ଼ିଲା। ରବିର କିଛି ଖବର ତା' ପାଖରେ ନଥିଲା। ରବିର ନିଃସର୍ତ୍ତ ସ୍ନେହର ପ୍ରତିଦାନରେ କ'ଣ ବା ସେ କରିପାରିଲା ରବି ପାଇଁ? କେମିତି ଏକ ଗ୍ଲାନିରେ ଅସ୍ଥିର ଲାଗିଲା ତାକୁ। ସ୍ୱାମୀଙ୍କୁ କହିଲା, ରବିକୁ ଥରେ ଦେଖିଆସିବା ପାଇଁ। କିନ୍ତୁ ରବି ହଜିଯାଇଥିଲା ସମୟର ହଇଚଇ ଭିତରେ। ଲଗାତାର ଅସୁସ୍ଥତା ଲାଗିରହିବାରୁ ତାକୁ ଘରେ ନରଖି ଅଫିସ୍‌କୁ

ବଦଳି କରାଯାଇଥିଲା। ଅଫିସ୍‌ରେ ଖାଲି ଷ୍ଟୁଲ୍ ଖଣ୍ଡିଏ ଉପରେ ବସି ଜଗିବା କାମ। ଘରକାମ ଅପେକ୍ଷା ସହଜ। ବାବୁମାନଙ୍କ ପିଲାମାନଙ୍କ ପଛରେ ଦୌଡ଼ିବାର ବଳବୟସ ଆଉ ନଥିଲା। ତା'ପରେ ରବି ଅବସର ନେଇଯାଇଥିଲା ଏବଂ ପିଲାଛୁଆ ନେଇ ଗାଁକୁ ଚାଲିଯାଇଥିଲା। କାହା ପାଖରେ ବା ଥିଲା ରବିର ଗାଁ ଠିକଣା, କାହାକୁ ବା ବେଳ ଥିଲା ଖୋଜି ବାହାର କରିବା ପାଇଁ ରବିକୁ, କ'ଣ ବା ମିଳିଥାଆନ୍ତା ରବିକୁ ଖୋଜିଆଣିଥିଲେ ! ରୁନୁମାନେ କ'ଣ ରବିର ବୟସ ଫେରାଇ ଦେଇପାରିଥାଆନ୍ତେ ! ତାକୁ ଘରେ ରଖି ସେବାଶୁଶ୍ରୂଷା କରିଥାଆନ୍ତେ, ତା'ର ସବୁ ଅଭାବ ପୂରଣ କରିଦେଇ ପାରିଥାଆନ୍ତେ। ଲାଲିକୁ ସେ ପାଳିଥିଲା ବୋଲି ଲାଲି କ'ଣ ରବିର ବାର୍ଦ୍ଧକ୍ୟର ଦାୟିତ୍ୱ ନେଇଥାଆନ୍ତା, ତେଣୁ ରବିକୁ ଖୋଜିବାର ହଇଚଇ କାହିଁକି ବା କରିଥାଆନ୍ତା କିଏ !

ରବି ହଜିଯିବା କଥା ପୁରୁଣା ହେଲାଣି। କିନ୍ତୁ ଅକସ୍ମାତ ବେଳେବେଳେ ରୁନୁ ତାକୁ ଦେଖିପାରେ ଭିଡ଼ ଭିତରେ, ଅନୁଭବ କରିପାରେ ତା' ଉଦାରତାକୁ। ଭିଡ଼ରେ କିଏ ଯଦି ତାକୁ ବାଟ ଛାଡ଼ିଦିଏ, ବା ତା' ଗାଡ଼ି ଖରାପ ହେଲେ ରାସ୍ତା ଉପରେ ଗାଡ଼ି ଠେଲିବାକୁ ସାହାଯ୍ୟ କରେ, ଲାଲିକୁ ଯଦି କିଏ ଆଶୀର୍ବାଦ କରେ, ଦୋ ଦୋ ଚିହ୍ନା ଲୋକଟିଏ ଯଦି ତାକୁ ନିଉନ ହୋଇ ନମସ୍କାର କରେ କିମ୍ବା ଶ୍ରମଝାଳ ମାରିବା ପାଇଁ ଅଚିହ୍ନା ଲୋକଟିଏ ତା' ଗେଟ୍ ସାମ୍ନା ଗଛତଳେ ବସିଥିବାବେଳେ ତା' ଗାଡ଼ି ଦେଖି ଗେଟ୍ ଖୋଲିଦିଏ, ତାକୁ ଲାଗେ ରବି ହଜିଯାଇନାହିଁ। ରବିମାନେ ତଥାପି ବି ଅଛନ୍ତି ଏ ସଂସାରରେ।

ରୁନୁ ଜାଣେ ରବିର କିରଣ ତା' ଲାଲିର ଚାରିପଟେ ବିଛେଇ ହୋଇ ପଡ଼ିଛି। ତା' ନିଜ ଭିତରର କ୍ୟାକଟସ୍ ଗଛରେ ଫୁଲ ଫୁଟିଲାଣି। ରବିର ଋଣ ଶୁଝିବା ପାଇଁ ରବିସୂତ୍ର ସେ ଜୀବନସାରା ଘୋଷିଚାଲିଛି।

■

ବିରାଗ ରାଗ

ଷ୍ଟିୟରିଂ ଉପରେ ହାତ ରଖି ଡାକିଲା ନମନ୍।

"କମିଂ ଡାର୍ଲିଂ ! ୱାନ୍ ମିନିଟ୍" କାନ୍ଧରୁ ଖସିଯାଉଥିବା ଲାପଟପ୍‌ଟାକୁ ସଜାଡ଼ି ଦେଇ ଦକ୍ଷ ଖେଳାଳି ଭଳି ଡେଇଁଡେଇଁ ଓହ୍ଲେଇ ଆସୁଥିଲା ପତଳୀ ଅଙ୍ଗନା। ଅଙ୍ଗନା ଗାଡ଼ିରେ ବସୁ ବସୁ ସାଦା ପାନରେ ଚୂନ ମାରିବା ପରି ନମନ ମଧୁରିଆ ପରିହାସ କଲା "ତମର ବାହାରିବା ପାଇଁ ସବୁବେଳେ ଡେରି ହୁଏ ଡାର୍ଲିଂ- ଅଫିସ୍ ଟାଇମ୍‌ରେ ଟ୍ରାଫିକ୍ ଯେମିତି...

"ହଉ, ତମେ କାଲି ଘର ଟିଭି ସ୍ୱିଚ୍ ଅଫ୍ କରି, ଝର୍କା ବନ୍ଦକରି ତାଲା ପକାଇ ଆସିବା କଥା ନା- ଦେଖିବା କେତେ ସମୟ ସଚେତନତା ବାବୁଙ୍କର ?"

ମୃଦୁ ହସିଲା ଅଙ୍ଗନା।

"ନିଶ୍ଚୟ ! କାଲି ତ ଡ୍ରାଇଭ କରିବା ପାଳି ତମର, ଆମକୁ ଆଉ ଟିକେ ଆଗରୁ ବାହାରିବାକୁ ହେବ ଯେ" କଟାକ୍ଷ ହାଣିଲେ ନମନ୍।

"ଠିକ୍ କହିଛ, ମୁଁ ଅଫିସ୍‌ରେ ଠିକ୍ ସମୟରେ ପହଞ୍ଚିବି ବୋଲି କେବେହେଲେ ସ୍ପିଡ୍ ଲିମିଟ୍ ଟପେନାହିଁ- ବେଟର ଲେଟ୍ ଦ୍ୟାନ୍ ନେଭର। ମୁଁ ତମଠୁ କେୟାରଫୁଲ୍ ଡ୍ରାଇଭର ବୋଲି ତମେ ଜାଣିଛ ତ।"

"ସିଓର୍... ଏକଥା କିଏ ନଜାଣେ ? ସ୍ତ୍ରୀଲୋକମାନେ ସବୁ କଥାରେ ଏତେ କେୟାରଫୁଲ୍ ଯେ- ମାନେ, ଏତେ ମାତ୍ରାରେ ସତର୍କ ଯେ ବେଳେବେଳେ ତମରି ଭଳି ରାସ୍ତା ମଝିରେ ଗାଡ଼ି ଚକା ବନ୍ଦ। ନମନ ଏତିକି କହୁ କହୁ ଦୁହେଁ ଏଥର ପ୍ରାଣଭରି ହସିଲେ ଆଉ ନମନର କାନ୍ଧରେ ଅଙ୍ଗନା ମୁହଁରଖି ତା' ଗାଲରେ ଚୁମା ଦେଲା।"

ସୁପ୍ରୀତ ଅପେକ୍ଷାରେ ଗାଡ଼ିରେ ବସି ବିମନା ବିରକ୍ତିରେ ଦାନ୍ତରେ ନଖ ଛିଡ଼ାଉଥିଲା। ସୁପ୍ରୀତର ଗୋଟାଏ ଅକଥ୍ୟ ବଦଭ୍ୟାସ, ଅଫିସ୍ ବାହାରିବା ବେଳକୁ ତଳକୁ ଓହ୍ଲାଇ ଆସୁଆସୁ ତାକୁ ଟଏଲେଟ୍ ଯିବା ଦରକାର ହୁଏ। ସେ ପୁଣି ଉଠିଯାଏ ଉପରକୁ। କାହାକୁ ଭଲା କହିହୁଏ ଏ କଥା ? ସୁପ୍ରୀତର ସଂସ୍କାର ଖାପ୍ ଖାଏନି ବିମନା ସହ। ଖାଲି ଭଲ କ୍ୟାରିୟର, ବହୁରାଷ୍ଟ୍ରୀୟ କମ୍ପାନୀର ଚାକିରି ଆଉ ଡ୍ୟାସିଙ୍ଗ୍ ନହୋଇଥିଲେ ଏଠି କ'ଣ ବାପା ବାହାଘର ଠିକ୍ କରିଦେଇଥାନ୍ତେ ନା ବିମନା ରାଜି ହୋଇଥାନ୍ତା ? ବିମନାର ବାପା ଝିଅ ବୋଝରେ ଏମିତି ଅତର୍ଚ୍ଛା ତାଡ଼ନାରେ ଗୋଟା ଗୋଟା କରି ତିନିଟା ଝିଅ ବାହାଘର କରିସାରିଲେଣି। ମାତ୍ର ଫଳ କ'ଣ ହୋଇଛି ? ସବୁ ବାହାଘର ଅସଫଳ। ଅସଫଳ ବୋଲି କହି ହେବନି। ସ୍ୱାମୀ, ଶାଶୂ ଶଶୁରଙ୍କ ନାମରେ ଡାଉରି ଟର୍ଚ୍ଚର କେସ୍ କରି ବେଶ୍ ଲାଭବାନ ହୋଇଛନ୍ତି ତା'ର ବାପା। ଯଦିଓ ସବୁଗୁଡ଼ିକ ବିବାହ ଯୌତୁକବିହୀନ ବିବାହ ଥିଲା। ପ୍ରଥମେ ପ୍ରଥମେ ନମନ ବି ଡରୁଥିଲା। ରସିକତା କରି ଅଙ୍ଗନାକୁ ପଚାରୁଥିଲା "ତମେ କେତେଦିନ ପରେ ଡାଉରୀ ଟର୍ଚ୍ଚର କେସ୍ କରିବ ? କହିସାରି ବାହା ହୁଅ, କାରଣ ସେତେବେଳକୁ ମୋର ସେତିକି ସଞ୍ଚୟ ଥିବା ଦରକାର। ନହେଲେ କିଛି ଫାଇଦା ହେବନି କାହାରି ?

'ହାଓ ମିନ୍' !

ରାଗିଯାଉଥିଲା ବିମନା। ଅବଶ୍ୟ ବିମନା ଆଉ ସୁପ୍ରୀତର ଲଭ୍ ହୋଇଯାଇଥିଲା ପ୍ରସ୍ତାବ ପଡୁପଡୁ। ବାପା ଯଦି ବିଳମ୍ବ କରିଥାନ୍ତେ ବିମନା ବୋଧହୁଏ ମୁହଁ ଖୋଲି କହିଦେଇଥାନ୍ତା "ଯୌତୁକ ତ ଦେବାର ନାହିଁ, ବାହାଘର ପାଇଁ ଡେରି କାହିଁକି ?" କିନ୍ତୁ ସୁପ୍ରୀତର ଘରର ଷ୍ଟାଟସ୍ ଆଉ ସଂସ୍କାର ସଂପର୍କରେ ବାପା ମା' କିମ୍ବା ସେ ନିଜେ ସେତେବେଳେ ଗୁରୁତ୍ୱ ଦେଇନଥିଲେ। ଭାବିଥିଲେ ମଲ୍‌ଟି ନ୍ୟାସନାଲ୍ କମ୍ପାନୀର ଚାକିରି ମୋଟା ଅଙ୍କର ପେ ପ୍ୟାକେଜ୍, ସେଠି ଆଉ ଜାତି ବା ସଂସ୍କାର ବିଚାରକୁ ନିଆଯାଏନି। ସେମାନଙ୍କର ତ କର୍ପୋରେଟ୍ କଲଚର, ସେ ଏକ ଭିନ୍ନ ଜାତି। ଆପେ ଅନ୍ୟମାନଙ୍କଠୁ ନିଆରା ବାରି ହୋଇଯିବେ। ମାତ୍ର ସୁପ୍ରୀତର ଜିଦ୍‌ଖୋର ଆଉ କୋଚଟିଆ ପ୍ରକୃତିଟା ସେତେବେଳେ ପ୍ରେମାଳାପ ଭିତରେ ବିମନା ଜାଣିପାରିନଥିଲା।

ସୁପ୍ରୀତ ଯେ ବଦଳିବାକୁ ଚାହେଁନି ସେ କଥା ବିମନା ଜାଣିବାର ଯୁ' ନଥିଲା ସେତେବେଳେ।

ବିମନା ମଧ୍ୟ ମଧ୍ୟବିତ୍ତ ଘରର ଝିଅ। ତା' ବାପା ତ ସେକ୍ରେଟାରିଏଟ୍ ଚାକିରିରୁ ଡିପାର୍ଟମେଣ୍ଟାଲ ପ୍ରମୋସନ ପାଇ ଓଏଏସ୍ ପାହ୍ୟାକୁ ଯାଇଥିଲେ। ଦୁଇମାସ ପାଇଁ ଆଇଏଏସ୍ ପାହ୍ୟାକୁ ଉଠିଥିବାରୁ ତାଙ୍କର ଏତେଦିନର ନାମଫଳକଟାକୁ ବଦଳାଇ ନୂଆ ଫଳକରେ ନାମ ତଳକୁ ଲେଖିଦେଲେ ଆଇଏଏସ, ଚିରକାଳକୁ ସେଇ ନାମଫଳକଟି ତାଙ୍କ ଜଙ୍କ୍‌ଲଗା ଗେଟ୍‌ର ପୁରୁଣା ପିଲାରରେ ତାଙ୍କ ଘରର ଗୌରବ ବୃଦ୍ଧି କରୁଛି। ସୁପ୍ରୀତର ବ୍ୟାକଗ୍ରାଉଣ୍ଡ ଏବେ କ'ଣ କି? ତା' ବାପା ତ ଗୋଟାଏ ଛାର ସ୍କୁଲ୍ ଶିକ୍ଷକ ଥିଲେ। ତାଙ୍କ କାନ୍ଥରେ ଯେଉଁ ପୁରୁଣା ନାମଫଳକ ଝୁଲୁଛି ସେଥିରେ ଲେଖା ଅଛି- ମହେଶ ଚନ୍ଦ୍ର ରାଉତ, ବିଏବିଇଡି। କି ହାସ୍ୟାସ୍ପଦ କଥା! ଏ ଯୁଗରେ ଏପରି କ୍ୱାଲିଫିକେସନକୁ କିଏ ଲେଖେ? ବରଂ ଲୁଚାଇବା କଥା। କାରଣ, ବେଳେବେଳେ ତା'ର ସହକର୍ମୀମାନେ ହସି ହସି କହିଦିଅନ୍ତି ଆଚ୍ଛା, ତମ ବାପା ବିଏବିଇଡି? ସୁପ୍ରୀତକୁ ବି ଖରାପ ଲାଗେ। ମାତ୍ର ଯେଉଁ ସମୟରେ ବାପା ନାମଫଳକଟି ତିଆରି କରିଥିଲେ, ସେତେବେଳେ ବିଏବିଇଡି ଡିଗ୍ରୀ ବହୁ ଶିକ୍ଷକଙ୍କର ନଥିଲା। ତା'ଛଡ଼ା ସେ ତ ରାଷ୍ଟ୍ରପତି ପୁରସ୍କାରପ୍ରାପ୍ତ ଶିକ୍ଷକ। ସେ କଥା ମଧ୍ୟ ଲେଖା ହୋଇଛି ନାମଫଳକରେ। ବିମନାକୁ ଲାଜ ମାଡ଼େ ସେ ଫଳକ ଉପରେ ଆଖି ପଡ଼ିଲେ। ନୂଆ ଫଳକଟିଏ କରିବାକୁ କହି ଥରେ ସେ ଫଳକଟିକୁ କାନ୍ଥରୁ କାଢ଼ିଆଣିଲା ଯେ ଆଉ ନୂଆ ଫଳକ ଝୁଲିନାହିଁ। ମହେଶ ବାବୁ କିଛି ପଚାରି ନାହାନ୍ତି। ସମଝନେ ବାଲାକୁ ଇସାରା କାଫି। ତେବେ ବହୁ ଛାତ୍ର, ବହୁ ଶୁଭେଚ୍ଛୁ ନାମଫଳକ ନଦେଖି ନାନା ଆଶଙ୍କା କରିବାରୁ ମହେଶବାବୁ ରଙ୍ଗତୂଳୀ ଧରି ନିଜ ହାତରେ ଲେଖିଦେଲେ ମହେଶ ରାଉତ। ବାସ୍ ସେତିକି ଯଥେଷ୍ଟ। ସେ ବିଏବିଇଡି ଓ ରାଷ୍ଟ୍ରପତି ପୁରସ୍କାରପ୍ରାପ୍ତ ବୋଲି କିଏ ବା ନଜାଣେ? ଚିହ୍ନା ବ୍ରାହ୍ମଣର ପଇତା କି ଲୋଡ଼ା? ଯାହାହେଉ ପୁଅଟିକୁ ଉପଯୁକ୍ତ ମଣିଷ କରିଛନ୍ତି। ସଚ୍ଚରିତ୍ର, ମେଧାବୀ, ସୁନାଗରିକ, ସୁପୁତ୍ର। ପୁଅର ଟଙ୍କା ନିର୍ଭର କରନ୍ତି ନାହିଁ। ସାନପୁଅ ମେଧାବୀ ଛାତ୍ର ଥିଲା ନିଜ ଚେଷ୍ଟାରେ ସେ ଯାଇ ଜର୍ମାନୀରେ ଚାକିରି କରିଛି। ବାପା ମା'ଙ୍କ ମନୋମତ୍ ଝିଅଟିଏ ବାହା ହୋଇ ସୁଖରେ ଅଛି।

ବଡ଼ ସୁପ୍ରୀତ ପାଇ ଅପ୍‌ସରା ଭଳି ସୁନ୍ଦରୀ ବିମନାକୁ ଦେଖିଦେଇ ଆଗପଛ ନଭାବି ସ୍ତ୍ରୀ ଜିଦ୍ ଧରିଲେ ବୋହୂ କରିବାର ଆନନ୍ଦ ଓ ଗର୍ବର ସମକକ୍ଷ। ପୂର୍ବ ଦିଓଟି କଥା ତ ଶକ୍ତି ବାହାରେ ରହିଗଲା ଜୀବନସାରା। ମାତ୍ର ଯୋଗ୍ୟପୁଅ ପାଇଁ ସୁନ୍ଦରୀ

ଝିଅଟିଏ ପାଇବା ଶକ୍ତି ବାହାରକୁ ଗଲାନାହିଁ। ବାପା ମା' ନିଜର ଛୋଟ ସହରରେ ସ୍ୱଳ୍ପ ପେନସନରେ ସୁଖୀ ଥିଲେ ତ ପୁଅ ବି ସୁନ୍ଦରୀ ସ୍ତ୍ରୀ ପାଇ ସୁଖରେ ଥିବ ଭାବି ଶାନ୍ତି ଓ ସୁଖରେ ଦିନ କାଟୁଥିଲେ।

ଅଥଚ, ବାହାଘର ମାସଟିଏ ନ ପୁରୁଣୁ ବିମନାର ଅଶାନ୍ତି ଚରମରେ ପହଞ୍ଚିଲାଣି। ସବୁବେଳେ ଯୁକ୍ତିତର୍କ ପାଟିତୁଣ୍ଡ। ସୁପ୍ରୀତର ଖାନଦାନ ନଥାଉ ପଛକେ ନିଜ କ୍ୟାରିୟର ଓ ଚାକିରିର ସଫଳତାକୁ ନେଇ ସେ ଆତ୍ମସନ୍ତୋଷରେ ମଗ୍ନ। ଏକବାର ୱାର୍କହୋଲିକ୍। ଅବଶ୍ୟ ବିମନା ବି କାମ କରେ। ଗୋଟାଏ ବିଜ୍ଞାପନ କମ୍ପାନୀରେ ସେ ମୂଳରୁ କାମ କରୁଥିଲା। ଫ୍ୟାସନ ଡିଜାଇନରେ ଡିପ୍ଲୋମା କରିଛି। ତା'ର ବେତନ କମ୍ ହୋଇପାରିଥାଏ, କାମର ଗୁରୁତ୍ୱ ତ କିଛି କମ୍ ନୁହେଁ। ବରଂ ସୁପ୍ରୀତର ଚାକିରିଠୁ ସେ ବେଶି ବ୍ୟସ୍ତ ରହେ। ଅଫିସ୍‌ରୁ ଫେରିବା ଠିକ୍ ନଥାଏ। ସୁପ୍ରୀତ ନିଜର ଭାଉ ବଢ଼ାଇବା ପାଇଁ ସବୁବେଳେ ଟାର୍ଗେଟ୍ ଟାର୍ଗେଟ୍ ହେଉଥାଏ। ମାତ୍ର ବିମନା କ'ଣ ଦବିଯିବାର ପାତ୍ରୀ? ତା' ଚାକିରିଟା ଅସମ୍ଭବ ଭାବେ ଥ୍ରୀଲିଂ। ସେଇ ଥ୍ରିଲିଂଟା ତ କିଲିଂ।

ବିମନା ଏପର୍ଯ୍ୟନ୍ତ ନିଜ ପାଇଁ ଗାଡ଼ିଟିଏ କିଣିନାହିଁ- ସୁପ୍ରୀତ କହୁଛି ଆଗ ଡ୍ରାଇଭିଂ ଶିଖିଲେ, ପରେ ଗାଡ଼ି କିଣାହେବ। ମାତ୍ର ବିମନାକୁ ବେଳ କାହିଁ?

ବିମନା କହୁଛି "ଡ୍ରାଇଭରଟାଏ ରଖାଯାଇ ପାରିବ। ଅବଶ୍ୟ ଦୁଇଜଣଯାକ ଡ୍ରାଇଭର ଦରମାକୁ ସେୟାର କରିବେ। ଏଇଟା କ'ଣ ତମର କର୍ତ୍ତବ୍ୟ ନୁହେଁ?"

ତୁମ ଦରମା ତ ସୂର୍ଯ୍ୟ ଚନ୍ଦ୍ର ଦେଖୁନାହାନ୍ତି। ତୁମ ଦରମା ଉପରେ ତ ଘର ନିର୍ଭର କରେନାହିଁ। ତୁମ ପେ'ଟା ତ ସିଧା ବ୍ୟାଙ୍କକୁ ଯାଏ। ମୁଁ କେବେ ଇଣ୍ଟରଫିୟର କରିଛି? କିନ୍ତୁ ଡ୍ରାଇଭର ପାଇଁ ଅଯଥା ପଇସା ଖର୍ଚ୍ଚ କରିବାର ପକ୍ଷପାତୀ ମୁଁ ନୁହେଁ? ମେଟ୍ରୋସିଟିରେ ଡ୍ରାଇଭରମାନଙ୍କ ଦରମା କେତେ ଜାଣ ନା- ସେମାନେ କେତେ ହଇରାଣ କରନ୍ତି ତମେ ଜାଣ? ଡ୍ରାଇଭିଂ ଶିଖିନିଅ, ଗାଡ଼ି କିଣିବା। ଏଇସବୁ କଥାରୁ ଅଶାନ୍ତିର ଆରମ୍ଭ।

ଅଥଚ ନମନ ଆଉ ଅଙ୍ଗନା କେଡ଼େ ସୁଖୀଦମ୍ପତି। ସମ୍ଭବତଃ ନୂଆ ବାହା ହୋଇଛନ୍ତି। ଦୁହେଁ ଥିଲେ ସ୍ୱିଡେନରେ- ଭିନ୍ନ ଭିନ୍ନ କମ୍ପାନୀରେ। ସେଇଠି ଦେଖା, କିଏ କାହାକୁ ଫସାଇଲା ଈଶ୍ୱରଙ୍କୁ ଜଣା। ନମନ ତ ଶାନ୍ତ ପିଲାଟାଏ। ଅଙ୍ଗନା ବେଶ୍ ଖରଖରି। ସେ ତ ଚାଲେନାହିଁ, ବିଜୁଳି ଭଳି ପହଁରିଯାଏ ଏବଂ ତା' ସହ ତାଳ ଦେଉଥାଏ ତା'ର ଦୃଷ୍ଟି, କଥା ଆଉ କାର୍ଯ୍ୟକଳାପ। ବିମନା ଆଦୌ ବରଦାସ୍ତ କରିପାରେ ନାହିଁ ଅଙ୍ଗନାକୁ। ବିଶେଷକରି ସ୍ୱାମୀ ସ୍ତ୍ରୀଙ୍କର ହସଖୁସି, ଲୋକଦେଖାଣିଆ ପ୍ରେମ ଆଲିଙ୍ଗନ ତାକୁ ଜଳାଏ। ତାକୁ ତ ଲାଗେ ବିମନାକୁ ଦେଖେଇବା ପାଇଁ ସେ ସ୍ୱାମୀ

ହାତରେ ହାତ ଛନ୍ଦି ଚାଲେ। ଲାଗେ ଯେମିତି ଅଭିନୟ କରୁଛନ୍ତି। ହୋଇଥିବ। ବନ୍ଦ ଦରଜା ଭିତରେ କ'ଣ ଘଟେ କିଏ ଜାଣେ? ଏସବୁ ସେମାନେ ଶିଖି ଆସିଛନ୍ତି ଷ୍ଟକହୋମରୁ। ଷ୍ଟକ୍‌ହୋମ ଛବିରେ ଆଙ୍କିଦେବା ପରି ସୁନ୍ଦର ନଗରୀଟିଏ, ସୁନୀଳ ଜଳରେ ଭାସୁଥିବା ସବୁଜ ବନାନୀଟିଏ ଯେମିତି। ସେଠି ମୁକ୍ତାକାଶର ପକ୍ଷୀ ଭଳି ପୁରୁଷ-ସ୍ତ୍ରୀ ଡେଣାମେଲି ଉଡ଼ିଯାଆନ୍ତି ମୁକ୍ତଛନ୍ଦରେ ଝଂକୃତ କରି ନାରୀ-ପୁରୁଷର ମଧୁର ସଂପର୍କକୁ। 'ବିବାହ' ନାମକ ସଂପର୍କଟିଏ ଜୀବନରୁ ଅପସରି ଗଲାଣି। ବିବାହ ଏକ ପ୍ରାଚୀନ ରକ୍ଷଣଶୀଳ ସାମାଜିକ ଅନୁଷ୍ଠାନ ଭାବରେ ସମାଜ ତତ୍ତ୍ୱର ପାଠ୍ୟ ବିଷୟରେ ପରିଣତ ହେଲାଣି କହିଲେ ଚଳେ। ସେଠି ଅଧିକାଂଶ ହେଉଛନ୍ତି ଅବିବାହିତ ଦମ୍ପତି। କିନ୍ତୁ ସମାଜ ସେମାନଙ୍କୁ ତୀର୍ଯ୍ୟକ ଦୃଷ୍ଟିରେ ଦେଖେନି। ରହୁ ରହୁ ଜୀବନସାରା ଅବିବାହିତ ଦମ୍ପତି ହୋଇ ରହିଯାଆନ୍ତି। ସନ୍ତାନର ପିତାମାତା ମଧ୍ୟ ହୁଅନ୍ତି। ସେ ସନ୍ତାନକୁ ଅବୈଧ ଆଖ୍ୟା ଦିଏନାହିଁ ସମାଜ। କାରଣ ଅବିବାହିତ ଦମ୍ପତି ମଧ୍ୟ ଅବୈଧ ନୁହେଁ ସେ ଦେଶରେ। ଛଳନାହୀନ ଜୀବନ। ଆମର ଏଠି ଯେତେକ ହିପ୍ରୋକ୍ରିସି। ଗୋଠରେ ବନ୍ଧା ଗୋରୁ ପରି ଗୁହାଳ ଗୋବରରେ ଘାଣ୍ଟିଚକଟି ହୋଇ ଜୀବନସାରା ପଡ଼ିଥିବେ। ଭୁଷାଭୁଷି ହେଉଥିବେ। ହମ୍ବାରଡ଼ି ଛାଡ଼ି ସାଇପଡ଼ିଶାଙ୍କ ଶାନ୍ତିଭଙ୍ଗ କରୁଥିବେ। ମାତ୍ର ପଘା ଛିଣ୍ଡାଇବାକୁ ସାହସ ନାହିଁ। କାଳେ ଲୋକେ କହିବେ ବାରଘର ପଶି ପଘାଛିଣ୍ଡେଇଟା। ଆମ ଦେଶରେ ଲୋକଙ୍କ ପାଇଁ ବଞ୍ଚନ୍ତି। ଅନ୍ୟାୟ ଅତ୍ୟାଚାର ସହନ୍ତି। ନିଜ ସୁଖକୁ ଜାଳିଦିଅନ୍ତି ସମାଜ କ'ଣ କହିବ ବୋଲି। ମାତ୍ର ପାଶ୍ଚାତ୍ୟରେ ଆଗ ନିଜ ସୁଖ, ପରେ ସମାଜ। ସମାଜ କିଏ? ତମକୁ ଜାଣିଥିବା କେତେଜଣ ଲୋକ ତ? ତମର ବନ୍ଧୁବାନ୍ଧବ, ପଡ଼ିଶା, ଚିହ୍ନାଜଣା ସାଙ୍ଗସାଥୀ। ବାସ୍ ସମୁଦାୟ କେତେଜଣ? ଦେଶର ଲୋକସଂଖ୍ୟା କେତେ?

ପୃଥିବୀର ଲୋକସଂଖ୍ୟା କେତେ? ତେଣୁ ତୁମର ସଂକୀର୍ଣ୍ଣ ନଗଣ୍ୟ ସମାଜ ବୋଲାଉଥିବା ଲୋକଙ୍କ ପାଇଁ ଥରେ ମଣିଷ ଜନ୍ମ ପାଇଥିବା ଜୀବନଟାକୁ ଅନ୍ୟାୟ ସହି ସଢ଼ି ସଢ଼ି ପ୍ରତିଦିନ ମରୁଥିବା ଜୀବନକୁ ଉପଭୋଗ କରିବାର କଳା ନିଜ ସହ ବୁଝାମଣା ଉପରେ ନିର୍ଭର କରେ। ଯଦି ନିଜେ କ'ଣ ଚାହଁ, କେଉଁଥିରେ ଆନନ୍ଦ ନିହିତ, ସେ ବିଷୟରେ ସ୍ପଷ୍ଟ ଚିତ୍ରଟିଏ ନାହିଁ। ତେବେ ତୁମେ ଆଉ ଜଣଙ୍କ ସହ ବୁଝାମଣା କରିପାରିବ ନାହିଁ। ଦୁଇପ୍ରାଣୀ ଯଦି ଏକତ୍ର ରହିବା ଅପରିହାର୍ଯ୍ୟ ତେବେ ବୁଝାମଣା ନଥାଇ ଏକାଠି କେମିତି କାଟନ୍ତି ଜୀବନ? ଅନ୍ତତଃ ମାଡ଼ିମକ୍‌ଚି ହୋଇ ଜୀବନଟାକୁ କୌଣସିମତେ କାଟିଦେବା ଭଳି ମନୋବୃତ୍ତି ଆଉ ନାହିଁ। ନରହିବା ଭଲ। ଅଗ୍ନିକୁ ସାକ୍ଷୀରଖି ଦୁଇ ଚାରିଟା ମନ୍ତ୍ର ପଢ଼ିଦେଲେ କ'ଣ ସତରେ ସଂପୂର୍ଣ୍ଣ

ଅପରିଚିତ ଦୁଇଟା ମଣିଷ ପବିତ୍ର ଜନ୍ମଜନ୍ମାନ୍ତର ସଂପର୍କରେ ଛନ୍ଦି ହୋଇଯାଆନ୍ତି ? ନିଜ ଆତ୍ମସତ୍ତାରୁ ଉଚ୍ଚାରିତ ହେଉନଥିବା ମନ୍ତ୍ରପାଠ କ'ଣ ଆତ୍ମଶୁଦ୍ଧି ଏବଂ ଆତ୍ମସମର୍ପଣ ପାଇଁ ଯଥେଷ୍ଟ ? ପୁଣି କିଏ କାହା ପାଖରେ ଆତ୍ମସମର୍ପଣ କରିବ ? ମୋଟ୍ ଉପରେ ଆତ୍ମସମର୍ପଣ କାହିଁକି ? ଦୁଇଟି ମୁକ୍ତ ବିହଙ୍ଗ କାଠିକୁଟାର ସଂସାର କରି ନିଜ ନିଜ ଡେଣାରେ ନିଜ ଛନ୍ଦ ଓ ଲୟରେ କ'ଣ ଉଡ଼ିବୁଲନ୍ତି ନାହିଁ ? ନିଜ ସ୍ୱରରେ ଦୁହେଁ କ'ଣ ମିଳନରାଗ ତୋଳି ଯୁଗଳବନ୍ଦୀ ଗାଇପାରନ୍ତେ ନାହିଁ ? ମଣିଷ କ'ଣ ପକ୍ଷୀଠୁ ହୀନ ? ନାରୀ-ପୁରୁଷର ନିବିଡ଼ ସଂପର୍କ ମୁକ୍ତଛନ୍ଦର ନିର୍ଯ୍ୟାସ କ'ଣ ମଣିଷକୁ ଦେଇପାରିବ ନାହିଁ !

ସେ ଦେଶ କଥା ଆମ ଦେଶର ଲୋକେ ବିଶ୍ୱାସ କରିବେ ନାହିଁ। ବିଶ୍ୱାସ କଲେ ବି ପସନ୍ଦ କରିବେ ନାହିଁ। ସେ ଦେଶରେ ସମାଜ କଥା ଛାଡ଼। ସନ୍ତାନସନ୍ତତିକୁ ମଧ୍ୟ ପ୍ରାଧାନ୍ୟ ଦିଅନ୍ତି ନାହିଁ ନିଜ ସୁଖ ଆଗରେ। ସନ୍ତାନ ଅଠର ବର୍ଷ ହେଲେ ତା' ବାଟରେ ସିଏ। ବାପା ମା'ଙ୍କ ପିଠିରେ ପଡ଼ିବାକୁ ସେ ଜନ୍ମ ନେଇନି। ପ୍ରତ୍ୟେକ ନିଜ ନିଜର ଜୀବନ ପାଇଛନ୍ତି, ସୁଖରେ ହେଉ- ଦୁଃଖରେ ହେଉ, ମଣିଷ ଭଳି ବଞ୍ଚିବା ପାଇଁ। ସେଇଥିପାଇଁ ସେଠି କଥା କଥାକେ ବିବାହ ବିଚ୍ଛେଦ। ନାରୀ ନିର୍ଯାତନାର ପ୍ରଶ୍ନ ନାହିଁ। କାରଣ, ନିର୍ଯାତିତା ହୋଇ ନାରୀଟିଏ ମୁହଁମାଡ଼ି ପଡ଼େନାହିଁ। ସମସ୍ତେ ଶିକ୍ଷିତା, ସମସ୍ତେ ଆତ୍ମନିର୍ଭରଶୀଳା। ସମସ୍ତେ କାମ କରନ୍ତି। ନିର୍ଯାତନା ସହିବେ କାହିଁକି ? ଆମ ଦେଶରେ ଉଚ୍ଚଶିକ୍ଷିତା, ଉପାର୍ଜନକ୍ଷମ, ନାରୀଟିଏ ବର୍ଷେ ବର୍ଷେ ଧରି ସ୍ୱାମୀ ସହ ରହିଲା ପରେ ବି ନିର୍ଯାତନା କେସ୍‌ରେ ସ୍ୱାମୀକୁ ପକାଇଦେଇ ରାଗ ଶୁଝାଏ। ଉଚ୍ଚଶିକ୍ଷିତାମାନେ ତ ବେଶି ପକାନ୍ତି ଯୌତୁକ ନିର୍ଯାତନା କେସ୍‌ରେ। ଆରେ ବାବୁ ! ତୁମେ ତ ଉଚ୍ଚଶିକ୍ଷିତା, ଉପାର୍ଜନକ୍ଷମ, ଯୌତୁକ ଦାବି କରୁଥିବା ଲୋଭୀ, ନୀଚମନା ଅମଣିଷକୁ ଯୌତୁକ ଦେଲ କାହିଁକି ? ଖାଲି ସେତିକି ନୁହେଁ। କାହା ସଙ୍ଗେ ପଳାଇଯାଇଥିବା ଝିଅକୁ ଧରିଆଣି ଜୋରଜବରଦସ୍ତ କାହା ସାଙ୍ଗରେ ବାହା କରିଦେଇ ମାସେ ନପୂରୁଣୁ ଯୌତୁକ ନିର୍ଯାତନା କେସ୍। ସୁପ୍ରୀତର ବନ୍ଧୁ ଅମିୟକୁ ମସ୍ତିଷ୍କ ବିକୃତି ଥିବା ଝିଅଟିକୁ ବାହା କରିଦେଇଥିଲେ କିଛି ନଜଣାଇ। ବିବାହ ପୂର୍ବରୁ ତା'ର ବାପା ମାଆ ଲୁଚାଇ ଚିକିତ୍ସା କରୁଥିଲେ। ବିବାହର ପରଦିନଠାରୁ ଚିକିତ୍ସାର ଦାୟିତ୍ୱ ଅମିୟ ଉପରେ ପଡ଼ିଲା। ଅମିୟ ନିଷ୍ଠାର ସହ ଚିକିତ୍ସା ବି କରିଥିଲା। ଅମିୟର ସ୍ତ୍ରୀ ଯେ ମସ୍ତିଷ୍କ ବିକୃତି ଅଛି ସେ କଥା ଆପାର୍ଟମେଣ୍ଟର ସମସ୍ତେ ଜାଣିଥିଲେ। ଝିଅଟା ଚାକିରି ବି କରୁଥିଲା। ଦିନେ ଅମିୟ ଅଫିସରୁ ଫେରିଲା ବେଳକୁ ସିଲିଂ ଫ୍ୟାନରେ ଓହଳିଛି। ତା'ପରେ ସଙ୍ଗେ ସଙ୍ଗେ ଅମିୟ ଉପରେ ନାରୀ ନିର୍ଯାତନା ଏବଂ ଆତ୍ମହତ୍ୟା ବଦଳରେ

ହତ୍ୟା ଅଭିଯୋଗ ମଧ୍ୟ ଆଣିବାକୁ ପଛାଇନଥିଲେ ତା'ର ଉଚ୍ଚଶିକ୍ଷିତ ତଥାକଥିତ ସମ୍ଭ୍ରାନ୍ତ ପରିବାର !

ଏମିତି ଘଟଣା ସବୁ ପରେ ଏବେ ବାହାଘରର ପବିତ୍ରତା ଆଉ ଆମ ଦେଶରେ ରହିବନାହିଁ ବୋଲି ମନେ ହେଉଛି । ବରପିତାର ଯୌତୁକ ଲୋଭ ଏବଂ କନ୍ୟାପିତାର ବରଠାରୁ କ୍ଷତିପୂରଣ ଆଦାୟ କରିବାର ଲୋଭ ବିବାହର ପବିତ୍ରତାକୁ ନଷ୍ଟ କରିବାକୁ ବସିଲାଣି । ଝିଅମାନଙ୍କୁ ସୁରକ୍ଷା ଦେବାପାଇଁ ଯୌତୁକ ଆଇନ ପ୍ରଣୟନ ହେଲା । ତାକୁ ସୁରକ୍ଷା ଭାବରେ ଗ୍ରହଣ ନକରି ଅସ୍ତ୍ର ଭାବରେ ଗ୍ରହଣ କଲେଣି ପଚାଶ ଭାଗ ଅର୍ଥଲୋଭୀ ସ୍ୱେଚ୍ଛାଚାରିଣୀ ଝିଅ । ସେଇଥିପାଇଁ ପୁଅମାନେ ବିବାହକୁ ଡରିଲେଣି ? ଏଥିରେ ଆଉ ବିବାହର ଭବିଷ୍ୟତ କ'ଣ ? ଆମ ଦେଶରେ ବିବାହର ଭବିଷ୍ୟତ ନାହିଁ, ସେ ଦେଶରେ ଆଉ ବିବାହ ନାହିଁ ।

ଗୋଟିଏ ଆପାର୍ଟମେଣ୍ଟର ସାମନାସାମନି ଫ୍ଲାଟରେ ରହୁଥିବା ଦୁଇ ଦମ୍ପତି ନମନ-ଅଙ୍ଗନା ଏବଂ ସୁପ୍ରୀତ ଓ ବିମନା ଏକାଠି ବସିଲେ ଏ ସଂପର୍କରେ ଆଲୋଚନା ହୁଏ । ସୁପ୍ରୀତ ପଚାରେ- ସେ ଦେଶରେ ବିବାହ ନାହିଁ କାହିଁକି ?

"ସେଠି ମଧ୍ୟ ପୁଅମାନେ ବିବାହକୁ ଡରନ୍ତି ।"

ସେଠି ତ କଥା କଥାକେ ବିବାହ ବିଚ୍ଛେଦ । ବିବାହ ବିଚ୍ଛେଦ ହୋଇଯାଏ ଦୁହିଁଙ୍କର ବୁଝାମଣାରେ । ପିଲାଛୁଆଙ୍କ ଦାୟିତ୍ୱ ଯଦି ସ୍ୱାମୀ ବା ସ୍ତ୍ରୀ କେହି ନନିଅନ୍ତି ତେବେ ଦେଶ ପିଲାମାନଙ୍କ ଦାୟିତ୍ୱ ନେଇଯାଏ । ସୋସିଆଲ ୱେଲଫେୟାର କଣ୍ଟ୍ରିରେ ପିଲାମାନେ ସୁରକ୍ଷିତ । ଏକଥା ତ ମୁଁ ଶୁଣିଛି ସୁଇଡେନରେ ରହୁଥିବା ମୋର ବନ୍ଧୁମାନଙ୍କଠାରୁ । ତେବେ ପୁଅମାନେ ବିବାହକୁ ଡରନ୍ତି କାହିଁକି ? ଆରେ ଭାଇ ! ସବୁଠି ନାରୀସୁରକ୍ଷା ପାଇଁ ଆଇନକାନୁନ ବଳବତ୍ତର । ସେଠି ଡିଭୋର୍ସ ହେଲେ ସ୍ୱାମୀର ଅଧାସମ୍ପତ୍ତି ସ୍ତ୍ରୀ ନିଏ । ଅଧାଦରମା ସ୍ତ୍ରୀର ପ୍ରାପ୍ୟ । ଏମିତି ପୁରୁଷ ଲୋକଟି ଯେତେଥର ବିବାହ କରିବ ସେତେଥର ଅଧାସମ୍ପତ୍ତି, ଅଧାଦରମା କଟି କଟି ସେ ସର୍ବହରା ହେବ କି ନାହିଁ ? ତେଣୁ ମୋଟ୍‌ରୁ ବିବାହ ନକଲେ ଭଲ । ଝିଅମାନେ ମଧ୍ୟ ସେଠି ଆମ ଦେଶ ଭଳି ଏତେ ଅର୍ଥଲୋଭୀ ଆଉ ସଂକୀର୍ଣ୍ଣମନା ନୁହଁନ୍ତି । ସେମାନଙ୍କର ଢେର୍ ସ୍ୱାଭିମାନ । କେବଳ ସ୍ୱାମୀ ସମ୍ପତ୍ତିରୁ ଅଧେ ନେବ ବୋଲି ଝିଅଟି ବିବାହ କରି ତା'ପରେ ଡିଭୋର୍ସ କରିବାର ନଜିର ନାହିଁ । ଝିଅମାନେ ବି ସେଠି ଆଉ ବିବାହ କରିବାକୁ ପସନ୍ଦ କରୁନାହାନ୍ତି ? କାରଣ ପୁରୁଷମାନେ 'ଲଭର୍' ଥିବା ପର୍ଯ୍ୟନ୍ତ ସବୁ ଠିକ୍ ଥାଏ- ଦୁହେଁ ସମସ୍ତ ଦାୟିତ୍ୱ ଫିଫ୍‌ଟି ଫିଫ୍‌ଟି ନିଅନ୍ତି । ସେଥିରେ ଓଲମ ବିଲମ ହୁଏନାହିଁ । କିନ୍ତୁ ବାହାଘର ପରେ ପରେ "ହଜବ୍ୟାଣ୍ଡ୍‌ସ ଆର୍ ହଜ୍‌ବ୍ୟାଣ୍ଡ ଅଲ୍‌ଓ୍ୱଭର

ଦି ୱାର୍ଲଡ" ଅର୍ଥାତ୍ ସ୍ତ୍ରୀଟା ବେଶି କାମ କରିବ ପୁରୁଷ ଲୋକଟା ଅଧିକ ଆରାମ କରିବ। ସୁଯୋଗ ପାଇଲେ ପୁରୁଷର ଆରାମ କରିବା ମନୋବୃତ୍ତି ହିଁ ସେଠି ବିବାହିତ ଜୀବନରେ ହାରାମର ମୂଳକାରଣ। ତେଣୁ ଆଉ ବିବାହ କରୁନାହାନ୍ତି। ନବେ-ପଞ୍ଚାନବେ ଭାଗ ଲିଭ୍ ଇନ୍ ପାର୍ଟନର। ସେଠାରେ ପ୍ରକୃତିକୁ ଭଲପାଉଥିବା ମଣିଷମାନଙ୍କର ମୁକ୍ତଛନ୍ଦର ଜୀବନ। ଆମ ଦେଶର ପରମ୍ପରାବାଦୀ ସଂସ୍କାରନିଷ୍ଠ ମଣିଷମାନେ ବୁଢ଼ିଆଣୀ ପରି ନିଜ ଚାରିପଟେ ଜାଲ ବୁଣି ନିଜେ ପଡ଼ିଥାନ୍ତି ବନ୍ଧନରେ। ଆଉ ବାହାରିଯିବାର ବାଟ ବି ରଖିନଥାନ୍ତି ନିଜ ପାଇଁ। ନିଜ ସମାଜର ପ୍ରତିନିଧି ସାଜି ନିଜ ଉପରେ ଚାପ ପକାଇ ନାନା ଦୁଃଖ ଭୋଗନ୍ତି। ଦୁଃଖରେ ଦୁଃଖରେ ଜୀବନ ବିତିଯିବାକୁ ସୁଖ ମଣନ୍ତି। ସମୟର ଗତି ସହ ସାମାଜିକ ପରିବର୍ତ୍ତନ ଯେ ଆବଶ୍ୟକ ଏକଥା ବିଶ୍ୱାସ କରନ୍ତି ନାହିଁ ସେମାନେ।

ଦୁଇ ଦମ୍ପତି ବାହାରକୁ ସୁଖୀ ଦମ୍ପତି ଭଳି ଦିଶନ୍ତି। ମାତ୍ର ନମନ ଆଉ ଅଙ୍ଗନାର ଦାମ୍ପତ୍ୟ ଜୀବନର ସୁନାମି ତାଙ୍କର ବନ୍ଦ ଦରଜାକୁ ଧକ୍କା ଦେଲାଣି। "କାହାର ଦରମା ବେଶୀ, କାହାର ଟାଲେଣ୍ଟ ବେଶୀ, କିଏ ବେଶୀ ସଫଳ, କାହାର ପ୍ରମୋସନ ଆଗ ହେଲା, କାହାର ପ୍ରମୋସନ ହେଉନାହିଁ, କିଏ କମ୍ପାନୀ ତରଫରୁ ବାରମ୍ବାର ବିଦେଶ ଯାଉଛି, କିଏ ଦେଶରେ ମୁହଁ ମାଡ଼ି ପଡ଼ିଛି। କାହାର ବାପା ମାଆ ପିଲାଙ୍କୁ ଦେଖିବା ପାଇଁ ଫ୍ଲାଇଟ୍‌ରେ ଆସନ୍ତି, କାହାର ବାପା ମାଆ ଟ୍ରେନରେ ଆସନ୍ତି ଏହିସବୁ ଘଟଣାକୁ ନେଇ ଅହଂର ଯୁଦ୍ଧ। ସ୍ୱାମୀ ସ୍ତ୍ରୀଙ୍କ ଭିତରେ ସମ୍ମାନବୋଧର ଅଭାବ। ବଡ଼ିମାର ସିଂହାସନରେ ଦୁହେଁ ବସିଥାନ୍ତି ମହାମହିମ ହୋଇ। ରାତିଅଧରେ ପାଟିତୁଣ୍ଡ, ଜିନିଷ ଫୋପଡ଼ା କଚଡ଼ା ଶୁଭେ। ସାମନା ଫ୍ଲାଟ୍‌ରେ ଥାଇ ସୁପ୍ରୀତ ଓ ବିମନା ଉଦ୍‌ବେଗରେ ଇତସ୍ତତଃ ହୁଅନ୍ତି ସିନା ବନ୍ଧୁଙ୍କ କବାଟ ବାଡ଼େଇ ପଚାରି ପାରନ୍ତିନି କଥା କ'ଣ? ଆମେ କିଛି ସାହାଯ୍ୟ କରିପାରୁ?"

ଆରେ ବାପା- ଆଉ କାହାର ବ୍ୟକ୍ତିଗତ ଜୀବନରେ ନାକ ପୂରେଇବା ସେ ଦେଶରେ ଚଳେନି? ପିଲାଦିନରୁ ସେମାନେ ଶୁଣିଆସିଛନ୍ତି "ଦାମ୍ପତ୍ୟେ କଳହେଃଚୈବ ବହ୍ୱାରମ୍ଭେ ଲଘୁକ୍ରିୟା"।

ସୁପ୍ରୀତ ଆଉ ବିମନାଙ୍କ ବନ୍ଦଦ୍ୱାର ଭିତରେ ବି ରାତି ଅଧରେ ବହୁ କାଣ୍ଡ କାରଖାନା ଘଟେ। ନାଚତାମ୍‌ସା, ଅଣାୟତ୍ତ ହସ ଆଉ ଡାଏଲଗ ଏବଂ ବେଳେବେଳେ ଯୁକ୍ତିତର୍କ ସାମ୍ନା ଫ୍ଲାଟ ଭିତରୁ ଶୁଭେ। ଅଙ୍ଗନା ଖୁସି ହୁଏ ଯେ କେହିହେଲେ ସୁଖୀଦମ୍ପତି ନୁହଁନ୍ତି।

ପ୍ରେମବିବାହ ତ ହୋଇଥିବ। ସ୍ୱିଡେନରୁ ଫେରିଛନ୍ତି ଯୋଡ଼ିଯାଉଁଳି ହୋଇ। ସିଧା ଆସି ରହିଛନ୍ତି ଏଠି- ଏକାଠି। ବାପା ମା'ଙ୍କର ଦେଖା ଦର୍ଶନ ନାହିଁ। ଏ

ବିବାହରେ ସେମାନଙ୍କର ଅନୁମୋଦନ ଥିବ କି ନା କେଜାଣି? ନଥିବ ବୋଧହୁଏ। ସେଇଥିପାଇଁ ଏମାନଙ୍କ ପାଖକୁ ଆସନ୍ତି ନାହିଁ। ଖୁବ୍ ଭଲ। କିଏ ଆଜିକାଲି ଚାହେଁ ବୁଢ଼ାବୁଢ଼ୀଙ୍କୁ ଶଙ୍ଖୋଳିବା ପାଇଁ? ଯେତେ ଭଲ ଶାଶୂ ଶ୍ୱଶୁର ହେଲେ ମଧ୍ୟ ସେମାନେ ଖାଲି ପହଞ୍ଚିଗଲେ ହିଁ ଟେନସନ ହୁଏ ଅଙ୍ଗନାର। ଅଯଥାରେ ଚିଡ଼ିଚିଡ଼ି ଲାଗେ। ମୋଟ୍ ଉପରେ ନମନ ସହ କଥା କଟାକଟି ହେବାରେ କଟକଣା ଲାଗିଯାଏ ଆପଣାଛାଏଁ। ସଂସ୍କାର ଦୋଷ! ତଥାପି ଏଣିକି ଶାଶୂ ଶ୍ୱଶୁରଙ୍କ ସାମ୍ନାରେ ଅଙ୍ଗନା ପାଟି ଖୋଲିଲାଣି। ଉଚ୍ଚସ୍ୱରରେ ଦାବନ ଦେଲାଣି ନମନଙ୍କୁ। ବାପା ମାଆଙ୍କୁ ଦେଖିଲେ ନମନର ଦାୟିତ୍ୱହୀନତା ବଢ଼ିଯାଏ, ଟେମ୍ପର ମଧ୍ୟ ବଢ଼ିଯାଏ, ଶାଶୂଙ୍କର ଉପଦେଶ ଶୁଣିଲେ ଅଙ୍ଗନା କିନ୍ତୁ ସମ୍ଭାଳି ପାରେନି। ସେଇ ମାନ୍ଧାତା ଅମଳର ଉପଦେଶ- "ସେଇଟା ପିଲାଦିନୁ ବଦରାଗୀଟାଏ। ଏବେ ବି ମଣିଷ ହେଲାନି। ସେ ଯେତେବେଳେ ପାଟି କରୁଛି ତୁ ସେତେବେଳେ ଚୁପ୍ ରହିଗଲେ ଚଳନ୍ତାନି। ଦିହେଁ ଯଦି ଏକାଠି ତାତିଯିବ ତେବେ ଘରଟା ଜଳିଯିବ ପରା। ତା'ର ଦୋଷ ମୁଁ ମାନୁଛି। ମାତ୍ର ତାକୁ ଭଲବେଳେ କଥାଟା ଚେତେଇଦେଲେ ସେ ବୁଝିଯିବ ଯେ!"

ନମନ କହେ- "ତୋ ବୋହୂର ଅସଲ ରୂପ ତୁ ଦେଖିନୁ ବୋଉ- ତୁ ନଥିବାବେଳେ ତା'ର ଆଉ ଗୋଟାଏ ରୂପ- ତା'ର ସ୍ୱର ସେତେବେଳେ ପଞ୍ଚମରେ। ଏ ଆପାର୍ଟମେଣ୍ଟରେ ସମସ୍ତେ ଜାଣନ୍ତି। ଯାଇ ପଚାରୁନୁ- "ଛିଃ! ଘରକଥା ଦାଣ୍ଡରେ ପଚାରିବି? ତମେ ବି ଘରକଥା ଦାଣ୍ଡରେ ପକାଇ ସାରିଲଣି?" ଶାଶୂ ଦୁଃଖୀ ହୋଇଯାଆନ୍ତି। ନମନର 'ବୋଉ' ଡାକଟା ଦିହରେ ନିଆଁ ଚେଙ୍ଗିଦିଏ। ଛିଃ ସେଇ ମଫସଲିଆ 'ବୋଉ' ଡାକଟା ଛାଡ଼ିଲେନି। 'ମମ୍-ମାମା' ନଡାକିଲେ ନାହିଁ, ବୋଉ ଡାକ ଛାଡ଼ି ମା' ତ ଡାକିବାରେ ଅସୁବିଧା ନାହିଁ। କୁଆଡ଼େ 'ବୋଉ' ଡାକର ମଧୁରତା ମା' ଡାକରେ ନାହିଁ। ଏପର୍ଯ୍ୟନ୍ତ ନମନ ଗୁଡ଼ପୁର ନହେଲେ ପିଠା ଖାଏନାହିଁ, ଚୁଡ଼ା, ଦହି, କଦଳୀ ଚକଟାରେ ଗୁଡ଼ ନପଡ଼ିଲେ ନଚଳେ। ଆମ୍ବଖଟାରେ ଗୁଡ଼, ରୁଟି ପରଟା ସାଙ୍ଗରେ ଗୁଡ଼। ଏତେବର୍ଷ ଘରୁ ବାହାରେ ରହିଲେଣି। ଏତେ ଦରମା। ସେ ବାଜେ ଅଭ୍ୟାସଗୁଡ଼ା ଛାଡ଼ିଲେନି- ଖାସ୍ ଜିଦ୍‌ରେ! ମଣିଷ ଯଦି ଶିକ୍ଷା, ଅଭିଜ୍ଞତା ଆଉ ଏକ୍ସପୋଜର ସାଥେ ସାଥେ ବଦଳିଲା ନାହିଁ ତାଙ୍କୁ ଡିଗ୍ରୀଧାରୀ କହିପାର- ଶିକ୍ଷିତରେ ଗଣା ନୁହଁନ୍ତି ସେମାନେ।

ସୁପ୍ରୀତ ଆଉ ବିମନାଙ୍କ ସାମ୍ନାରେ ଏତେ ପାଟିରେ 'ବୋଉ' ବୋଲି ଡାକିଦେଲେ ଅଙ୍ଗନାର ମୁହଁ ଲାଜରେ ଲାଲ ହୋଇଯାଏ। ବିମନା ଓଠ କ'ଣରେ ହସ ଚିର୍‌କେଇଦେଇ ଯେମିତି କହିଦିଏ "ଯେତେହେଲେ ଦେଶୀ ସ୍ୱାମୀ। ବିଦେଶରେ

କିଛି ବର୍ଷ ରହିନାହାନ୍ତି ତ ଆମ ପରି..." ଅଙ୍ଗନା ବି ସୂଚାଇଦିଏ ଯେ, ସେମାନଙ୍କର ବିଦେଶୀପ୍ରେମ ଅଢ଼େଇଦିନିଆ। ପୂର୍ବରାଗ, ଅନୁରାଗ, ମିଳନରାଗର ଆରୋହ ପରେ ଅବରୋହର ସ୍ୱର ରାତିଅଧର ବନ୍ଦଦ୍ୱାର ଏପଟକୁ ଶୁଭିଲାଣି ଯେ...।

ବେଳେବେଳେ ନମନ ବିଶ୍ୱାସରେ ସୁପ୍ରୀତକୁ ମନର କଥା କହିଦିଏ "ଭାଇ, ବାପା ମାଆଙ୍କ ପସନ୍ଦରେ ବାହା ହୋଇପଡ଼ି ଏବେ ପସ୍ତଉଛି। ମୁଁ ସ୍କୁଲ ମାଷ୍ଟରର ପୁଅ ଆଉ ଅଙ୍ଗନା ପ୍ରମୋଟି ଆଇଏଏସ୍ ଅଫିସରଙ୍କ ଝିଅ, ବାପା ତା'ର ଚାରିମାସ ମାତ୍ର ଆଇଏଏସ୍ ପଦବୀରେ ଥିଲେ। ମାତ୍ର ତା' ମୁଣ୍ଡରେ ତ ସେଇ ଭୂତଟା ଚଢ଼ିଛି ଯେ ଓହ୍ଲାଇବାର ନାହିଁ। ମୁଁ ସିନା ସହିଯିବି, ମୋ ବାପା ବୋଉଙ୍କ ଅପମାନ ତ ସହିବିନି... ବରଂ ସେଇ ସ୍ୱିଡେନ ନରନାରୀଙ୍କ ପରି ଲିଭ୍ ଇନ୍ ପାର୍ଟନର ହୋଇଥିଲେ ଭଲ ହୋଇଥାନ୍ତା। ଏବେ ଯାକୁ ଛାଡ଼ିବା ବି ସହଜ ନୁହେଁ। କେତେ ଯେ ଦଫା ଲଗାଇଦେବ, ଛାଡ଼, ତମର ତ ଭାଇ ଭଲ ଚାଲିଛି। ଯେତେହେଲେ ଲଭ୍ ମ୍ୟାରେଜ୍। ପରସ୍ପରର ଦୋଷଗୁଣ ଜାଣିସାରି ବାହା ହୋଇଛ।" ସୁପ୍ରୀତ ବି ତା'ର ମନକଥା କହିଦିଏ- ପୁଅମାନଙ୍କ ପାଇଁ ସବୁ ବିବାହ ହେଉଛି ଗୋଟାଏ ଚକ୍ରବ୍ୟୂହ। ପଶିଯିବା ସହଜ, ବାହାରି ଆସିବା କଷ୍ଟ। ଅବଶ୍ୟ ଲିଭ୍ ଇନ୍ ପାର୍ଟନରରେ ଅବିବାହିତ ଦମ୍ପତିଙ୍କ ପାଇଁ ଏକାଠି ରହିବା ଆଉ ଛଡ଼ାଛଡ଼ି ହୋଇଯିବାରେ ଏତେଟା ଝଞ୍ଝଟ ନାହିଁ। ମିଛ କେସ୍ ନାହିଁ, ମିନ୍‌ନେସ୍ ନାହିଁ। ସେ ଦେଶରେ ଝିଅମାନେ ଆଇନ ଅନୁସାରେ ଯାହା ପ୍ରାପ୍ୟ ପାଇଥାନ୍ତି। ବିବାହ ବିଚ୍ଛେଦରେ ଆଉ ଜଣଙ୍କ ସମ୍ପତ୍ତିକୁ ହଡ଼ପ କରିବା ଭଳି କୁଟିଳତା ସେ ଦେଶର ଝିଅଙ୍କଠି ନାହିଁ। ସେମାନଙ୍କର ଯଥେଷ୍ଟ ସ୍ୱାଭିମାନ ଅଛି। ସେମାନେ ସମସ୍ତେ ଆତ୍ମନିର୍ଭରଶୀଳା। ଏଠି ତ ଆତ୍ମନିର୍ଭରଶୀଳା ଝିଅଟିଏ ବି ଫନ୍ଦିଫିକର କରି ସ୍ୱାମୀଠୁ ସାରାଜୀବନ ଆର୍ଥିକ ସାହାଯ୍ୟ ଦାବି କରେ। ଏନଆରଆଇ ସ୍ୱାମୀଟିଏ ପାଇଲେ ତ ତା' ଜାଲରେ ପଡ଼ିଯାଏ ବଡ଼ ଭାକୁର !"

"ଆମ ଦେଶରେ ଲିଭ୍ ଇନ୍ ପାର୍ଟନରକୁ ଆଇନରେ ପରିଣତ କରାଯାଇନି ଏଯାଏ। ନଚେତ୍ ସେଇଟା ଖୁବ୍ ଭଲ ସମ୍ପର୍କ। ଟେନ୍‌ସନ୍ ଫ୍ରି" କହେ ନମନ।

ସୁପ୍ରୀତ ପୋଖତ ସମାଜବିଜ୍ଞାନୀ ଭଳି କହେ "ସବୁପ୍ରକାର ସଂପର୍କ ହେଉଛି ବୋଝ। ବେକମୁଣ୍ଡାରେ ବସିଥାଏ ଅଧିକାର ଜାହିର କରି। ଭାଲୁ ରାମ୍ପୁଡ଼ା ପରି ଖିନ୍‌ଭିନ୍ କରି ଝିଙ୍କାରି ଖାଉଥାଏ। ଅଥଚ ବାହାରକୁ କେଡ଼େ ସହଜ ମନେହୁଅନ୍ତି ଲୋକମାନେ। ଆମ ସମାଜରେ କୁର୍ମଗୁଡ଼ିଏ ଆତଯାତ ହେଉଥାନ୍ତି ବୋଲି ମୁଁ ଭାବେ। କିନ୍ତୁ ଏଇ ଲିଭ୍ ଇନ୍ ପାର୍ଟନର ବ୍ୟବସ୍ଥାଟା ସଂପର୍କ ଥାଇ ବି ସଂପର୍କହୀନ ଜୀବନ। ଝାଞ୍ଜିପବନରେ ଶୁଖିଲାପତ୍ର। ସବୁ ଥାଇ ସବୁ ଶୂନ୍ୟ ହୋଇଯିବାର ଅସହ୍ୟ ଖାଲିପଣ। ନିଜେ ନିଜର

ଭାର ବୋହିନପାରିବାର ବ୍ୟର୍ଥତା ସେମାନେ ଭୋଗୁଥାନ୍ତି। ଘରଟା କାହାରି ନୁହେଁ। ବେଓ୍ୱାରିସ୍ ପଡ଼ିଥାଏ। ଘର ତ ନୁହେଁ, ଦିନ କେଇଟା ପାଇଁ ଆଶ୍ରା। ଚଢ଼େଇବସାଠୁ ବି ହୀନ। ଦୁଇସାଥୀ ଆଜି ଅଛନ୍ତି, ଏକାଠି ରହୁଛନ୍ତି, ଖାଉଛନ୍ତି, ଶୋଉଛନ୍ତି, ପରସ୍ପରକୁ ଢେ଼ର୍ ସୁଖ ବି ଦେଉଛନ୍ତି। କାଲି ମନ କଲେ ଯିଏ ଯାହା ବାଟରେ ଫୁର୍ କରି ଉଡ଼ିଯିବେ। ଆଉ କାହା ସାଥିରେ ଯାଉଁଳି ଜୀବନ କାଟିବେ।

"ଯାଉଁଳି ଜୀବନଟା ଯୁଗ୍ମଜୀବନ ନୁହେଁ ଜାଣିଥା।"

କିନ୍ତୁ ଯାହା କହ ପଛକେ ଯୁଗ୍ମଜୀବନର ବନ୍ଧନ, ଟେନସନ୍ ଦୁଇ ପରିବାରକୁ ନେଇ ମହାଭାରତ ଯୁଦ୍ଧ ତ ସେଥିରେ ନାହିଁ। ପରସ୍ପର ପ୍ରତି ଏକାଗ୍ରତା ନଥିଲେ ବି ଗୁଡ଼ାଏ ଅଯଥା ଅଭିଯୋଗ ଓ ଆକ୍ରୋଶ ତ ନାହିଁ। କେତେଗୁଡ଼ାଏ ଅଯଥା କାଇଦା କଟକଣା ବି ନାହିଁ। ଦୁଇଟି ମୁକ୍ତ ବିହଙ୍ଗ ବିହଙ୍ଗୀ ନିଜ ଡେଣାରେ ଉଡ଼ିବୁଲି ଜୀବନକୁ ପ୍ରାଣଭରି ଉପଭୋଗ କରିବାର ସୁଯୋଗ ଦେଇଛି ଏଇ ମୁକ୍ତ ଦାମ୍ପତ୍ୟ। ପାରମ୍ପରିକ ବିବାହରେ ସମାଜର ଏତେ ତାଡ଼ନା!"

ଚିନ୍ତିତ ହେବାଭଳି ଅନ୍ତରର କଥାଗୁଡ଼ା ଅଜାଡ଼ିଦିଏ ନମନ୍।

"କିନ୍ତୁ ପିଲାଛୁଆ? ସେ ବି ତ ମଣିଷ ଜୀବନର ପରମ ଆନନ୍ଦ। ଲିଭ୍ ଇନ୍ ପାର୍ଟନର ଭାବେ ରହିଲେ ଆମ ଦେଶରେ ତ ପିଲାଛୁଆ କରିବାର ପ୍ରଶ୍ନ ନାହିଁ। କହିବେ ପିଲାଟା ଅବୈଧ" ସୁପ୍ରୀତ ମତ ଦିଏ।

ସେଇଥିପାଇଁ ତ ଇଚ୍ଛା ଥିଲେ ବି ଆମ ଦେଶରେ ଲିଭ୍ ଇନ୍ ପାର୍ଟନର ସଂପର୍କ ରଖିଥିବା ଦମ୍ପତି ପିଲାଛୁଆ କରନ୍ତି ନାହିଁ। ବରଂ କୁହାଯାଇପାରେ ବଂଚିତ ଦମ୍ପତି। ଉପହାସ କରିବା ଭଳି ନମନ କହେ "ଆଜିକାଲି ବିବାହିତ ଦମ୍ପତିଙ୍କର ପିଲା କାହାନ୍ତି? ଖୁବ୍ ବେଶୀରେ ଗୋଟିଏ ପିଲା। ନଚେତ୍ ପିଲା ଲୋଡ଼ା ନାହିଁ। କର୍ପୋରେଟ୍ ଚାକିରିରେ ପିଲାର ଦାୟିତ୍ୱ କିଏ ନେବ? ମା' ପିଲା ଜନ୍ମ କରେ ବିଧାତାର ଅବିଚାର ଯୋଗୁଁ। ପିଲାକୁ ପାଳିବ ସ୍ୱାମୀ ଦେବତାର ଅବିଚାର ଯୋଗୁଁ। ଆମର ତ ଅଙ୍ଗନା ଏକା ଜିଦ୍ ଧରିଛି ଯେ ସେ ପିଲା ଜନ୍ମ କରିବ ନାହିଁ। ତା'ର ଯୋଉ ପ୍ରକାରର ପ୍ରଫେସନ ସେଥିରେ ପେଟ କାଢ଼ି କୋଉଠି ଥେଇ ଥେଇ ହେବ? ତା'ର ଜିଦ୍ ଯଦି ଗୋଟିଏ ପିଲା ଲୋଡ଼ା ତେବେ ବରଂ ସରୋଗେଟ୍ ମଦରର ଜରାୟୁ ଭଡ଼ା ନେଇ ପିଲା କରିବ। ଭଡ଼ା ଯେତେ ହେଉନା କାହିଁକି ଚିନ୍ତା ନାହିଁ। ଗର୍ଭାବସ୍ଥାଠାରୁ କଦର୍ଯ୍ୟ ଅବସ୍ଥା କୁଆଡ଼େ ଆଉ କିଛି ନାହିଁ। ବୁଝିପାରୁଛୁ ଏବକାର ଝିଅଙ୍କ ମତିଗତି? ଯିଏ ମା' ହେବାକୁ ନଚାହେଁ ସେ କ'ଣ ସ୍ତ୍ରୀ ହେବାର ଯୋଗ୍ୟ? ଅବଶ୍ୟ ଯଦି କାହାର ପିଲା ନହେଉଛି ତାକୁ ଛାଡ଼ପତ୍ର ଦେବା କଥା ମୁଁ ଆଦୌ କହୁନି। କିନ୍ତୁ ସୁସ୍ଥ ସ୍ତ୍ରୀଟିଏ ସରୋଗେଟ୍

ମଦର ଖୋଜିବା କଥାଟା ମୁଁ ଏ ଜୀବନରେ କରାଇଦେବିନି। ଏମିତି ପ୍ରତିଦିନ ନୂଆ ନୂଆ ଇସ୍ୟୁକୁ ନେଇ ମହାଭାରତ ଯୁଦ୍ଧ ଚାଲିଥାଏ।

ଏଇ କାରଣରୁ ଘର ମାଲିକ ଆମ ଉପରେ ଅସନ୍ତୁଷ୍ଟ। ମାତ୍ର ଆମର ଆରେଞ୍ଜଡ ମ୍ୟାରେଜ ହୋଇଥିବାରୁ ଏ ବିବାହକୁ ସେ ସମ୍ମାନ ଦେଇ ଆମକୁ କିଛି କହନ୍ତି ନାହିଁ। କୁଆଡ଼େ ସବୁ ବିବାହରେ ସକାଳର ମହାଭାରତ ଯୁଦ୍ଧ, ରାତିକୁ ଶାନ୍ତିପର୍ବରେ ପରିଣତ ହୋଇଯିବା ପରି କ୍ରମେ ଆମେ ସୁଖୀ ଦମ୍ପତିରେ ଗଣା ହେବୁ। ତୁମମାନଙ୍କର ଲଭ୍ ମ୍ୟାରେଜ ହୋଇଥିବାରୁ ତୁମେ ଦୁହେଁ ଟିକେ ଅଧିକ ସାବଧାନ ହେବା ଆବଶ୍ୟକ। ସେ ଅନୁମାନ କରୁଛନ୍ତି ଯେ ତୁମେ ଦୁହେଁ ପିତାମାତାଙ୍କ ଇଚ୍ଛା ବିରୋଧରେ ଲଭ୍ ମ୍ୟାରେଜ କରିଛ।"

ଏପରି ମନ୍ତବ୍ୟର ପ୍ରତ୍ୟୁତ୍ତରରେ ସୁପ୍ରୀତ ମୁର୍କି ହସି କହିଲା "ବିବାହ କେମିତି କରିବୁ ସେଇଟା ଆମର ମର୍ଜି। ଘରମାଲିକ କ'ଣ ସୁପ୍ରିମକୋର୍ଟଙ୍କ ଗ୍ରାଣ୍ଡଫାଦର? ଆମ ପ୍ରତି ଅସନ୍ତୁଷ୍ଟ ହେଲେ ଆମର କିଛି ଯାଏଆସ୍ ନାହିଁ।"

"ଅଛି- ଯାଏଆସ୍ ଅଛି। ସେ ଯଦି ଘରଛାଡ଼ ବୋଲି ନୋଟିସ୍ ଦିଏ କ'ଣ କରିବ?"

"ରାସ୍ତାରେ ବୁଲି ବୁଲି ଭିକ ମାଗିବୁ- ରାତିକୁ ଫୁଟପାଥରେ ଶୋଇବୁ। କ'ଣ ଯେ ତମେ କହ ନମନ... ? ତମର ବିବାହକୁ ଭୟ- ଘରମାଲିକକୁ ଭୟ- ସ୍ତ୍ରୀ ଧମକକୁ ଭୟ... କେମିତି ବଞ୍ଚିଛନ୍ତି ଏ ଦେଶରେ ବିବାହିତ ଯୁବକମାନେ?"

"ସତେଯେମିତି ଲଭ୍ ମ୍ୟାରେଜ କରିଥିବା ଯୋଗୁଁ ବିବାହ ଆଇନର ଭୟଙ୍କର ଦଫାଗୁଡ଼ିକ ତୋ ପାଇଁ ଲାଗୁ ହେବନାହିଁ। ମୋ କଥାଗୁଡ଼ା ହାଲ୍‌କା ଭାବରେ ଗ୍ରହଣ କରନା। ତୁ ବି ବିବାହ ଅର୍ଗଳିରେ ବେକ ଭର୍ତ୍ତି କରିସାରିଛୁ। ବେକ ମୋଡ଼ିଲେ ଯେତେଦିନଯାଏ ପ୍ରେମରସ ବାହାରିବ ସେତେଦିନ ଭଲ- ତା'ପରେ ବଳିର ବକରା।"

"ମତେ କ'ଣ ତୋ ଭଳି ଇମୋସନାଲଫୁଲ୍ ବୋଲି ଭାବିଛୁ? ମୁଁ ନିଜକୁ ରକ୍ଷା କରିବାର ବାଟ ରଖିସାରିଛି। ସେ ଅର୍ଥୋଡକ୍ସ ଘରମାଲିକ ମତେ ଘରଛାଡ଼ିବା ନୋଟିସ୍ ଦେବା ଆଗରୁ ମୁଁ ତାକୁ ଘରଛାଡ଼ିବା ନୋଟିସ୍ ଦେଇଦେଉଛି। ଆମେ ଯେତେବେଳେ ନିଷ୍ପତ୍ତି ନେଇସାରିଛୁ ଆଉ ପଛକୁ ପାଦ ଫେରାଇବାର ନାହିଁ। ବୁଢ଼ା ଏ ସପ୍ତାହରେ ହିଁ ନୋଟିସ୍ ପାଇଯିବ। "ଦୃଢ଼ ନିଷ୍ପତ୍ତି ସୁପ୍ରୀତର। ନମନ ତା'ର ସାହସକୁ ତାରିଫ କଲା। ଘରଟିଏ ନଖୋଜି ଘରଛାଡ଼ିବାର ନିଷ୍ପତ୍ତି କେମିତି ନେଇପାରିଲା ସୁପ୍ରୀତ? ସେ ତ ଫୁଲାଫାଙ୍କିଆ ଅବିବାହିତ ଯୁବକ ନୁହେଁ!

ସପ୍ତାହ ଶେଷରେ ଘରମାଲିକ ଏକ ମିଟିଂ ଡାକିଲେ । ସମ୍ଭବତଃ ବିଦେଶ ଫେରନ୍ତା ସୁପ୍ରୀତର ଅହଂକାର ତାଙ୍କ କାନରେ ପଡ଼ିଛି ।

ମିଟିଂ ଆରମ୍ଭ ହେବାମାତ୍ରେ ସୁପ୍ରୀତ ଏକ ଟାଇପ୍ କାଗଜ ଆପାର୍ଟମେଣ୍ଟର ସେକ୍ରେଟାରୀଙ୍କ ହାତକୁ ବଢ଼ାଇଦେଲା । ସେ କାଗଜଟି ପଢ଼ି ପଚାରିଲେ "ବୁଝି ହେଲାନାହିଁ, ଆପଣ କ'ଣ ଚାହାନ୍ତି ? ଆପଣ ଲେଖିଛନ୍ତି ଫ୍ଲାଟଟା ଆପଣ ଭେକେଣ୍ଟ୍ କରୁଛନ୍ତି । ମାତ୍ର ବିମନା ଏଠି ରହିବେ । ଫ୍ଲାଟଟା ସେ ଭଡ଼ାରେ ନେବେ । ଅର୍ଥ କ'ଣ ?

ଘରମାଲିକ ଆଖି ତାଲାକୁ ଟେକିଦେଲେ । "ଆପଣ ସ୍ତ୍ରୀଙ୍କୁ ଏପରି ଭାବରେ ଛାଡ଼ିଦେଇ ପାରିବେନାହିଁ । ଆଇନକାନୁନ କ'ଣ ଏ ଦେଶରୁ ଉଠିଗଲା ? ବିମନା ଆପଣଙ୍କୁ ସଙ୍ଗେ ସଙ୍ଗେ ନାନା ଦଫାରେ ପକାଇଦେବ । ମୁଁ ମୋ ଆପାର୍ଟମେଣ୍ଟରେ ପୋଲିସ ପୂରାଇଦେବା ଚାହେଁନି । ଆପଣମାନଙ୍କର ପଟୁ ନାହିଁ ତ ଦି'ଜଣଯାକ ମୋ ଘର ଛାଡ଼ିଦିଅନ୍ତୁ ତା'ପରେ ବିଧିବଦ୍ଧ ଭାବେ ଡିଭୋର୍ସ ଫାଇଲ୍ କରନ୍ତୁ" ରୋଷଭରା କଣ୍ଠରେ କହିଲେ ଘରମାଲିକ ।

ବିମନା ଉଠିପଡ଼ି କହିଲା "ଆଜ୍ଞା, ବିବାହ ଆଇନ ଆମ ପାଇଁ ଲାଗୁ ହେବନାହିଁ । ଆମେ ଆଜିକୁ ଆଠବର୍ଷ ହେଲା ଅବିବାହିତ ଦମ୍ପତି ଥିଲୁ । ସ୍ୱିଡେନରେ ଚାରିବର୍ଷ, ଏଠି ଚାରିବର୍ଷ । ଏବେ ଅନୁଭବ କଲୁ ଯେ, ଆମ ଭିତରେ କମ୍ପାଟିବିଲିଟି ନାହିଁ । ତେଣୁ ପରସ୍ପରକୁ ବିନା ଅଭିଯୋଗରେ ମୁକ୍ତ କରିଦେଉଛୁ । କିନ୍ତୁ ଆମେ ପରସ୍ପରର ଭଲ ବନ୍ଧୁ ହୋଇ ରହିବୁ । ଶତ୍ରୁ ହେବୁନାହିଁ କେବହେଲେ । ଅବଶ୍ୟ ଆପଣଙ୍କ ସହ ଏଗ୍ରିମେଣ୍ଟ ହେବାବେଳେ ଅନ୍‌ମ୍ୟାରେଡ୍ କପଲ ବଦଳରେ ମ୍ୟାରେଡ୍ କପଲ ଲେଖିଛୁ । ସେଥିପାଇଁ ଯାହା ଦଣ୍ଡ ଦେବେ ଦିଅନ୍ତୁ ।"

ଆପାର୍ଟମେଣ୍ଟର ସମସ୍ତ ଟେନାଣ୍ଟ୍ ଆକାଶରୁ ଖସିଲେ । ଆଠବର୍ଷ ହେଲା ସ୍ୱାମୀ-ସ୍ତ୍ରୀ ଭଳି ଚଳୁଥିଲେ, ଅଥଚ ବିବାହ କରିନାହାନ୍ତି ? ଏମାନଙ୍କୁ ଏବେ କିଏ ବିବାହ କରିବ ? ହେ ଭଗବାନ ! ଆପାର୍ଟମେଣ୍ଟଟାକୁ ଅପବିତ୍ର କରିଦେଇଛନ୍ତି । ଆମ ପିଲାମାନେ କ'ଣ ଶିଖିବେ ଏମାନଙ୍କଠାରୁ ?

ଘରମାଲିକ କ୍ରୋଧ ପ୍ରକାଶ କରି କହିଲେ "ଆପଣ ଦୁଇଜଣଯାକ ଆଜି ଘର ଛାଡ଼ନ୍ତୁ । ଆଉ ଗୋଟାଏ ରାତି ଆପଣ ଏଠି ରହିପାରିବେ ନାହିଁ । ମୁଁ ମୂର୍ଖ ସେତେବେଳେ ଆପଣମାନଙ୍କର ବିବାହ ସାର୍ଟିଫିକେଟ ମାଗିପାରିନାହିଁ । ଏଣିକି ବିବାହ ସାର୍ଟିଫିକେଟ ଦେଖିଲେ ଯାଇ ଘରଭଡ଼ା ଦେବି ।"

ସୁପ୍ରୀତ ବିମନାକୁ ଚାହିଁ କହିଲା "ତୁମେ ବି ଜିନିଷପତ୍ର ପ୍ୟାକ୍ କରିଦିଅ । ଆଜି ରାତିକ କୌଣସି ହୋଟେଲରେ ରହିଯିବା । କାଲିଠାରୁ ଦି'ଜଣଯାକ ପରସ୍ପର ପାଇଁ

ଘର ଖୋଜିବାରେ ସାହାଯ୍ୟ କରିବା।" ଘଣ୍ଟାକ ଭିତରେ ଦୁହେଁ ସମସ୍ତଙ୍କୁ ବାଏ ବାଏ କରି ଘର ଛାଡ଼ିଦେଲେ। ଘରମାଲିକ କହିଲେ "ଗୋଟେ କଳଙ୍କ ଗଲା। ଏ ଭିତରେ ଆପାର୍ଟମେଣ୍ଟରେ ଗୋଟେ ପୂଜା କରିବା। ସମସ୍ତଙ୍କୁ ନିମନ୍ତ୍ରଣ ରହିଲା। କିନ୍ତୁ ତା' ପୂର୍ବରୁ ଆପଣମାନେ ସମସ୍ତେ ବିବାହ ସାର୍ଟିଫିକେଟ ମୋ ପାଖରେ ଦାଖଲ କରିବେ। ମାସକ ପରେ ନମନର ବାପା-ମାଆ, ପୁଅ-ବୋହୂଙ୍କୁ ସଙ୍ଖୋଳି ଆସିଲେ। ସେମାନେ ପୁଅବୋହୂଙ୍କୁ ଟଙ୍କା ପଇସା ମାଗନ୍ତି ନାହିଁ। ମାଗନ୍ତି ନାତିଟିଏ ବା ନାତୁଣୀଟିଏ। ସେତିକି ସେମାନଙ୍କର ସାରାଜୀବନର ଅଳି। ଚାରିଦିନ ପରେ ଅଙ୍ଗନା ବାପଘରକୁ ଚାଲିଗଲା। ମାସକ ପରେ ଅଚାନକ ଅବସରପ୍ରାପ୍ତ ରାଷ୍ଟ୍ରପତି ପଦକପ୍ରାପ୍ତ ବୟସ୍କ ଶିକ୍ଷକ ଏବଂ ତାଙ୍କ ସ୍ତ୍ରୀ ଓ ଉଚ୍ଚଶିକ୍ଷିତ ପୁଅ ନମନ ଆରେଷ୍ଟ ହେଲେ। ସେମାନଙ୍କ ବିରୋଧରେ ଯୌତୁକଜନିତ ବଧୂ ନିର୍ଯାତନା ଏବଂ ଘରୋଇ ହିଂସା ଦଫା ବଳବତ୍ତର ଥିଲା। ଆପାର୍ଟମେଣ୍ଟର ପବିତ୍ରୀକରଣ ପୂଜା ପରେ ପରେ ହିଁ ଘଟଣାଟି ଘଟିଥିଲା।

■

ଘୋଷାପଦ

କିଏ କାହା ପ୍ରେମରେ ପଡ଼ିଲା ? ସଙ୍ଗୀତ ତା' ପ୍ରେମରେ ପଡ଼ିଲା ନା ସେ ସଙ୍ଗୀତର ? ଝିଅ ତ ନୁହେଁ- ଗୀତଟିଏ, ନାଁ ତା'ର ପ୍ରଥମା । ପ୍ରଥମା ତା' ପ୍ରଥମ ପ୍ରେମର କଥା ଠିକ୍ ମନେପକାଇ ପାରୁନଥିଲା । କାରଣ, ସେ ତ ହେତୁ ହେବାପୂର୍ବରୁ ହିଁ ପ୍ରେମରେ ପଡ଼ିଥିଲା । ତା'ର ମନେଅଛି ପିଲାଦିନେ ତା' ଲଳିତ ସ୍ୱର ସମସ୍ତଙ୍କ ମନ ମୋହିଥିଲା । ସିନେମା ଗୀତକୁ ଦରଦର ଗୁଣୁଗୁଣେଇଲା ବେଳେ ହିଁ ମା' ବାରିପାରିଲା ଯେ ତା' କଣ୍ଠରେ ସଙ୍ଗୀତ ହିଁ କଥା କହେ, ସଙ୍ଗୀତ ହିଁ ଲୟ ଲଗାଇ ଅଝଟ ଧରେ- ସଙ୍ଗୀତ ହିଁ ରାଗ ରାଗିଣୀ ତୋଳି ହସେ-କାନ୍ଦେ । ଚାରିବର୍ଷ ବୟସରୁ ନିୟମିତ ପ୍ରଥମାକୁ ସଙ୍ଗୀତ ଶିଖିଲା ମା' । ମା' ତାକୁ ଡାକୁଥିଲା ଆଶା । କହୁଥିଲା "ତୁ ମୋର ପ୍ରଥମ ଆଶା, ତୋ ଲାଗି ମୁଁ ବଞ୍ଚିଛି । ନଚେତ୍-" । ନଚେତ୍ କ'ଣ କରିଥାଆନ୍ତା ମା' ସେକଥା ମା' କେବେ କହିନି କିମ୍ୱା ଆଶା କେବେ ପଚାରିନି । କେବଳ ଆଶା ଏତିକି ଜାଣିଛି ମା'ର ମ୍ଳାନ ମୁହଁଟା ହସିଉଠେ, ଯେତେବେଳେ ଆଶା ଗୀତର ରିୟାଜ୍ କରୁଥାଏ । ପ୍ରଖ୍ୟାତ ସଙ୍ଗୀତଗୁରୁମାନଙ୍କର ତତ୍ତ୍ୱାବଧାନରେ କୋମଳ କଣ୍ଠସ୍ୱର ଦିନକୁଦିନ ବିକଶିତ ହେବାକୁ ଲାଗିଲା ଏବଂ ତା' ସ୍ୱରର ଯାଦୁ ଶୁଣିବା ଲୋକକୁ ସମ୍ମୋହିତ କଲା । ସାଙ୍ଗସାଥୀ ମହଲରେ, ସ୍କୁଲ କଲେଜରେ ତା' ଲଳିତ ସ୍ୱରର ଚର୍ଚ୍ଚା ହେଲା । ତା' ସ୍ୱର ଥିଲା ଅନନ୍ୟ ମଧୁର ।

ଯେମିତି ସ୍ୱପ୍ନରାଜ୍ୟରୁ ଭାସିଆସୁଥିଲା ସେ ସ୍ୱର। ମା' କହିଥିଲା "ସଙ୍ଗୀତକୁ ପେସା କରିବାପାଇଁ ତତେ ମୁଁ ସଙ୍ଗୀତ ଶିଖାଇନାହିଁ। ସଙ୍ଗୀତ ମୋର ନିଶା ଥିଲା, ତୋ ଭିତରେ ବି ଅଛି। ସଙ୍ଗୀତ ପ୍ରଥମେ ନିଜ ଆତ୍ମାର ଆନନ୍ଦ ପାଇଁ- ଅପାର୍ଥିବର ପାର୍ଥିବ ସହ ସଂଯୋଗ ପାଇଁ। ଅବଶ୍ୟ ସଙ୍ଗୀତ ମଧ୍ୟ ଅନ୍ୟର ଆନନ୍ଦ ପାଇଁ। ତୁ ସଙ୍ଗୀତ ମାଧ୍ୟମରେ ନିଜ ହୃଦୟର ନିରାଶା ଏବଂ ଜୀବନ ସଂଗ୍ରାମର କ୍ଳାନ୍ତି ଭୁଲିବୁ ଏବଂ ଜୀବନକୁ ଗୀତଟିଏ କରି ଗାଇବୁ। ସେତେବେଳେ ତୋ ଜୀବନ ଗୀତ ସହ ଅନ୍ୟମାନେ ବି ଜୀବନକୁ ଗାଇ ଶିଖିବେ। ତେଣିକି ସଙ୍ଗୀତକୁ ନେଇ ତୁ ଯାହା କରିବୁ କର।"

ଆଶା ଥିଲା ମେଧାବୀ ଛାତ୍ରୀ। ପାଠରେ, ଗଳ୍ପ କବିତା ଲେଖିବାରେ ଓ ବକ୍ତୃତାରେ, ସବୁଥିରେ ବିଚକ୍ଷଣ ଝିଅ। ମାତ୍ର ସଙ୍ଗୀତ ଥିଲା ତା'ର ସ୍ୱପ୍ନ, ଅଭୀପ୍ସା, ଆତ୍ମ ଉତ୍ତରଣର ସୁର। ତେଣୁ ପାଠ ଏବଂ ସଙ୍ଗୀତକୁ ନେଇ ଆଶା ଗୋଟିଏ ପରିପୂର୍ଣ୍ଣ ସ୍ୱପ୍ନରେ ମଜ୍ଜିଯାଇଥିଲା। ଅନେକ ମେଧାବୀ ଛାତ୍ରୀଙ୍କ ଭଳି ସ୍ନାତକୋତ୍ତର ପାଠ୍ୟକ୍ରମ ପାଇଁ ଓଡ଼ିଶା ଛାଡ଼ି ଦିଲ୍ଲୀର ଏକ ପ୍ରଖ୍ୟାତ ୟୁନିଭରସିଟିରେ ଯୋଗଦେଲା। ପରେ ପରେ ବାହାଘର, ଚାକିରି, ପିଲା, ସମୟର ଚକ ଗତାନୁଗତିକ ଭାବେ ତା' ଜୀବନର ରୂପ ଦେଲା। ଜୀବନର ନୂଆ ମୋଡ଼ ସହିତ ଅଭ୍ୟସ୍ତ ହେବାରେ ବ୍ୟସ୍ତ ରହିଲା ଆଶା। ନୂଆ ସଂସାରର ସମ୍ଭାର, ଚାକିରି ଦାୟିତ୍ୱ ସହ ଘରସଂସାରର ଯାବତ୍ୟ ଭାର ତ ତା' ମା' ଭଳି ଆଶାର! ସ୍ୱାମୀଙ୍କର ଅଫିସିଆଲ୍ ପାର୍ଟିରେ ଯୋଗଦେବାକୁ ପଡ଼େ ଆଶାକୁ। ନିଜ ସଙ୍ଗୀତର ଯାଦୁରେ ସମସ୍ତଙ୍କୁ ଚମତ୍କୃତ ସମ୍ମୋହିତ କରିଦେବାପାଇଁ-ତାହା ହିଁ ଥିଲା ତା'ର ଏକମାତ୍ର ମଞ୍ଚ। ତା' କୁନିଝିଅ ବି ଆଶା କଣ୍ଠରୁ ଲୋରି ଶୁଣି ମନ୍ତ୍ରମୁଗ୍ଧ ହେଇ ତା' ମୁହଁକୁ ଅପଲକ ଆଖିରେ ଚାହିଁରହେ। ସତେଯେପରି ତା' ମା'କୁ ଯାଦୁବିଦ୍ୟା ଜଣା।

କ୍ରମେ ସ୍ୱାମୀଙ୍କ ଅଫିସିଆଲ୍ ପାର୍ଟିରୁ ତା' ସ୍ୱର ପାହାଚ ଡେଇଁ ବାହାରକୁ ଶୁଭିଲା। ସମସ୍ତଙ୍କର ସେଇ ଗୋଟିଏ ପ୍ରଶ୍ନ, ଆଶା ଲୋକଲୋଚନକୁ କାହିଁକି ଆସୁନାହିଁ? ମରୁଭୂମିରେ କ'ଣ ଫୁଲଟିଏ ତା'ର ସୁରଭି ବାଣ୍ଟିପାରେ? ତେଣୁ ଆଶା ଏବେ ମଞ୍ଚକୁ ଆସୁ। ସେହିପରି ଆଶାର ମଣିମୁକ୍ତାଖଚିତ କଣ୍ଠସ୍ୱର, ସେ ସ୍ୱରରେ ବୁଣା ତାରକସି କାରୁକାର୍ଯ୍ୟକୁ ମା'ର ଚିହ୍ନାଜଣା ବଡ଼ ବଡ଼ ସଙ୍ଗୀତଜ୍ଞ ମଧ୍ୟ ତାରିଫ କରନ୍ତି। କିନ୍ତୁ ଆଗକୁ ବଢ଼ିବା ପାଇଁ- ବାଟ ଦେଖାଇବା ପାଇଁ କେହି ନଥାଏ। ଏଥିପାଇଁ ଅନେକ ପ୍ରଖ୍ୟାତ ସଙ୍ଗୀତଜ୍ଞଙ୍କ ଆଶୀର୍ବାଦ ଲୋଡ଼ିଛି ସେ। ହଜାରେ ପ୍ରଶ୍ନର ଉତ୍ତର ଦେଇଛି, ଗୀତ ମଧ୍ୟ ଗାଇ ଶୁଣେଇଛି। ସମସ୍ତେ ପ୍ରଶଂସାରେ ଶତମୁଖ ହୁଅନ୍ତି। ତା'ର ଗାୟନକୁ ପ୍ରୋତ୍ସାହନ ଦିଅନ୍ତି, କୁହନ୍ତି- ଆଗେଇଯା... ଆଗେଇଯା...। କିନ୍ତୁ କେହି ଜଣେ ମଧ

ତାଙ୍କ ଆସରରେ ସାମିଲ କରନ୍ତି ନାହିଁ। ଆସର ବିନା, ଗଡ୍‌ଫାଦର ବିନା ଏ ଯୁଗରେ କ'ଣ କିଛି ସମ୍ଭବ ହୋଇପରେ- ସଙ୍ଗୀତ ତ ଆସର ବିନା ନିରାଶ୍ରୟ ! ସଙ୍ଗୀତକୁ ବୃତ୍ତି ଭାବରେ କେବେ ଗ୍ରହଣ କରିନଥିଲା ଆଶା, ସଙ୍ଗୀତ ତା'ର ପ୍ରବୃତ୍ତି ହିଁ ଥିଲା। ମା'ର ଭାଷାରେ ସଙ୍ଗୀତ ଆତ୍ମାର ଆନନ୍ଦ ପାଇଁ, ବ୍ୟବସାୟିକ ସଫଳତା ପାଇଁ। କିନ୍ତୁ ଏକଥା ବି ମା' କହିଥିଲା ଯେ ସଙ୍ଗୀତ କେବଳ ନିଜର ନୁହେଁ, ଅନ୍ୟର ମଧ୍ୟ। ଯିଏ ଯେଉଁ ପ୍ରତିଭାର ଅଧିକାରୀ ହେଉନା କାହିଁକି, ନିଜେ ଆନନ୍ଦିତ ହେବା ସହ ଅନ୍ୟକୁ ଆନନ୍ଦ ଦେବା ମଧ୍ୟ କର୍ତ୍ତବ୍ୟ। ତାହା ହିଁ କଳାଦର୍ଶ। ଯେତେବେଳେ ଆଶା ନିଜେ ନିଜ ପାଇଁ ଗାଉଥିଲା ତାକୁ କାହିଁକି ମଞ୍ଚ ମିଳୁନାହିଁ ବୋଲି ତା' ମନରେ ଗ୍ଲାନି ନଥିଲା। କିନ୍ତୁ ଯେଉଁଦିନଠୁ ସେ ମଞ୍ଚଟିଏ ଖୋଜିଛି ତା' ପରଠୁ ସେ ପ୍ରଶଂସାର ଆନ୍ତରିକତା ସଂପର୍କରେ ଚିନ୍ତା କରିଛି ଏବଂ ପ୍ରଶ୍ନଗାର ଟାଣିଛି। ଏହା ହିଁ ତା'ର ଗ୍ଲାନିବୋଧର କାରଣ ହୋଇଛି।

ବାହାରକୁ ଚିକ୍‌ମିକ୍ ସୁନ୍ଦର ଦେଖାଯାଉଥିବା ଏ ଦୁନିଆ ଯେ ଏକ ମାୟାଜାଲ, ଏକଥା ତାକୁ ଜଣାଥିଲା। ପ୍ରତ୍ୟେକ ଗାୟକ ବା ଗାୟିକା ଯେ ପ୍ରଖ୍ୟାତ ହୋଇପାରିବେ, ଏମିତି କିଛି ମନ୍ତ୍ର ନାହିଁ, ଏ ବିଦ୍ୟା ମଧ୍ୟ ଆଶାକୁ ଅଜଣା ନଥିଲା। ମେଧାବୀ ଛାତ୍ରୀ ହୋଇଥିବାରୁ ଆଶା ଅଧ୍ୟୟନ ଓ ଅଧ୍ୟାପନାକୁ ବାଛିନେଇଥିଲା ନିଜ କର୍ମମୟ ଜୀବନର ରଣଭୂମି ଭାବରେ। ସଙ୍ଗୀତ ରହିଗଲା ତା'ର ଚିରନ୍ତନ ପ୍ରେମ ହୋଇ। ସଙ୍ଗୀତ ମାଧ୍ୟମରେ ଆଶା ନିଜର ମନର କଥାକୁ ସହଜରେ ପ୍ରକାଶ କରିପାରୁଥିଲା। ନିଜର ମନକୁ ଏବଂ ଆଶା ଆକାଂକ୍ଷାକୁ ସେ ଚିହ୍ନିପାରୁଥିଲା ସଙ୍ଗୀତର ସୁରରେ। ଜୀବନର ଅବ୍ୟକ୍ତ ସୁଖ ଏବଂ ଦୁଃଖକୁ ପରିପ୍ରକାଶ କରିପାରୁଥିଲା ବିଭିନ୍ନ ରାଗର ଯାଦୁକରୀ ସ୍ପର୍ଶରେ। ସଙ୍ଗୀତର ରାଗ ତୋଳିବାବେଳେ ଆଶାର ମନରେ ଡେଣା ଲାଗିଯାଏ ଏବଂ ସେ ଆକାଶର ଘନନୀଳ ଭିତରେ ହଜିଯାଏ। ସା-ରେ-ଗା-ମା'ର ଆରୋହ ଓ ଅବରୋହରେ ସେ ଆତ୍ମହରା ହୁଏ।

ସୁଖଦୁଃଖର ଏ ଜୀବନରେ ସୁଖ ପରି ଦୁଃଖ ମଧ୍ୟ ନିରାଟ ସତ୍ୟ। ତା' ଜୀବନର ଦୁଃଖ ଦୁଃସମୟରେ ତାକୁ ଆବୋରି ନିଏ, ଦମ୍ଭ ଦିଏ ସଙ୍ଗୀତ। ଆଶା ଜାଣେ ତା'ର ପରିପୂର୍ଣ୍ଣ ଜୀବନ ଭିତରେ ଅନେକ ଅସମ୍ପୂର୍ଣ୍ଣତା ବି ଅଛି। କାହାର ଜୀବନ ବା ପୂରାପୂରି ପୂର୍ଣ୍ଣ। ଅସମ୍ପୂର୍ଣ୍ଣତା ହିଁ ଜୀବନର ସତ୍ୟ। କିନ୍ତୁ ସେଇ ଅସମ୍ପୂର୍ଣ୍ଣତା ଭିତରେ ସଙ୍ଗୀତ ତାକୁ ହସେଇପାରେ, ବଞ୍ଚିବାର ସୁଖ ଓ ଶାନ୍ତିକୁ ଅନ୍ୱେଷଣ କରିବାର ରାହା ଦେଖାଏ। କିଏ ବା ନଚାହେଁ ପ୍ରଶଂସା ଏବଂ ଜୟଗୀତି ? ଆଶାର ଲୋଡ଼ା ଥିଲା ଏକ ପରିଚୟ, ଗାୟିକା ଭାବରେ ଏକ ପରିଚିତି। କିନ୍ତୁ ଏ ପରିଚିତି ଗଢ଼ିବାର ବାଟ ବା ଉପାୟ ଜଣେଇବା ପାଇଁ କେହି ପଥପ୍ରଦର୍ଶକ ନଥିଲେ। ନିଜର ପରିଚିତି ଅପେକ୍ଷା ତା'ର

ଅଧିକ ଆଗ୍ରହ ଥିଲା ତା' ସଙ୍ଗୀତକୁ ଶ୍ରୋତାଙ୍କ ପାଖରେ ପହଞ୍ଚେଇବା।

ସ୍ୱାମୀଙ୍କ ସହଯୋଗ ଏବଂ ପ୍ରେରଣା ପାଇ କିଛି ଉଚ୍ଚସ୍ତରୀୟ ଗେଟ୍ ଟୁଗେଦରରେ ସଙ୍ଗୀତ ପରିବେଷଣ କରି ସନ୍ତୁଷ୍ଟ ରହିବାକୁ ଚେଷ୍ଟା କରିଥିଲା ଆଶା। ପରିବାରର ସଦସ୍ୟମାନେ ଅନେକଥର କହିଲେଣି "ନିଜ ଶିଙ୍ଗରେ ମାଟି ତାଡ଼ିବା ଶିଖ୍। ଅନ୍ୟର ସାହାଯ୍ୟକୁ ଅପେକ୍ଷା କରି ବସିଲେ ସମୟ ଅପେକ୍ଷା କରେନାହିଁ। ସାନଟି ଦିନରୁ ବାପା ପ୍ରାତଃଭ୍ରମଣରେ ଯିବା ସମୟରେ ଉଠାଇ ଦିଅନ୍ତି ରିଆଜ୍ କରିବା ପାଇଁ। କେଉଁଠି ସ୍ୱର ଅମାନିଆ ହେଲେ ମା' ଆସି ଚେତେଇଦେଇ ଯାଆନ୍ତି। ପଗା ତାଲିମପ୍ରାପ୍ତ ତା'ର ସ୍ୱର ସତ୍ତ୍ୱେ ନିଜକୁ ସାବ୍ୟସ୍ତ କରିବା ପାଇଁ ଯଥାର୍ଥ ମଞ୍ଚରେ ସୁଯୋଗ ମିଳିପାରୁନାହିଁ। ମାର୍କେଟିଂ ମ୍ୟାନେଜମେଣ୍ଟର ପ୍ରଫେସର ଆଶା। ଗୋଟିଏ ନୂତନ, ଅପରିଚିତ ପ୍ରଡକଫକୁ ମାର୍କେଟରେ କିପରି ଉପସ୍ଥାପନା କରାଯିବ, ତା'ର ପ୍ରମୋସନ ପ୍ୟାକେଜିଂ ଇତ୍ୟାଦି ବିଷୟ ଚମତ୍କାର ଶୈଳୀରେ ଉପସ୍ଥାପନ ଆଶା।

ଅଥଚ ଏଇ ସାର୍ବଜନୀନ ବ୍ୟାବସାୟିକ ଥିଓରୀକୁ ସଙ୍ଗୀତ ଜଗତରେ କିପରି ବ୍ୟବହାର କରିବ, ସେ ବିଷୟରେ କିଛି ଜଣାନଥିଲା। ସଙ୍ଗୀତ ଏକ ନିରହଂକାର ରାଗ। କେବଳ ଗାୟକ ନୁହେଁ, ଶ୍ରୋତାକୁ ମଧ୍ୟ ଅହଂକାରର ପାହାଚରୁ ଓହ୍ଲାଇଆଣେ ପ୍ରେମର ଉଦ୍ୟାନକୁ। କିନ୍ତୁ ଆଶା ଏବେ ଜାଣିଲାଣି ଯେ ଏ ଦୁନିଆର ବାଦଶାହାମାନେ ବି ଅଛନ୍ତି ଏବଂ ସେମାନେ ପ୍ରବଳ ପ୍ରତାପୀ। ସେମାନେ ଖୁସି କଲେ ତା'ର ଭାଗ୍ୟ ଖୋଲିଯାଇପାରିବ ବୋଲି କେହି କେହି ଉପଦେଶ ଦେଲେଣି। ଆଶା ପାଇଁ ପରାମର୍ଶଦାତାଙ୍କ ଅଭାବ ନାହିଁ। ଏହି ଉପଦେଶ ଅନୁଭୂତି ଉପରେ ପର୍ଯ୍ୟବସିତ। କିପରି ନେଟ୍‌ୱାର୍କିଙ୍ଗ୍ କରାଯାଏ, ସଙ୍ଗୀତ କାର୍ଯ୍ୟକ୍ରମର ଆୟୋଜକଙ୍କ ସହିତ କିପରି ସମ୍ପର୍କ ବଢ଼ାଇବା ହୁଏ, ମିଡିଆ ସହିତ ସୁସମ୍ପର୍କ କେମିତି ରକ୍ଷା କରାଯାଏ, ଏସବୁ ବିଷୟରେ ଅନେକ ଗୁପ୍ତ ରହସ୍ୟ ଏ ଭିତରେ ସେ ଭେଦ କରିଛି। ଏସବୁ ଆଦୌ ଭଲ ଲାଗେନାହିଁ ଆଶାକୁ। ତା'ର ସଂସ୍କାରୀ ମନ କହେ- ସୁଗାୟିକା ଭାବେ ପ୍ରତିଷ୍ଠିତା ହେବା ପାଇଁ କେବଳ ଗୁଣ ଲୋଡ଼ା। ତେଣୁ ଆଶା ସେଥିପାଇଁ ସବୁପ୍ରକାର ଚେଷ୍ଟା କରେ। ସକାଳୁ ଉଠି ଯେତେସମ୍ଭବ ସ୍ୱରସାଧନା କରେ। ବିଭିନ୍ନ ଶୈଳୀର ସଙ୍ଗୀତ ଗାୟନ ବିଷୟରେ ଅଧ୍ୟୟନ କରେ, ହଜାର ହଜାର ଗୀତ ସଂଗ୍ରହ କରେ ଏବଂ ଏକାଗ୍ର ଚିତ୍ତରେ ଶୁଣେ। ଘରେ ଯେତେସମୟ ଥାଏ ସକାଳୁ ସଞ୍ଜଯାଏ ସେ ଗୁଣୁଗୁଣୁ ହେଉଥାଏ, ନଚେତ୍ ସଙ୍ଗୀତ ଶୁଣୁଥାଏ। ତା' ଘରଟା ଯେମିତି ସଙ୍ଗୀତର ଆହ୍ଲାଦମୟ କଳ୍ପଲୋକ। ତଥାପି ଆଶା ବୁଝିପାରେ, ଗୁରୁ ଏବଂ ପଣ୍ଡିତମାନଙ୍କର ଆଶୀର୍ବାଦ ଓ ଶୁଭଦୃଷ୍ଟି ନିତାନ୍ତ ଆବଶ୍ୟକ। ତାକୁ ଉପଯୁକ୍ତ ମଞ୍ଚରେ ଗାଇବାକୁ ସୁଯୋଗ ମିଳୁନି।

ସ୍ୱାମୀଙ୍କ ପ୍ରତିଷ୍ଠାରେ ସେ ପରିଚୟଟିଏ ପାଇବା ଖୁବ୍ ସହଜ। କିନ୍ତୁ ସେ ପ୍ରକାର ସଫଳତାର କ'ଣ ବା ମାନେ? ଏଇଭଳି ଏକ ରାଗରହିତ ଜୀବନରେ ଆଶାର ଦିନଗୁଡ଼ିକ କଟୁଥିଲା।

ହଠାତ୍ ଗୋଟିଏ ପ୍ରତିଯୋଗିତାରେ ସାକ୍ଷାତ ହେଲା ବିନୁଭାଇଙ୍କ ସହିତ। ସଙ୍ଗୀତ ଜଗତରେ ସୁପରିଚିତ। ଅନେକ ନୂଆ କଳାକାରଙ୍କୁ ସୁଯୋଗ ଦେଇଛନ୍ତି। ପ୍ରତିଯୋଗିତାର ଗହଳି ଭିତରେ ତା' ସ୍ୱରକୁ ଚିହ୍ନି ତା ପାଖରେ ଆସି ପହଞ୍ଚିଲେ। ସେହିଦିନଠାରୁ ହିଁ ଆରମ୍ଭ ହୋଇଥିଲା ଆଶାର ସଙ୍ଗୀତ ଜଗତକୁ ପ୍ରତ୍ୟାବର୍ତ୍ତନର ପର୍ବ। ଦିନରାତି ଲାଗି ଅନେକ ନୂଆ ଗୀତ ଶିଖାଇଲେ ତାକୁ ବିନୁଭାଇ। ତାଙ୍କ ପ୍ରଚେଷ୍ଟା ଦ୍ୱାରା ଆଶାକୁ ଶେଷରେ ଏକ ମର୍ଯ୍ୟାଦାପୂର୍ଣ୍ଣ ସମାରୋହରେ ସଙ୍ଗୀତ ପରିବେଷଣ କରିବାର ସୁଯୋଗ ମିଳିଲା। ଧୀରେ ଧୀରେ ଆଶାକୁ ପୁନର୍ବାର ଲୋକ ଶୁଣିବାକୁ ଚାହିଁଲେ। ଏ ସମୟଟା ଆଶା ପାଇଁ ଥିଲା ଗୁରୁତ୍ୱପୂର୍ଣ୍ଣ। ଅନେକ କିଛି ଶିଖିବାକୁ ଥିଲା ତା'ର। ମଞ୍ଚ ପରିବେଷଣ ହେଉ ବା ରେକର୍ଡିଂ, ଆଶା ବହୁତ କଥାରେ ପାରଦର୍ଶିତା ହାସଲ କରିନଥିଲା। ସେ ଅନୁଭବ କରୁଥିଲା କଳା ହେଉ ବା ସଙ୍ଗୀତ ହେଉ, ସେଥିରେ କେହିହେଲେ ଶୀର୍ଷକୁ ଯାଇପାରେ ନାହିଁ। ଏହା ଏକ ନିରନ୍ତର ସାଧନା। ଯେଉଁମାନେ ଭାବନ୍ତି ସିଦ୍ଧିଲାଭ କରିଛନ୍ତି ବୋଲି ସେମାନଙ୍କର ବି ଅନେକ କଥା ଶିଖିବାକୁ ବାକି ଥାଏ।

ମଣିଷର ଦୁଃଖ, ଅବସାଦ ଓ ବିଷାଦ ଦୂର କରିବା ପାଇଁ ଧୀର ମଧୁର ସଙ୍ଗୀତକୁ ନିଦାନ ଭାବରେ ବ୍ୟବହାର କରାଯାଉଛି। ମ୍ୟୁଜିକ ଥେରାପି ଦ୍ୱାରା ଅପରାଧପ୍ରବଣ ମନକୁ ସତ୍‌ପଥକୁ ଅଣାଯାଇ ପାରୁଛି। ଆନନ୍ଦ ଉପଭୋଗ ହେଉ ବା ପରମାତ୍ମାଙ୍କ ନିକଟରେ ନିଜକୁ ସମର୍ପଣ କରିବାକୁ ହେଉ, ସଙ୍ଗୀତ ହିଁ ହେଉଛି ପନ୍ଥା। ସଙ୍ଗୀତ ହେଉଛି ଜୀବନ। ଶୃଙ୍ଗାର, କାରୁଣ୍ୟ, ରୌଦ୍ର ବା ଶାନ୍ତ ରସ ଏବଂ ରାଗର ଅଦ୍ଭୁତ ସଂଯୋଗରେ ମଣିଷର ଜୀବନଗୀତି ବାଜୁଥାଏ।

ଆଶା, ବିଶ୍ୱାସ କରେ ଯାହା ଭାଷା ଦ୍ୱାରା ବ୍ୟକ୍ତ କରାଯାଇପାରେ ନାହିଁ, ତାହା ସଙ୍ଗୀତ ଦ୍ୱାରା ହିଁ ସମ୍ଭବ ହୋଇପାରେ। ସ୍ମୃତି ଏବଂ ସ୍ୱପ୍ନ ଭଳି ସଙ୍ଗୀତ ଅନାୟାସରେ ପ୍ରବେଶ କରେ ମନର ଗହନ ବନରେ। ଆଉ କେବେ ଲେଉଟାଣି ହୁଏନାହିଁ ତା'ର। ମ୍ୟାନେଜମେଣ୍ଟ ପ୍ରଫେସନାଲ୍ ଭାବରେ ଆଶା ଏ ବିଷୟରେ ଅନେକ ଗବେଷଣା କରିଛି ଏବଂ ଦେଶ ବିଦେଶରେ କନଫରେନ୍ସମାନଙ୍କରେ ସନ୍ଦର୍ଭ ଉପସ୍ଥାପନା କରିଛି। ଆଶ୍ଚର୍ଯ୍ୟ କଥା ଯେ ସଙ୍ଗୀତର ପୁରୋଧାମାନେ ଠିକ୍ ବିପରୀତ ଦିଗରେ ଧାବମାନ। ଆଶାକୁ ଏସବୁ ଠଉରେଇ ନେବାପାଇଁ ଅଧିକ ସମୟ ଲାଗିଲା ନାହିଁ।

କିନ୍ତୁ ସଙ୍ଗୀତ ଜଗତର ଲିଖିତ ଅଲିଖିତ ନିୟମକାନୁନ ଆଶାକୁ ତଟସ୍ଥ କରୁଥିଲା।

ଚାଣକ୍ୟଙ୍କ କୂଟନୀତି ଭଳି ହିସାବ ନିକାଶର ସଫଳତା ତା'ର ଲୋଡ଼ା ନଥିଲା। ଲୋଡ଼ା ନଥିଲା ତା'ର ମିଥ୍ୟାପ୍ରଶଂସା। ସେ କେବଳ ଚାହୁଁଥିଲା ଗୋଟିଏ ସୁଯୋଗ। ବିନୁଭାଇ ଏବଂ କିଛି ସଙ୍ଗୀତପ୍ରେମୀଙ୍କ ସହଯୋଗରେ ଗାଇବା ଆରମ୍ଭ କଲା ଆଶା। କାର୍ଯ୍ୟକ୍ରମ ଆରମ୍ଭ ହେବାର ଗୋଟିଏ ଘଣ୍ଟା ପୂର୍ବରୁ ତାକୁ ପହଞ୍ଚିବାକୁ ପଡ଼େ ନିର୍ଦ୍ଧାରିତ ସ୍ଥାନରେ। ତା' ପାଳି କେବେ ପଡ଼ିବ ସେହି ସୁଯୋଗକୁ ଅପେକ୍ଷା କରି ବସିଥାଏ ଆଶା। ପୁରାତନ ଏବଂ ନୂତନ କଳାକାର ସମସ୍ତେ ଗାଇଚାଲନ୍ତି। ଆୟୋଜକ ତାକୁ ମନେପକାନ୍ତି ରାତି ଦଶଟା ପରେ। ଆଶାର ମନ ମରିଯାଏ, ହଲ୍‌ରେ ଅତି ବେଶିରେ ପନ୍ଦରଟି ଲୋକ ଥାଆନ୍ତି। କାହା ପାଇଁ ଗାଇବ ସେ ? ସ୍ୱାମୀ ତା' ସଙ୍ଗୀତର ବି ଜଣେ ମୁଟ ଶ୍ରୋତା। ତାକୁ ବୁଝାନ୍ତି "କେହି ନଥିଲେ ମୁଁ ତ ଅଛି। ତୁମେ ମନପ୍ରାଣ ଦେଇ ଗାଅ। ମନେରଖ। ଗୀତ ରେକର୍ଡିଂ ହେଉଛି। ଟେଲିଭିଜନରେ ପ୍ରସାରଣ କରାଯିବ ଏବଂ ସେତେବେଳେ ସମସ୍ତେ ଶୁଣିବେ।"

କାହା ପାଇଁ ନହେଲେ ମଧ୍ୟ ବାସ୍ତବରେ ନିଜ ପାଇଁ ଗାଏ ସେ। ମଞ୍ଚରେ, ଷ୍ଟୁଡିଓରେ, ସିନେମାର ପ୍ରଚ୍ଛଦପଟ୍ଟ ଗାୟିକା ମଧ୍ୟ ହେଲାଣି ସେ। କିନ୍ତୁ ଆଶା ସେ ପର୍ଯ୍ୟନ୍ତ କିଛି ଖୋଜୁଥାଏ। କ'ଣ ସେ ଖୋଜୁଛି, ତାକୁ ଜଣାନାହିଁ। କିନ୍ତୁ ମନରେ ଅବ୍ୟକ୍ତ ଅବସୋସ। ଯେତେଥର ସଙ୍ଗୀତ ଉପସ୍ଥାପନା କରୁଛି, ତା' ମନରେ ଜମାଟ ବାନ୍ଧିଥିବା ଧୂଳି ଧୋଇହୋଇ ଚାଲିଛି। ତାକୁ କ୍ରମଶଃ ବାଦଲ ଅନ୍ତରାଳରେ ସୂର୍ଯ୍ୟକିରଣ ଦେଖାଦେଲାଣି। କୋଇଲିଟି ବଣଜଙ୍ଗଲରେ ପରମ ତୃପ୍ତିରେ ଗାଉଥାଏ। ଝରଣା ତା' ଚିରାଚରିତ ରୀତିରେ କୁଳୁକୁଳୁ ବହିଯାଏ। ବର୍ଷା ତାଳ ସହିତ ତାଳ ମିଶାଇ ନାଚିଯାଏ, କାହିଁ କେହି ତ ତା' ଭଳି ମଞ୍ଚ ଖୋଜନ୍ତିନି ? କିନ୍ତୁ ଆଶା ପୁଣି ଭାବେ ସମଗ୍ର ବିଶ୍ୱ, ଏ ପୃଥିବୀ ସେମାନଙ୍କର ବିଶାଳ ମଞ୍ଚ। ସେ ତୁଳନାରେ ଆଶାର ମଞ୍ଚ ତ ଅତି ଛୋଟ।

ଧୀରେ ଧୀରେ ଆଶାକୁ ରାସ୍ତାଘାଟରେ ଲୋକ ଚିହ୍ନିବାକୁ ଆରମ୍ଭ କଲେଣି। ତା' ସଙ୍ଗୀତର ସ୍ତାବକମାନଙ୍କର ସଂଖ୍ୟା ବଢ଼ିବାକୁ ଲାଗିଲାଣି। ଶ୍ରୋତାଙ୍କର ପ୍ରଶଂସା ତାକୁ ଆନନ୍ଦ ଦିଏ ନିଶ୍ଚିତ। ଅଚିହ୍ନା, ଅଜଣା ପ୍ରଶଂସକମାନଙ୍କର ଆନନ୍ଦ ତା' ମନରେ ଉତ୍ସାହ ଓ ଉଦ୍ଦୀପନା ଭରିଦିଏ। ସଙ୍ଗୀତକାର, ଗୀତିକାର ଏବଂ ଅନୁଷ୍ଠାନମାନଙ୍କର ଧାଡ଼ି ବଢ଼ିବାକୁ ଲାଗିଲାଣି ତା' ପାଖରେ। ପରିବାର ଲୋକ ତାକୁ ନେଇ ଗର୍ବଅନୁଭବ କଲେଣି। ତଥାପି, ଆଶାର ଜୀବନଟା ହିଁ ଖୋଜିବାର ନିୟତ ପ୍ରୟାସ। ତା' ଖୋଜିବାର ଲକ୍ଷ୍ୟ ଯେପରି ଆଉ କିଛି।

ମଞ୍ଚ ପରିବେଷଣ ହେଉ ବା ଷ୍ଟୁଡିଓ ରେକର୍ଡିଂ ହେଉ, ଅନେକ ବିଷୟରେ ସଚେତନ ହେବାକୁ ପଡ଼େ। ସଙ୍ଗୀତ ହେଉଛି ଆତ୍ମାର ମୁକ୍ତିପଥ, କିନ୍ତୁ ସଙ୍ଗୀତ

ପରିବେଷଣ ବେଳେ ସଂଯୋଜକମାନେ ପାଦରେ ବାନ୍ଧିଦିଅନ୍ତି ବେଡ଼ି। ଆମ ମାଟିର ନାଇଟିଙ୍ଗଲ୍- ଆମ ସଙ୍ଗୀତ ଜଗତର ଲତା ମଙ୍ଗେସ୍କର, ସ୍ୱନାମଧନ୍ୟା, ଲବ୍ଧପ୍ରତିଷ୍ଠିତା ଏପରି ଅନେକ କିଛି ବିଶେଷଣ ଶୁଣିବା ପରେ ଆଶା ସେଦିନ ଅଚାନକ ଖରାପ ଗାଇଲା। ସ୍ୱରମାନଙ୍କୁ ଅକ୍ତିଆର ରଖିବା, ନିଜ ମନ ମୁତାବକ ସଙ୍ଗୀତମାଳାରେ ଗୁନ୍ଥିବା ନିତାନ୍ତ କଷ୍ଟକର ବିଦ୍ୟା। ଏଥିପାଇଁ କୌଣସି ଏକ ନିର୍ଦ୍ଧାରିତ ସମୀକରଣ ଏଯାବତ୍ ଆବିଷ୍କାର କରାଯାଇପାରି ନାହିଁ। କେବଳ ସ୍ୱରସାଧନା ଦ୍ୱାରା ମଧ୍ୟ ଏହା ସମ୍ଭବ ନୁହେଁ। ହାତ ପାଖରେ ସଫଳତା ଧରାଦେବାକୁ ଉଦ୍ୟମ କଲାଣି, ଯେଉଁ ପରିଚିତି ପାଇଁ ସେ ଅଧିରା ହେଉଥିଲା, ସେ ପରିଚୟ ଆପଣାଛାଏଁ ଗଢ଼ି ହୋଇଗଲାଣି। କିନ୍ତୁ ଆଶା ତଥାପି ଖୋଜୁଛି ଆଉ କିଛି।

ସେଦିନ ସନ୍ଧ୍ୟାରେ କଳା ଭବନ ପରିସରରେ ଏକ ବର୍ଣ୍ଣାଢ଼୍ୟ ସଙ୍ଗୀତ ସମାରୋହର ବ୍ୟବସ୍ଥା ହୋଇଥାଏ। ଆଶାର ଗୁରୁ ଏବଂ ସଙ୍ଗୀତ ଜଗତର ରୋଲ୍-ମଡେଲମାନଙ୍କ ସହିତ ତାକୁ ଆମନ୍ତ୍ରଣ କରାଯାଇଥାଏ। ଯେତିକି ଆନନ୍ଦ ଅନୁଭବ କରୁଥାଏ ସେ, ସେତେ ବିଚଳିତ ମଧ୍ୟ ହେଉଥାଏ। ଯେଉଁମାନଙ୍କ ଗୀତକୁ ଆଶାବାଡ଼ି କରି ସେ ଆଗେଇଆସିଛି, ସେମାନଙ୍କ ସହିତ ଗୋଟିଏ ମଞ୍ଚରେ ସେ ଗାଇବ। ଏଭଳି ସୁଯୋଗ କେତେଜଣଙ୍କୁ ବା ମିଳିଥାଏ। ପ୍ରତିଥର ଭଳି ସେ ତା ପାଳିପଡ଼ିବା ସମୟକୁ ଅପେକ୍ଷା କରି ରହିଥାଏ। ସେଦିନ କିନ୍ତୁ ସ୍ୱରମାନେ ତାକୁ ଜାବୁଡ଼ି ଧରି ରଖିଥାନ୍ତି। ତା' ମନ ଏବଂ ଧ୍ୟାନ ତା' ଗୀତର ପରିସରରେ ଆବଦ୍ଧ ହୋଇ ରହିଥାଏ। ସାଧାରଣତଃ ଅପେକ୍ଷାରତ ସମୟଗୁଡ଼ିକ ଅନେକ ଥଟ୍ଟାମଜାରେ କଟେ। ସଂସାରଯାକର କଥା ପଡ଼େ, ଭୁଲ୍-ଠିକ୍‌ର ହିସାବନିକାଶ ମଧ୍ୟ ହୁଏ। ସେତେବେଳେ ସଙ୍ଗୀତଠାରୁ ଅନେକ ଦୂରରେ ଥାଆନ୍ତି ସମସ୍ତେ। ଆଶାର ଅନ୍ତରାତ୍ମାରେ କିନ୍ତୁ ସଙ୍ଗୀତ ନିରନ୍ତର ଗୁଣୁଗୁଣୁ ହେଉଥାଏ। ସେଠି ଆଉ କୌଣସି କଥା ପାଇଁ ସୁଯୋଗ ବା କାହିଁ। ଗୀତଟିର ଶବ୍ଦମାନଙ୍କ ସହିତ ସେ କଥା ହେଉଥାଏ। ବୁଝିବାକୁ ଚେଷ୍ଟା କରୁଥାଏ ଶବ୍ଦମାନଙ୍କର ରହସ୍ୟକୁ- ସାଙ୍ଗୀତିକତାକୁ।

ସ୍ୱର ସଂଯୋଜକଙ୍କର ଚମତ୍କାର ସଂଯୋଜନା, କୋମଳ ରାଗର ଦରଦୀ ଛିଟା, ଗୀତଟିକୁ ବାନ୍ଧିରଖିଥିବା ଶବ୍ଦ ସବୁ ଯେପରି ଆଚ୍ଛନ୍ନ କରୁଥିଲା ଆଶାକୁ। ସେଦିନ ମଞ୍ଚକୁ ପ୍ରବେଶ କଲାପରେ ଭିନ୍ନ ଥିଲା ଆଶାର ଅନୁଭବ। ବାଦ୍ୟଯନ୍ତ୍ରର ଝଙ୍କାର ଆରମ୍ଭ ହେଲାମାତ୍ରେ ଆଶା ହଜିଯାଇଥିଲା ଗୀତର ରାଗରେ। ସେ କିଏ, ତା'ର ପରିଚୟ କ'ଣ, ମଞ୍ଚ ସାମ୍ନାରେ କିଏ ସବୁ କିଛି ଦୃଶ୍ୟ ହେଉନଥିଲା ତାକୁ। ଘୋଷା ପଦ, ଅନ୍ତରାର ଆରୋହ ଅବରୋହ ଏବଂ ରାଗାନ୍ତର ଭିତରେ ସେ କେବଳ ଜଣକୁ

ଚିହ୍ନୁଥିଲା। ସେ ଜଣକ ଥିଲେ ସ୍ୱର ଓ ସଙ୍ଗୀତର ସ୍ରଷ୍ଟା। ରାଗ ଦେବତା ନା ରାଗିଣୀ ଦେବୀ? ଗନ୍ଧର୍ବ ନା ଗାନ୍ଧର୍ବୀ? ତା'ର ଚେତନାମୟ ପିଣ୍ଡରେ ସଙ୍ଗୀତ ଅର୍ଦ୍ଧନାରୀଶ୍ୱର ରୂପ ନେଇ ଉଦ୍‌ଭାସିତ ହେଉଥିଲେ। ଆଶାର ସିଦ୍ଧିକାମୀ ହୃଦୟ ନମ୍ର, କମ୍ର, ମଞ୍ଜୁଳ ହୋଇଯାଉଥିଲା। ସ୍ୱରମାନଙ୍କ ସହ ସେ ଛୁଆଁଛୁଇଁ ଖେଳ ଖେଳୁଥିଲା। ଏକ ଅପୂର୍ବ ଆନନ୍ଦ ଆଶା ଭିତରେ ସଞ୍ଚରିଗଲା। ଅତି ସହଜ ଭାବରେ ଗୀତଟି ଗାଉଥିଲା ଆଶା, ସତେଯେପରି ସେଥିପାଇଁ ତା'ର ଜନ୍ମ। ଗର୍ବ, ଅହମିକା, ଆତ୍ମପ୍ରଶସ୍ତି ଏବଂ ମୁଁ'ର ପାଚେରି ଡେଇଁଗଲେ କେଡ଼େ ସୁନ୍ଦର ଉଦ୍ୟାନଟିଏ ଜୀବନପଥରେ ଦୃଶ୍ୟ ହୁଏ। ସେଇଠି କଳା ଏବଂ ସଙ୍ଗୀତର ଘର ଏବଂ ଆଶାର ପ୍ରକୃତ ନିବାସ। ନିଷ୍କାମ ହୃଦୟରେ ସେଠାରେ ସେ ସଙ୍ଗୀତ ସହ କୋଳାକୋଳି ହୋଇ ସବୁ ବିଷାଦ ଓ ଶୂନ୍ୟତା ଭୁଲିଯିବ। ସେଦିନର ସେଇ କ୍ଷଣିକ ଉପଲବ୍ଧିକୁ ସେ ସାରାଜୀବନ ବାନ୍ଧିରଖିବା ପାଇଁ ଚାହୁଁଥିଲା। ଜୀବନଟା ତ ଗୀତର ଘୋଷାପଦ। ସବୁ ଆରୋହ-ଅବରୋହର ଉଠାଣି ଗଡ଼ାଣି ରାସ୍ତାରେ ଚାଲୁଚାଲୁ ପୁଣି ଘୋଷାପଦକୁ ଫେରିବାକୁ ହୁଏ, ବଞ୍ଚିବାକୁ ହୁଏ- ଜୀବନ ଗାଇ ଗାଇ ବଞ୍ଚିବା ପାଇଁ, ସିଦ୍ଧି ବା ପରିଚିତି ପାଇଁ ନୁହେଁ।

■

ଯୋଗଫଳ

ଟାଇଁ ଟାଇଁ ଖରାରେ କାହିଁକି ଯେ ଶୀତ ଲାଗେ ତାକୁ? ପୁଣି ହାଡ଼ଭଙ୍ଗା ଶୀତରେ ଏ.ସି.ର ଆବଶ୍ୟକତା ପଡ଼େ। ନିରନ୍ତର ଖୋଜି ମଧ୍ୟ ଉତ୍ତର ପାଏନି ରୀନା। ଏପ୍ରିଲ୍ ମାସର ଉଦୁଉଦିଆ ଦି'ପହରଟାରେ ଶୋଇରହି ଆଜେବାଜେ ଭାବୁଥିଲା ସେ। ପରସ୍ତ ପରସ୍ତ ସୁଖର ବଳୟ ଭିତରେ ଶାନ୍ତ ଉଦାସୀନା ରୀନା। ଭଲ ଝିଅ ରୀନା, ସେ ଭଲ ବୋହୂ, ଭଲ ସ୍ତ୍ରୀ ନହେବ କାହିଁକି? ପିଲାଟି ଦିନରୁ ଏଇ 'ଭଲ' ବିଶେଷଣ ମିଳିବା ଥିଲା ତା' ପାଇଁ ଏକ ନିୟତ ଅଭିଶାପ।

ସାମାଜିକ ପ୍ରଥା, କାଇଦା କଟକଣା, ନିୟମକାନୁନ୍ ସେ ଜାଣିସାରିଥିଲା ପାଞ୍ଚବର୍ଷ ବୟସରୁ। ଘରେ ମା' ମାଉସୀମାନେ, ଆଉ ତା'ର ଭଲ ମନ୍ଦ ବୁଝୁଥିବା ଶାନ୍ତି ମାଉସୀ, ଆଈ, ଜେଜେମା ସମସ୍ତେ ମିଶିଯାଇଥିଲେ ଏକ ଅନୁଶାସନ ପ୍ରକ୍ରିୟାରେ। ଏବେ ଭାବିଲେ ମନେହୁଏ ପାଞ୍ଚବର୍ଷ ପୂର୍ବରୁ ସେ ଯାହା ମନ ଖୋଲି ହସିଥିଲା, ବାସ୍ ସେତିକି। ପିଲାବେଳେ ସେ କୁଆଡ଼େ ବିଚକ୍ଷଣ ବିଛୁଆତି ଥିଲା। ସାହି ଟୋକାମାନଙ୍କ ସଙ୍ଗେ ମିଶି ଗୁଣ୍ଡୁଚିମୂଷା ଭଳି ଗଛ ଚଢ଼ିଯାଉଥିଲା। ଗଛ ଉପରୁ ସତେଯେମିତି ଆକାଶକୁ ଡିଆଁମାରିବ ସେ। ଅବଶ୍ୟ ଅନେକ ଥର ତଳକୁ ପଡ଼ି ଖଣ୍ଡିଆଖାବରା ହୋଇଛି, ମା'ଠାରୁ ମାଡ଼-ଗାଳି ଖାଇଛି। ତା' ଦେହରୁ ବୁନ୍ଦାଏ ରକ୍ତ ଗଲେ ଯେମିତି ମା' ଦେହରୁ ବେଲାଏ ରକ୍ତ ବୋହିଯାଏ। ଏକଥା ତାକୁ

ଅଛପା ନଥିଲା । ତା' କ୍ଷତ ସମ୍ପୂର୍ଣ୍ଣ ଭାବେ ଶୁଖିବା ପର୍ଯ୍ୟନ୍ତ ମା'ଙ୍କ ଛାତିରୁ ରକ୍ତ ଝରୁଥାଏ । କିନ୍ତୁ କୁନିଝିଅ ରୀନା କ୍ରମଶଃ ବୁଝିପାରୁଥିଲା ଯେ ମା' ତା' ଚାଲିଚଳଣ ଓ ବ୍ୟବହାରକୁ ନେଇ ଅଧିକ ଚିନ୍ତିତା । ଝିଅ ସୁଲଭ ସଣ୍ଣଣା ଶିଖିବା ନିହାତି ଆବଶ୍ୟକ । ରୀନାକୁ ସବୁବେଳେ ବଡ଼ଭାଇର ସାଙ୍ଗମାନଙ୍କ ସହିତ ଖେଳକୁଦ କରିବା ପାଇଁ ଅଧିକ ମଜା ଲାଗେ । ଫୁଟବଲ୍ ଓ କ୍ରିକେଟରେ ତା'ର ଥିଲା ଅଧିକ ରୁଚି । କିନ୍ତୁ ସେଦିନ ସନ୍ଧ୍ୟାରେ ଖେଳସାରି ଝାଳନାଳ ହେଇ ଘରେ ପହଞ୍ଚିଲାବେଳକୁ ବାପାଙ୍କ ଗମ୍ଭୀର ମୂର୍ତ୍ତି ଦେଖି ରୀନାର ମନ ଦବିଯାଇଥିଲା । ରୋକଠୋକ୍ ଶୁଣେଇ ଦେଇଥିଲେ ବାପା "ଆଉ ସେସବୁ ଖେଳିବା ପାଇଁ ଯିବୁନି । ସେଗୁଡ଼ା ପୁଅମାନଙ୍କ ଖେଳ" । ଏମିତି ଏଇଟା କରନି- ସେଇଟା କର, ଏଇଟା ଠିକ୍- ସେଇଟା ଭୁଲ୍‌ର ହିତୋପଦେଶରେ ରୀନା ଅନେକ ସମୟରେ ଚିଡ଼ି ଉଠୁଥିଲା । ଉତ୍ତ୍ୟକ୍ତ ହୋଇ ଘରର ଜିନିଷପତ୍ର ଫିଙ୍ଗାଫୋପଡ଼ା କରୁଥିଲା । ସେ କୁଆଡ଼େ ଥିଲା ଏକ୍‌ସେଣ୍ଟ୍ରିକ୍ । ଅବଶ୍ୟ ହଠାତ୍ ରୀନା 'ଭଲ ଝିଅ' କଥା ମନେପକାଇ ଶାନ୍ତ ହେଇଯାଉଥିଲା । ବିଜୁଳିବତି ଲିଭିବା ଜଳିବା ପରି ସେ ମିଜାଜ ସହଜରେ ବଦଳାଇ ପାରୁଥିଲା । ରୀନା ତା'ର ମନଟାକୁ କାହା ପାଖରେ ଖୋଲିଦେଇ ପାରୁନଥିଲା । ସଂଗୀତରେ ଥିଲା ରୀନାର ପ୍ରବଳ ଆଗ୍ରହ । ସେଥିପାଇଁ ଓଡ଼ିଆ ସିନେମାର ପ୍ରେମଗୀତ ଓ ଗୁଲଜାରଙ୍କ ରଚିତ ହିନ୍ଦୀ ସିନେମାର ପ୍ରେମସଂଗୀତ ସେ ଅବିକଳ ନକଲ କରି ଗାଇ ଘରେ ସମସ୍ତଙ୍କୁ ପାଗଳ କରିଦେଉଥିଲା । ତା'ର ଏଇ ସଂଗୀତପ୍ରୀତିକୁ ପଥର ଦେଇ ଚାପି ଦେଉଥିଲେ ମା' ଏବଂ ମାଉସୀମାନେ । ଭଲ ଝିଅମାନେ ପ୍ରେମଗୀତ ଗାଆନ୍ତି ନାହିଁ । ରୀନା ବଡ଼ ହେବା ସହ ଖୋଲାସ୍ୱରରେ ପ୍ରେମଗୀତ ଗାଏନାହିଁ । ମନ ଭିତରେ ଗୁଣୁଗୁଣୁ ହୁଏ ।

କେମିତି ଯେ ଗୋଟିଏ ଭଲ ଝିଅ ହେଇଗଲା ରୀନା । ସେକଥା ଠିକ୍ କହିପାରିବନି । ତେଣୁ ସମସ୍ତଙ୍କୁ ସୁହାଇଲା ଭଳି ମିଷ୍ଟଭାଷୀ, ଶାନ୍ତଶିଷ୍ଟ ଓ ସରଳ ତରୁଣୀ ରୀନାକୁ ଘରେ ବାହାରେ ସମସ୍ତେ ଭଲ ପାଉଥିଲେ । କିଏ କହୁଥିଲା- "ଘରସଂସ୍କାରରୁ ରୀନା ବା କେମିତି ବାଦ୍ ପଡ଼ିଥାନ୍ତା ?" ସମସ୍ତେ ତା' ବାପା ମା'ଙ୍କ ପ୍ରଶଂସା କରୁଥିଲେ । ଏମିତି ଭଲ ଝିଅ ଆଉ କାହାର ନଥିବ । ମାଆ ଗର୍ବ କରୁଥିଲେ ।

ସଭିଙ୍କୁ ସୁହାଇଲା ଭଳି ଗଢ଼ି ହୋଇପାରିଥିଲା ରୀନା । କିନ୍ତୁ ଏସବୁ ସତ୍ତ୍ୱେ, ସମସ୍ତ ଅଜାଣତରେ ରୀନାର ଥିଲା ଏକ ସାଂଘାତିକ ଗୋପନୀୟତା । ତା' ରୁମ୍‌ରେ କବାଟ ବନ୍ଦ କଲେ ପ୍ରାୟ ସେ ଗୋପନୀୟ ରହସ୍ୟଟି ତା' ସାମ୍ନାରେ ସାକାର ହୋଇ ଠିଆହୁଏ ।

ସଭିଙ୍କ ମନ ନେଇ ଚଳୁଥିବା ରୀନା ଭିତରେ ଜନ୍ମ ନେଇଥିବା ଏହି ଭୟଙ୍କର ସତ୍ତାଟିକୁ ଶତଚେଷ୍ଟା କରି ମଧ୍ୟ ଆକଟ କରିପାରୁନଥିଲା । ସକାଳର ନରମ ସୂର୍ଯ୍ୟକିରଣ

କାହିଁକି ତାକୁ ରକ୍ତଛିଟା ପରି ଦୃଶ୍ୟ ହୁଏ ? ଅକସ୍ମାତ କାହିଁକି ସେ ଉଦ୍ୟକ୍ତ ହୋଇ ସାରାଦୁନିଆକୁ ବିଷମୟ ମନେକରେ। ପରମ୍ପରା, ରୀତିନୀତି, ଶୃଙ୍ଖଳା, ନିୟମର ତଣ୍ଟିଚିପି ହତ୍ୟା କରିବାକୁ କାହିଁକି ତା'ର ଇଚ୍ଛା ହୁଏ, ପୁଣି ପରକ୍ଷଣରେ ସେ ପାଲଟିଯାଏ ଅନ୍ଧବିଶ୍ୱାସୀ, କର୍ମକାଣ୍ଡୀ ଗୋଟାଏ ରକ୍ଷଣଶୀଳା ଝିଅ। ଆଉ କିଏ ଦେଖୁ କି ନଦେଖୁ, ରୀନା ଜାଣିଥିଲା ଯେ ତା' ଭିତରେ ଘର କରିଥିଲା ଆଉ ଗୋଟେ ଦୁରାତ୍ମା- ଏକ ଭୟଙ୍କର ବ୍ୟକ୍ତିତ୍ୱ। ତା' ଚେହେରା ନେଇ ତା' ମୁହଁରେ କଥା କହୁଥିବା, ତା' ଭିତରେ ଯାବତ୍ୟ ବିଚଳନ ସୃଷ୍ଟି କରୁଥିବା ଆଉ ଗୋଟେ ସମ୍ପୂର୍ଣ୍ଣ ଅଲଗା ଝିଅ, ଯାହାର ନାମ ଥିଲା 'ମାରିନା'।

ବାହାରକୁ ଏତେ ଭଲ ଝିଅ ରୀନାର ଅତି ଅନ୍ତରଙ୍ଗ- ଆଇନାରେ ନିଜର ପ୍ରତିବିମ୍ବ ଭଳି ଥିଲା ମାରିନା । ସେ ଥିଲା ବେପରୱା, ବେଢ଼ଙ୍ଗ ଓ ସବୁ ନିୟମ-ଦାୟିତ୍ୱରୁ ମୁକ୍ତ। ମାରିନାର ବେଶପୋଷାକ, କଥାବାର୍ତ୍ତା, ସବୁଥିରେ ଏକ ଅଦ୍ଭୁତ ଅବାଧ୍ୟପଣିଆ ମୋହିତ କରେ ରୀନାକୁ। କାହାକୁ ଡରୁନଥିବା ମାରିନାକୁ ଗଭୀର ଭାବେ ଈର୍ଷା କରେ ରୀନା। ସେ ସେମିତି ହେଇପାରିଲା ନାହିଁ କାହିଁକି ? ମାରିନା କେବେ ତା' ଜୀବନକୁ ପ୍ରଥମେ ଆସିଲା, କହିପାରିବନି ରୀନା। କିନ୍ତୁ ମାରିନା ଆଣିଦେଇଥିଲା ଅନେକ ଗୋପନ ଆନନ୍ଦ, ରଙ୍ଗୀନ ସ୍ୱପ୍ନର ସମୁଦ୍ର। ତା' ଭିତରେ ଉତ୍ତାଳ ଢେଉ। ରୀନା ମନଗହ୍ୱରରେ ଥିଲା ଭାବନାର ଭଣ୍ଡାର। ଦୁନିଆ ସମ୍ମୁଖରେ ସେ ଯାହା କହିପାରେନି, ସବୁ ତା' ମନର ଗୋପନ କୋଠରିରେ ଘଟାଇ ଚାଲିଥିଲା ସେ। ବେଳେବେଳେ ରୀନାର ଆଶଙ୍କା ହୁଏ- ଏତେ ଭାବନା ଭିତରୁ କିଛି ଉଚ୍ଛୁଳି ପଡ଼ିବନି ତ ? ସମସ୍ତଙ୍କ ଆଗରେ ତାକୁ ଧରା ପକେଇଦବନି ତ ମାରିନା ? କେଜାଣି କେମିତି ମାରିନା ତା'ର ଅନୁଚ୍ଚାରିତ ଭାବନାକୁ ପଢ଼ିନିଏ ଏବଂ ଅନ୍ତରଙ୍ଗ ମୁହୂର୍ତ୍ତରେ ସେସବୁ ତା' କାନରେ ଶୁଣାଏ। ତା' ସାମ୍‌ନାରେ ଦାନ୍ତ ଦେଖେଇ ଖତେଇହୁଏ ପିଶାଚୁଣୀ ରୂପ ନେଇ।

ରୀନା ଥିଲା ମେଧାବିନୀ। ପାଠପଢ଼ାରେ ଯେମିତି ବିଚକ୍ଷଣ ରନ୍ଧାବଢ଼ାରେ ସେମିତି ପାରଙ୍ଗମ। ପାଠପଢ଼ାବେଳେ ମାରିନା କେବେ ତାକୁ ବିଚଳିତ କରୁନଥିଲା। ଅବଶ୍ୟ କେତେବେଳେ କେମିତି ସେ ଅନ୍ୟମାନଙ୍କ ସମ୍ମୁଖକୁ ଠେଲିପେଲି ହେଇ ଆସିବାକୁ ଚେଷ୍ଟା କଲାଣି। ଛନକା ପଶେ ରୀନାର। ରାଗ ମଧ୍ୟ ଆସେ, ମାରିନା କ'ଣ ଜାଣେନି ସେ କେବଳ ତା'ର। ତାକୁ ଆଉ କେହି ବୁଝିବେନି, ଏତେ ନିବିଡ଼ ଭାବେ ଭଲ ପାଇପାରିବେନି। କିନ୍ତୁ ମଧୁର ସତର ଟପିଯିବା ପରେ ମାରିନା ତାକୁ ପାଠ ପଢ଼ିବାରେ ଅସହଯୋଗ କଲା। ତେଣୁ କଲେଜରେ ସେ ଆଶାନୁରୂପ ଫଳ ପାଇଲାନାହିଁ। ତା'

ପରୀକ୍ଷା ଫଳ ତାକୁ କେବଳ ବିଷଣ୍ଣ କଲାନାହିଁ, ଅନ୍ୟ ସହପାଠିନୀଙ୍କ ପ୍ରତି ଈର୍ଷାପରାୟଣା କରିଦେଲା । ସେ ଭାବିଲା ସମସ୍ତେ ମିଳିମିଶି ଷଡ଼ଯନ୍ତ୍ର କରି ତାକୁ କମ୍ ନମ୍ବର ଦେଇଛନ୍ତି । ସେ କ୍ରମଶଃ ସନ୍ଦେହୀ ହୋଇପଡ଼ିଲା ।

ଅଦିନିଆ ବର୍ଷା ପରି ହଠାତ୍ ଆସିଲା ତା' ବାହାଘର ପ୍ରସ୍ତାବ । ସେ ତ ଭାବିଥିଲା ଆଦୌ ବାହା ହେବନାହିଁ । ବାହାଘରର ଭୟଙ୍କର ବୋଝ ସମ୍ଭାଳିବାରେ କି ଲାଭ ଥାଏ କେଜାଣି । ଝିଅମାନେ କାହିଁକି ହମହମ ହୁଅନ୍ତି ବାହା ହେବା ପାଇଁ ? ଭଲ ଝିଅର ଆଚରଣରୁ କିଞ୍ଚିତ ଓହରି ଆସିବାକୁ ପଡ଼ିଥିଲା ରୀନାକୁ । ଜୀବନରେ ପ୍ରଥମଥର ପାଇଁ ସେ ବାପା ମା'ଙ୍କ କଥାରେ ଅବାଧ୍ୟ ହୋଇଥିଲା । ଜିଦ୍ ଧରିଥିଲା ବାହା ନହେବାପାଇଁ । କାହାକୁ ବା ବୁଝାଇ ପାରିଥାନ୍ତା ରୀନା ଯେ ସେ ସମ୍ପୂର୍ଣ୍ଣ ଭାବେ କ୍ରୀତଦାସୀ ପାଲଟିଯାଇଛି ପ୍ରେତିନୀ ମାରିନାର । ନେହୁରା ହୋଇ କହିଥିଲା ଯେ, ସେ ବିବାହ ବନ୍ଧନ ଚାହେଁନାହିଁ । କିନ୍ତୁ ବାହାଘରଟା ତ ଭଲ ଝିଅର ନିଜସ୍ୱ ନିଷ୍ପତ୍ତି ହୋଇପାରେନା । ଜଙ୍ଗଲର ବାସିନ୍ଦାମାନଙ୍କ ପାଇଁ ହୋଇପାରେ- କିନ୍ତୁ ତଥାକଥିତ ସଭ୍ୟସମାଜର ବାସିନ୍ଦାମାନଙ୍କ ପାଇଁ କଦାପି ନୁହେଁ । ତାକୁ ବୁଝେଇ ଶୁଝେଇ ଚିକିମିକି ଶାଢ଼ି ଗହଣାର ମାୟାଜାଲରେ ଛନ୍ଦି ବାପା-ମା' ତାଙ୍କ ସାମାଜିକ ଦାୟିତ୍ୱ ସୁରୁଖୁରୁରେ ସମ୍ପାଦନ କରିଦେଲେ । ଏବେ ସେମାନେ ଦାୟିତ୍ୱମୁକ୍ତ- ରୀନା ଏବଂ ମାରିନା ଉଭୟଙ୍କଠାରୁ । ଯେଉଁ ବାପା ମାଆ ତାକୁ ସତ୍ୟର ମହତ୍ୱ ଶିଖାଇଥିଲେ ସେମାନେ ବି ତା' ବାହାଘର ବେଦୀର ମୂଳଦୁଆ ଦେଇଥିଲେ ମିଥ୍ୟାର କଳୁଷରେ । ରୀନା ଯେ ପ୍ରଚଣ୍ଡ କ୍ରୋଧୀ, ଏକ୍‌ସେଣ୍ଟ୍ରିକ୍ ଏବଂ ବିବାହ କରିବାକୁ ରାଜି ନଥିଲା, ସେକଥା ବରପକ୍ଷକୁ ଜମାରୁ ଜଣାନଥିଲା । ଯେଉଁ ପାତ୍ରଟି ତାକୁ ଦେଖିବାକୁ ଆସିଲା ସେ ନିରୀହ ଭଳି ଦିଶୁଥିବା ଗୋଟିଏ ବୁଦ୍ଧୁ ହିଁ ଥିଲା । ତା' ଗୋପନୀୟତାରେ ରୂପ ନେଇଥିବା ତା' ପ୍ରେମିକର ଛାୟାଠାରୁ ଅନେକ ଦୂରରେ ଥିଲା ସେ ବୁଦ୍ଧୁଟି । ଭଲ ଝିଅର ଉଦାସୀନ ଭାବ, ଶୁଖିଲା ମୁହଁ ଦେଖି ସେ ଭାବିଥିଲା- ଆହା ! କେଡ଼େ ସରଳା ଝିଅଟିଏ । ଆଜିକାଲିକା ଆଧୁନିକାଙ୍କଠାରୁ କେଡ଼େ ନିଆରା । ତା' ପାଇଁ ଠିକ୍ ହେବ । ମାରିନା ରୀନାର କାନ ପାଖରେ ଠୋ ଠୋ ହସିଲା, କହିଲା- "ୟା'ଠାରୁ ବଡ଼ ବୋକା ଏ ସଂସାରରେ କେହି ନାହାନ୍ତି । ବୋକା ପୁଅମାନେ ନିରୀହ ଦିଶନ୍ତି ଏବଂ ଭଲ ସ୍ୱାମୀ ହେବା ପାଇଁ ଯୋଗ୍ୟ ମଧ୍ୟ । ତୁ ଚୁପ୍‌ଚାପ୍ ବାହା ହୋଇଯାଆ, ତା'ପରେ ଅବାଧ୍ୟ ସ୍ୱାଧୀନତା । ଆଜିକାଲି ବାହାଘରର ଏରୁଣ୍ଡିବନ୍ଧ ଟପିଲେ ଝିଅମାନେ ସମୀରଣ ଭଳି ମୁକ୍ତ, ଆକାଶର ପକ୍ଷୀ ଭଳି ସ୍ୱାଧୀନ, ଯେଣେ ଇଚ୍ଛା ତେଣେ ଉଡ଼ିଯାଇ ପାରିବେ । ତୁ ବି ତା'ର ସୁଯୋଗ ନେ ।"

ବିବାହ ପରେ ପ୍ରୀତିଭୋଜନ ସନ୍ଧ୍ୟାରେ ରୀନା ଚାହିଁଲା ତା' ପାଖରେ ଠିଆ ହୋଇଥିବା ବୋକା 'ବର'କୁ। ଏ ଲୋକଟିକୁ ଆଦୌ ରୀନା ଜାଣେନି। ଏକ ସମ୍ପୂର୍ଣ୍ଣ ଅପରିଚିତ ଲୋକ ସହିତ ସଂସାର କରିବାର ପରିକଳ୍ପନା ବାପା ମା' କରିପାରିଲେ କେମିତି ? ଅବଶ୍ୟ ମା' ତାକୁ କହିଥିଲେ ଯେ ସେ ମଧ୍ୟ ସେମିତି ପରିସ୍ଥିତିରେ ବାହା ହେଇଥିଲେ। ଯଦିଓ ତାଙ୍କର ମନର ମଣିଷ ଆଉ ଜଣେ ଥିଲା। ମା' କେମିତି ରୀନାର ମନକଥା ଜାଣିପାରିଲେ। ବୋଧହୁଏ ଇତିହାସର ପୁନରାବୃତ୍ତି ହୁଏ। ତା' ମାନେ କ'ଣ ବାପା-ମା' ମଧ୍ୟ ଅଚିହ୍ନା, ଅଜଣା ଭାବେ ଜୀବନ କାଟୁଛନ୍ତି ? ବିବାହ ଉପହାର ଭଳି ବର କ'ଣ ଏକ ବସ୍ତୁ କିମ୍ବା ଭଲ ଲାଗୁନଥିବା ଏକ ବସ୍ତ୍ର ? ସମୟକ୍ରମେ ଯେମିତି ଅଭ୍ୟାସବଶତଃ ଆରେଇଯାଏ, ସ୍ୱାମୀ-ସ୍ତ୍ରୀର ସମ୍ପର୍କ କ'ଣ ସେଇଆ। ବିବାହଭୋଜିରେ ମା'ଙ୍କ ଓଢ଼ଣାତଳର ସ୍ମିତହସ, ବାପାଙ୍କର ସଗର୍ବ ଅତିଥି ସତ୍କାର, ସବୁ ତାକୁ ଯେମିତି ଭର୍ତ୍ସନା କରୁଥିଲା। ତା'ର ଭବିଷ୍ୟତ କ'ଣ ହେବ? ଏମିତି ଅନେକ ପ୍ରଶ୍ନବାଚୀ। ସେଇସବୁ ପ୍ରଶ୍ନ ନେଇ ରୀନା ବିଦା ହୋଇଗଲା ଶାଶୂଘରକୁ। ସବୁ ଝିଅ ତ ଏଇ ସମୟରେ ଅସମ୍ଭାଳ କାନ୍ଦନ୍ତି। କିନ୍ତୁ ରୀନା ତ ଭଲ ଝିଅ, ସେ ମାପିଚୁପି ଶୃଙ୍ଖଳା ରକ୍ଷାକରି ଯେତିକି ଦରକାର ସେତିକି କାନ୍ଦିଲା, କିନ୍ତୁ ଦୁଃଖରେ ନୁହେଁ, ଅସହାୟତାରେ, ରାଗରେ, ଗ୍ଲାନିରେ।

ସମୁଦ୍ରର ପ୍ରଖର ସ୍ରୋତରେ ଯେମିତି ସାନ-ବଡ଼, ସୁଖ-ଦୁଃଖର ଜୀବନ ଅବଲୀଳା କ୍ରମେ ଲୀନ ହୋଇଯାଏ, ଠିକ୍ ସେମିତି ସାମାଜିକ ଲଜ୍ଜା ଓ ଲୋକେ କ'ଣ କହିବେ'ର ଭୂତ ମନର ଅମାନିଆ ନିଶାମାନଙ୍କୁ ନିରବରେ ଭସାଇନେବାକୁ ଯଥେଷ୍ଟ। ସମ୍ପର୍କର ମଜବୁତ କବ୍‌ଜାରୁ ମୁକୁଳିବା ସହଜ ନଥିଲା। ସେଥିପାଇଁ ତ ନିଜ ଇଚ୍ଛାମାନଙ୍କୁ ଥାପୁଡ଼େଇ ଶୁଆଇଦେଇଛି ରୀନା। ତା' ଛଡ଼ା ଏ ଭଲ ବିଶେଷଣଟି ନିଜକୁ ଭଲ ଲାଗିଲାଣି ଆଜିକାଲି। ଭଲ ବୋହୂ ଓ ଭଲ ସ୍ତ୍ରୀ ଭାବେ ନିଜକୁ ପ୍ରତିଷ୍ଠା କରିବାକୁ କେତେଦିନ ବା ଲାଗେ? ପ୍ରଥମ ପର୍ଯ୍ୟାୟରେ ତ ସମସ୍ତେ ଭଲ ଲାଗନ୍ତି। ପୁଣି କେତେବେଳେ ଋତୁ ବଦଳେ, ସୂର୍ଯ୍ୟ ଅସ୍ତ ହୋଇଯାଏ ଆଉ ସବୁ ଭଲ ଉପରେ ଖରାପର ପ୍ରଲେପ ମାଡ଼ିଯାଏ। ଜୀବନ ତ ଗୋଟିଏ ତୁଚ୍ଛା ଅଭିନୟ। ବାହାଘର ପ୍ରଥମ ମାସ ପୂରିସାରିଲାଣି। ଉଦୟଙ୍କ ସଙ୍ଗେ ରୀନା ରହିବାର ସମ୍ପୂର୍ଣ୍ଣ ଗୋଟିଏ ମାସ। ସିନେମାରେ ଦେଖିଛି ରୀନା, ବହିରେ ପଢ଼ିଛି ଯେ ନୂଆ ବାହା ହୋଇଥିବା ଯୋଡ଼ିମାନଙ୍କ ଘରେ ପ୍ରଚୁର ଆନନ୍ଦ ଭରିରହିଥାଏ। ସେମାନଙ୍କ ସଂସାର ମଧ୍ୟ ସେମିତି ଚାଲିଛି। କିନ୍ତୁ ଆନନ୍ଦ ପଦାର୍ଥଟିକୁ କେବେ ଦେଖିପାରିନି ରୀନା। ଭିତରେ ଭିତରେ ସେ ଅହେତୁକ ଅଶାନ୍ତି ଅସନ୍ତୋଷରେ କୁହୁଳୁଥାଏ। ସେଇଟା ତା'ର ପ୍ରକୃତି। ତା'ର

ଚୁପ୍‌ଚାପ୍ ଭଲ ସ୍ତ୍ରୀପଣିଆକୁ ବୋଧେ ଉଦୟ ପସନ୍ଦ କରେ। ଆମ ସମାଜରେ ରକ୍ଷଣଶୀଳ ପରିବାରର ଭଦ୍ର ଝିଅମାନଙ୍କ ପ୍ରେମର ପରିଭାଷା ତ ନିରବତା। ତେଣୁ ଉଦୟ ରୀନାର ଚୁପ୍‌ଚାପ୍ ରହିବା ଭିତରେ ଅନେକ ମଧୁର ସ୍ୱପ୍ନ ଦେଖୁଥିଲା।

ଏମିତି ରୁଟିନ୍‌ବନ୍ଧା ଜୀବନ କିନ୍ତୁ ହଠାତ୍ ବଦଳିଯାଇଥିଲା। ଯେଉଁଦିନ ମାରିନା ହଠାତ୍ ତାଙ୍କ ଶୋଇବାଘରେ ପ୍ରବେଶ କଲା। ମାରିନା ତ ସବୁବେଳେ ଏମିତି ଆସେ। ସେଦିନ ସେ ଭୟଙ୍କର ଦିଶୁଥିଲା ଏକ ବୀଭତ୍ସ ସୌନ୍ଦର୍ଯ୍ୟରେ। ତା' ଭିତରେ ହଜିଯିବାକୁ ରୀନା ମନରେ ଜୁଆର ଉଠିଲା। ମାରିନା ସେଦିନ ତା' ଭ

ିତରେ ଗୋଟିଏ ଘଣ୍ଟା ରହିଥିଲା। କିନ୍ତୁ ସେଇ ସମୟ ଭିତରେ ସେ ଘରଟାକୁ ଧ୍ୱସ୍ତବିଧ୍ୱସ୍ତ କରିଦେଇଥିଲା। କଟ୍‌ଗ୍ଲାସ୍ ଫୁଲଦାନିଟା ଭାଙ୍ଗି ଚୂରମାର୍ ହେଇ ତଳେ ଗଦା ହେଇଥିଲା। ଉଦୟ ସ୍ତବ୍ଧ ହେଇ ବସିଥିଲା। ସତେଯେମିତି ଗୋଟିଏ ଅବିଶ୍ୱସନୀୟ ଘଟଣା ଦୃଶ୍ୟ ହେଉଥିଲା ତା' ସାମ୍ନାରେ। ରୀନା ପ୍ରକୃତିସ୍ଥ ହେଲାପରେ ସଂକୁଚିତ ହେଇ ଅନେଇଥିଲା ଉଦୟକୁ। ବିଚରା ତା'ର ବା କ'ଣ ଦୋଷ। ତା'ର ଆଜ୍ଞାଧୀନ ସ୍ତ୍ରୀ ଯେ ଏଭଳି ଜଣେ ସଙ୍ଗିନୀ ପାଇଛି, ସେ ସ୍ୱପ୍ନରେ ମଧ୍ୟ ଭାବିନଥିଲା। ଉଦୟ କ'ଣ ସବୁ ପଚାରୁଥିଲା ତାକୁ- ଏମିତି କ'ଣ ହେଲା ? କାହିଁକି ହେଲା ଇତ୍ୟାଦି। କିନ୍ତୁ ରୀନା ସେତେବେଳକୁ ପୁଣି ଭଲ ସ୍ତ୍ରୀ ଭୂମିକାରେ ଅବତୀର୍ଣ୍ଣ ହୋଇସାରିଥିଲା। ତା'ପରଠୁ ଏମିତି ଚାଲିଲା ମାରିନାର ତା' ଘରେ ବିନା ଦ୍ୱିଧାରେ ପ୍ରବେଶ ଓ ପ୍ରସ୍ଥାନ। ଉଦୟର କୋମଳ ମନଟା ଆଘାତ ପରେ ଆଘାତ ସହି ଶକ୍ତ ହୋଇଗଲାଣି। ସେ ଏଣିକି ସବୁ ସହିପାରିବ। କେଉଁ ପାପର ଶାସ୍ତି ହୁଏତ ମିଳୁଛି ତାକୁ। ସେ ରୀନାକୁ ଦେଖିଲା ଓ ପସନ୍ଦ କଲା। ଏତିକି ମାତ୍ର ତା'ର ଦୋଷ। ରୀନା ଚରିତ୍ରର ଜୁଆର ଭଟ୍ଟା ତାକୁ ବେଳୁବେଳ ବିଚଳିତ କରୁଥିଲା। କିନ୍ତୁ ସେ ରୀନାକୁ ଅଧିକରୁ ଅଧିକ ହିଁ ଭଲ ପାଉଥିଲା। ବିଚାରୀ, ତା'ର ବା କ'ଣ ଦୋଷ। ରାଗ ତ ବ୍ରହ୍ମଚଣ୍ଡାଳ। କେବଳ ତା' ରାଗିବାର କାରଣ ଜାଣିପାରୁନଥିବାରୁ ସେ ଚିନ୍ତାରେ ପଡ଼ିଥିଲା। ରୀନାର କିଛି ଷ୍ଟ୍ରେସ୍ ଥିବ। ଏଭଳି ବ୍ୟବହାରର କାରଣ ତାହା ହିଁ ହୋଇପାରେ। କିନ୍ତୁ ଯେଉଁଦିନ ବାପା ବୋଉଙ୍କ ସମ୍ମୁଖରେ ମାରିନା ତାଣ୍ଡବଲୀଳା ଘଟେଇଲା, ଉଦୟ ଜାଣିପାରିଲା ଯେ କଥାଟା ଏତେ ସରଳ ନୁହେଁ। ଏ ବିଷୟରେ ଉଚିତ୍ ପଦକ୍ଷେପ ନେବାକୁ ପଡ଼ିବ। ମାରିନାକୁ ରୀନା ଭିତରୁ ଘଉଡ଼େଇ ଦେବାକୁ ପଡ଼ିବ। ରୀନା ଏବେ ଜାଣିଲାଣି ଯେ ସେ ସାଧାରଣ ଝିଅ ନୁହେଁ, ସେ ଅସାଧାରଣ ମାରିନା ଏବଂ ସାଧାରଣ ରୀନା ଏମିତି ଦୁଇଟି ଝିଅଙ୍କ ଉପାଦାନରେ ଗଢ଼ା। ଏଭଳି ଭାଗ୍ୟ କେତେଜଣଙ୍କର ଥାଏ। ସମସ୍ତେ ତ ଗୋଟିଏ ବ୍ୟକ୍ତିତ୍ୱରେ ସୀମାବଦ୍ଧ, ଗୋଟିଏ ବ୍ୟକ୍ତିତ୍ୱରେ ବନ୍ଦୀ। କିନ୍ତୁ ତା'ର ତ

ଅଖଣ୍ଡ ସ୍ୱାଧୀନତା ଦୁଇଟି ଭୂମିକାରେ ଅବତୀର୍ଣ୍ଣ ହେବାପାଇଁ। ତେଣୁ ତା' ଭିତରେ ଚାଲିଥିବା ମାରିନାର ଅବଦମିତ ରାଜୁତି ପାଇଁ ରୀନାର ଚିନ୍ତାଦକ ନଥିଲା। ମାରିନା ରୀନା ସହ ମିଶି ଘର ବାନ୍ଧିସାରିଲାଣି। ଆଉ ଫେରିବନି। ରୀନାର ବାହାରକୁ ଆସିବାର ସବୁ ରାସ୍ତା ରୁଦ୍ଧ କରିସାରିଲାଣି ସେ। ତେଣୁ ରୀନା ଶ୍ୱାସରୁଦ୍ଧ ହୋଇଯାଉଛି। ଦେହ ମଧ୍ୟ କ୍ରମାଗତ ଅସୁସ୍ଥ ରହୁଛି। ଘରେ ତ ଅଶାନ୍ତି ଝଡ଼ ବୋହୁଚି କେବେଠାରୁ। ଉଦୟ ଯଥାସମ୍ଭବ ତା' ଅସୁସ୍ଥତା ପାଇଁ ଚିକିତ୍ସାର ବ୍ୟବସ୍ଥା କରିଦେଇଛି। କିନ୍ତୁ ଉଦୟ ଏକବାର ଚୁପ୍ ପଡ଼ିଯାଇଛି। ରୀନା ଆଉ ଭଲ ସ୍ତ୍ରୀ ବା ବୋହୂର ଅଭିନୟ କରିବାକୁ ପସନ୍ଦ କରୁନାହିଁ। ମାରିନାର ଆବିର୍ଭାବ ଭଲ ଝିଅକୁ ବଦଳେଇ ସାରିଛି। କେତେ ପରିଶ୍ରମ କରି ମଣିଷ ସାମାଜିକ ସ୍ୱୀକୃତି ଲାଭ କରେ। କିନ୍ତୁ ଆଖି ପିଛୁଳାକେ ପାଣିଫୋଟକା ପରି ପୁଣି ସେସବୁ କେଉଁଆଡ଼େ ମିଳେଇଯାଏ। ମଣିଷ ସତରେ କ'ଣ ଖୋଜେ ଜୀବନସାରା- ନିଜେ ଜାଣେନି। ପରିବାରର ସୁଖ, ସମାଜର ସ୍ୱୀକୃତି, ସୁନାମ, ଖ୍ୟାତି, ପ୍ରତିଷ୍ଠା- ସବୁ ତ ସେଥିପାଇଁ। କିନ୍ତୁ ତା' ବାଦ୍ ସବୁଠାରୁ ବଡ଼ କଥା ହେଉଛି ସମ୍ପର୍କର ସ୍ୱୀକୃତି। ବନ୍ଧନହୀନ ସମ୍ପର୍କ ମଣିଷକୁ ଅଜସ୍ର ଆନନ୍ଦ ପ୍ରଦାନ କରିପାରେ କଥାଟି ମାରିନା ତା' କାନ ପାଖରେ କହେ। ରୀନା ସେକଥା ତା' ମନର ଅତଳ ଗହ୍ୱରରେ ତାଲା ଦେଇ ରଖିବାକୁ ଚେଷ୍ଟା କରେ। କିନ୍ତୁ ମାରିନାର ଆବିର୍ଭାବରେ ସବୁ ତ ଅସମ୍ଭାଳ ହୋଇଯାଏ। ରୀନାର ଭାବନା ସବୁ ଘୂର୍ଣ୍ଣିବାତ୍ୟା ଭଳି ପ୍ରଳୟ ସୃଷ୍ଟି କରି ବେଳେବେଳେ ତାକୁ ଗୋଟାଏ ଅଦ୍ଭୁତ ଉଲ୍ଲାସରେ ପାଗଳ କରିଦିଏ, ତା'ର ଦ୍ୱିବିଧ ବ୍ୟକ୍ତିତ୍ୱ। ସେମାନେ ସମସ୍ତେ ବହୁରୂପୀ ଭଳି ରଙ୍ଗ ବଦଳାନ୍ତି ନିଜ ଭିତରେ। କିନ୍ତୁ ବାହାରକୁ ଅଭଙ୍ଗା ଖୋଳ ପିନ୍ଧିଥାନ୍ତି, ମୁହଁରେ ଗୋଟିଏ ମୁଖା। ରୀନା ଡାକିବଜାଇ ଦୁଇଟି ମୁଖା ପିନ୍ଧି ଅଭିନୟ କରେ। ଏତିକି ମାତ୍ର ତଫାତ।

ସମାଜର ମୂଲ୍ୟହୀନ ନିୟମକାନୁନ, ସମ୍ପର୍କର ପରିଧିକୁ ଡେଇଁଯିବାରେ ସେ ଏବେ ଆନନ୍ଦ ପାଉଛି। ସେ କ'ଣ ନିଜ ଇଚ୍ଛାରେ, ନିଜ ବାଟରେ ବଞ୍ଚିପାରିବନି ? ସମାଜ କିଏ ତାକୁ ଶାସନ କରିବା ପାଇଁ ? ପୁଣି ରୀନାର କୋମଳ ମନ ତାକୁ ଦୋଷୀ ସାବ୍ୟସ୍ତ କରାଏ। ରୀନା ସତକୁ ସତ ଭଲ ଝିଅଟିଏ, ମାରିନାର ଅନୁପସ୍ଥିତିରେ । ବାପା ମା', ଶାଶୂ, ଶ୍ୱଶୁର, ଭାଇ ଭଉଣୀ ଓ ଉଦୟ ସମସ୍ତଙ୍କୁ ଗଭୀର ଆଘାତ ଦେଇଛି। ଏଭଳି ଚିନ୍ତାଧାରା ତାକୁ ଗ୍ରାସ କଲାମାତ୍ରେ ରୀନା ଖସିଯାଏ ସମୁଦ୍ରର ଅତଳକୁ। ଯେଉଁଠାରେ ଉଠିବାକୁ ଶକ୍ତି ନଥାଏ, ନଥାଏ ଇଚ୍ଛା, ଖାଇବା ପିଇବା ତ ଦୂରର କଥା, ଆଖି ଖୋଲିବାକୁ ମଧ୍ୟ ଇଚ୍ଛା ହୁଏନାହିଁ ରୀନାର। ଅନେକ ଡାକ୍ତର ଆସି ଦେଖିଗଲେଣି ତାକୁ। ତା' ପିଲାଦିନଠାରୁ ଆରମ୍ଭକରି ଜୀବନର ସବୁ ଦିଗ ଉପରେ

ପ୍ରଶ୍ନ ପଚାରି ପଚାରି ତାକୁ ଥକ୍କା କରିସାରିଲେଣି। ଡାକ୍ତରଙ୍କର କଥାରୁ ସେ ଯାହା ସୁରାକ ପାଇଲାଣି, ସେ ଏକ ଦୁରାରୋଗ୍ୟ ବ୍ୟାଧିର ଶିକାର ହୋଇଛି, ଯାହାର ଟେର୍ ସେ ଆଗରୁ ପାଇନଥିଲା। ଉଦୟକୁ ବାଧ୍ୟ କଲାରୁ ସେ ବୁଝେଇଥିଲା ତାକୁ ଯେ ତା'ର ମାନସିକ ସ୍ତରରେ ଅସୁସ୍ଥତା ଲକ୍ଷଣ ପ୍ରକାଶ ପାଇଛି। କିନ୍ତୁ ଇନ୍‌ଭେଷ୍ଟିଗେସନ୍ ଚାଲିଛି। ସେ ଯେ ସ୍ୱତନ୍ତ୍ର, ଏକଥା ଅନେକ ଆଗରୁ ଜାଣିଥିଲା ରୀନା। କିନ୍ତୁ ଏପରି ସ୍ୱାତନ୍ତ୍ର୍ୟ ତାକୁ ସମାଜରେ କି ପ୍ରତିଷ୍ଠା ଆଣିଦେଇପାରିବ ? ବାପା ମା'ଙ୍କ ଚାପା ଗଳାରେ ଭୟମିଶା ଅନୁକମ୍ପା, ଏସବୁତ ଅସୁସ୍ଥ ଲୋକମାନଙ୍କ ପ୍ରତି ସଞ୍ଚିତ ଥାଏ ଆମ ସମାଜରେ।

ତା'ର ଏକମାତ୍ର ଭରସା ଥିଲା ଉଦୟ । ସଂସାରର ଏ କି ଅଦ୍ଭୁତ ନିୟମ। ଜନ୍ମକଲା ପିତାମାତା ଯେଉଁ କଷ୍ଟ ଅନୁଭବ କରିନପାରନ୍ତି, ଗୋଟିଏ ଅପରିଚିତ ପରପୁରୁଷ ସେ କଷ୍ଟକୁ ବୁଝେ ଏବଂ ତାକୁ ଦୂର କରିବାକୁ ଜୀବନ ଉତ୍ସର୍ଗ କରିଦିଏ। ଅବଶ୍ୟ ଏଭଳି ଏକ ସମ୍ପର୍କ ସମାଜ ଆଖିରେ ସ୍ପଷ୍ଟ ହେବା ନିହାତି ଜରୁରି। ଉଦୟ ପାଇଁ ରୀନା ମନରେ ଦୟା ଆସେ। ବାହାଘରର ଆଦ୍ୟପର୍ବରେ କେତେ ସୁନେଲି ସ୍ୱପ୍ନ ଦେଖିଥିବ ଉଦୟ। ଗୋଟିଏ 'ଭଲ ସ୍ତ୍ରୀ'ର ଯୋଗ୍ୟ ସ୍ୱାମୀ । ସମାଜରେ ଆଦୃତ ହୋଇଯାଏ ସହଜରେ। ସ୍ତ୍ରୀ କୁଆଡ଼େ ସ୍ୱାମୀ ପାଖରେ ବିଭିନ୍ନ ଭୂମିକା ତୁଲାଇପାରେ। କେତେବେଳେ ସେ ମା' ତ କେତେବେଳେ ଭଉଣୀ, ସଖୀ, ତ କେବେ ପୁଣି ସହଚରୀ। କିନ୍ତୁ ଉଦୟ କେବଳ ଦେଖିଥିଲା ମାରିନାର ଉଗ୍ରରୂପ, ଯେଉଁଥିରେ ନଥିଲା ସ୍ନେହ, ମମତା ବା ଭଲପାଇବା। ଥିଲା କେବଳ ହତାଦର, ଘୃଣା, ଈର୍ଷା, ସନ୍ଦେହ ଏବଂ ସବୁ ଫେଣ୍ଟାଫେଣ୍ଟି ହେଇ ଏକ ଅସହ୍ୟପଣିଆ। କେବେ କେମିତି ସେ ବାପଘରକୁ ଯାଏ ମନର ପରିବର୍ତ୍ତନ ପାଇଁ। କିନ୍ତୁ ସେଠାରେ ମଧ୍ୟ ମାରିନା ହିଁ ପ୍ରଥମେ ପହଞ୍ଚିଯାଏ। ତା'ର ଅତି ଆପଣାର ମା, ବାପା ଓ ସମସ୍ତେ ଶଙ୍କିଯାଆନ୍ତି। ମାରିନାର ସେ ଘରେ ସ୍ଥାନ ନାହିଁ। ଏକଥା ସ୍ପଷ୍ଟ କରିଦିଅନ୍ତି। କିନ୍ତୁ କେହି ଭାବିପାରନ୍ତି ନାହିଁ ଯେ ମାରିନା ସହିତ ସେମାନେ ନିଜର ଗେହ୍ଲା ଝିଅ ରୀନାକୁ ମଧ୍ୟ ତଡ଼ି ଦିଅନ୍ତି। ଏସବୁ ସତ୍ତ୍ୱେ ଉଦୟ ତା' ପାଇଁ କେତେ ଉଦାର । ଉଦୟ ରୀନା ସହ ମାରିନାକୁ ବି ଗ୍ରହଣ କରିସାରିଛି । ଉଦୟ କେବଳ ସହାୟତା ଦେଇଚାଲିଛି ତାକୁ । ଯିଏ ଖାଲି ଦେଇଜାଣେ, ସେ ଅହଙ୍କାରୀ ହେବା ସ୍ୱାଭାବିକ ନୁହେଁ କି ? ଡାକ୍ତର ଦେଇଥିବା ଔଷଧରେ ତାକୁ ସବୁବେଳେ ଭାରି ଦୁର୍ବଳ ଓ ଶକ୍ତିହୀନ ଲାଗୁଛି, କୌଣସି କଥାରେ ଆଗ୍ରହ ଆସୁନାହିଁ । ଜୀବନକୁ ବଞ୍ଚିବା ଓ ଜିଇଁବା ମଧ୍ୟରେ ଏଇ ବୋଧେ ପାର୍ଥକ୍ୟ । ସବୁ ସମ୍ପର୍କ ଓ ବନ୍ଧନରୁ ତା'ର ମାୟା ତୁଟିଗଲାଣି । ତା' ପାଇଁ କେହି ଜରୁରି ନୁହେଁ । ଏ ଜୀବନ ତା' ସହିତ ଖେଳୁଛି ନା ସେ ଜୀବନ ସହ ? ସେ ବଞ୍ଚୁଛି ପୁଣି ମରୁଛି । ମାରିନାର

ବ୍ୟକ୍ତିତ୍ୱ ଏତେ ବଳିଷ୍ଠ ଯେ ତା'ରି ଯୋଗୁଁ ଉଲ୍ଲସିତ ଓ ବିଷଣ୍ଣ । କିନ୍ତୁ କିଛିଦିନ ହେଲାଣି ତାକୁ ବଞ୍ଚିବାର ମୋହ ତ୍ୟାଗ କରିବାକୁ ପଡୁଛି । ଦୁଇ ନାବରେ ଗୋଡ଼ ଦେଇ ସେ କେତେଦୂର ଯାଇପାରିବ ? ମାରିନାମାନଙ୍କ ପାଇଁ ସମାଜର କ'ଣ ନିୟମକାନୁନ ସବୁ କୋହଳ । ସେମାନଙ୍କ ପାଇଁ ଭଲ-ଖରାପର ପ୍ରଭେଦ ପଡ଼େନାହିଁ ।

ସବୁ ଗଳ୍ପର ଅନ୍ତ ସୁଖମୟ ହୋଇନପାରେ ଠିକ୍ ଜୀବନ ଭଳି । କିନ୍ତୁ ଜୀବନର କ'ଣ ଭରସା ? ଆନନ୍ଦର କୁଳୁକୁଳୁ ନାଦ ଯେତେବେଳେ ମଣିଷକୁ ଆଶ୍ୱସ୍ତ କରାଏ, ଠିକ୍ ସେତିକିବେଳେ କଳାମେଘ ହେଇ ଦୁଃଖ ମାଡ଼ିଆସେ । ରୀନା କ'ଣ ତା'ର ସମଗ୍ର ଜୀବନକୁ ଏଇ ହତାଶା ଏବଂ ଦୁଃଖ ପାଖରେ ଉତ୍ସର୍ଗ କରିଦେବ ?

ସେଦିନ ଭୋରରୁ ତା' ନିଦ ଭାଙ୍ଗିଗଲା । ପ୍ରଥମେ ନଜର ପଡ଼ିଲା ଉଦୟ ଉପରେ । ଦୁଇଘଣ୍ଟା ତଳେ ତାକୁ ଟନିକ୍ ଦେଇ ସେ ଶୋଇଚି । ଉଦୟ କ'ଣ ତାକୁ ଠିକ୍ ଭାବରେ ଆବିଷ୍କାର କରିଛି । ଚିହ୍ନିଛି ସେ ରୀନାକୁ । ସେ ସୁଯୋଗ ବା ଆସିଲା କେବେ ? ପରସ୍ପରକୁ ଆବିଷ୍କାର କରିବା ପୂର୍ବରୁ ତ ମାରିନା ତାଙ୍କ ବୁଝାମଣାରେ ଅନ୍ତରାୟ ସୃଷ୍ଟି କରିଥିଲା । ତା'ଛଡ଼ା ମାରିନାକୁ ସେ ଯେତିକି ବୁଝିବ, ଉଦୟ କ'ଣ ସେତେ ବୁଝିବ ? ରୀନା ହଠାତ୍ ବୁଝିପାରିଲା ଯେ ଉଦୟ ଏକ ଶୃଙ୍ଖଳିତ ସ୍ୱାମୀ, ତେଣୁ ବିବାହର ଶୃଙ୍ଖଳା ମାନି ସେ କର୍ତ୍ତବ୍ୟ କରିଚାଲିଛି । ପ୍ରତ୍ୟେକ ସଂପର୍କ ପ୍ରତି ଉଦୟ ବିଶ୍ୱସ୍ତ ଏବଂ କର୍ତ୍ତବ୍ୟନିଷ୍ଠ । ତେଣୁ ଯଦି ସେ ରୀନା ଓ ମାରିନା ବୋଝକୁ ବୋହିଚାଲିଛି ସେଥିରେ ବାହାଦୁରୀ କ'ଣ ?

ଯେଉଁଦିନ ଡାକ୍ତର ତାଙ୍କ ରାୟ ଶୁଣାଇଲେ ଘରେ ଏବଂ ବାହାରେ ସମସ୍ତେ ସ୍ତବ୍ଧ । ସେ ରୀନା ଓ ମାରିନା ଉଭୟଙ୍କୁ ଚିହ୍ନିପାରିଛନ୍ତି । ରୀନା ଜଣେ ନୁହେଁ ଦୁଇଜଣ । ତା'ର ବ୍ୟକ୍ତିତ୍ୱ ବିଭକ୍ତ ରୀନା ଏବଂ ମାରିନାଙ୍କ ଭିତରେ । ଘରବାନ୍ଧିବା ତା' ପକ୍ଷେ କଷ୍ଟକର । ଉଦୟ ସମ୍ଭାଳି ପାରିବ ନାହିଁ ଏ ଦୁହିଁଙ୍କୁ । ବିନା ଦୋଷରେ ରୀନା କାହା ସାଙ୍ଗେ ଆଖି ମିଳେଇ ପାରୁନଥିଲା । ବାପା, ମା' ସ୍ୱାମୀ, ବନ୍ଧୁ ସମସ୍ତଙ୍କ ପାଇଁ ସେ ବୋଝ, କଳଙ୍କ । ପାଦଟିଏ ଆଗେଇବାକୁ ମନୋବଳ ନଥିଲା ତା'ର । ତା' ଭିତରେ ମାରିନାର ଜନ୍ମ କାହିଁକି ଓ କେମିତି ହେଲା ? ନିଜ ମନ ତା' ସହ ପ୍ରତାରଣା କରିଛି । ସେ ବା ଦୋଷ ଦେବ କାହାକୁ ? ପିଲାଟିଦିନରୁ ଦେହକୁ ଘଷିମାଜି ଚିକ୍‌ଚିକ୍ କରି, ଖରା ବର୍ଷାରୁ ରକ୍ଷା କରି ଆଜି ସେ ପାଇଲା କ'ଣ ? ତା' ଦେହ ତା' ବୋଲ ମାନୁନି । ମନଟା ଦେହକୁ କାବୁ କରିନେଇଛି । ମନର ରୁଦ୍ଧ କୋଠରିକୁ ଖୋଲିବାକୁ ରୀନାର ସାହସ ନାହିଁ । କାହିଁ କେଉଁ ଅସିଆ କାଳରୁ ଅମାନିଆ, ଅବୁଝା, ଅସାମାଜିକ ଭାବନାମାନଙ୍କର ଭିଡ଼ ସେଠାରେ । ତାକୁ ସେ କାହାରିକୁ ବି ଦେଖାଇ ପାରିବନାହିଁ ।

ରୀନା ଜାଣେ ଏଇ ସୁଯୋଗରେ କ'ଣ ଗୁଜବ ଫେଣ୍ଟୁଛନ୍ତି ତା' ଅସହାୟତାକୁ ନେଇ । ତା'ର ନିଜ ଲୋକ ବି ମାରିନାର ଅସ୍ତିତ୍ୱକୁ କାଳ୍ପନିକ ବୋଲି କହୁଛନ୍ତି । ସେ କୁଆଡ଼େ କେବେ ଭଲ ଝିଅ ନଥିଲା । ସବୁବେଳେ ମାରିନା ଭଳି ବେନିୟମ ଓ ଲଗାମଛଡ଼ା ଥିଲା । କାନରେ ହାତ ଦେଲା ରୀନା । ନିଜକୁ ବଞ୍ଚେଇବାକୁ ହେବ । କିନ୍ତୁ ତା'ର ଜଟିଳ ଚିନ୍ତାଧାରାକୁ ଚେଷ୍ଟା କରି ନିଜେ ସେ ବୁଝିପାରେନି । ନିଜ ରୁମ୍‌ରେ, ତା' ପ୍ରିୟ ସୋଫାରେ ବସି ମଧ୍ୟ ସେ ଜଙ୍ଗଲର ଭୟଙ୍କର ଜନ୍ତୁଙ୍କ ସହିତ ଯୁଦ୍ଧ କରେ । ଅବଶ୍ୟ ମଣିଷ ଜଙ୍ଗଲଠାରୁ ଆହୁରି ମାରାତ୍ମକ । ତା' ଜୀବନର ବର୍ଷମାନଙ୍କୁ ସେ ରାସ୍ତାକଡ଼ରେ ଟେଲିଫୋନ୍ ଖୁଣ୍ଟ ଭଳି ଦେଖେ । ତାରରେ ଗୁନ୍ଥା ହୋଇଥିବା ନିଃସଙ୍ଗ, ସାଥୀହୀନ ଖୁଣ୍ଟ । କିନ୍ତୁ ଖୁଣ୍ଟଗୁଡ଼ାକ ହଠାତ୍ ଅସ୍ପଷ୍ଟ ହେଇଯାଆନ୍ତି । ତାରଠାରୁ ବିଚ୍ଛିନ୍ନ ହୋଇ ପବନରେ ଦୋହଲୁଥାଆନ୍ତି, ଠିକ୍ ତା' ଜୀବନ ଭଳି । ରାତିଟା ବହୁତ ଭୟଙ୍କର । ଅଧରାତିରେ ତାକୁ ନିଦରୁ ଉଠାଇଦିଏ ଆଉ ନିଦ ହେବାର ନାଟକ କରେ ।

ପିଲାଦିନରୁ ରୀନା ବହି ପଢ଼ିବାକୁ ଭଲ ପାଏ । ନିଜ ବିଷୟରେ ଯେତେବେଳେ ତା'ର ବ୍ୟସ୍ତତା ବଢ଼ିଯାଏ, ମନକୁ ଭୁଲାଇବା ପାଇଁ ସେ ବହି ପଢ଼େ । କିନ୍ତୁ ଆଜିକାଲି ଅକ୍ଷର ସବୁ ଦାଉ ସାଧୁଛନ୍ତି ତା' ଉପରେ । ବୀଭତ୍ସ ମୁହଁ କରି ତାକୁ ଡରାଉଛନ୍ତି । ତା' ବିରୋଧରେ ସମସ୍ତେ ଷଡ଼ଯନ୍ତ୍ର କରୁଛନ୍ତି । ତା'ର ସନ୍ଦେହଘେରରୁ ଉଦୟ ମଧ୍ୟ ବାଦ୍ ପଡ଼ିନି । ପ୍ରତିଦିନ ରାତିରେ ସେ ଭଗବାନଙ୍କୁ ପ୍ରାର୍ଥନା କରେ ମୁକ୍ତି ପାଇଁ- ସମ୍ପର୍କର ଶୃଙ୍ଖଳରୁ ମୁକୁଳିବା ପାଇଁ । କିନ୍ତୁ ସକାଳର କଅଁଳିଆ ଖରାରେ ରୀନା ଆସେ । ତା' ଅସଜଡ଼ା ମନକୁ ଶାନ୍ତ କରେ । ଏମିତି ଗଡ଼ିଚାଲେ ଅସଜଡ଼ା ଜୀବନ ।

ସେଦିନ ସେ ଡାକ୍ତରଙ୍କ ପାଖକୁ ଏକା ଯାଇଥିଲା । ତା'ର ଅନେକ ପ୍ରଶ୍ନ ଅଛି ତାଙ୍କ ପାଇଁ । ଗୋଟିଏ ସପ୍ତାହର ଦୀର୍ଘ କନସଲଟେସନ ପରେ ଅନେକ ବହି ନେଇ ସେ ବ୍ୟସ୍ତ ଭାବେ ଫେରିଲା । ସମାଜରେ ବିଭିନ୍ନ ଲୋକଙ୍କ ସାଙ୍ଗେ ଆମେ ଭିନ୍ନ ଭିନ୍ନ ଭୂମିକାରେ ଅବତୀର୍ଣ୍ଣ ହେଉ । କିନ୍ତୁ ଏଇ ଭୂମିକା ଯେତେବେଳେ ବ୍ୟକ୍ତିତ୍ୱରେ ପରିଣତ ହୁଏ, ସେତେବେଳେ ବହୁଧା ବିଭକ୍ତ ବ୍ୟକ୍ତିତ୍ୱର ବ୍ୟାଧି ଆରମ୍ଭ ହୁଏ । ଏହି ଦୁଇଟି ବ୍ୟକ୍ତିତ୍ୱର ନିଜସ୍ୱ ମନ ଓ ସ୍ମୃତି ଥାଏ । ତା'ପର ତଥ୍ୟଟି ଜାଣିଲା ପରେ ରୀନାର ସର୍ବାଙ୍ଗ ଥରିଉଠିଲା । ବ୍ୟକ୍ତିତ୍ୱମାନେ ପରସ୍ପର ବିଷୟରେ ଆଦୌ ଅବଗତ ନଥାନ୍ତି । ରୀନାକୁ ବଡ଼ ଭୟ ଲାଗିଲା । ମାରିନା କାନ ପାଖରେ କହିଲା- "ଭୟ ନାହିଁ - ଭୟ ନାହିଁ । ମୁଁ ପରା ଅଛି । ଆଉ କେହି ନଥାନ୍ତୁ ।"

ବାରମ୍ବାର ରୀନାର ମନକୁ ଗୋଟିଏ ପ୍ରଶ୍ନ ଆସୁଥିଲା । ଆଗକୁ ଯଦି ମୀନା, ନୀନା ଓ ଏମିତି ଆହୁରି ବ୍ୟକ୍ତିତ୍ୱ ତା' ମନରେ ଘର କରିବେ, ସେ କ'ଣ କରିବ ? ତା' ମନର କବାଟଟାକୁ ଜୋର୍ କରି ବନ୍ଦ କରିଦେଲେ ତ କଥା ସରନ୍ତା । କିନ୍ତୁ ସେ କବାଟଟା ଥରେ ଖୋଲିଲେ ଆଉ ବନ୍ଦ ହେବାର ନାହିଁ । ଏତେଦିନ ମଧ୍ୟରେ ଥରେ ମଧ୍ୟ ରୀନା ଭଗବାନଙ୍କୁ ଦୋଷ ଦେଇନି ତା'ର ଅସହାୟତା ପାଇଁ । କିନ୍ତୁ ଆଜି ସେ ଯୋଡ଼ହସ୍ତରେ ଅନେଇଥିଲା ତା' ରୁମ୍‌ରେ ଥିବା ଜଗନ୍ନାଥଙ୍କର ମୂର୍ତ୍ତି ଆଡ଼େ । ଭଗବାନ ତାକୁ ଏ ଅନୁଭବ ପାଇଁ କାହିଁକି ବାଛିଲେ ? ପିଲାବେଳେ ମାନସିକ ଚାପରୁ ଏହି ରୋଗର ଉତ୍ପତ୍ତି କି ? ସ୍ମୃତିର ଧୂଆଁଳିଆ ରାସ୍ତାରେ ଫେରିଚାହିଁଲା ରୀନା । ତା' ମନରେ କି ଚାପ ପଡ଼ିଥିଲା ସେ ପୁରୁଣା ଦିନଗୁଡ଼ାରେ ? ଭଲ ଝିଅ ହେବାପାଇଁ ମା'ର ତାଡ଼ନା ? ସେଥିରୁ ଟିକେ ଓହରିଗଲେ ମାଡ଼ଗାଳି ? ଏସବୁ ତ ଘରେ ଘରେ ହେଉଥିବ, ନା ତା' ପାଇଁ ଅଧିକ ହେଇଯାଇଥିଲା ସାମାଜିକ ଭୂମିକାମାନଙ୍କର ଗୁରୁଦାୟିତ୍ୱ ? ରୀନାର କୋମଳ ମନରେ ଗୋଲାପ ଫୁଟିବାର ଥିଲା । ତା' ବ୍ୟକ୍ତିତ୍ୱର ସୁଗନ୍ଧ ସାରା ଜଗତରେ ଚହଟିବାର ଥିଲା । କିନ୍ତୁ ସେ ବଗିଚା କଣ୍ଟାର ଜଙ୍ଗଲରେ ପରିଣତ ହେଇଗଲା । ତା' ବାପା ମା'ଙ୍କୁ ସେ କେଉଁ ଅଦାଲତକୁ ନେବ ? କେଉଁ ବିଚାରପତିଙ୍କ ସମ୍ମୁଖରେ କହିପାରିବ ଭଲ ଝିଅର ଆତ୍ମକଥା ?

ରୀନା ସେଦିନ ରାତିରେ ତା'ର ନିଷ୍ପତ୍ତି ସମସ୍ତଙ୍କୁ ଜଣେଇଲା । ସେ ପରିବାର ଭିତରେ ରହିବାକୁ ଚାହେଁନାହିଁ । କିନ୍ତୁ ସେ ମାନସିକ ଚିକିତ୍ସାଳୟରେ ବି ରହିବ ନାହିଁ । ତା' ଭଳି ଝିଅର ଶିକ୍ଷିତ, ସଂସ୍କୃତିସମ୍ପନ୍ନ, ଭଦ୍ର ପିତାମାତାଙ୍କର ଅହଂକାର ଖଣ୍ଡବିଖଣ୍ଡିତ ହୋଇଯିବ, ଯଦି ସେ ସେଠାକୁ ଚାଲିଯାଏ । ଘର ମାନେ କ'ଣ ? ଯେଉଁଠାରେ ସଂପର୍କ କେବଳ ଦୁଃଖ, ଅନୁକମ୍ପା ଓ କର୍ତ୍ତବ୍ୟର ଭିତ୍ତିଭୂମି ଉପରେ ଗଢ଼ାହୋଇଥାଏ । ସେ ଘରର ସ୍ଥାୟିତ୍ୱ କେତେଦିନ ? ସେ ସମସ୍ତଙ୍କୁ ମୁକ୍ତ କରିବାକୁ ଚାହେଁ । ସେ ଏମିତି ଏକ ସ୍ଥାନକୁ ଚାଲିଯିବ, ଯେଉଁଠି ତା' ଭଳି ଆହୁରି ଅନେକ ଥିବେ । ସେମାନେ ସମସ୍ତେ ଗୋଟିଏ ଦୁନିଆର ବାସିନ୍ଦା ଏବଂ ସଂଘବଦ୍ଧ ଭାବରେ ରୀନା ଓ ମାରିନାର ମୁକାବିଲା କରିବାର ବାଟ ଖୋଜିବେ । ବାପା, ମା', ଉଦୟ କେହି ତା'ର ଠିକଣା ପାଇବେ ନାହିଁ ।

ତା' ନିଜ ଭିତରେ ନିରୀହ ଶିଶୁ ଭଳି ଜନ୍ମ ନେଇଛି ମାରିନା । ପିଲା ବିକଳାଙ୍ଗ ହେଲେ ମଧ୍ୟ କ'ଣ ସେ ମା'ର ନୁହେଁ ? ଉଦୟକୁ ସାନ୍ତ୍ୱନା ଦେଉଥିଲା ସେ । ଡରିବାର କ'ଣ ବା ଅଛି । ସାମାଜିକ ପ୍ରଥା, ନିୟମକାନୁନ ଭିତରେ ପ୍ରତ୍ୟେକ ସ୍ତ୍ରୀର ଅନେକ ଯନ୍ତ୍ରଣାଦାୟକ ମୁହୂର୍ତ୍ତ ଥିବ, ସ୍ନୋ ପାଉଡର ପ୍ରଲେପ ତଳେ କଳା ଦାଗ

ଭଳି । ସେ ତା' ଜୀବନର ଯନ୍ତ୍ରଣା ସହିତ ଲୁଚକାଳି ଖେଳିବନି । ସେ ନିଜ ଦାୟିତ୍ୱ ନେଇପାରିବ ।

ଜୀବନଟା କେଡ଼େ କ୍ଷଣସ୍ଥାୟୀ । ସେ ଆଉ ଏ ପାରମ୍ପରିକ ସାମାଜିକ ଦାୟିତ୍ୱ ଭାର ତୁଲେଇ ପାରିବନି । ବିଚିତ୍ର ହେଉ, ରୋଗଗ୍ରସ୍ତ ହେଉ, ତା' ଜୀବନ ତା' ବାଟରେ ସେ ବଞ୍ଚିବ । ତା'ର ଅସୁରକ୍ଷିତ ଶୈଶବ ତା' ପୁରୁଣା ଦୁନିଆର ଅନୁଶାସକମାନେ, ତାକୁ ରୋଗୀ କରିଥିବା ଏ ସମାଜ, ସମସ୍ତେ ମିଶି ପରିତ୍ୟାଗ କରିବେ ସମାଜ ତାକୁ ପରିତ୍ୟାଗ କରିବା ପୂର୍ବରୁ ।

କିନ୍ତୁ ସେ ଉଦୟକୁ ଲୁଚି ଘରୁ ପଳାଇବ ନାହିଁ । ତାକୁ ସବୁ କଥା ବୁଝାଇ ତା'ଠାରୁ ମୁକ୍ତିଭିକ୍ଷା କରିବ । "ମୁଁ ନୁହେଁ ତୁମେ ହିଁ ବନ୍ଧନରେ ପଡ଼ି ଛଟପଟ ହେଉଛ । ତୁମର ଦୁଃଖକଷ୍ଟ ମୁଁ ସହିପାରୁନାହିଁ । ତୁମେ ତ ମୋର ମୁକ୍ତିଦାତା ହୋଇପାରିଲ ନାହିଁ । କାରଣ, ତୁମେ ଦୁନିଆକୁ ଦେଖାଇଦେବାକୁ ଚାହିଁଲ ଯେ କେତେ ଉଦାର ଆଉ ତ୍ୟାଗୀ । ସ୍ତ୍ରୀକୁ ନେଇ ତୁମେ ଏତେ ଧୈର୍ଯ୍ୟର ପରୀକ୍ଷା ଦେଇ ମହାନ୍ ବୋଲାଇଛ । ଯଥେଷ୍ଟ ହେଲାଣି । ଏଣିକି ତୁମେ ମୋ'ଠାରୁ ମୁକ୍ତ, ମୁଁ ତୁମର ମୁକ୍ତିଦାତ୍ରୀ ।" ରୀନାର ଦୃଢ଼ ସ୍ୱରରେ ଉଦୟର ସମସ୍ତ ସତ୍ତା କମ୍ପିଉଠିଲା । ରୀନା ତା'ର ଭଲପାଇବାକୁ ବୁଝିପାରୁ ନାହିଁ, ଏଇଟା ତା'ର ଦୋଷ ନୁହେଁ, ଉଦୟର ଭାଗ୍ୟ । ସେତିକି ବୁଝିପାରିଲେ ରୀନା ଏ ସଂସାରର ସବୁଠାରୁ ଭଲ ଜୀବନସାଥୀଟିଏ ହୋଇପାରନ୍ତା । ରୀନା ତ ବାସ୍ତବରେ ଭଲ ଝିଅ । ଉଦୟ ତ ତାକୁ କେବେବି ମନ୍ଦ ଝିଅ କହିନି । ଉଦୟର ଛଳଛଳ ଆଖିକୁ ଚାହିଁ ରୀନା କହିଲା- "ତୁମେ ଦ୍ୱିତୀୟ ବିବାହ କରିବ ଉଦୟ । ତୁମକୁ ଝିଅ ଅଭାବ ହେବେନାହିଁ । ଆଇନଗତ ଭାବେ ମୁଁ ତୁମକୁ ମୁକ୍ତି ଦେବି । ତୁମେ କ'ଣ ଭାବୁଛ ମୁଁ ଏତେ ଦାୟିତ୍ୱହୀନ । ତୁମ କଥା ଆଦୌ ଭାବେନାହିଁ । ନିଅ, ଏଇ ବିବାହବିଚ୍ଛେଦ କାଗଜରେ ଦସ୍ତଖତ କରିଦିଅ । ବାସ୍, ସଂସାର ଠିକ୍ ଚାଲିବ, ତୁମକୁ କେହି ଦୋଷ ଦେବେନାହିଁ ।"

ଉଦୟ ସୁନାପୁଅ ଭଳି ଖୁସିରେ କାଗଜଟି ରୀନା ହାତରୁ ଝାମ୍ପିଆଣିଲା । ରୀନାର ମୁହଁ ସାଦାକାଗଜ ଭଳି ଶେତା ହୋଇଗଲା । ଉଦୟ ତେବେ ଏଇ ମୁହୂର୍ତ୍ତକୁ ଅପେକ୍ଷା କରି ରହିଥିଲା । ସେ ଏଡ଼େ ସ୍ୱାର୍ଥପର, କୁଟିଳ । ରୀନା ନିଜ ତରଫରୁ ତାକୁ ପରିତ୍ୟାଗ କରିବାର ଅବସରଟିଏ ରଚନା କରୁଥିଲା । କିନ୍ତୁ ରୀନା ଯେ ଉଦୟ ବିନା ମରିଯିବ ! ରୀନାର ଆଖିରୁ ଅବାଧ ଲୁହଧାର ଖସିଆସିଲା ।

ଉଦୟ କାଗଜଟିକୁ ଚିରି ଫୋପାଡ଼ିଦେଲା ଏବଂ ରୀନାକୁ ଫୁଲ ଭଳି ତୋଳିନେଲା ନିଜ ଆଲିଙ୍ଗନ ଭିତରକୁ । କହିଲା- "ତୁମେ ତ ପାଗଳୀ ନଥିଲ

ରୀନା । ଆଜି କେମିତି ଏପରି ପାଗଳୀ ହୋଇଗଲ । ଏ ଦୁର୍ବୁଦ୍ଧି ତୁମ ମୁଣ୍ଡରେ କିଏ ଦେଲା ? ଶିଶୁ ଭଳି ଚପଳା ସେଇ ଦୁଷ୍ଟା ମାରିନା ତ ? ମୁଁ କ'ଣ ତାକୁ ଖାତିର କରିଛି । ମୁଁ ଜାଣେ ଏ ସଂସାରରେ ସମସ୍ତଙ୍କ ଭିତରେ ଜଣେ ଜଣେ ମାରିନା ଅଛନ୍ତି । ସେଥିପାଇଁ ଏତେ ସବୁ କାଣ୍ଡକାରଖାନା କାହିଁକି ? ତୁମେ କ'ଣ ଭାବିଛ ମୁଁ ମାରିନାକୁ ଚିହ୍ନିନି । ସେ ମୋରି ହାତରେ ହିଁ ବାଟକୁ ଆସିବ । ଅବଶ୍ୟ ତୁମ ଇଚ୍ଛା ଅନୁସାରେ ମୁଁ ଦ୍ୱିତୀୟ ବିବାହ କରିବାକୁ ପ୍ରସ୍ତୁତ । ତୁମେ ଖୁସି ତ ?" ସ୍ତବ୍ଧ ହୋଇ ଚାହିଁରହିଲା ରୀନା । ଆକାଶରୁ ଖସିପଡ଼ିଲା ଯେମିତି । ଉଦୟ ଦ୍ୱିତୀୟ ବିବାହ କରିବାକୁ ପ୍ରସ୍ତୁତ ହୋଇଗଲେ ଗୋଟିଏ ମୁହୂର୍ତ୍ତରେ । ସମ୍ଭବତଃ ସେ ବହୁ ଆଗରୁ ପ୍ରସ୍ତୁତ ଥିଲା । ଏ ଭିତରେ ସେ ଆଉ ପୁଣି ଘର ଭଙ୍ଗେଇ ଦୁଷ୍ଟା ନାରୀର ପ୍ରେମରେ ପଡ଼ିଯାଇଛି । ସେ ଉଦୟର ଆଲିଙ୍ଗନରୁ ନିଜକୁ ମୁକୁଳାଇ ଜେରା କଲା- "ଯାହା କହିବ ସତ କହିବ, ସତ୍ୟ ବ୍ୟତୀତ ଅନ୍ୟଥା କହିବ ନାହିଁ । ମୁଁ ଜାଣେ ତୁମେ ମିଥ୍ୟାକୁ ଘୃଣା କର । ତୁମେ ଦ୍ୱିତୀୟ ବିବାହ କରିବାକୁ ପ୍ରସ୍ତୁତ ବୋଲି ମୁଁ ବିଶ୍ୱାସ କରୁଛି । କିନ୍ତୁ କାହା ପ୍ରେମରେ ତୁମେ ପଡ଼ିଛ ! କିଏ ତୁମର ସେହି ଗୋପନ ପ୍ରେମିକା ! ତାକୁ ମୋ ସାମ୍ନାକୁ ଆଣ, ମୁଁ ତା'ର ଗଳା ଚିପି ହତ୍ୟା କରିବି । ମୋ ଇଚ୍ଛାରେ ତୁମେ ଦ୍ୱିତୀୟ ବିବାହ କରିବା ଭିନ୍ନ କଥା, କିନ୍ତୁ ଆଉ ଜଣେ ନାରୀର ପ୍ରେମରେ ପଡ଼ି ତୁମେ ଏପରି ସାହସ କରିବା ଆଦୌ ପସନ୍ଦ କରେନାହିଁ ମୁଁ ।" ରୀନାର ଆଖିଲୁହ ବାଧା ମାନୁନଥିଲା । ଉଦୟ ରୀନାକୁ ଆଉ ଥରେ ଆଲିଙ୍ଗନବଦ୍ଧ କରି ତା'ର ଲୁହ ପୋଛିଦେଲା, ମୁଣ୍ଡ ସାଉଁଳିଦେଲା ଆଉ କହିଲା- "ମୁଁ ଈଶ୍ୱରଙ୍କୁ ସାକ୍ଷୀ ରଖି ସତ୍ୟପାଠ କରୁଛି ମୁଁ ଭଲପାଏ ମାରିନାକୁ । ସେଇ ମୋର ଗୋପନ ପ୍ରେମିକା । ତୁମକୁ ତ ବିବାହ କରିସାରିଛି । ଆଜି ତୁମକୁ ଏମିତି ବାହୁ ପାଶରେ ଧରି ମୁଁ ମାରିନାକୁ ବିବାହ କଲି । ମୋର ଦୁଇଟି ସ୍ତ୍ରୀ – ରୀନା ଏବଂ ମାରିନା । ସେମାନଙ୍କ ଭିତରେ ଗୋଟାଏ ବୁଝାମଣା କରିବା ପାଇଁ ମୋତେ ସୁଯୋଗ ଦିଅ । ମୁଁ ନିଶ୍ଚୟ ଏ ପରୀକ୍ଷାରେ ଉତ୍ତୀର୍ଣ୍ଣ ହେବି ।"

ରୀନାର ମୁହଁରେ ଆଶା ଓ ବିଶ୍ୱାସ ଏବଂ ଭଲପାଇବାର ଶତ ପ୍ରଦୀପ ଜଳିଉଠିଲା । ରୀନା ମୁହଁର ଏଭଳି ଅପାର୍ଥିବ ସୌନ୍ଦର୍ଯ୍ୟ ଉଦୟ କେବେହେଲେ ଦେଖିନଥିଲା । ରୀନା ମଧୁର ହସ ହସି ରସିକତା କଲା- "ଓଃ ! ତମେ ତ ଏକବାର ନାରାୟଣ, ଏକସଙ୍ଗେ ଲକ୍ଷ୍ମୀ-ସରସ୍ୱତୀ ସମ୍ଭାଳିପାର କିମ୍ବା ତୁମେ କୃଷ୍ଣାବତାର ଏକସଙ୍ଗେ ଅଷ୍ଟ ପାଟରାଣୀ" !

ଉଦୟ ମୃଦୁ ହସି କହିଲା- "ନା, ମୁଁ ନାରାୟଣ ବା କୃଷ୍ଣାବତାର ନୁହେଁ, ମୁଁ ଉଦୟ- ଯିଏ ଏକସଙ୍ଗେ ଦୁଇଟି ନାରୀଙ୍କୁ ବିବାହ କରିଛି । ଉଭୟଙ୍କୁ ମୁଁ ପ୍ରାଣ ଦେଇ ଭଲପାଏ । ତୁମର ଆଉ ମୋର ବ୍ୟକ୍ତିତ୍ୱ ମିଶି ଯେଉଁ ଯୁଗ୍ମ ବ୍ୟକ୍ତିତ୍ୱଟି ଦୃଢ଼ ହୋଇ ଏଣିକି ଠିଆହେବ ତା' ଭିତରେ ବିଭକ୍ତ ବ୍ୟକ୍ତିତ୍ୱର ସ୍ଥାନ ନାହିଁ । ଅଲଗା ଅଲଗା ଦୁଇଟି ରାଶି ମିଶିଗଲା ପରେ ତା'ର ଯୋଗଫଳ ନିଶ୍ଚିତ ଭାବେ ଅଧିକ ହୁଏ ଏ କଥା ତ ତୁମେ ଜାଣ । ଆମେ ଏବେ ତିନିଟିରେ ଆସି ଏକତ୍ର ମିଶିଯାଇଛୁ । ତେଣୁ ଯୋଗଫଳର ରାଶିକୁ ଅଲଗା କରିବାର ଶକ୍ତି ଦୁନିଆରେ କାହାରି ନାହିଁ ।"

■